킹더랜드 ①

STUDIO:ODR

일러두기

- 이 책은 작가의 드라마 대본 집필 형식을 최대한 따랐습니다.
- 드라마 대사는 글말이 아닌 입말임을 감안하여 한글맞춤법에서 벗어난 표현이라 해도 그 표현을 그대로 살렸습니다. 그 외 지문 등은 한글맞춤법을 따랐습니다.
- 쉼표, 느낌표, 마침표 등도 작가의 의도를 따랐습니다.
- 책은 작가의 최종 대본으로 방송과 다른 부분이 있을 수 있으며, 방송되지 않은 부분을 포함하고 있습니다.

킹더랜드 1

초판 1쇄 인쇄 2023년 12월 11일
초판 1쇄 발행 2023년 12월 21일

지은이 최롬

편집인 이기웅
책임편집 안희주
편집 주소림, 양수인, 김혜영, 한의진, 이원지, 오윤나, 이현지
기획 북케어
디자인 정유정
책임마케팅 김서연, 김예진, 김지원, 박시온, 류지현, 김소희, 김찬빈, 배성원
마케팅 유인철
경영지원 박혜정, 최성민
제작 제이오

펴낸이 유귀선
펴낸곳 ㈜바이포엠 스튜디오
출판등록 제2020-000145호(2020년 6월 10일)
주소 서울시 강남구 테헤란로 332, 에이치제이타워 20층
이메일 odr@studioodr.com

ⓒ 최롬

ISBN 979-11-93358-29-0 (04810)
　　　979-11-93358-28-3 (세트)

스튜디오오드리는 ㈜바이포엠 스튜디오의 출판브랜드입니다.

당신을 **구원**할 **사랑**의 마법

킹더랜드

작가의 말

착하고 예쁜 내 딸은 할머니 옆에서 드라마 보는 것을 참 좋아한다.
어느 날, 드라마에서 나왔던 장면 하나를 재미있다며 따라 하기 시작했다. 얼굴에 물을 뿌리고, 뺨을 때리고, 돈 봉투를 내밀며 사람을 쫓아내고, 잔인한 복수조차 사이다라는 단어로 대체되어 버리는 자극적인 세상에 조금씩 익숙해지는 것 같았다.
그 이후로 딸에게 어른들이 보는 드라마는 보지 말라고 했다. 막상 그러고 나니 딸과 함께 볼 만한 드라마가 없었다. 한국방송작가교육원이라는 곳에서 드라마 쓰는 법을 배울 수 있다길래 겁도 없이 지원했다. 작가가 되고 싶다는 열망보다 따뜻한 이야기를 만들고 싶다는 마음이 더 컸다. 가벼운 마음으로 시작했지만 현실은 고됐다.
연차를 쓰면서 강의를 듣고, 퇴근 후 육아를 하고, 교육원에 제출할 단막극을 쓰다 보면 두세 시간 자기도 힘든 날이 대부분이었다.

벅찬 나날들 속 유일한 낙은 〈효리네 민박〉을 보는 시간이었다. 임윤아 배우가 활짝 웃을 때마다 세상이 밝아지고 마음이 말랑말랑해지는 느낌이 들었다.
'세상에서 제일 환한 웃음을 가진 천사랑'이라는 캐릭터가 떠올랐고, 만약 내가 글을 쓸 수 있다면 그 웃음의 주인은 임윤아 배우밖에 없다고 생각했다.
자극적이지 않은데도 재미있는 드라마가 있을까, 착한 이야기인데도 지루하지 않을 수 있을까, 독하지 않은데도 흥미로울 수 있을까…. 답이 없는 질문을 던지며 답을 찾아갔다. 그 길의 끝은 〈킹더랜드〉의 출발점이 되었다.

〈킹더랜드〉는 로맨틱 코미디로 시작하지 않았다. 그냥 '사람 사는 이야기'였다.
비록 올로 고단하게 살아가지만, 자기 일에 최선을 다하며 열심히 사는 내 주변 사람들의 삶이 이야기의 원형이 되었다. 모든 인물이 자기가 진짜 원하는 것을 찾아가는 이야기이며 그런 인물들의 희망과 판타지가 '구원'이라는 캐릭터를 만들었다.
세상에 없는 남자친구, 세상에 없는 사장님, 따뜻한 세상으로 함께 걸어가는 동반자가 있다면 얼마나 좋을까. 구원 캐릭터를 고민하고 있을 때 딸이 구세주처럼 나타났다.
요즘 제일 멋진 오빠가 있다며 〈나 혼자 산다〉에 나오는 이준호 배우 편을 보여주었다.
무대 위에서 카리스마 넘치던 모습과 달리 진중하고 따뜻한 모습을 보며, 만약 원이가 있다면 저런 사람이 아닐까 하는 생각이 들었다.
임윤아, 이준호 두 배우가 마음에 자리 잡으며 글이 살아나는 느낌이 들었다.

글을 쓰고 나니 '낯선 드라마'라는 평을 많이 받았다. 뭔가 강력한 빌런이 있어서 긴장감을 끌어올려야 하지 않을까요? 나중에 시원하게 복수하는 거죠?
"환하고 행복하게, 마음 졸이지 않고 편안하게 즐길 수 있는 한 시간을 만들고 싶어요."
그 시간만큼은 온 가족이 모이는 즐거운 시간이었으면 했다. 글을 쓰는 내내 내가 제일 좋아하는 영화 〈노팅힐〉을 BGM처럼 틀어놓았다. 백 번을 넘게 봐도 질리지 않고 볼 때마다 재미있는 그들처럼 〈킹더랜드〉도 길을 잃지 않기를 기원했다.

사랑이 시작되고 어떠한 난관에도 흔들리지 않는 사랑을 그리고 싶었다.
다행히 이준호 배우와 임윤아 배우가 거짓말처럼, 꿈처럼 다가왔고 현실에서 피어났다.
임윤아 배우는 천사보다 더 천사 같고 사랑보다 더 사랑스러웠다. 세상에서 가장 환한 미소와 따뜻한 마음, 그 누구보다 열정적인 모습에 다시 한번 반했다.
이준호 배우는 구원이 가진 매력을 완벽하게 보여주기 위해 모든 것을 쏟아부었다. 그 결과 더 멋진 원을 만날 수 있었다. 극에서도 현실에서도 배려의 아이콘이었다.
두 분이 있었기에 〈킹더랜드〉에 마침표를 찍을 수 있었다.

옷부터 안경까지, 작은 소품 하나까지 직접 준비하며 작품에 애정을 쏟아주신 안세하 배우, 언제나 활기찬 에너지를 불어넣어 주는 인간 비타민 김가은 배우, 선하다는 말로는 부족할 만큼 마음까지도 너무 예쁜 고원희 배우, 순수하고 맑은 영혼을 가진 김재원 배우, 언제나 호탕하게 웃으며 칭찬과 격려를 해주시던 손병호 회장님. 그 누구보다 고운 마음을 가진 아름다운 여왕 김선영 배우 덕에 집필 내내 마음이 따뜻했다.
사람에게 받는 행복한 에너지가 뭔지 새삼 느끼게 만들어 준 분들이다.
그리고 처음 뵌 날 앞으로도 따뜻한 드라마 많이 만들어 달라고 손을 꼭 잡아주셨던 김영옥 선생님, 마음이 체온으로 고스란히 전달돼 눈물이 났다. 신인 작가라 더 그랬는지 과하게 대본을 칭찬해 주신 촬영, 조명 감독님, 촬영장 갈 때마다 옆자리를 내어주신 오디오 감독님. 모든 스태프와 배우분들께 감사드린다.

방송에 이어 출판, 스푼 작가님과의 웹툰까지 많은 분의 도움이 있었기에 가능했다.
가장 힘든 시간을 버틸 수 있도록 옆을 지켜준 가족과 친구들, 좋은 이야기를 만들 수 있도록 전폭적인 지지를 해주시고 믿어주신 앤피오 표종록 대표님과 천성일 작가님, 항상 큰 마음으로 품어주신 SLL 박성은 본부장님, 아이디어 뱅크 권오범 센터장님, 그리고 '진심이 담긴 글이 가장 큰 힘'이 될 거라고 응원해 주신 문경심 작가님께 감사드린다.

그리고 하늘에 계신 우리 아빠, 대본 다 쓸 때까지 버텨줘서 고마워. 이제 아프지 말고 편히 쉬어. 나는 계속 따뜻하고 행복한 글 쓸게.
항상 할 수 있다고 지치지 않고 응원해 준 자랑스러운 내 딸 유니. 사랑해.
〈킹더랜드〉를 사랑해 주신 모든 분들 정말 감사합니다. 모두 모두 행복하세요.

최롬

구원 이준호

웃음을 경멸하는 남자 | 킹호텔 신입 본부장
타고난 기품, 차가운 카리스마, 명석한 두뇌, 시크한 매력에 킹그룹의 후
계자라는 타이틀까지 가졌다.
모든 걸 다 가졌지만 없는 것은 단 하나. 어느 날 갑자기 사라진 엄마에 대
한 해답.
모든 게 풍족하지만 부족한 것도 딱 하나. 연애 세포.

어느 날, 엄마가 사라졌다. 사진 한 장조차 남기지 않고 흔적도 없이. 어
린 구원은 울며 엄마를 찾았지만 보모, 가정부, 요리사, 정원사, 기사 등
모든 사람들은 웃는 얼굴로 원이를 대했다.
그때부터였다. 웃는 얼굴이 가장 싫어진 것이.

이제는 엄마 얼굴도 기억나지 않는다. 아버지는 원이가 누나 구화란과 경
쟁을 하며 튼튼한 후계자로 성장하기를 바랐지만 원은 영국에 남아 돌아
갈 생각을 하지 않았다.

그러던 어느 날, 발신자 불명의 우편물이 도착했다. 아주 오래전, 킹호텔
에 근무하던 엄마의 인사 기록 카드.
누가 보냈을까… 왜 보냈을까…
원이는 모든 불행이 시작된 곳, 킹호텔로 돌아가기로 한다. 직급은 높고
일은 안 할 수 있는 직책이 뭔지 찾아보다가 본부장을 선택했다.

호텔 도착 첫날부터 이상한 직원을 만났다. 이름이 천사랑이란다.
원이가 가장 싫어하는 가식적인 웃음으로 무장한 사랑은 심지어 성격마저
고분고분하지 않다.
그런데… 언젠가부터 사랑의 웃는 얼굴이 원의 머릿속을 헤집어 놓기 시
작한다.

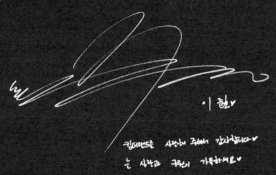

이준

킹더랜드는 시간히 주셔서 감사합니다♥
늘 사랑과 구원이 가득하세요♥

천사랑 임윤아

웃기 싫은 스마일퀸 | 킹호텔 우수 호텔리어
한 달짜리 실습생으로 킹호텔에 처음 입성한 사랑은 로비 데스크를 거쳐
모든 호텔리어의 꿈인 VVIP 라운지 '킹더랜드'까지, 어느덧 7년째 살아남
는 중이다.

엄마와 처음이자 마지막으로 놀러 갔던 바닷가 호텔. 어린 사랑에게 그곳
은 꿈의 궁전이었고 가장 행복했던 시간이었다. 사랑은 그래서 호텔을 선
택했다. 자기가 느꼈던 그 하루를 다른 사람에게 선물하는 호텔리어가 되
고 싶었고, 딱 한 번만이라도 킹호텔에서 일하고 싶었다.

다들 2년제 대학 출신인 사랑이 금방 잘릴 것을 예상했지만 싱그러운 미
소와 뛰어난 능력으로 재작년에는 킹호텔 우수사원이 되었고,
작년에는 친절사원으로 뽑혔으며, 올해는 호텔의 얼굴이라는 직원 홍보모
델이 되었다.
그러다 구원을 만난다. 무려 킹호텔 본부장님이시자 장차 킹그룹 후계자
가 되실 분이란다. 실습 첫날부터 악연이었던 원이와는 취임 첫날에도 악
연으로 얽힌다.

사랑은 신분 상승 욕망이 없다. 호텔리어로서 자기 일을 사랑하고 열심히
잘 해내고 싶을 뿐이다. 그런 사랑이었으니 원이에게도 고분고분할 리가.
그가 뾰족하게 다가오면 사랑도 똑같이 뾰족뾰족 대해줬다. 세찬 파도가
거친 돌을 만나듯 둘은 매번 달그닥달그닥 시끄러웠다. 둘은 출신만큼이
나 생각도 달랐다. 하지만 부딪치면 부딪칠수록 둘은 서로에게 동글동글
해지는데…
아무것도 바라지 않았던 사랑에게 처음으로, 갖고 싶은 사람이 생긴다.

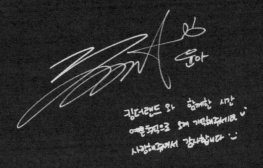

오평화 고원희

요령 빼고 다 가진 승무원

맡은 바 임무에 최선을 다할 뿐 편법도 꼼수도 모른다. 높이 올라가고 싶지만 방법을 모르는 곰이다. 지렁이도 밟으면 꿈틀한다는데, 어차피 밟힌 거 꿈틀하면 뭐 하나 싶어 조직에 순종했다. 그저 열심히, 착실하게, '미련 곰팅이'처럼 성실하게만 살았다.

아름다운 비행을 꿈꾸며 킹그룹 계열사인 킹에어에 입사했다. 정말 열심히 비행을 했는데 어느덧 동기들은 모두 진급해 사무장이 되었고 자기만 혼자 평승무원으로 남아 있다.

이렇게 위아래로 계속 짓눌리다 맷돌에 갈리는 콩처럼 흔적도 없이 사라질 것 같다. 이번에야말로 승진 누락자 꼬리표를 떼고 꼭 사무장이 되리라! 반드시 L1(사무장 좌석 번호)에서 똥칠할 때까지 살리라!!

처음에는 비행이 좋아서 했다. 이제는 무엇을 좋아했는지, 왜 일을 하는지조차 까먹었다. 영원한 단짝친구 사랑과 다을, 그리고 후배 승무원 로운이 없었다면 시들어 말라버린 꽃처럼 바사삭 부서졌을 것이다.

다시 자신을 돌아보는 평화. 내가 보는 나는 사랑하고 싶은 여자, 그저 비행이 즐거운 승무원이다. 다른 사람이 날 어떻게 보든 상관없다.

강다을 김가은

내 사람은 내가 지킨다, 슈퍼우먼.
가장 해로운 해충은 대충! 열정 만수르라 불리는 다을에게 뭐든 대충이란
없다. 하고 싶은 일이 너무 많아 결혼도 하지 않겠다고 했지만,
별도 달도 다 따줄 것처럼 말하는 충재에게 속아 친구들 중 가장 먼저 결
혼을 했다.

결혼을 해도 열정은 넘쳤다. 킹그룹 계열사인 면세점 '알랑가'에서는 매출
왕, 팀원들에게는 멋진 팀장, 남편에게는 내조의 여왕, 시어머니에겐 착한
며느리, 딸에게는 최고의 엄마로 살자니 24시간이 모자랐다.
내가 이룬 가정, 일, 팀원들 어느 것 하나 포기할 수 없다. 내 울타리에 들
어온 사람들은 내가 지킨다. 내가 기꺼이 방패가 되어주리니.

매번 직원들 편에 서느라 실속은 하나도 챙기지 못했다. 회사도 시어머니
도 해달라는 걸 다 해줄수록 요구사항은 점점 늘어갔다. 다을이는 소중한
내 사람들을 지키기 위해 이름처럼 다 '을'로 살았다. 그럴수록 주변 사람
들은 다을이 손해 보는 걸 당연하게 여겼다. 어느덧 다을은 누가 챙겨주지
않아도 혼자 잘하는 사람으로 여겼고 또 모든 걸 잘 해내야만 하는 사람이
되었다.

그때야 알았다. 내가 챙겨야 할 가장 중요한 사람은 '나'라는 걸.

노상식 안세하

원이 친구이자 비서

원과 함께 인턴 생활을 하다가 우연히 친구가 되었다. 그 인연으로 느닷없이 정직원이 되더니 원이를 따라 유학도 함께 갔다가 귀국도 함께. 그리고 지금은 친구이자 비서가 되었다.

눈치는 엄청 빠르나 원이에게만 눈치가 없고, 상황판단이 빠르지만 유독 원이 비위는 못 맞춘다. 그리고 가장 큰 단점, 마음에 없는 말은 죽어도 못 한다.

그래서 원은 상식을 믿는다.

이로운 김재원

킹에어 승무원

훈훈한 외모로 사내 여직원들의 대시가 끊이지 않는다. 항상 팀을 위해 궂은일도 마다치 않고 솔선수범하는 평화의 모습에 호감을 느낀다.

로운의 눈길은 항상 평화에게 머물러 있다. 평화가 좌절하고 방황할 때마다 로운은 잊지 않게 얘기를 해준다.

"선배가 되고 싶은 건 사무장이지만, 하고 싶은 건 아름다운 비행 아니었어요? 지금도 충분히 멋져요. 저는 꼭 선배 같은 좋은 승무원이 될 거예요."

비행의 목적을 잃은 평화에게 로운은 늘 나침반이 되어준다.

구일훈 손병호

킹그룹 회장님

첫 번째 부인은 딸 화란을 낳고 사망했다. 뒤늦게 회사 직원이었던 한미소와 재혼했고 아들 원이를 가졌다. 하지만 한미소는 지금 행방불명 상태. 자신 같은 사람이 최후에 지켜야 하는 것은 사랑이 아닌 가업이라 여긴다.

형제들과의 싸움에서 이겨 모든 경영권을 물려받았고 이제는 딸 화란과 아들 원을 경쟁시켜 후계 구도를 완성해야 한다. 화란이야 야무져서 걱정 없지만 원이는 다르다. 아들이 엄마 같은 사람이 될까. 혹시 엄마 같은 여자를 만날까 늘 걱정이다.

원이 자기와 같은 아픔을 되풀이하지 않기를 바란다.

구화란 김선영

킹그룹 장녀

원의 누나. 킹호텔 상무이자 킹에어 상무, 킹패션 알랑가 부사장까지 겸임
하고 있다. '손님이 왕'이던 시절은 지났다. '매출이 왕이다'라는 경영 철학
을 가지고 있다.

엄마가 죽고 몇 년 후. 새엄마가 들어와 아들 원이를 낳았다.

아직 어렸지만 화란은 위기의식을 가졌다. 그러던 중 새엄마 미소가 사라
졌다. 사라지려면 원이까지 데리고 사라질 것이지… 하지만 혼자 남은 원
이 바람 빠진 풍선처럼 쪼그라드는 것도 재미가 있었다.

모든 면에서 자신감 넘치고 당당했던 화란은 천재 교수 윤 박사와 결혼하
고 아들 지후를 낳았다. 남편은 공부를 더 하겠다고 유학을 갔지만 화란은
가정보다 회사가 중요했다. 화란에게 가족은 액세서리일 뿐이다.

그런 와중에 원이가 귀국했다. 아버지는 경쟁을 통해 능력 있는 자식에게
그룹을 물려주겠다 했지만. 원 따위는 경쟁 상대가 아니었는데…

원은 생각과 달리 쉽게 물러서지도, 지지도 않았다. 화란은 오랜 시간
쌓아온 두려움과 맞서야 한다. 늘 해왔던 것처럼 악다구니를 쓰며 밀어낼
지, 아니면 인정하고 받아들일지.

차순희 김영옥

멋진 할머니

사랑에게 남은 유일한 가족이자 이 세상 가장 소중한 존재이다.

시골 시장 골목에서 '30년 전통 원조 가마솥 소머리국밥'을 운영하고 있
다. 입은 거칠지만 마음은 따뜻하고 포근하다.

킹더랜드

킹그룹

킹에어

구화란
킹호텔 상무
원의 이복누나

구일훈
킹그룹 회장
원의 아버지

한미소
원의 어머니

오평화
킹에어 승무원

이로운
평화의 후배 승무원

윤교수
화란의 남편

알랑가 면세점

강다을
알랑가 팀장

도라희
알랑가 슈퍼바이저

윤지후
화란의 아들

서충재
다을의 남편

서초롱
다을의 딸

킹호텔

킹더랜드

노상식
원의 친구이자 비서

차순희
사랑의 할머니

구원

킹더랜드 본부장

천사랑

킹더랜드 호텔리어

김수미
킹호텔 지배인

전민서
킹더랜드 지배인

하나
킹더랜드 직원

두리
킹더랜드 직원

세호
킹더랜드 직원

가족/조력
애정
경쟁

목차

1부

킹더랜드

1. 킹호텔 전경 - 면접실/ 낮

킹호텔 전경 보인다.

구화란 이사와 최 이사 등 대여섯의 면접관들 뒤로 〈2015년 킹호텔 실습 면접〉 현수막이 붙어 있다. 심플하지만 고급스러운 차림의 화란, 나이 지긋한 임원진들을 거느리듯 중앙에 앉아 있어서인지 차분한 얼굴마저 무섭고 위엄 있어 보인다.

화란이 지원자1(女)과 이력서 사진을 번갈아 확인한다. 포토샵이 과해 같은 사람 같지가 않다. 아예 이력서를 들어 올려 지원자 얼굴과 대조해 본다.

화란   본인 맞아요?

지원1   지금 살이 약간 쪄서 그런데요. 뽑아만 주시면 출근 전까지 사진 속 얼굴로 돌려놓겠습니다.

화란   다음 주부터 출근인데 가능하겠어요?

열정 가득해 보이는 지원자2(男)가 앉아 있다.

지원2   네! 가능합니다. 킹호텔을 위해 제 평생을 바치겠습니다.

화란   우리 한 달 일할 실습생 뽑는 건데요?

지원2   왜요? 더 일하면 안 돼요?

황당한 표정의 화란 앞에 지원자3(女)이 삐딱한 자세로 앉아 있다.

지원3   쉬는 시간은 있죠? 종일 서 있는 건 아니죠? 제가 평발이라,

화란	(말 자르고) 저기,
지원3	밥은 어디서 먹어요? 특급 호텔인데 맛은 있겠죠?
화란	자세 좀 똑바로 할래요?
지원3	(자세 고쳐 앉으며) 얍!

교포 느낌 물씬 풍기는 지원자4(女)는 면접에 집중을 못 하고 두리번
거리고 앉아 있다.

화란	외국 생활 오래 했네요. 고객들과 소통하는 데 문제없겠어요?
지원4	손톱이요? (자기 손톱 보며) 내 손톱 왜?
화란	손톱 말고 소통. 커뮤니케이션.
지원4	헤이! 걱정 마. 나 한국말 열라 잘해.

2. 면접실 앞 복도/ 낮

수십 명의 면접 대기자들이 복도 가득 서 있다.
긴장된 얼굴들 사이에 유독 눈에 띄는 얼굴이 보인다.
빛나는 얼굴, 단정한 옷차림, 누구라도 사랑에 빠질 것 같은 천사랑
이다. 긴장된 얼굴로 앞만 보고 있는 사랑. 면접관들 목소리 들린다.

안내	(소리) 511번 들어오세요.

사랑이 돌아본다. 511번 번호표를 달고 있다.

3. 킹호텔 전경 - 면접실/ 낮

화란   이거 뭐예요? 511번?

뭐가 잘못됐나? 화란의 말 한마디에 면접관들이 모두 사랑 이력서를 본다.

화란   우리 4년제 대학만 뽑지 않나요?
최 이사   (미처 몰랐다) 죄송합니다. 서류 심사에서 실수가 있었던 것 같습니다.

문이 열리고 사랑 들어온다. 쿵쾅쿵쾅 가슴은 떨리지만 그래도 씩씩하게 인사를 한다.

사랑   안녕하십니까. 511번 천사랑입니다.

면접 자리로 당당하게 가는 사랑, 익숙하지 않은 힐 때문에 삐끗 넘어질 뻔한다. 자세는 겨우 바로잡았지만 힐 뒷굽이 부러졌다. 뒷굽이 덜렁거리자 발꿈치를 들고 높이를 맞춰 걷는 사랑. 면접보다 면접 보러 가는 길이 험하다.

멀뚱히 자리에 앉아 있는 사랑, 아무도 질문을 하지 않는다.
나한테 관심이 없나, 넘어질 뻔한 순간 땡이었나, 괜히 힐을 신었나… 온갖 생각에 머리가 뒤죽박죽이지만 애써 웃는 얼굴을 유지하고 있다. 화란은 이력서를 훑어보다가,

화란	취미가 피아노네요. 쳐볼래요?
사랑	(당황) 지금요?
화란	네 지금요.
사랑	(둘러봐도 피아노가 없다) 피아노가 없는데요.
화란	그러게요.

면접관을 보는 사랑. 누구는 기대를 하고 누구는 관심 없이 서류만 보고 있다. 진짜 치라는 건지, 농담 삼아 얘기하는 건지 도무지 가늠이 안 된다.
갈피를 못 잡던 사랑은 '에라 모르겠다' 싶어 손가락 두 개를 들고 있지도 않은 건반을 누른다.

사랑	(젓가락 행진곡) 딴딴딴. 딴딴딴. 딴딴딴, 딴딴딴…

예상치 못한 귀여운 연주에 곳곳에서 웃음이 터져 나온다.

화란	취미가 피아노인데 젓가락 행진곡을 치네요.
사랑	(당차게) 특기가 아니라 취미잖아요. 잘 치지는 못하지만 좋아합니다.
화란	(뚫어지게 보다가) 한번 웃어 봐요.

어떻게 웃어야 하나… 미소를 짓는다.
별 반응이 없다. 이게 아닌가 보다. 다시 활짝 웃는다. 세상이 환해지는 웃음이다.

🧑‍🍳 4. 동네 술집/ 밤

저렴한 안주와 생맥주를 파는 작은 술집. 손님 대부분 젊은 사람들이다.
사랑이 대학 동창 강다을, 오평화와 함께 술을 마시고 있다.

평화	진짜 그걸 쳤다고?
다을	(사랑 흉내 낸다) 딴딴딴. 딴딴딴.
사랑	(맥주 한잔하며) 응. 하라면 해야지.
평화	그래도 명색이 킹호텔인데 베토벤 정도는 치던가.
다을	(열정적인 피아니스트처럼) 빠바바밤. 빠바바밤.
평화	(다을에게) 오 좋아. 자네 합격이야.
다을	감사합니다아! 열심히 하겠습니다.
사랑	베토벤이든 모차르트든 어차피 다 글렀어. 거긴 한 달짜리 실습생도 전부 4년제만 뽑는대.
평화	알면서 면접 왜 본 거야?
사랑	그냥. 우리나라 최고 호텔은 어떻게 면접하나 궁금해서.
다을	궁금증 풀렸으면 나랑 같이 면세점 가자. 우리는 면세점, 평화는 승무원, 공항에서 맨날 보고 얼마나 좋아.
사랑	싫어. 난 호텔 갈 거야.
평화	왜?
사랑	난 그냥 호텔이 좋아.
다을	나보다 호텔이 좋다고?
사랑	(장난) 너도 나보다 클럽이 더 좋잖아.
다을	(진짜 서운한 표정) 정말 너무 서운하다. 어떻게 그런 말을 해? 안 되겠다. 클럽 가자!

충재   (소리) 저기요.

누군가 다가와 말을 건넨다. 훈훈한 외모의 충재다.
삼총사, 너무 시끄럽게 했나 싶어서 웃음을 멈추는데,

충재   (다을에게) 아까부터 보고 있었는데요, 같이 한잔할래요?

충재가 있던 자리를 슬쩍 보는 다을. 충재 친구 둘이 손을 흔든다. 전
부 별로다.

다을   죄송해요. 친구들이랑 진지한 얘기 중이라, (핸드폰 슬쩍 미는)
           번호만 주고 가세요.

충재가 빠르게 전화번호를 누르더니 통화 버튼을 누른다. 벨이 울리
는지 확인하고.

충재   연락할게요. (다을에게 찡긋 웃어주고는 돌아선다)
평화   야, 아무나 막 번호 주면 어떡해?
다을   아무나라니? 이제부터 아는 사이지.
사랑   내가 말했지. 좋아한 다음에 사귀라고. 사귄 다음에 고민하지
           말고.
다을   러브에 순서가 어딨냐?
사랑   네 순서 없는 러브 중에 누구랑 결혼할지 진짜 궁금하다.
다을   미쳤니? 결혼 같은 걸 왜 해? 평생 한 사람이랑, 생각만 해도
           끔찍하다. 가자! (일어선다)

평화	가자~

평화도 일어나 짐을 챙기는데 사랑은 미적거린다.

사랑	오늘은 쉴래. 피곤해.
평화	클럽은 원래 피곤할 때 가는 거야.
사랑	너 비행 끝내고 온 거라며. 자야지.
평화	어설프게 자면 더 피곤해. 그냥 밤새우는 게 나아. (다을에게) 잡아!

다을과 평화가 사랑이 양쪽 팔을 잡아 일으킨다. 신나는 음악 선행되며,

5. 나이트클럽/ 밤

사람들로 가득 찬 스테이지.
삼총사, 스피커 앞에 자리를 잡고 소리를 지르며 신나게 춤을 춘다.

6. 사랑 집 전경 - 거실/ 낮

길 쪽으로 작은 테라스가 있는 아담하고 예쁜 집이 보인다.
거실 곳곳에 아기자기한 소품과 밀린 빨래 등이 보인다.
사랑, 평화, 다을 삼총사는 이불도 없이 맨바닥에 뒤엉켜 자고 있다.

사랑 핸드폰 울린다. 잠결에 전화를 받는 사랑.

사랑   여보세요… (놀라 벌떡 일어나며) 네, 511번 천사랑입니다. 네?
                진짜요? 제가요? 왜요? 아닙니다! 네. 감사합니다!

고개 숙여 인사하고 전화를 끊는 사랑. 아직 정신이 멍하다.
눈만 깜빡이다가 갑자기 "이야~" 소리를 지르는 사랑. 다을과 평화
가 놀라 일어난다.

다을   왜, 뭐야!
평화   무슨 일이야.
사랑   나 합격이래!
다을, 평화   …
사랑   나 킹호텔 합격했다고!!
다을   이야! (소리 지르며 사랑 끌어안고 넘어지고)
평화   (넘어진 사랑과 다을 위로 올라타며) 축하해 사랑아~

다을과 평화 밑에 깔린 채 소리를 지르며 좋아하는 사랑.

7. 하늘 - 킹그룹 옥상/ 낮

하늘에서 보이는 서울 풍경.
시끄럽게 지나가는 바람 소리, 찢어질 듯 부스럭거리는 옷자락 소리,
빠르게 흔들리며 가까워지는 건물 옥상들. 구원이 낙하산을 타고 내

려오고 있다.

파란 하늘을 배경으로 더욱 도드라지는 하얀색 낙하산에 'KING AIR' 로고가 적혀 있다. 바람을 타고 오른쪽으로 갈 듯 왼쪽으로 가다가 한 바퀴를 빙글 돌아 건물 옥상 헬기 착륙장에 내리는 원.
원은 옥상 출입문 쪽으로 걸어가며 낙하산 배낭과 낙하산 슈트를 차례대로 벗는데, 슈트 안에는 정장 차림이다. 고급스러운 스리피스 슈트에 컬러풀한 행커치프, 명품 시계와 고급 구두까지 당장 런웨이를 걸어도 될 정도로 완벽하다.
고글도 벗고, 넥타이를 정돈하고, 마지막으로 인이어 이어폰을 빼려는데,

무전	잘못 착륙했는데요?
원	예?
무전	옆 건물이에요. 잘못 내렸어요.

원이 인상을 쓰며 하늘을 본다. 원을 내려준 경비행기가 먼 하늘로 사라지고 있다. 원이 고개를 돌린다. 옆 건물에 'KING GROUP(킹그룹)' 로고가 보인다. 저 건물로 갔어야 됐는데…

8. 킹그룹. 사무실/ 낮

출입문 앞 복도에 인턴 네댓 명이 군기 바짝 든 자세로 꼿꼿이 서 있다. 인턴 주의사항을 설명하는 최 대리, 그중 원이도 서 있는데 긴장감도

전혀 없이 심드렁한 얼굴이다. 최 대리는 일상에 찌든 듯 형식적인 말투로 훈계를 하고 있다.

최 대리	인턴에게 제일 중요한 건 업무 보조나 파악이 아니라 개념이야. 아무리 빠릿빠릿 움직여도 개념 없다는 소리 듣는 순간 끝이야. 예를 들면 (원 손가락질하며) 출근 첫날부터 옆 건물로 잘못 찾아가 지각했습니다, 그런 말도 안 되는 변명, 응? (원에게) 구두 어디서 샀냐?
원	밀라노에서 샀습니다.
최 대리	스리피스에 밀라노 좋지, 누가 보면 귀족인 줄 알겠다. (훈계 이어간다) 그래서 너희한테 제일 중요한 그 개념이란 무엇이냐! (원이 손목 잡아 시계 본다) 짝퉁이지?
원	아뇨.
최 대리	이게 진짜라고? 얘 봐라.

최 대리, 원이의 슈트 안쪽을 보고 상표를 확인한다. 엄청 비싼 거다.

최 대리	우와 씨, 걸친 게 다 얼마야? (원이 훑으며 계산하다가) 재벌이냐?
원	저는, 아닌데요.
최 대리	재벌 흉내 내다가 가랑이 찢어져. 이런 게 바로 무개념의 표본이야. 사회적 지위와 역할도 모르는 아주 무개념! 다들 내 밑에 있는 동안 절대 사고 치지 마! 뭐 잘할 생각도 하지 말고 시키는 대로만 해. 알았어?
인턴들	네!

군기 바짝 든 얼굴로 우렁차게 대답하는 인턴들 사이에 홀로 입을 다물고 있는 원.

9. 킹그룹. 사무실/ 낮

원이와 상식, 책상이 나란히 붙어 있다. 원이는 뭘 할지 몰라 가만히 앉아 있고 상식은 책상 정리부터 하고 있다. 상식이 눈치를 보며 조용히 말을 건다.

상식   너 인턴 처음이지? 내일은 지각하면 안 돼.

원   지각 안 했는데요.

상식   9시 출근인데 9시까지 오면 그게 지각이야. 최소 30분 전에는 출근해.

원   …왜 반말하세요?

상식   동기니까. 험한 세상 같이 노 저어 가야지. 가만있지 말고 뭐라도 해.

원   뭘 해? 할 게 없는데?

상식   할 거 없으면 하는 척이라도 해. 그리고 너 옷 그거 안 돼. 시계도 물론이고. 전부 집에 고이 모셔 놔.

원   굳이 왜?

상식   직장에서 상사보다 비싼 거 걸치면 하극상이야. 돈 자랑은 밖에서 해.

원   자랑한 적 없는데.

상식   애 진짜 아무것도 모르네. 누가 보면 낙하산 타고 내려온 줄 알겠다.

원 응. 낙하산 타고 왔어.

상식 (놀라) 응?

원 제주도에서 급히 오느라. 그게 왜?

짜증 섞인 한숨이 나오는 상식. 조용히, 하지만 강력하게 훈계한다.

상식 잘 들어. 내가 인턴만 다섯 번짼데, 이런 식이면 정직원은커녕 계약직도 힘들어. 제발 정신 바짝 차려.

최 대리 야, 인턴!

상식 (대답과 동시에 뛰어간다) 네! 인턴 노상식!

빠르게 최 대리 앞에 가서 서는 상식.

최 대리 왜 너만 와? 인턴이 너 하나야?

보면 원이는 자리에 앉아 있다. 상식, 소리는 내지 못하고 입으로만 "빨리 와 빨리" 손짓한다. 원이 느긋하게 온다. 최 대리는 그런 모습이 마음에 들지 않는다.

최 대리 아주 여유 있다? 회장님 납시는 줄 알았어.

상식 인턴이 처음이라 그런 것 같습니다. 제가 옆에서 잘 돕겠습니다.

최 대리 (상식에게 서류 준다) 이건 총무과 갖다주고, (원이에게 서류 준다) 이건 세 부씩 복사해 와.

한 손을 주머니에 찔러 넣고 복사기 앞에 원, 이걸 어떻게 해야 하나 핸드폰으로 검색을 하고 있는데 상식이 온다.

상식	뭐 해. 아직 복사 안 했어?
원	어떻게 하는지 검색하고 있어.
상식	(황당하다) 그걸 왜 몰라?
원	안 해봤으니까.
상식	얘 완전 도련님이네. 이런 건 막 아랫것들이 해다 바치고 그런 거야? 봐, (복사지 투입구에 서류 올리고) 복사할 면을 위로 놓고 이걸 눌러.

스타트 버튼을 누르는 상식. 작동이 안 된다. 모니터 메시지를 보면 토너 경고등이 떠 있다. 때마침 지나가던 최 대리,

최 대리	뭐 하냐? 둘이 거기 붙어서.
상식	토너 교체하라고 떠서요.
최 대리	아 씨, 복사기 바꿔 달란 지가 언젠데. 그거 토너 반만 써도 오류 떠. 빼서 흔들어.
상식	네. 알겠습니다.

상식이 익숙하게 복사기 옆면을 열고 토너를 꺼내 톡톡톡 흔든다.

최 대리	더 세게! 팍팍 흔들어! 인턴이 파이팅이 없어.

36

힘차게 팍팍팍! 토너통을 흔드는 상식.

퍽! … 토너통 마개가 빠지며 검은 가루가 한꺼번에 쏟아진다. 원이 놀라 물러서는데,

최 대리   (큰 소리로) 움직이지 마!

원과 상식이 멈춘다. 원은 이게 무슨 상황인지 모르고 상식은 울상이다. "뭔데" "뭐야?" "와 씨 뭐야" "미치겠다" 등등 몰려든 사람들마다 한마디씩 한다. 부장도 달려와 보더니 화를 내기 시작한다.

부장   뭐야 이 자식들! 누가 복사기 터뜨렸어!
상식   죄송합니다. 흔들라고 해서.
부장   토너 얼마 한다고 새것 받아 쓰지, 쌍팔년도도 아니고 그걸 왜 흔들어?
상식   그게요.
최 대리   시끄러 인마. 어디서 사고 치고 말대답이야? 조용히 안 해?

최 대리는 상식을 도와주기는커녕 완전히 발을 뺀다. 상식은 억울하지만.

상식   죄송합니다.
부장   하여튼 뽑아도 어디서 저런 것들을 뽑아서. 치워.
상식   예. 죄송합니다.
원   네가 왜 죄송해? 잘못한 거 없잖아.

최 대리와 부장은 황당하고 상식은 당황스럽다. 애가 왜 이러는지 모르겠다.

상식	왜 그래. 나 정말 진심으로 죄송해.
부장	(원에게) 너 뭐라고 그랬어?
원	노상식 인턴 잘못이 아니라고 했습니다. 시키는 대로만 하라고 해서 지시를 따른 것뿐인데 결과가 잘못됐으면 시킨 사람 잘못 아닌가요?
부장	뭐야?
원	원인은 따지지 않고 아랫사람만 잡는 건 옳지 않다고 생각합니다. 그리고 가장 큰 잘못은 제때 복사기 교체 안 해준 회사 아닌가요?
부장	어디서 인턴 주제에 회사를 들먹여?
원	아무리 주제도 안 되는 인턴이지만 잘잘못은 압니다.
부장	이거 진짜 개념 없는 놈이네? 너희 이거 싹 다 치우고 꺼져. 내일부터 출근도 하지 마.
원	(듣고 싶던 말이다) 네 그러죠.
부장	뭐? 그러죠? 그러죠? (원이 움직이자 소리 지른다) 움직이지 마!
원	치우라면서요.

원이는 아랑곳하지 않고 토너 늪을 빠져나오며 휴대폰 통화를 한다.

| 원 | 전데요. 여기 영업지원팀에 청소하시는 분들 좀 보내주세요. 복사기도 새 걸로 바꿔주시고요. 네. (통화 마치고 부장에게) 보내주신답니다. |

부장	누굴?
원	청소하시는 분들요.
부장	누가?
원	최 이사님요.
부장	우리 회사 최 이사님이시면 회장님 비서실 최 이사님밖에 안 계신데…
원	예.
부장	(뭔가 싶다. 태도 바뀐다) 저… 실례지만 뉘신지…?
원	인턴사원 구원입니다.
부장	구원… 이시면 혹시 우리 그룹 구일훈 회장님의?
원	…네.

부장과 최 대리, 몰려 있던 모든 직원들이 놀란다.
최 대리는 은근슬쩍 직원들 뒤로 몸을 숨기고, 부장은 절하듯 깍듯하게 인사를 하더니 얼른 다가와 손수건을 꺼내 원이 옷을 털어준다.

원	그럼 저는 시키신 대로 내일부터 출근하지 않겠습니다.
부장	죄송합니다. 제가 잘못했습니다.
원	아닙니다. 인턴인데 시키는 대로 해야죠. (최 대리에게) 최 대리님.
최 대리	(군기 바짝 든 얼굴로 나선다) 네! 대리 최태만입니다!
원	무개념이 뭔지 잘 배웠습니다.
최 대리	(90도 인사) 살려주십, 아니, (우렁차게) 다시 태어나겠습니다!

최 이사가 들어온다. 직원들이 모두 인사를 한다.

부장	이사님 오셨습니까.
최 이사	(부장은 본 척 만 척. 원에게) 복사기 왜! 다친 데는 없고?
원	먼저 가요. 뒤처리 좀 부탁할게요.
최 이사	근태 관리 엄격히 하라고 하셨어. 지금 가면 회장님 난리 나실텐데.
원	저 방금 잘렸어요. 갈게요.

원이 나간다. 최 이사가 원이를 부르며 뒤따라간다.
부장과 최 대리는 혼이 나간 것 같다. 그러다 상식을 본다. 모든 게 저놈 때문이다.

부장	너 일루 와! 너 때문에 이게 다 뭐야?
상식	죄송합니다.
최 대리	사람 죽여놓고 죄송하다면 다야? 너 어떻게 책임질 건데?
상식	정말 죄송합니다. (문 쪽을 향해 허리 굽혀 인사한다) 오셨습니까!

원이 들어오고 있다. 부장과 최 대리 등이 인사를 하지만 본 척 만 척 상식에게 가는 원.

원	같이 갈래?
상식	저요?
원	험한 세상 동기끼리 함께 노 저어야지. (상식이 부장과 최 대리의 눈치를 살피자) 여기서 잘 돼봐야 계약직도 힘들다며? 지금 나랑 가면 바로 정직원이야.
상식	정성껏 모시겠습니다, 도련님!

상식이 앞서 나가며 어서 가시라 안내를 한다. 상식과 함께 나가는
원의 모습에서,

구 회장   (소리) 너 뭐 하는 놈이야?

11. 구 회장 집. 거실/ 밤

노발대발하는 구 회장과 달리 원이는 전혀 심각하지 않다.

구 회장   바닥부터 배우라고 했더니 겨우 하루도 못 버티고 나와?
원   나온 게 아니라 쫓겨났어요. 어차피 저는 회사랑 안 맞는다고
               했잖아요. 다시 미국 갈게요.
구 회장   가서 뭐 하게!
화란   아빠 그만하세요. 공부 더 하고 천천히 시작해도 되잖아요.
               그리고 아무리 바닥부터 배우는 게 좋다고 해도 인턴이 뭐예요.
구 회장   (원이에게) 네 누나 반만 닮아라. 저게 누굴 닮아 그러는지.
화란   너무 뭐라 하지 마세요. 제가 잘 얘기할게요. (원이에게) 잠깐
               얘기 좀 하자.

12. 구 회장 집. 마당/ 밤

화란이 원에게 호텔 키를 준다.

화란	호텔 가 있어.
원	귀찮아. 여기 있을게.
화란	네가 뭔데 여기 있어?

화란을 바라보는 원. 누나가 그런 줄 알았지만, 이 상황에서까지 그럴 줄은 몰랐다.

화란	착각하지 마. 여기 네 집 아니야.
원	그러게. 내가 깜빡했네.
화란	호텔에서 지내다 최대한 빨리 출국해. 공부를 하든 뭘 하든 돈은 넉넉히 줄 테니까 집이든 회사든 기웃댈 생각 말고,
원	돈은 나도 넘쳐. 그래도 고맙네. 신경도 써주고. 살짝 감동할 뻔했어.

원, 미련은 없다. 호텔 키를 받아 들고 돌아선다.

🧑 13. 구 회장 집. 주방/ 밤

긴 식탁에 음식이 푸짐하게 차려져 있다. 구 회장 혼자 앉아 있다. 원까지 밥은 3인분, 하지만 화란만 들어온다.

구 회장	원이는?
화란	당분간 호텔서 지낸대요. 밥이라도 먹고 가랬더니…
구 회장	모자란 놈. 그거 좀 혼났다고 밥도 안 먹고 도망이나 가고, 한

참 멀었어.

화란   자꾸 잡아당기면 더 도망가요. 우선 좀 두는 것도 좋을 것 같아요.

구 회장 그래… 너도 원이 너무 몰아세우지 말고.

구 회장이 일어선다. 다 알고 있는 건가 싶어 화란은 구 회장 뒷모습만 보고 있다.

14. 킹호텔 앞/ 밤 – 낮

원이 호텔을 올려다본다. 화려하게 솟아오른 호텔, 원이 혼자 쓸쓸하게 들어간다.

〈킹호텔, 시간 경과/ 낮〉

밤의 화려함은 사라지고 웅장함만 남았다. 사랑이 호텔로 들어간다.

15. 킹호텔 로비/ 낮

로비로 들어오는 사랑. 천장을 올려다본다.

〈인서트〉 과거, 바닷가 킹호텔 로비

공주처럼 예쁜 옷을 입은 어린 사랑(6세)이 놀란 눈으로 천장을 보고 있다. 화려한 샹들리에에 조명이 빛을 받아 반짝인다. 사랑이 활짝 웃는다.

사랑이 웃으며 호텔을 올려다보고 있다. 첫 출근의 기대감과 행복함이 교차한다.

🧑‍🍳 16. 소연회실/ 낮

깔끔한 정장 차림의 사랑과 실습생들이 두 손을 가지런히 모으고 서 있다. 그들 사이를 거닐며 교육을 하는 김수미.

수미	고객은 뭐다?
실습생들	고객은 왕이다!
수미	그렇죠. 고객은 왕입니다. 왜? 호텔에는 봉사료를 따로 받기 때문이죠. 봉사료를 주고받기 때문에 왕으로 모실 의무와 왕처럼 대접받을 권리가 생기는 겁니다. 우리는 고객 만족을 넘어 고객 감동을 선물하는 사람들입니다. 오직 고객을 위해! 내 감정은 필요 없어요. 자신 없는 사람은 (문을 가리키며) 지금 나가면 됩니다.

고압적인 수미의 태도에 바짝 긴장한 실습생들, 서로 눈치만 보고 있다.

수미	없어요? 다들 왕을 모실 준비가 됐나요?
실습생들	네!

수미	고객 감동은 미소로 시작합니다. 우리 킹호텔에서만 볼 수 있는 하이엔드 명품 스마일, (따라 하라는 듯) 헤르메스.
실습생들	(활짝 웃으며) 헤르메스.
수미	미소는 가장 강력한 무기이자 방패예요. 아름답게 헤르메~스!
사랑	(활짝 웃으며) 헤르메~스!

🧑‍🍳 17. 피트니스센터/ 낮

흥겨운 음악에 맞춰 운동하는 사람들로 가득한 피트니스센터 안.
찜질방 복장처럼 생긴 피트니스 스태프 복을 입은 사랑이 수미를 따라 입구로 들어온다. 수미는 교육을 할 때와 달리 까칠하다.
사랑과 똑같은 피트니스 스태프 복을 입은 보연이 인사를 한다.

보연	안녕하세요, 매니저님.
수미	바닥이 이게 뭐니?
보연	방금 닦았는데.
수미	닦고 또 닦아. 눈이 부시게. (사랑 가리키며) 여긴 실습.
사랑	안녕하십니까, 천사랑입니다.
수미	한 바퀴 돌아보고 갈 테니까 꼼꼼히 잘 가르쳐.
보연	네! 알겠습니다.

수미가 돌아서자 보연은 사랑을 위아래로 훑는다. 사랑은 미소를 유지하고 있다.

보연	일회용치곤 쓸데없이 예쁘네.
사랑	일회용이요?
보연	한 달 쓰고 버리는 너 같은 애들 말이야. (걸레 주며) 가서 똥습이나 닦아.
사랑	똥… 습이요?
보연	(벤치프레스 가리키며) 저기 가면 고객님께서 흘리신 아름다운 똥꼬 습기가 보일 거야. 앞으로 한 달간 네 담당이니까 한 방울도 남김없이 닦고 또 닦아. 눈이 부시게.
사랑	네!

사랑, 걸레를 받아 벤치프레스로 간다.
엉덩이 윤곽을 따라 땀으로 흥건히 젖어 있다. 으~ 인상을 쓰는데,

수미	거기! (사랑 돌아보면) 헤르메스!
사랑	(활짝 웃으며) 헤르메스!

사랑이 웃는 얼굴로 청소를 시작한다.

18. 피트니스센터 여자 탈의실/ 낮

사랑은 면봉과 화장솜을 채우고 보연은 지켜보고 있다.

보연	면봉이랑 화장솜은 항상 90%를 채워놔야 해. 100%를 채우면 빼기 힘들고 90% 아래면 신경 안 쓰는 걸로 보이거든.

사랑	네 알겠습니다.
보연	뭐가 좋다고 그렇게 웃어?
사랑	근무 중에는 항상 '헤르메스' 하라고 하셔서요.
보연	그건 호텔에서나 하는 얘기지.
사랑	여기도 호텔이잖아요.
보연	진정한 호텔은 1층 로비부터야. 여기는 찜질복, 거기는 유니폼. 그리고 일회용이 무슨 호텔리어라고 헤르메스를 해.
사랑	그래도 있는 동안 열심히 해야죠.
보연	아무리 열심히 해봐라. 너 같은 애는 하늘이 두 쪽 나도 로비 근처도 못 가. 나도 여기 틀어박힌 지 벌써 5년째야.
사랑	그래도 선배님은 정규직이잖아요.
보연	(우쭐) 뭘 해도 너보단 낫지. 다 채웠으면 나가서 또 닦아. 반짝 반짝 눈부시게.
사랑	네. 눈이 부시게 반짝반짝 닦겠습니다.

🧑‍🍳 19. 제주 호텔. 로비/ 밤

승무원들이 소파에 앉아 체크인을 기다리고 있다. 사무장은 넓은 자리에 혼자 앉아 있고 평화와 선배 2, 3, 4 등은 좁은 자리에 끼어 앉아 있다.

사무장	내일 비행 전에 근처에서 먹고 가게 일찍 움직이자. (평화에게) 막내는 근처 맛집 검색하고 예약 좀 해두고.
평화	호텔 조식 신청되어 있습니다.

사무장	조식이 맛집이니? 여기서만 맛볼 수 있는 진귀한 맛집으로 예약해 놔.
평화	네. 진귀한 맛집으로 찾아보겠습니다.
선배1	(카운터에서 룸 키 받아 오며) 체크인했습니다.
사무장	오늘은 누가 나랑 잘래?

평화는 물론 선배들 누구도 사무장과 눈을 마주치지 않으려 애쓴다.

사무장	내가 고를까? (한 명씩 손가락으로 가리키며) 누가 나랑 잘까요 알아맞혀 보세요. (선배1) 딩, (평화) 동, (선배2) 댕~

선배 2, 암담한 마음을 미소로 감추는데, 사무장의 손가락이 다시 평화를 가리킨다.

사무장	동!

사무장의 장난스러운 웃음. 섬뜩하다.

🧑‍🍳 20. 평화 호텔 방 – 욕실/ 밤

평화가 화장을 지우기 시작하는데 사무장이 문을 불쑥 연다.

사무장	10분 내로 정리하고 자. 나 잘 땐 화장실도 가지 말고.
평화	네.

사무장   냉장고랑 텔레비전, 전기 코드도 다 빼놔. 난 시끄러우면 못 자.

할 말만 하고 문을 닫는 사무장. 화장을 지우는 손놀림이 엄청 빨라
진다.

🧖 21. 평화 호텔 방/ 밤

평화는 이불을 푹 뒤집어쓰고 휴대폰으로 '제주도 진귀한 맛집'을 검
색 중이다. 갑자기 이불이 확 걷히자 평화가 놀라 짧은 비명을 지르
며 일어선다.

사무장   내가 예민하다고 했지? 전자파가 이불 뚫고 나오잖아.
평화   죄송합니다.
사무장   핸드폰도 꺼놔.
평화   무음으로 해뒀습니다.
사무장   난 무음도 느껴.
평화   네!

평화, 재빠르게 휴대폰 전원을 끈다.

〈시간 경과〉
평화가 눈을 말똥말똥 뜨고 천장만 바라보고 있다.
사무장 코 고는 소리 때문에 잠을 잘 수가 없다.

22. 알랑가 매장/ 낮

시내 면세점. 쇼핑을 즐기는 사람들로 북적인다.
명품 부티크 매장들 사이, 〈King fashion ALANGA〉 간판 보인다.
카운터 옆에 서 있는 다을, 나가는 손님에게 인사를 한다.

다을   안녕히 가세요. 찾아주셔서 감사합니다.
선배   (다가와서) 다을! 팀장님이 직원식당 메뉴 마음에 안 드신다고
            창고에서 간단히 김밥 드신대.
다을   네. 다녀오겠습니다.

 23. 김밥집. 계산대/ 낮

다을, 김밥 마는 아줌마 옆에 메모지를 들고 서 있다.
너무 죄송스럽고 눈치가 보여 최대한 공손하게 부탁한다.

다을   참치 한 줄, 소고기 두 줄, 김치 주먹밥 하나 포장인데요,
아줌마   (주문표 보고) 응, 주문받았어.
다을   정말 죄송한데요, 참치김밥에 밥은 조금만 넣고 참치랑 마요
            네즈는 듬뿍 넣어주시고 시금치만 빼주시면 안 될까요?
아줌마   (귀찮아서 한마디 하려다가) 알았어.
다을   (한고비 넘겼다. 메모지 보며) 진짜 너무 죄송한데요, 소고기 김밥
            한 줄은 참기름 바르지 말고, 당근 좀 빼주시면 안 될까요?
아줌마   (김밥 말다 멈추는) 자기가 직접 말지 그래?

다을	죄송합니다. 선배님들이 워낙 까다로우셔서요.
아줌마	이번만이야. 바쁠 땐 못 해줘.
다을	정말 감사합니다. (다시 메모지 보고는) 정말 또 너무나 죄송한데요.
아줌마	(짜증이 난다) 또 뭐?
다을	이왕 해주시는 김에 나머지 소고기 한 줄도 계란 빼고 참기름은 바른 듯 안 바른 듯 향만 살짝 풍기게 부탁 좀 드려도 될까요?
아줌마	(말던 김밥 내동댕이치는) 나가. 안 팔아.
다을	죄송해요. 한 번만 부탁드릴게요. 저 꼭 사가야 해요.
아줌마	나가!!
다을	제가 말게요. 제발 제가 말게 해주세요.

24. 알랑가 매장/ 낮

다을, 김밥을 들고 매장으로 뛰어 들어온다.

다을	다녀왔습니다. 금방 차리겠습니다.
선배	팀장님 그냥 직원식당 가신대.
다을	네? 그럼 이건 어떡해요?
선배	못 들었어? 직원식당 가서 돈가스 드신다고. 가자.

선배는 돌아서고 다을은 인상을 팍 구긴다.

25. 직원식당/ 낮

다을이 웃는 얼굴로 팀장부터 선배들까지 순서대로 착착착! 식판을 놓는다. 다을이 겨우 자리에 앉아 돈가스를 자르려는데,

선배   물은?

다을이 벌떡 일어난다. 잠시 후, 팀장부터 순서대로 탁탁탁! 물컵이 놓인다.

26. 피트니스센터 곳곳/ 낮

탈의실, 보연이 여기저기 널린 가운과 양말 등을 가리킨다. 사랑이 빠르게 치운다. 사우나 파우더룸, 보연이 거울을 손가락질하면 거울을 닦고, 세면대를 가리키면 세면대를 닦는 사랑. 피트니스센터. 보연이 운동기구 여기저기를 손가락질하고 사랑은 쉴 새 없이 걸레질을 한다.

27. 사랑 집. 거실/ 밤

소파에 앉은 사랑이 넋이 반쯤 나간 얼굴로 생라면을 먹고 있다.
소파 아래, 평화는 사과 하나, 다을은 왕소시지를 먹고 있다.
셋 모두, 손가락 하나 까딱할 힘도 남아 있지 않은 듯 말이 없다.

소파에서 미끄러지듯 내려오는 사랑. 냉장고로 엉금엉금 기어가더니 캔맥주를 꺼낸다. 돌아올 힘도 없다. 냉장고 앞에서 맥주를 따는 사랑. 캔 따는 소리에 다을과 평화가 바라본다. 아, 맥주다!
냉장고 쪽으로 데굴데굴 굴러가는 다을과 평화.

28. 상식이 출근 스케치 : 호텔 전경 - 스위트룸 앞/ 낮

출근하는 사람들 사이, 상식 보인다.
호텔 가장 높은 층으로 올라가면 상식이 스위트룸 앞 복도를 걸어가고 있다. 초인종을 누르는 상식.

29. 호텔 전경 - 스위트룸/ 낮

문을 열고 들어서자마자 상식 눈이 휘둥그레진다.
안으로 들어서면 더 놀라 입이 쩍 벌어진다. 스위트룸은 처음 보았다.

상식   이런 덴 하룻밤에 얼마야?

거실에서는 원이 쇼핑 중이다.
퍼스널 쇼퍼가 원이를 위해 옷과 신발 등을 가져왔는데, 긴 행거에는 옷이 잔뜩 걸려 있고 옆으로 신발 수십 컬레가 놓여 있어 작은 부티크 샵 같다. 편안한 슈트 차림으로 갈아입은 원. 거울을 보며 옷을 체크한다.

상식	갈아입을 옷 하나 안 들고 왔어요?
원	사 입으면 되지 뭐 하러 들고 다녀? 거추장스럽게.
상식	역시, 가진 자의 여유란… 아름답네요.

쇼퍼가 행거에서 검은 티셔츠를 꺼내 보여준다. 등에 호랑이 그림이 인상적이다.

쇼퍼	이 제품은 어떠세요? 우리나라에 딱 세 벌 들어왔는데,
원	세 벌 다 주세요.
쇼퍼	죄송합니다. 이미 한 벌은 판매되었어요.
원	그럼 나머지 두 벌 다 주세요.
상식	(질색하며) 저는 괜찮아요! (원이가 바라보면) 남자끼리 커플티는 좀 오버 아닌가? 마음만 받을게요.
원	커플? 내가 왜?
상식	저 주려고 하는 거 아니에요?
원	두 개 다 내 껀데? 난 누가 똑같은 거 입는 게 싫어. 할 일 없으면 가서 미국 갈 준비나 해. 일주일 있다 출발이야. 안 돌아올 생각하고 짐 싸.
상식	갑자기 미국요? 저 미국 비자 없는데요?
원	비자 없는 사람도 있나? 뉴욕 같은 덴 가봤을 거 아냐.
상식	뉴욕이 무슨 강남도 아니고. 뉴욕제과는 가봤네요.
원	당장 가서 비자부터 만들어.
상식	근데 저 정말 정직원 되는 거 맞죠? 괜히 따라갔다가 이도 저도 아니면…
원	(바로 휴대폰 통화한다) 전데요. 노상식 인턴 정직원으로 올려주세

요… 네. (전화 끊고) 됐지?

상식   다녀오겠습니다, 도련님.

30. 스위트룸 복도 - 엘리베이터 앞/ 낮

긴장한 표정으로 방문 앞에 서 있는 수미, 아무 소리 없자 문에 귀를 대본다.

심호흡을 하고 벨을 누르려다 옷을 다시 단정히 한다. 다시 벨을 누르려는데 문 열리며 상식이 나온다.

수미   안녕하십니까. 데스크 담당 매니저 김수미입니다.

상식   (멀뚱히 쳐다본다) 네. 그런데요?

수미   조식도 안 드시고 룸서비스도 안 부르셔서 식사 어떻게 하실지 걱정돼서 여쭤보러 왔습니다.

상식   괜찮아요. 미국 갈 준비 때문에 좀 바빠서요.

상식이 엘리베이터 쪽으로 걸어간다. 수미가 따라간다.

수미   미국 들어가신다는 얘기 들었습니다.

상식   벌써요? 나도 방금 들었는데.

수미   워낙 유명하시다 보니까.

상식   (기분 좋다) 어딜 가든 이놈의 인기는…

수미가 먼저 가서 엘리베이터 버튼을 눌러준다. 엘리베이터를 기다

리는 동안 상식은 휴대폰으로 '일주일 만에 비자 받기'를 검색하고 있는데,

수미   가실 때까지 불편한 점 있으시면 언제든 편하게 말씀해 주세요. 로비 말고 직접 전화 주시면 바로 처리해 드리겠습니다.
        (명함 준다)
상식   (명함 받으며) 고마워요. 꼭 연락할게요.

엘리베이터 문이 열린다. 비자가 급한 상식은 엘리베이터에 타서도 계속 휴대폰만 보고 있다. 엘리베이터 문이 닫힌다.

수미   역시 회장님 아들, 시크해…
        그래도 됐어. 얼굴도장 찍었고, 눈빛 교환 성공했고, 이제 시작이야!

뿌듯한 마음으로 촐랑촐랑 복도를 뛰어가는 수미.

31. 호텔 피트니스센터/ 낮

"아홉, 뜨항~ 쓰읍, 으흥~" 신음 비슷한 기합 소리가 센터에 가득하다. 손님뿐 아니라 직원들 모두 불쾌한 얼굴로 한 곳을 보고 있다.
진상남이 벤치프레스를 하며 이상한 소리를 내는 중이다.
사랑이도 청소를 하다가 진상남을 본다. 소리만 들어도 소름 끼치게 불쾌하다.

진상남이 벤치프레스에서 일어나 덤벨이 있는 쪽으로 간다.

별로 무거워 보이지도 않는 덤벨 하나를 집어 들고는 뒤를 본다.

사랑이 자기가 운동하던 벤치프레스 앞에 앉아 있다. 진상남이 음흉하게 웃는데, 사랑은 진상남이 누워 있던 벤치프레스를 닦으려 한다.

땀으로 흥건한 자리, 보기도 싫지만 어쨌든 닦아야 한다.

다시 "아흡, 뜨앙~" 소리가 들리기 시작한다.

보면 진상남이 덤벨을 들고 운동을 하고 있다.

등에 커다랗게 호랑이 얼굴이 그려진 티셔츠가 보인다.

으~ 진저리를 치며 얼른 고개를 돌리는 사랑. 진상남이 거울에 비친 자기 모습을 보고 있는 줄도 모른다.

중년 여자 고객이 보연을 툭 치며 진상남을 턱짓한다. 빨리 가서 뭐라도 하라는 뜻이다.

보연이 중년 여자에게 인사를 하고는 진상남에게 간다.

보연	고객님, 죄송한데 기합 소리 좀 조용히 부탁드릴게요.
진상남	(보연을 올려다보며) 뭐?
보연	계속 컴플레인이 들어와서요. 부탁드립니다.

갑자기 일어서는 진상남, 근육 자랑을 하듯 팔뚝을 걷고 잽을 날리며,

진상남	너 접근하는 방법이 신선하다? 나한테 관심 많구나?
보연	(황당하다) 네?
진상남	근데 어쩌지? 그쪽은 전혀 내 스타일이 아닌데. 난 이미 쟤로

정했어.

진상남 눈길을 따라가면 리넨실로 들어가는 사랑이가 보인다.

32. 피트니스 리넨실/ 낮

수건을 정리하고 있는 사랑. 보연이 기분 나쁜 얼굴로 들어온다.

보연   야! (사랑 돌아보면) 이거.

보연이 수건 위로 봉투를 툭 던진다.

보연   내가 네 팁 심부름이나 해야 돼?
사랑   네?
보연   아까 그 등에 호랑이. 대단해, 벌써부터 팁 받고.

보연이 나간다. 사랑은 이게 무슨 상황인지 모른다. 봉투를 열어
본다.

33. 호텔 피트니스센터/ 낮

원이 들어온다. 후드집업을 벗고 랫 풀 다운 기계에 앉아 이어폰을
끼고 등 운동을 시작한다. 카메라, 원의 뒷모습을 비추면 진상남과

똑같은 호랑이 티셔츠다.

34. 피트니스 리넨실/ 낮

봉투를 확인하는 사랑. 안에는 룸 키와 함께 메모가 보인다.
"나만 졸졸 따라다니던데. 그 앙큼한 마음 받아줄게. 후끈후끈 우리의 불타는 밤을 위해!" 욱! 치밀어 오르는 사랑. 후~ 후~ 숨을 고르며 참아보려 하지만 안 된다.

사랑   이 똥습이 진짜!

밖으로 확 나간다.

35. 피트니스센터/ 낮

리넨실을 나온 사랑, 센터 안을 둘러본다.
러닝머신 위를 달리고 있는 호랑이 티셔츠가 보인다. 원이다.
성큼성큼 원이 뒤로 다가서는 사랑.

사랑   저기요. 고객님. 저기요!

원이는 이어폰 때문에 들리지 않는다. 이게 진짜 보지도 않아? 더 화가 난다. 러닝머신 조작부로 가더니 가속 버튼을 꾸욱 누른다.

원   어어~ 어어~ 어~

속도를 따라가지 못하는 원, 런닝머신 위로 엎어졌다가 아래로 미끄러진다. 넘어진 원이에게 다가서는 사랑. 원이 얼굴 똑바로 보며,

사랑   (말투는 상냥하다) 고객님, 제가 님들 똥꼬 땀이나 닦고 다니니까 우습죠? 그렇다고 고객님처럼 머리에 똥만 가득 찬 분들이 막 해도 되는 사람 아닙니다. 또 한 번만 더 이러시면 제 손에 죽습니다. 명심하세요, 변태 고객님.

환하게 웃는 얼굴로 원이 앞에 봉투를 던지듯 놓고 돌아서는 사랑. 원이는 정신 차리고 일어선다. 황당한 원, 두리번거리다 사랑을 발견한다.

원   (사랑 따라가며) 거기! 잠깐 서! 서라는 말 안 들려?

사랑은 뒤도 안 돌아보고, 화가 난 원이 더 크게 소리를 지르는데,

원   야!
화란   (소리) 뭐 하는 거야?

돌아보면 화란이 서 있다. 늘 그렇듯 경멸의 눈초리다.

화란   여기 회원들이랑 투숙객들 오는 곳이야. 네가 뭔데 내 호텔에서 소리를 질러?

원이 사랑을 돌아본다. 사랑은 벌써 리넨실로 들어갔다.
원이는 당장 가서 한바탕하고 싶지만 화란과 같은 공간에 오래 있기가 싫다.

원	아직 누나 호텔 아니잖아?
화란	뭐?
원	나 여기 고객이야. 그것도 스위트룸 투숙객. 제가 컴플레인 걸면 피차 불편할 텐데 고객한테 예의 좀 갖추시죠. 킹호텔 이사님.
화란	…
원	준비되면 곧 떠날 거니까 있는 동안 손님 대접 잘 부탁할게.

원이 돌아선다. 화란이 기분 나쁜 얼굴로 바라본다.
피트니스 직원1이 한쪽 구석에서 작은 소리로 휴대폰 통화를 하고 있다.

| 직원1 | 매니저님. 지금 이사님 내려오셨어요. |

36. 피트니스센터 여자 탈의실/ 낮

화가 가라앉지 않는 사랑, 면봉과 화장솜을 팍팍 채우고 있다.
그러고는 다 쓴 수건과 가운이 담긴 통을 들고 밖으로 나간다.

37. 피트니스센터 입구/ 낮

화란이 피트니스 곳곳을 둘러보고 있다. 운동기구에 쌓인 먼지까지 체크하고 있는데 수미가 헐레벌떡 달려와 인사한다.

수미	오셨습니까, 이사님. 연락도 없이 여기까진 어쩐 일로.
화란	내가 못 다닐 곳이 있니?
수미	그럴 리가요. 이 모든 게 이사님 건데요.

수건통을 들고 보연을 따라 센터를 지나가는 사랑, 화란을 보자 "안녕하세요" 환하게 웃으며 90도로 고개 숙여 인사한다. 무심코 지나가다가 돌아보는 화란.
괜히 트집 잡힐까 마주치지 않게 달아나려던 보연도 뒤늦은 인사를 한다. 눈치 보며 억지로 웃는 보연과 달리 사랑은 화란이 반가운 듯 환하게 웃고 있다.

화란	일은 할 만해요?
보연	저, 저요?
화란	아니, 옆에.
사랑	처음이라 힘들긴 하지만 즐거운 마음으로 배우고 있습니다. 뽑아주셔서 감사합니다. 열심히 하겠습니다. (활짝 웃는다)

화란은 사랑을 훑어본다. 웃는 얼굴이 마음에 든다.

화란	(수미에게) 신입 교육은 다 받았나?

수미	네. 기본적인 교육은 모두 마쳤습니다.
화란	(사랑에게) 호텔에서 서비스를 중요시하는 이유가 뭐라고 생각해요?
수미	죄송합니다. 아직 실습생이라 그런 부분까지는 교육이 안 되어 있습니다.

수미를 보는 화란. 짧은 눈길이지만 자기가 말하는 중에 끼어들었다는 불쾌함과 그 정도 교육도 안 시켰냐는 질책이 함께 느껴진다. 화란이 다시 사랑을 본다.

사랑	보통 백화점이나 식당에 들르는 손님은 Customer라 하고 호텔 고객은 Guest라고 합니다. 게스트는 집에 초대한 손님이란 뜻도 있습니다. 내 집에 온 손님이니 서비스에 최선을 다하는 것이 당연하다고 생각합니다.
화란	책에 나온 얘기 말고 본인 생각요.
사랑	음… 호텔의 어원은 심신을 회복한다는 라틴어 호스피탈레에서 유래한 것으로 알고 있습니다. 지친 몸과 마음을 회복하기 위해 서비스를 중요시하는데, 저는 서비스보다 중요한 것이 진심이라고 생각합니다.
화란	… (제법이다) 해피 아워란?
사랑	라운지, 칵테일바 등 식음료 업장에서 하루 중 고객이 붐비지 않는 시간대를 이용하여 저렴한 가격 또는 무료로 음료 및 스낵 등을 제공하는 서비스 상품 중 하나입니다.
화란	영어로 안내해 봐요.
사랑	(막힘없이 영어로) 저희 킹호텔에서는 오후 3시부터 5시까지 라

운지에서 가벼운 스낵, 커피 또는 차를 무료로 제공하고 있으니 많은 이용 부탁드립니다.

화란   (수미에게) 저 직원 로비로 올려.

한마디 짧게 남기고 돌아서는 화란.
사랑도 보연도 너무 놀라 인사도 하지 못한다. 놀라기는 수미도 마찬가지다.

38. 엘리베이터 앞/ 낮

수미가 얼른 화란을 추월해 엘리베이터 버튼을 누른다.

수미   이사님, 근데 쟤 2년제 출신인데요?
화란   잘하는 애를 왜 거기다 두니? 잘 보이는 데 둬야지.
수미   한 달짜리 실습생인데 진짜 올려요?
화란   그래? 그럼 1년 더 시켜봐.
수미   네?
화란   로비는 호텔 얼굴이야. 웃는 게 보기 좋네.

엘리베이터 도착하자 재빠르게 먼저 타는 수미, 열림 버튼을 누르고 있다.

수미   (활짝 웃으며) 킹더랜드로 가실 거죠?

화란, 안 타고 빤히 쳐다보고 있다.

화란   너도 탈 거니?

수미   (뒷걸음질 치며 내리는) 저는 내리겠습니다.

서둘러 내리는 수미, 엘리베이터를 타고 올라가는 화란을 향해 인사
한다.

🧑 39. 킹호텔 사무실/ 낮

원피스 정장으로 갈아입은 사랑이 수미 앞에서 어색하게 웃고 있다.
직원들이 힐끔힐끔 사랑을 보고 있다. 수미는 아무리 생각해도 심통
이 난다.

수미   여기 너 정도 영어 못하는 사람 없어. 2개 국어 정도는 해야
                기본이야. 너 중국어 안 되잖아?

사랑   (중국어로) 오후 3시부터 5시까지 라운지에서 가벼운 스낵, 커피
                또는 차를 무료로 제공하고 있으니 많은 이용 부탁드립니다.

수미   … (제법이다) 얘 봐라. 너 그러다 일본어까지 하겠다?

사랑   (막힘없이 일본어로 대답한다)

오오~ 주변 직원들이 박수를 친다. 수미는 더 기분이 나쁘다.

사랑   호텔리어가 꿈이라 어학 공부 열심히 했습니다.

수미	외국어 몇 개 한다고 단 줄 알아? 원래 로비는 너 같은 애들이 갈 수 있는 자리가 아니야.
사랑	저 같은 애가 뭔데요?
수미	인물 안 돼. 학벌 안 돼. 능력 안 돼. 몰라 묻니? 그러니까 나대지 말고 시키는 거나 잘해. 알았어?
사랑	네. 시키시는 대로 뭐든 열심히 하겠습니다. 잘 부탁드립니다.

환하게 웃으며 씩씩하게 대답하는 사랑. 주눅 들지 않는 모습에 수미는 속이 더 부글거린다.

40. 스위트룸/ 낮

짐을 다 챙긴 원. 짐이라고 해봐야 캐리어 하나밖에 없다.
회중시계를 만지작거린다. 고풍스러운 디자인인데 오래돼 낡았고 유리도 깨져 있다. 시계를 넣고 휴대폰을 든다.
'아버지' 번호를 찾아 통화를 할까 말까 고민하는데 문이 열린다. 화란이 들어온다.

원	손님방에 막 들어오네?
화란	체크아웃 시간 지났어. 나가.
원	지금 갈 거야.
화란	아버지한테는 따로 전화 안 해도 돼. 내가 얘기할게.
원	이 호텔 서비스 좋은데?
화란	내가 주인이니까. 미국 가서 눌러사는 건 언제? 와봐야 너만

힘들 텐데.

원   가든 말든 내가 알아서 해. 그런데 절대 올 일 없을 거니까 걱
        정하지 마.

화란   그 말 꼭 지키길 바래.

원   간다.

원이 방을 나간다. 어찌 됐건 짐 하나를 치운 느낌. 화란이 승리의 미
소를 짓는다.

41. 로비. 데스크/ 낮

원이 먼저 엘리베이터에서 내리고 상식이 짐을 들고 뒤따라 나온다.
엘리베이터 앞에서 기다리고 있던 수미, 상식 옆에 바짝 붙는다.

수미   미리 체크아웃 해놨습니다.

상식   고마워요. 정말 친절하네요.

수미   저는 언제나 이 자리에서 기다리고 있겠습니다.

상식   다녀와서 봐요.

상식이 눈인사를 하고 빠른 걸음으로 원이를 따라간다.
수미는 황홀한 표정으로 상식을 본다.

수미   다녀와서 보재… (너무 기쁘다) 잘 가요 내 사랑…

로비 중간에 멈추는 원. 마음에 담아두려는 듯 호텔을 한 바퀴 둘러본다. 같은 시간, 사랑은 로비 데스크로 들어와 선배들에게 인사를 한다.

사랑   (미소) 천사랑입니다. 열심히 하겠습니다.

웃는 얼굴로 인사하는 사랑, 굳은 얼굴로 호텔을 떠나는 원.

👤 42. 사랑 집/ 밤

'거의 정직원'이라 쓰인 고깔모자를 쓴 사랑, 케이크 앞에 앉아 있다.

다을, 평화   (노래) 축하합니다. 축하합니다. 사랑이 로비 입성 축하합니다.

사랑, 초를 불어 끈다. 친구들 배려가 감동스럽다.

사랑   고마워.

다을   축하해. 똥습이나 닦던 쭈구리가 로비까지, 장하다 내 새끼.

평화   인간 승리지. 킹호텔 역사상 2년제 최초 정직원.

사랑   정직원은 아니고 1년 연장이라니까.

평화   그니까 (강조) 거의 정직원. 1년이 2년 되고. 2년이 3년 되는 거지.

다을   몇 년만 버티면 우리도 쭈구리 말고 멋진 시니어 되겠지?

평화   그렇겠지? 근데 도대체 멋진 시니어는 어디 있는 거야? 아무리 둘러봐도 갑질 시어머니만 득실득실하던데.

다을　우리가 멋진 시니어 하면 되지. 난 진짜 우리 매장 언니들처럼 추하게 안 늙을 거야.

평화　그래. 우리 절대 늙은 마녀는 되지 말자. 그렇게 나이 들긴 싫다.

사랑을 보는 다을과 평화. 사랑은 말없이 듣고만 있다.

다을　넌 왜 아무 말 안 해?

사랑　난 바라는 거 없어. 건들지만 않아도 감사합니다지.

다을　너 안 되겠다. 꿈으로 가득한 희망찬 세상 좀 가야겠다.

평화　그게 어딘데?

다을　클럽 골드! (VIP카드 꺼내며) 내가 VIP다! 오늘 이 언니가 쏜다!

평화는 환호성을 지르며 일어난다. 사랑은 그런 친구들을 보며 웃는다. 신나는 음악 선행되며,

43. 시간 경과 몽타주

1. 클럽 – 흥겨운 음악에 신나게 춤을 추는 삼총사.
2. 호텔 로비 – 사랑, 카운터에서 체크인 업무를 한다.
3. 하버드대 – 원이 강의를 듣고 있다. 집중은 안 하고 창밖을 보기만 하는 원.
4. 사랑 집 – '완전 정직원' 고깔모자를 쓴 사랑, 다을과 평화와 건배

를 한다.

5. 하버드대 졸업식 – 학사모를 던지는 학생들. 그 사이 원이가 있다.

6. 소연회실 – 'King Hotel Best Talent (킹호텔 친절사원) 시상식' 현수막이 걸려 있다. 사랑이 베스트 탤런트 상을 받고, 수미는 직원들 사이에 서서 떨떠름한 얼굴로 박수를 치고 있다.

7. 타임스스퀘어 – 새해맞이 행사가 진행되고 있다. 군중들 속에 원이 혼자 서 있다.

8. 신부 대기실 – 웨딩드레스를 입은 다을과 웃으며 울며 사진을 찍는 사랑과 평화.

9. 그랜드캐니언 – 원이 경비행기에서 낙하를 한다. 그 아래로 그랜드캐니언의 장관이 펼쳐진다. 원이 뒤에서 대기하고 있던 상식, 고글을 벗더니 비행기 안으로 들어간다. 낙하를 포기했다.

10. 사랑 집 앞 – 꽃을 들고 사랑에게 고백하는 공유남. 사랑이 꽃을 받아준다.

11. 라스베이거스 – 원이 오픈 스포츠카를 타고 사막 한가운데로 뚫린 도로를 질주하고 있다. 시크한 표정에 시원하게 날리는 머리. 옆에 앉은 상식은 사방으로 흩날리는 머리를 주체하지 못하고 있다.

44. 뉴욕 전경 – 원 아파트/ 낮

뉴욕 전경 보인다. 수많은 빌딩들 사이 웅장하게 자리 잡은 초호화 아파트. 원이 집이 있는 곳이다.

45. 로비/ 낮

최고급 호텔처럼 고급스러운 로비, 원이 들어오고 있다.
아랍인 사미르가 모델 같은 여자 두 명을 양쪽에 끼고 지나가며 원에게 조롱 섞인 인사를 한다.

사미르   (영어) 헤이 원, 가난뱅이!

원은 인상을 쓰며 사미르를 외면한다. 엘리베이터로 가려는데 데스크 매니저가 원을 부른다. 매니저는 중후한 노인으로, 외모만 봐도 아파트의 품격을 보여주는 것 같다.

〈이하 영어〉

매니저   미스터 구, 우편물 확인 좀 부탁드립니다. 호수는 알겠는데 영어가 아니라 읽을 수가 없네요.

얇은 서류 봉투를 주는 매니저. 봉투에 한글로 '3001호 구원'이라고만 적혀 있을 뿐 발신인은 없다. 봉투 뒤를 확인해 보지만 마찬가지다.

원   나한테 온 건 맞는데 발신인이 없네요? 누가 주고 갔죠?
매니저   자전거 퀵으로 와서 우리도 알 수가 없어요.

고개를 갸우뚱하는 원. 매니저에게 눈인사를 하고 돌아선다.

매니저   좋은 하루 되세요.

엘리베이터 쪽으로 가며 봉투를 뜯는 원. 서류 한 장이 들어 있다. 뭔가 보다가 놀라 멈추는 원. 얼어붙은 듯 서류에 시선을 고정하고 있다.

👤 46. 원이 아파트/ 밤

원이 소파에 앉아 있다. 테이블에는 전 장면의 서류가 놓여 있다. 아주 오래된 '킹호텔 직원 인사카드' 복사본이다. 직원 이름은 한미소. 사진은 뭉개져 잘 보이지 않는다.
뚫어지게 서류를 보고 있던 원, 일어서더니 창가로 간다. 고민 많은 얼굴이 창문에 반사되어 보인다. 잠시 밖을 보던 원. 휴대폰을 든다.

원   나야. 한국 가는 티켓 끊어. 지금 당장.

👤 47. 원이 아파트/ 낮

원이 옷을 갈아입고 있다. 상식은 답답해 원이 뒤를 오락가락한다.

상식   다시는 한국 안 간다더니 왜 그러시는데요.
원   갈 일이 생겼어.
상식   이번 주에 엄마 아빠랑 식구들 다 놀러 오기로 했는데, 다음 주에 가시면 안 될까요?
원   그럼 나 먼저 갈게. 넌 나중에 따로 와.

상식	어딜 혼자 가요? 영원히 함께하기로 맹세해 놓고.
원	내가? 너랑? 언제?
상식	어떻게 잡은 줄인데 죽어도 혼자는 못 보내드려요. 근데 가면 얼마나 계실 건데요?
원	몰라.
상식	그걸 왜 몰라요. (원이 옷 다 입고 돌아서면) 어디 가시는데요?
원	한국 간다고 했잖아.
상식	저는 짐도 안 쌌어요. 도련님이야 맨몸으로 가서 옷이랑 신발 다 사면 되지만 저는 아니에요. 싹 다 가져가야 된다구요.
원	알았어. 짐 싸. 10분이면 되지?

원이 돌아선다. 상식은 죽을 맛이다. 훌쩍이는 소리 들린다.

48. 소연회실/ 낮

사랑이 10여 명 정도 되는 실습생들을 교육하고 있다.
사랑 유니폼 옷깃에 'Best Talent'라 적혀 있는 스마일 배지가 보인다.

사랑	호텔리어로 맞이하는 첫날 축하드려요. 교육을 맡은 천사랑입니다.

사랑이 인사를 하고 실습생들은 박수를 친다. 긴장과 기대가 섞인 얼굴들이다.

사랑	킹호텔 직원이 가져야 할 친절의 기본 원칙은 마음과 표현이에요. 고객을 환영하는 마음이 먼저고, 그것을 표현하는 게 서비스예요. 마음에 없는 친절은 친절이 아니라는 뜻이기도 하죠. 우리는 언제나 진심으로 웃을 준비가 되어 있어야 합니다.
수미	(소리) 야,

문이 거칠게 열리며 수미가 빠른 걸음으로 들어온다.

수미	(교육생들 확인하고) 천사랑 씨! 무슨 일이야? 뭐 잘못했어?
사랑	제가요?
수미	도대체 무슨 잘못을 했길래 스위트룸 고객이 로비까지 내려와서 사랑 씨를 찾냐고? 응대 잘못한 거 없어?
사랑	네. 아침 모닝콜 서비스도 빠짐없이 넣어드렸는데요.
수미	빨리 가봐. 나한테까지 컴플레인 넘어오기만 해. 알았어? (실습생들에게) 너희들은 웃는 연습이나 하고 있어. 헤르메스!
실습생들	(미소) 헤르메~스!

🧑 49. 로비/ 낮

노년에 접어든 외국인 할머니가 소파에 앉아 있다. 사랑이 할머니 앞으로 가서 공손하게 인사를 한다. 할머니는 이탈리아 억양의 영어를 쓴다.

<이하 영어>

사랑   찾으셨습니까? 제가 서비스 담당입니다.

할머니   그쪽이 오늘 제 방에 웨이크업 콜 넣어줬나요?

사랑   네, 요청하신 시간에 맞춰 제가 했습니다. 뭐가 잘못되었나요?

할머니   …나 알아요?

사랑   음악을 사랑하는 사람 중에 당신을 모르는 사람이 있을까요? 저희 호텔을 찾아주셔서 영광입니다.

감동한 듯 천천히 일어서는 할머니. 사랑을 살포시 껴안는다.

50. 몇 시간 전. 스위트룸/ 낮

전 신 할머니가 잠들어 있다.
시계가 7시 정각이 되는 순간, 모닝콜이 울린다.
일반 벨 소리가 아니라 아름다운 오페라 아리아다.
눈을 뜨는 할머니, 모닝콜을 끄려다가 멈추고 전화기를 보고만 있다.
미소를 짓는 할머니, 눈물을 흘린다.

할머니   (소리) 전 세계 수많은 호텔을 다니며 늘 웨이크업 콜 서비스를 받았어요. 하지만 내가 부른 노래로 잠을 깨워준 곳은 여기 호텔이 처음이에요. 오페라 무대를 떠난 지가 언젠데, 마치 20년 전 프리마돈나였던 나로 돌아간 것 같았어요.

👤 51. 로비/ 낮

할머니는 두 손으로 사랑 손을 꼭 잡고 있다.

할머니	고마워요. 젊은 시절로 여행을 하게 해줘서.
사랑	저희가 감사드려요. 아름다운 목소리를 들을 수 있게 해주셔서요.
할머니	오래된 나를 기억해 줘서 고마워요. 이제 내가 당신을 오랫동안 기억할게요. (이름표 보고) 세뇨리타 사랑.

사랑 손을 잡고 있는 할머니, 환하게 웃지만 눈물이 글썽인다. 사랑도 마찬가지다. 데스크에서 수미와 선배1이 둘을 보고 있다. 수미는 고소한 얼굴이다.

수미	뭘 얼마나 잘못했길래 저렇게 눈물까지 흘리며 사과를 해… (출입문 쪽 보고 놀란다) 어머어머어머어머!

급하게 데스크를 빠져나가는 수미.

👤 52. 로비

원이 편한 트레이닝복 차림으로 호텔 로비로 들어선다.
떠나던 때처럼 로비 중앙에 서서 호텔을 한번 둘러보는 원이.
상식이 캐리어를 끌고 따라오는데 수미가 다가와 인사를 한다.

수미	오신다는 연락받았습니다. 체크인은 미리 해두었습니다. (키준다)
상식	또 만났네요, 우리.
수미	(감동해 울 정도다) 네. 또 만났어요, 우리…

그러는 사이 원이는 이미 엘리베이터 앞으로 갔다.
안 오고 뭐 하냐는 눈빛으로 바라보는 원이, 상식이 서두른다.

상식	오늘은 바쁘니까 다음에 또 봐요.
수미	네. (상식이 떠나자) 우리…? 우리… (좋아 죽는다)

빠른 걸음으로 엘리베이터로 가는 상식. 수미는 그의 뒷모습에 시선을 고정하고 있다. 원이는 거만한 상식과 애절한 수미를 번갈아 바라본다.

원	누구야?
상식	제 팬이요. 역시 인기는 돈으로 살 수 없다니까. (원이 빤히 보며) 나는 왜 인기가 없을까, 그런 고민 좀 하셔야 될 텐데.
원	나 인기 많아.
상식	풉. (비웃는다)
원	(은근 자존심이 상한다) 진짜야.
상식	(얄밉게 웃으며) 암요. 그럼요.

저걸 그냥 확…! 한 대 쥐어박고 싶은 마음을 억누르는 원이다.

👤 53. 구 회장집. 다이닝룸/ 밤

긴 식탁에 앉아 있는 구 회장, 화란, 그리고 원이. 고급스러운 식사가 준비되어 있다.

구 회장 간만에 한국 들어오니 어떠냐?

원 똑같아요.

구 회장 다시 나갈 생각 하지 말고 회사 출근해. 호텔, 항공, 유통 어디가 좋아?

화란 잠깐 쉬러 들른 애한테 너무 급하세요. 하던 공부도 있고 그쪽 정리하고 천천히 해도 안 늦어요.

구 회장 7년이면 충분해. 말 나온 김에 다 정리하고 들어와.

원 할게요. 출근.

예상치 못한 대답에 놀란 화란, 원이를 쏘아본다.

원 대신 호텔에서 일하고 싶어요.

구 회장 이유는?

원 호텔이 좋아요.

구 회장은 고민한다. 고민이 길어질수록 화란은 초조하지만 원은 느긋하다.

구 회장 알았어. 해봐!

원은 가볍게 끄덕이고, 화란은 짜증과 분노가 뒤섞여 입술을 깨문다.

구 회장	이렇게 우리 가족 다 모이니 더할 나위 없이 좋아. 내가 이날을 얼마나 기다렸는지 너희들은 모를 거야. 원이도 누나랑 같이 경쟁하면서 올라와.
화란	경쟁은요. 원이 이제 출근인데 제가 도와줘야죠.
구 회장	도와주는 것도 능력이고 도움받는 것도 능력이야. 이제부터는 능력만 볼 거야. 너희 둘 중 누구라도 내 후계자가 될 수 있지만 둘 다 안 될 수도 있어.
화란	알아요. 그게 아버지 경영 철학인 거.
구 회장	그리고 원이 너, 호텔에서 자지 말고 집으로 들어와.
원	호텔이 편해요.
화란	그래요. 원이도 다 컸어요. 자기 뜻대로 하게 두세요.
구 회장	(원이에게) 두 번 말 안 한다. 엄마 제사 전까지 집으로 들어와.
원	어떤 엄마요?

순간 얼굴이 굳는 구 회장. 화란은 얼굴을 돌리며 픽 웃는다. 비웃음이다.

원	전 엄마 얼굴도 모르고, 죽었는지 살았는지도 모르는데.
구 회장	쓸데없는 소리 하지 말고 들어오라면 들어와.

구 회장이 나가버린다. 화란이 웃는 얼굴로 원을 본다.

화란	너 너네 엄마랑 닮았어. 대책 없는 것도 똑같고.

화란도 나가버린다.

🧑 54. 구 회장 집 앞/ 밤. 비

보슬비가 내리고 있다. 상식은 운전석에 앉아 있는데, 원이는 차에 타지 않고 그냥 지나간다. 상식이 얼른 내려 원이를 따라간다.

상식   안 타요?
원   알아서 갈게. 퇴근해.

비를 맞으며 터벅터벅 홀로 내려가는 원이의 뒷모습, 쓸쓸하다.
상식, 차로 돌아가더니 운전석 문을 닫고 다시 원이에게 간다.

상식   같이 가요. 오랜만에 시원하네.
원   따라오지 마.
상식   됐어요. 이런 날 소주 한잔할 친구도 없으면서.
원   역시 넌 싸가지 없어서 좋아.
상식   (시크하다) 인정!
원   억지로 안 웃어 더 좋고.

상식은 고개를 끄덕이며 '갑시다!'라는 듯 앞으로 손가락을 착 내민다.
원이 피식 웃는다. 둘은 비를 맞으며 언덕길을 내려간다.

상식   출근하면 직급은 뭐부터 시작해요?

원	뭐라도 상관없어.
상식	아니 저요. 제가 힘이 있어야 옆에서 지켜주죠. 나 아님 그 성격 누가 감당해? 화끈하게 부장 어때요? (원이 황당하게 바라보면) 너무 과한가? 그럼, 차장?
원	차 가지고 퇴근해. 난 알아서 갈게.
상식	중요한 얘기 하는데 어디 가요. 소주 한잔하자니까요! (슬며시 눈치 보며) 그래도 최소 과장 이상은 되겠죠? 그죠?

원이 옷자락을 잡고 따라가는 상식. 절대 놓지 않는다.

55. 키즈 카페/ 밤

삼총사. 작은 테이블에 앉아 간단한 안주에 생맥주를 마시고 있다.
얼음 맥주잔이라 컵 표면에 하얗게 서리가 끼었다.

평화	아오, 시원하다. 이 집 맥주 참 잘하네.
다을	여기 완전 핫플레이스야. 주말엔 줄 서서 들어와. (배를 만지며 인상 쓰고 있는 사랑을 본다) 왜 그래? 뭐 잘못 먹었어?
사랑	아니. 그냥 계속 아파.
다을	스트레스받았어? 너 원래 스트레스받으면 배로 오잖아.
평화	보나 마나 공유남 때문이지.
다을	공유남이 누구야? (사랑에게) 아, 네 남자친구? (사랑 어깨에 손 올리며) 맞다. 네가 남자친구 있었지? 완전 까먹었어.
사랑	적당히들 해라.

평화	헤어질 때 된 거 같은데… 아직 선 안 넘었나 봐.
다을	그놈의 선, 아주 지 남친한테만 후하지.
사랑	너네한텐 더 후하거든? 못 느끼냐?
다을	(두 손으로 맥주잔 들며) 뜨거운 찻잔을 꼭 붙들고 뜨거워 뜨거워 하고 있으면 니 손만 데어. 혼자 끙끙대지 말고 내려놔.

다을이 맥주를 홀짝 마시는데.

초롱	(소리) 엄마! 이모!

초롱이 목소리에 급히 잔을 내려 숨기는 다을과 평화. 그 바람에 다을은 사레가 들려 기침을 한다. 사랑이 돌아보면 다을이 딸 초롱이가 째려보고 있다. 화면 넓어지며 키즈 카페 전경이 보인다.

초롱	여기서 이럼 내 이미지 박살 나잖아. 어떻게 쌓아온 이미진데.
다을	알았어. 안 마실게, 얼른 가서 놀아.
초롱	(목덜미를 잡으며) 어우, 내 뒤 목…

초롱, '지켜보고 있다'라는 뜻으로 손가락 사인을 보내며 뒷걸음질 치며 간다. 웃으며 손을 흔들어 주는 삼총사.

사랑	너보다 네 딸이 더 무서워.
평화	그러게 어디 무서워서 술이나 마시겠어?
다을	(다시 맥주 홀짝이며) 아! 화려한 조명 아래서 맥주 한 병 딱 들고 밤새도록 흔들고 싶다!

사랑	좋지… 정말 좋았었지. 근데 이제 춤추는 것도 까먹어서 가도 예전처럼 못 놀 거 같아.
평화	난 아예 클럽이 어떻게 생겼는지 기억도 안 나…

그 순간, 불이 꺼지고 화려한 사이키 조명과 흥겨운 음악이 흘러나온다. 키즈 카페 '방방이 타임'이다. 아이들이 트램펄린에서 신나게 뛰어논다. 눈빛을 교환하는 삼총사. 그래, 지금이다!! 벌떡 일어나더니 신나게 몸을 흔든다. 음악은 점점 클라이맥스로 가고 삼총사 흥도 오를 대로 오른다.

음악 그치며 불이 켜진다. 흥에 취한 삼총사는 음악이 꺼진 줄도 모르고 소리를 지르며 신나게 춤을 춘다. 다른 사람들이 황당해 바라보고 초롱이는 뒤 목을 잡는다.

56. 스위트룸/ 낮

원이 하얀 셔츠로 갈아입고 그 위에 베스트를 입는다.

상식	굳이 베스트까지, 안 귀찮아요?
원	슈트는 원래 이렇게 입는 게 정석이야.
상식	가만 보면 참 고리타분하다니까.

상식이 테이블에 있는 회중시계를 들고 원이에게 간다. 유리는 여전히 깨진 상태다.

상식	이건 대체 언제 고칠 거예요? 고쳐다 드려요?
원	됐어.

원, 베스트 주머니에 회중시계를 넣고 고정시킨다. 후우~ 한숨처럼 긴 심호흡을 한다.

57. 화란 사무실 가는 길/ 낮

원이와 상식이 복도를 걸어가고 있다. 원은 아무 표정이 없다.

상식	첫 출근인데 기분 좋게 출근하시죠. 본부장님!
원	내가 제일 싫어하는 게 그거야. 아닌 척, 좋은 척, 웃는 척!
상식	어차피 나중에 다 물려받으실 텐데 스트레스받지 말라는 얘기죠.
원	이래라저래라하는 거 보니 너 그만둘 때 됐나 보다.
상식	나나 되니까 옆에 있어주는 거예요. 사람이 감사할 줄 몰라.
원	그 싸가지 꾸준하다.
상식	인정, 이 정도 싸가지 아니었으면 벌써 도망갔죠. 누가 본부장님을 지켜.
원	(뭔가 허전하다) 아, 핸드폰.
상식	들어가세요. 가져오라고 연락할게요. (전화기를 든다)

58. 화란 사무실 앞/ 낮

화란 사무실 문 앞에서 멈추는 원. 또 뭔가 잊은 듯하다.

원   아! 서류…

돌아보며 상식을 부르려 하는데 이미 상식은 보이지 않는다.

59. 로비/· 낮

사랑, 배가 많이 아픈 듯 식은땀을 흘리며 수미가 전화 끊기만을 기다리고 있다.

수미   네. 알겠습니다. 바로 가져다드리겠습니다. (전화 끊는다)
사랑   지배인님, 저 화장실 좀.
수미   지금 바로 스위트룸 가서 핸드폰 찾아 상무님 비서실에 갖다줘.
사랑   죄송한데, 지금 배가 너무 아파서요.
수미   가다 쌀 정도야?
사랑   네.
수미   그럼, 빨리 핸드폰 갖다주고 화장실 가.
사랑   저 진짜 급한데요…
수미   그러니까 빨리 서둘러. 얼른.

사랑, 정말 죽을 맛이다. 배를 움켜쥐고 데스크를 떠난다.

👤 60. 스위트룸. 거실/ 낮

방으로 들어온 사랑. 휘둥그레진 얼굴로 스위트룸을 둘러본다.

사랑   오!

그 순간, 배가 크게 요동을 치자 벽에 기대 고통을 참아낸다.
간신히 고비를 넘기고 서둘러 핸드폰을 찾기 시작한다.

👤 61. 스위트룸. 침실/ 낮

침대에 놓인 핸드폰을 집어 드는 사랑. 밖으로 나가려다 말고 곧바로
화장실로 뛰어 들어간다.

👤 62. 스위트룸. 거실 – 침실 – 욕실/ 낮

〈거실〉
원이 들어온다.

〈욕실〉

　　　한고비 넘긴 사랑, 길게 안도의 한숨을 쉰다. 그제야 겨우 화장실이
　　　눈에 들어온다.

사랑　　　　우와, 화장실이 우리 집보다 더 커…

　　　그러다 변기 옆 선반에 올려져 있는 리모컨을 발견하고 집어 든다.

사랑　　　　이건 뭐지? (눌러보면)

　　　불투명하던 벽면 통유리창이 투명 창으로 바뀐다.

사랑　　　　(신기하다) 오!!!

　　　다시 버튼을 누르자 창이 불투명으로 바뀐다.

〈침실〉

　　　침실로 들어온 원이, 탁자 위에 놓인 서류 봉투를 집어 든다. 그런데
　　　핸드폰이 없다.

원　　　　분명 침대에 뒀는데…

　　　침대 아래를 보느라 몸을 숙이는 원이. 그때 화장실 창이 투명으로
　　　바뀌며 사랑 모습 보인다. 원이 몸을 일으키는 순간 다시 불투명으로
　　　바뀌는 유리창.

원   뭐지?

〈침실, 욕실 교차〉

　　세상에 이런 일이… 재미 들인 사랑은 연신 버튼을 눌러댄다.

　　원이는 휴대폰을 찾으려 화장대, 옷장 등을 뒤지며 사랑의 시야에서 동선이 벗어난다.

　　그러다 원이가 욕실 유리창 앞에 서는데, 창이 투명하게 바뀐다.

　　창이 투명으로 바뀌는 순간, 사랑은 원이와 눈이 마주친다.

　　사랑이 비명을 지르고 원이는 급히 돌아선다.

　　급히 버튼을 누르려던 사랑, 리모컨을 떨어뜨린다.

　　원이 뭘 잘못 봤나 싶어 다시 고개를 돌리면, 사랑도 다시 비명을 지른다.

〈 END 〉

2부

킹더랜드

🏨 1. 스위트룸. 화장실 - 거실 교차/ 낮

투명하게 변한 창을 사이에 두고 사랑과 원이 마주 보고 있다.
사랑은 비명을 지르고 원이는 놀라 돌아선다.
일어나지 못하는 사랑, 발을 뻗어 리모컨을 끌어당기는 와중에도 원
이 볼까 걱정이다.

사랑	(울상이다) 보지 마요.
원	안 봐요.
사랑	진짜 보면 안 돼요.
원	보라고 사정해도 안 본다니까요. 사람을 뭘로 보고.

최대한 발을 뻗는 사랑. 리모컨에 닿을 듯 말 듯 닿지 않는다.

〈시간 경과, 화장실〉
민망한 표정으로 문 앞에 서 있는 사랑, 노크 소리가 들리지만 이러
지도 저러지도 못하고 있다.

원	이제 그만 나오시죠.
사랑	죄송한데 그냥 좀 가주시면 안 돼요?
원	핸드폰 가져가야 돼요.
사랑	제가 가져다드릴게요.
원	시간 없어요! 얼른 열어요.

머뭇거리던 사랑이 잠금장치를 풀고 문고리를 잡는데, 동시에 원도

문을 잡아당긴다.
사랑이 밖으로 끌려 나와 원의 품에 안긴다.

사랑   (재빨리 뒤로 물러서며) 죄송합니다.

민망한 사랑이 고개를 푹 숙인 채 핸드폰을 내민다.
원이는 휴대폰을 받으려다 사랑이 얼굴을 유심히 본다. 이 여자… 어
디서 본 듯하다.

원   나 알죠? 우리 본 적 있죠?
사랑   (원 얼굴을 슬쩍 보고) 처음 보는데요? 정말 죄송합니다.

사랑, 얼른 휴대폰을 주고 도망치듯 자리를 벗어난다.

🏨 2. 스위트룸. 복도/ 낮

최대한 빠른 걸음으로 걸어가는 사랑. 원이 쫓아오고 있다.

원   거기 잠깐! 나 좀 봅시다.
사랑   (못 들은 척 더 빨리 걷는) 왜 저래 진짜. 왜 자꾸 따라와.
원   거기 좀 서라고요!

사랑은 말을 듣지 않는다. 원이 사랑 앞을 막아선다.

원	내 말 안 들려요?
사랑	(빠르게 표정 정리하고) 부르셨습니까 고객님?
원	그쪽 맞죠? 그때 그 런닝머신.
사랑	네? 런닝머신이요?
원	다짜고짜 변태라고 했잖아요. 기억 안 나요?
사랑	(곰곰이 생각해 본다) 변태요?

아련한 기억 너머로 "아홉, 뜨항~" 신음 같은 기합 소리 들린다.

〈인서트〉 1부 #31, #34, #35
: 이상한 기합 소리를 내며 운동을 하는 진상남.
: 그가 누워 있던 벤치프레스의 땀자국을 닦는 사랑.
: 봉투를 확인하는 사랑. 안에는 룸 키와 함께 메모가 보인다.
: 런닝머신 속도를 확 올리는 사랑. 원이 넘어진다.

사랑	또 한 번만 더 이러시면 제 손에 죽습니다. 명심하세요, 변태 고객님.

기억났다. 이놈은 그때 그놈이었다!

사랑	아! 그 호랑이 티셔츠?
원	네. 이제 기억나요?
사랑	예. 어쩐지 바로 안 돌아서고 뚫어지게 보더라니…
원	화장실에 앉아서 보란 듯 투명 창으로 바꾸는 사람이 변태 아닌가요?

사랑	뭘 해도 고객님만큼은 아니겠죠.
원	사과해요. 오늘도 그날도.
사랑	오늘 일은 정말 죄송합니다. 하지만 그때는 고객님이 잘못하셨고 사과는 제가 받아야 하는 걸로 기억하는데요.
원	내가 왜?
사랑	왜 사과해야 하는지도 모를 정도면 더 말할 필요도 없겠네요. 그럼 저는 이만 가보겠습니다. 편히 쉬세요. 고객님. (돌아선다)
원	저기요! 저기요!

뭐 저런 여자가 다 있지? 원이는 어이가 없다.

🏨 3. 엘리베이터 앞/ 낮

원이는 사랑을 따라 엘리베이터 앞까지 왔다.

원	내 얘기 아직 안 끝났는데.
사랑	죄송하지만 저는 더 이상 할 얘기가 없습니다. 그리고 그때나 지금이나 고객님께 코털만큼도 관심 없고요. 이제 그만 따라오세요.
원	진짜 말 안 통하는 여자네.
사랑	뭘 하셔도 저랑은 안 통하실 겁니다.
원	(어이가 없다. 무서운 눈으로) 그쪽 하는 거 보니 나도 굳이 예의 차릴 필요 없을 거 같네. 경고하는데 앞으로 절대 나랑 마주치지 마.

사랑	(가식적으로 미소 지으며) 네. 고객님. 저야말로 바라는 바입니다.
원	웃지도 말고.
사랑	킹호텔 직원은 언제나 항상 밝은 미소로 고객을 정성껏 모시고 있습니다. 제가 웃는 게 불편하시면 다른 호텔을 이용하시는 방법도 고려해 보세요. 그럼. (목례하고 정면을 응시한다)

엘리베이터가 도착하고 사랑이 타려는데 원이 손을 들어 막는다.

원	고객 먼저. (엘리베이터에 탄다)

뭐 저런 남자가 있나… 사랑은 어이가 없다. 엘리베이터 문이 닫힌다.

사랑	아오! 저 변태 싸가지. (문을 향해 발길질을 한다)

다시 문이 열린다. 사랑은 아무 일도 없었던 듯 자본주의 미소를 짓는다.

원	코털이 아니라 털끝.
사랑	네?
원	코털만큼도 관심 없다가 아니라 털끝만큼도 관심 없다. 그게 어법에 맞아. 어디 가서 무시당할까 봐.

다시 문이 닫히고 원이 내려간다. 뭐 저런 게 있어! 사랑, 배가 또 살살 아파온다.

4. 킹더랜드. 화란 사무실/ 낮

이력서를 훑어보는 화란. 이름과 주소, 최종 학력 딱 세 줄만 있다.
억지로 낸 티가 역력한 이력서다.

화란   이력서 내랬다고 진짜 써왔네? 회사 어지간히 다니고 싶은가
        봐.
원   규정은 지켜야지.
화란   등본은?
원   가족끼리 꼭 내야 돼?
화란   규정은 지켜야지.

화를 참는 원. 화란은 비웃으며 말한다.

화란   그런 거 귀찮으면 다니지 마. 회사에 관심도 없는 애가 이런
        거 견딜 필요 없잖아?
원   낼게. 재밌네. (돌아서는데)
화란   등본은 두 통이다.

5. 화란 사무실 앞/ 낮

원을 기다리고 있는 상식, 수미와 마주친다.

상식   또 보네요. 우리.

95

수미	안녕하세요. 오늘 취임식 제가 사회 보기로 했어요. 사람들 앞에 나서는 거 정말 싫은데 윗분들이 저 아니면 안 된다고 하셔서.
상식	그 맘 알죠. 인기 많다고 다 좋은 것도 아니라니까. 끝나고 저녁 먹을까요? 둘이.

수미가 너무 좋아 휘청한다. 벽을 짚고 간신히 중심을 잡는 수미.

상식	괜찮아요?
수미	너무 괜찮아요. 너무 좋아요. 그럼 이따가 저녁때 뵙겠습니다.

인사하고 돌아서는 수미, 표정은 날아갈 듯 기쁘지만 우아하게 걸어가려고 애쓴다. 수미가 복도 끝으로 사라지자 원이 나온다. 기다리던 상식이 따라간다.

상식	어디 가세요?
원	등본 떼러.
상식	그런 건 직원들 시키고 가요. 다들 기다려요.
원	누구? 나? 왜?
상식	취임식요. 끝나고 저녁때는 임원진이랑 VIP 참석하는 축하 파티 있고.
원	굳이? 됐어. 안 가.
상식	회장님이 홍보실에 직접 지시하셨대요.

모든 게 마음에 들지 않는 원, 한숨이 나온다. 상식은 그 한숨을 잘못

해석한다.

상식   뭘 긴장하세요. 앞으로 남은 인생이 전부 파티인데. 가시죠!

🏨 6. 작은 연회장/ 낮

사회를 맡은 수미는 연단에 서 있고, 아래에는 삼십 명 정도의 직원들이 원을 기다리고 있다. 직원들 제일 앞줄에는 사랑이 꽃다발을 들고 서 있고, 연회장 뒤편 출입문 앞에 상식이 늠름한 자세로 대기하고 있다.

수미   안녕하십니까. 오늘 행사 진행을 맡은 지배인 김수미입니다.
            지금부터 킹호텔 신임 본부장님 취임 환영회를 시작하겠습니다. 힘찬 박수로 구원 본부장님을 환영해 주시기 바랍니다.

활짝 웃는 얼굴로 상식을 바라보는 수미. 어서 와요 내 사랑…
하지만 상식은 연단으로 오지 않고 출입문을 열어준다. 멋있는 모습으로 등장하는 원. 직원들은 박수와 환호를 보낸다. 수미는 황당해 원이와 상식을 번갈아 쳐다본다.

원이는 연단에 오를 때까지 직원들의 환영에 한 번도 답례를 하지 않는다. 무례하기보다는 너무 차가워 보인다. 원이 연단에 서자 박수와 환호는 더 커진다.
그중 유일하게 환호를 하지 못하는 단 한 사람, 사랑이다.

사랑은 울상이 되어 원이를 보고 있다.

사랑　　　망했다…

얼이 빠진 수미가 버벅거리자 상식이 빨리 진행하라는 수신호를
준다.

수미　　　(정신 못 차리고) 처음 보는, 아니 본부장님의 취임사가 있겠습
니다.

원이 직원들을 훑어본다. 모두 웃고 있지만 전부 가짜 웃음 같다.

〈인서트〉 과거 : 구 회장 집, 방에서 주방까지
여섯 살 정도 어린 원이 훌쩍거리며 주방으로 간다.
중간중간 마주치는 가정부, 기사, 가사도우미, 그리고 호텔 드림팀
직원들은 모두 친절하게 웃으며 원에게 인사를 한다. 웃는 얼굴이 섬
뜩하게 느껴진다. 원은 그들의 웃음이 견디기가 힘들다.

원　　　웃지 마요… (목소리 조금 더 커진다) 웃지 말라고.

웃고 있는 직원들을 경멸하는 눈으로 바라보는 원. 특별히 할 말도
없다.

원　　　안녕하세요. 구원입니다. 앞으로 잘 부탁드리겠습니다.

모두 원의 다음 말을 기다린다. 하지만 그게 끝이다. 어색한 침묵이 흐른다.

원   (수미에게) 끝내죠.

수미   네? …네. 그럼 이상으로 취임식을 마치고… (사랑이 안도의 한 숨을 쉬는데) 킹호텔 베스트 탤런트 천사랑 직원이 환영 인사를 하겠습니다. 꽃다발 나와주세요.

올 것이 왔다. 사랑은 최대한 꽃다발로 얼굴을 가리고 연단으로 올라 간다. 마주치지 말아야 한다는 생각뿐이다.
드디어 원 앞에 선 사랑, 최대한 고개 숙인 채 꽃다발을 내민다.
꽃다발을 받으려던 원, 가만 보니 낯익은 얼굴 같다.
원이 얼굴을 확인하려고 고개를 숙일수록 사랑도 고개를 더 숙인다.
확인하려는 원이와 들키지 않으려는 사랑의 힘겨루기… 결국 둘의 눈이 마주친다.

원   (씨익 웃으며) 또 마주쳤네.

어차피 이렇게 된 거… 사랑이는 활짝 웃는 얼굴로 바뀐다.

사랑   환영합니다. 본부장님.
원   진짜?
사랑   진심으로 환영합니다.
원   진심?
사랑   네 본부장님! 저희들의 마음입니다. (더 활짝 웃으며 꽃다발을 건넨다)

사랑, 안절부절 어색하게 웃으며 서 있다.
다리를 꼰 채 좌우로 의자를 까딱거리며 거만한 자세로 앉아 있는
원, 머릿속에 온통 사랑을 어떻게 들볶을까 하는 생각뿐이다. 상식은
둘 사이에서 브리핑을 한다.

상식   다음 주에 올해의 친절사원, (사랑 가리키며) 친절한 사랑 씨와
               홍보 영상 촬영 진행 예정입니다. 큐시트는 홍보실에서 보고
               예정이고요.
원   (별 관심 없다) 알았어. 가봐.
상식   네. (가볍게 인사하고 쿨하게 돌아선다)
사랑   (눈치 보고) 저도 이만 가보겠습니다.
원   친절한 사원님은 이리 오시고.

원의 책상 앞으로 바짝 다가서는 사랑. 웃음을 잃지 않고 있다.

원   분명히 경고했을 텐데? 마주치지 말라고.
사랑   앞으로 더 잘 피해 다니겠습니다.

어이없는 사랑의 대답에 원, 헛웃음이 나온다.

원   친절이란 뜻은 알아?
사랑   잘 알고 있습니다.
원   껄끄러운 사람 피해 다니는 게 친절이야?

사랑	마주치지 말라는 요청에 맞게 응대한 것뿐입니다.
	저희는 항상 고객 만족을 위해 일합니다. 고객님 요구사항을 성심성의껏 들어드리고 정성껏 모시는 게 제 업무고요. 단, 전에도 말씀드렸듯이 저도 사람인지라 저를 함부로 여기는 변태 손님까지 정성껏 모시긴 힘듭니다. 그래도 최선을 다해 예의는 갖추겠습니다.
원	그나저나 내가 왜 변태야?
사랑	공용 장소인 피트니스센터에서 이상한 신음 소리 내는 것도 모자라서 저한테 팁이라며 룸 키까지 전달하셨잖아요. 앙큼한 마음 받아주겠다, 불타는 밤 기대한다는 메모까지 얹어서요.
원	내가?
사랑	그때는 저도 신입이라 매뉴얼대로 응대를 못 한 건 인정합니다. 하지만 서비스를 제공하는 사람이라고 그런 식으로 무시받을 이유는 없습니다.
원	무슨 말이야? 내가 언제 그랬다고? 난 절대 그런 적 없고, 특히 그쪽은 죽었다 깨도 절대 내 스타일 아니야. 그때 그놈이 나 맞아? 확실해?
사랑	네? …그때 호랑이 티셔츠 입고 계셨잖아요.
원	(버럭) 장난해? 그 옷 입으면 다 변태야?
사랑	분명 호랑이 티셔츠 입으신 분이 줬다고 했는데.
원	뭐야, 그럼 확인도 안 하고 옷만 보고 나한테 그랬다는 거네?
사랑	그때 그분… 아니세요?
원	사람을 뭘로 보고! 내가 왜? 그쪽한테 뭐 하러? 내가 말했지? 그쪽은 절대! 네버! 내 스타일 아니라고!

사랑	…죄송합니다. 아니라고 말씀을 하시지.
원	(억울하다) 말할 시간이나 줬어?
사랑	정말 죄송합니다.

사랑은 숨 막힐 듯 어색한 상황에 입만 빙그레 억지 미소를 짓는다.

원	웃지 마. 그 맘에도 없는 가짜 웃음이 제일 싫어.
사랑	근무 중엔 웃어야 합니다. 그냥 유니폼이라고 생각하세요.
원	(살벌하다) 내 앞에선 웃지 마.
사랑	정말 그래도 돼요?
원	웃으면 해고야.
사랑	(얼굴에 웃음기 싹 걷어내고) 감사합니다. 제가 아직 본부장님께 진심으로 웃을 준비가 안 돼 있는데 억지로 안 웃게 해주셔서 감사합니다. 그리고 그날 일은 정말 죄송합니다. 진심으로 사과드리겠습니다.

사랑이 공손하게, 진심으로 사과하며 고개를 숙인다.
웃음기 없는 사랑 얼굴을 보고 있는 원. 말 걸기가 꺼려질 정도로 차가운 분위기다. 원이 책상 위에 있던 꽃다발을 가리킨다.

원	저거 가지고 나가.

사랑이 다시 한번 인사하고 꽃다발을 집어 든다.

8. 비행기. 비즈니스석/ 낮

일본발 한국행 비행기다.
출발 준비를 하고 있는 비즈니스석 풍경 보인다.
사무장(평화 동기. 1부 사무장과 다른 인물)은 거의 무릎을 꿇고 승객들
과 눈을 맞추며 인사를 하고.

사무장   안녕하십니까. 오늘 목적지까지 모시게 된 사무장입니다.

은지는 승객용 신문을 나눠주다가 중년 남자에게 코트를 받는다.

중년   이것 좀 걸어주세요.
은지   네, 알겠습니다. (코트 받고)

건너편 통로에서는 평화가 건장한 남자 손님의 자리를 안내하고 있다.

평화   좌석 안내해 드리겠습니다. (표를 보며) 이쪽입니다.
남자   알아. 가방 좀.

발로 캐리어를 툭 미는 남자 손님. 캐리어가 평화 다리에 부딪힌다.
평화는 그래도 웃으며 친절하게 말한다.

평화   네, 올려드리겠습니다. 편안한 여행 되세요.

캐리어를 드는 평화, 무게가 만만치 않다. 역도 선수처럼 힘을 불끈

모아 겨우 머리 위로 올려보지만 짐칸에 넣기가 쉽지 않다. 잠시 호흡을 가누고 다시 힘을 써보는데, 누군가 캐리어를 잡아 짐칸에 넣어준다. 돌아보면 신입 남자 승무원 이로운이다.

로운   (다정한 목소리로) 다치십니다. 제가 하겠습니다.

자기 말만 하고 쓱 가는 로운. 평화는 미처 고맙다는 말도 못 했다.

🏨 9. 하늘/ 낮

비행기가 몽실몽실 새하얀 구름 위를 날고 있다.

🏨 10. 비행기. 갤리 안/ 낮

평화, 로운, 미나는 기내식 카트를 정리하고, 은지는 보조를 하고 있다. 트레이 몇 개에는 그릇들이 잘 정리되어 쌓여 있다. 그 상태로는 카트에 들어가지 않는다.

미나   먹은 대로 가만두면 좋은데 왜 이러는지 모르겠어요.
평화   내가 할게. (은지 대신 정리하는데 손이 빠르다) 다들 착해서 그래.
         이렇게 정리해 주면 우리가 편할 줄 알고 그러는 거지.
미나   착한 게 아니라 오지랖이죠. 이런 게 정말 쓸데없는 친절
         인데.

평화	예쁜 마음 고맙게 받아. 빨리 정리하고 기판 나갈 준비 하자. 벨트 사인 들어오면 로운 씨랑 은지 씨는 화장실 정리 좀 부탁해.
로운, 은지	네.

사무장이 급하게 들어온다. 목소리는 낮지만 화는 충분히 전달된다.

사무장	D3 고객님 코트 누가 맡았어?
은지	(해맑은 표정) 제가 받았습니다.
사무장	옷장에 없던데? 어디 뒀어?
은지	(여전히 해맑다) 제가 버렸습니다.
사무장	뭐? 그게 무슨 소리야?
은지	저에게 부탁하셨습니다.

〈인서트〉 #8

중년	이것 좀 걸어주세요.
은지	이것 좀 버려달라고 하셨습니다.

대책 없이 해맑은 미소를 유지하고 있는 은지.

사무장	야!!

순간 목소리가 커져서 주변을 살피는 사무장. 은지는 그제야 뭔가 잘 못됐다는 걸 느낀다.

평화가 얼른 휴지통을 뒤지기 시작한다. 잠시 후 쓰레기통 바닥에서 각종 오물과 뒤엉켜 더러워진 코트를 꺼낸다. 그걸 본 사무장, 목소리를 낮추고 잡아먹을 듯 말한다.

사무장 나 끌어내리려고 작당들 했어? 내가 사고 치지 말라고 했지?
은지   죄송합니다.
사무장 이게 죄송하다고 될 일이야? 당장 가져오라는데 어쩔 거야?
은지   제가 책임지겠습니다.
사무장 어디서 막내가 책임이란 말을 함부로 입에 올려? 네가 책임질
     위치야? (팀원들 둘러본다) 이거 어떡할 거야? 어떡할 거냐고!
평화   …제가 책임지고 처리하겠습니다.

모두 평화를 본다. 사무장은 당연한 표정이고 로운은 그러지 말았으면 하는 눈치다. 드디어 책임을 떠넘길 사람이 나타났다.
사무장 목소리 부드러워진다.

사무장 그럴래? 나한테 아무 피해 없도록 조용히, 깔끔하게 알지? 빨
     리 가봐.

🏨 11. 비즈니스석/ 낮

화가 머리끝까지 난 손님에게 평화가 연신 고개를 숙이며 사과를 한다.

평화   죄송합니다. 정말 죄송합니다.

중년	됐고. 환승 라운지에 있을 테니까 출발 전까지 무조건 갖고 와. 못 갖고 오면 내가 너 가만 안 둬.
평화	네! 최대한 빨리 가져다드리겠습니다. 죄송합니다.

🏨 12. 공항 세탁소/ 낮

세탁물을 들고 정신없이 바쁘게 움직이는 사장의 뒤를 평화가 쫓아다닌다.

평화	죄송해요. 저 좀 살려주세요. 네? 제발 한 번만 도와주세요.
사장	안 돼. 지금 밀린 옷이 산더미야.
평화	두 배 드릴게요!
사장	됐다니까.
평화	세 배든 네 배든 원하시는 대로 드릴 테니까 저 좀 살려주세요. 네? 사장님. 제발 부탁드립니다. (90도로 고개 숙인다)

🏨 13. 공항/ 낮

세탁된 옷을 들고 전력 질주하는 평화, 숨이 턱까지 차오른다.
뒤에서 갑자기 나타난 로운, 코트를 뺏어 든다.

로운	그렇게 뛰면 다치십니다. 쉬고 계십시오.
평화	!! (숨이 차올라 말이 나오지 않는다)

빠른 속도로 라운지를 향해 뛰어가는 로운, 점점 평화의 시야에서 사라진다. 평화가 숨을 고르며 로운을 오랫동안 바라보고 있다.

🏨 14. 로비/ 밤

기분 나쁜 표정으로 수미가 사랑을 취조하듯 얘기한다.

수미   너 아까 취임식 때 본부장님이랑 무슨 얘기 했어?
사랑   직원 대표로 축하드린다고 말씀드렸는데요.
수미   네가 뭔데 직원을 대표해? 나대지 말랬지?
사랑   죄송합니다.
수미   됐고! 가서 빌지나 갖고 와. 쓰면 바로바로 채우라 해도 말들을 안 들어.
사랑   다녀오겠습니다.

사랑이 프런트 안쪽 사무실로 들어가고 수미는 뿔이 잔뜩 난 얼굴로 카운터에 서 있다. 상식이 웃으며 다가오고 있다. 수미는 더 짜증이 난다.

상식   지배인님.
수미   무슨 일이시죠?
상식   이따 저녁 뭐 먹을래요?

아무리 생각해도 기가 막히다. 수미는 치미는 화를 겨우 참으며 상식을 노려본다.

수미	저기요. 본부장님 사칭하고 다니니까 좋아요?
상식	예? 난 본부장이라고 한 적 없는데?
수미	난 분명 본부장님이랑 저녁 약속했거든요? 그런데 본부장님 아니잖아요? 내가 왜 그쪽이랑 밥을 먹어요?
상식	…아~ 비서 나부랭이한테는 볼일 없다?
수미	네. 완전!
상식	완벽한 속물이시네.
수미	제가 좀 그래요. 그러니까 앞으로 아는 척하지 마요, 우리.
상식	안심해요. 난 속물 근처도 안 가요. 구정물 튈까 봐.
수미	뭐? 구정물? (어이없다)

양손에 가득 빌지를 든 사랑이 데스크로 나온다.

상식	사랑 씨 가시죠. 본부장님 환영 만찬에 직원 대표로 참석하라십니다.
사랑	저요?
수미	잠시만요. 거길 왜 얘가 가요? 직원 대표면 당연히 내가 가야지?
상식	에이, 속세에 찌든 속물 지배인이 무슨 직원 대표를 해요? 역시 윗분들 사람 보는 안목은 배워야 한다니까.
수미	(어이없다) 뭐요?
상식	(사랑에게) 가요. 시간 없어요.
사랑	(눈치 보며) 네. 다녀오겠습니다.

수미, 분한 얼굴로 두 사람을 번갈아 바라본다.

🏨 15. 킹더랜드/ 밤

상식을 따라 킹더랜드로 들어오는 사랑, 입구로 들어서자마자 눈이 커진다.
킹더랜드는 킹호텔 VIP 전용 라운지답게 화려하고 웅장하다. 오늘은 원의 축하 파티 때문에 손님도 하나도 받지 않고 비워놓았다.

사랑	와, 좋다.
상식	처음 와요? 호텔 오래 근무하지 않았어요?
사랑	여기 킹더랜드잖아요. VIP 전용층에 있는 라운지라 일반 직원은 100년을 근무해도 못 올라와요.
상식	드디어 오늘 올라왔네요? (출입구 앞 제일 첫 자리로 안내한다) 마음껏 즐겨요. 오늘은 사랑 씨도 VIP예요.

안내를 마친 상식. 찡긋 웃어주고 나간다.
자리에 앉은 사랑이 주위를 둘러본다. 하나, 두리, 세호 등 킹더랜드 직원들은 유니폼과 구두마저도 일반 직원들과 달리 세련되고 고급스럽다.
문이 열리고 구원이 들어온다. 사랑이 벌떡 일어난다.
원이 앞에서는 웃지 않아도 된다. 사랑, 별다른 표정 없이 인사를 한다.
원이는 인사도 받지 않고 사랑 앞을 지나가며 말을 툭 던진다.

원   잘 피해 다니겠다고 하지 않았나.

사랑이 뭐라 대답하려 하지만 원이는 벌써 제일 안쪽 자리로 들어
간다.
텅 빈 라운지. 원이는 제일 위에 있는 자리고 사랑은 제일 끝자리다.

🏨 16. 킹더랜드 라운지. 시간 경과/ 밤

임원진과 VIP들로 라운지가 꽉 찼다.
하나 등 킹더랜드 직원들이 샴페인을 따르고 있고, 테이블 한쪽에서
는 수석 셰프 김 실장이 참치 해체 쇼를 하고 있다.
구 회장과 그의 라이벌인 한 회장, 왕언니 느낌의 왕 회장, 그리고 화
란과 원이 한 테이블에 합석해 있다.

구 회장   (한 회장에게) 저번에 한 회장네서 잡은 참치가 5억이랬나?
한 회장   5억은 무슨? 5억 9천!
구 회장   (화란에게) 저건 얼마야?
화란   7억 줬어요.
구 회장   (이겼다! 보란 듯 한 회장에게) 역시 우리 화란이 안목은 알아줘야
          해. 어제 태평양에서 잡은 거 하네다로 옮겼다가 오늘 김포
          로 들여왔다네? 저 정도 급은 예전에도 없었고 앞으로도 없
          을 거야.
한 회장   나랑 내기할까? 내가 저거보다 좋은 참치 구하나 못 구하나.
구 회장   가격보다 마음이 중요하지. 화란이가 동생 입사 축하한다고

준비했어.

왕 회장   (화란에게) 화란이가 배포만 큰 줄 알았는데 마음도 크네? 동생
            들어와서 호텔 뺏길지도 모르는데. (원에게) 이제 네가 킹더랜
            드 맡니? 경영수업 하려면 여기가 필수 코스잖아?

구 회장   (왕 회장에게) 쓸데없는 소리 좀 하지 마. 경쟁해서 능력 있는 사
            람이 차지하는 거지.

화란   동생이랑 무슨 경쟁을 해요. 제가 도와줘야죠. (구 회장에게 샴페
            인 잔 주며) 아버지, 건배사 하셔야죠.

구 회장   그래.

구 회장이 일어나 샴페인 잔을 들자 모두 잔을 따라 든다.

구 회장   바쁘신 와중에 자리해 주신 회장님들과 임원진들에게 감사 인
            사 먼저 전합니다. 우리 구원 본부장 앞으로 잘 부탁드립니
            다. (잔을 높이 들고 중후하게) 드시죠.

사랑   (우렁차게) 위하여!

혼자만 크게 소리를 지르고는 샴페인을 원샷 하고 내려놓는 사랑, 모
두 술은 마시지 않고 사랑을 보고 있다. 사랑은 이게 아닌가 싶어 어
색하게 웃고 있다.

구 회장   자네 누군가?

사랑   (일어나 인사하고) 로비 데스크에서 근무하고 있는 천사랑입니다.

화란   (구 회장에게) 우리 호텔 베스트 탤런트예요. 직원 대표로 참석
            했어요.

구 회장	베스트 탤런트면 고객 만족도 평가에서 1등 했다는 얘긴데.
화란	네. 2년 연속이에요.
구 회장	그래? (사랑에게) 우리 호텔 1등 친절사원이네. 대표로 한마디 해봐.
사랑	제가요?
구 회장	왜 불편한가?
사랑	아닙니다.

주변을 둘러보는 사랑. 모든 VIP들이 자기를 바라보고 있다. 그러다 원과 눈이 마주친다. 사랑은 조금 더 밝은 미소로 무장한다.

사랑	훌륭한 인품과 지성을 겸비한 분을 본부장님으로 모시게 되어 정말 영광입니다. 진심으로 환영합니다~ (혼자 박수 치는데)
원	(혼잣말로) 어우, 꼴 보기 싫어.
구 회장	시원시원하니 좋네. 맘에 들어.
사랑	(큰 소리로) 감사합니다.
한 회장	(맘에 든다) 친절사원 한번 잘 뽑았네. (사랑에게) 자네 혹시 우리 퍼스트로얄 호텔로 올 생각 없나?
사랑	저는 킹호텔에 뼈를 묻겠습니다.
한 회장	왜?
사랑	저는 킹호텔 말고 다른 호텔은 단 한 번도 생각해 보지 않았습니다.
한 회장	(구 회장에게) 킹호텔 로열티 대단하네!
구 회장	우리가 괜히 1등이겠나?
한 회장	(구 회장에게) 나랑 내기할까? 저 직원 내가 뺏어가나 못 뺏어가나.

구 회장	다른 데는 몰라도 퍼스트로얄 호텔엔 절대 못 뺏기지. (김 실장에게) 김 실장, 그 참치 아무나 못 먹는 제일 귀한 부위로 우리 친절사원 꼭 챙겨줘.
김실장	네. 알겠습니다, 회장님.
사랑	(활짝 웃으며) 감사합니다. 잘 먹겠습니다.
원	(더 꼴 보기 싫다) 저 자본주의 미소.
왕 회장	원이도 한마디 해야지?
원	괜찮습니다.
화란	(다정한 말투로) 일어나. 오늘은 네가 주인공인데.

일어서는 원. 할 말을 준비한 것도 아니고, 특별히 하고 싶은 말도 없다.

원	바쁘신 와중에 귀한 시간 내주셔서 감사합니다.

더 할 말이 없다. 그렇다고 그냥 앉기에는 너무 성의가 없어 보일 것 같다. 원이 할 말을 찾다가 사랑과 눈이 마주친다.
사랑은 예쁜 미소를 짓고 있다.

원	그리고… 우리 킹호텔을 거짓 웃음이 없는 호텔로 만들겠습니다.

사랑이 활짝 웃으며 박수를 친다. 나머지 사람들도 사랑을 따라 박수를 친다. 원은 그런 사랑이 더 꼴 보기 싫다.

17. 킹더랜드 라운지. 시간 경과/ 밤

임원진과 손님들 삼삼오오 모여 샴페인을 마시며 담소를 나누고 있다. 구 회장은 한 회장 등과 담소를 나누고 있고, 테이블에는 화란과 원만 있다.

화란	대단해. 아들 왔다고 취임식에 파티에 홍보실까지 움직이고.
원	무서워?
화란	겨우 너 따위가?
원	분명히 말하는데, 경영권이니 상속이니 관심 없어. 그러니까 겁내지 마.
화란	경영에 관심 없다는 애가 기를 쓰고 하버드에서 MBA까지 수료하니?
원	능력이 되는데 굳이 피곤하게 일부러 못하는 척할 순 없잖아.
화란	그렇게 말하면 있어 보일 줄 알아?
원	남들이 뭐라고 생각하든 관심 없어. 회사에 오래 있을 생각도 없고. 그러니까 건들지 마.
화란	그러니까 까불지 마. 이 정도라도 누리고 싶으면.

화란이 일어난다. 보면 구 회장이 둘을 부르고 있다.
화란은 원이와 신경전을 벌이면서도 중요한 사람의 동선은 놓치지 않고 있다.

같은 시간. 사랑은 테이블에 혼자 멀뚱멀뚱 앉아 사람들을 둘러본다. 그러다 원이를 본다. 원이는 구 회장, 화란 등과 한 테이블에 앉아 있다. 좋아 보인다.

그때 킹더랜드 직원 하나가 테이블 위에 아이스박스를 놓는다.

사랑	이게 뭐예요?
하나	참치. 회장님 선물.
사랑	감사합니다. (하나가 인사도 받지 않고 돌아서는데) 저기… (하나가 돌아보면) 저 혹시 가도 될까요?
하나	가요.
사랑	회장님한테 인사드리고 가야 되죠?
하나	(비웃는다) 그냥 가요. 아무도 그쪽 신경 안 써요.

쌀쌀맞게 말하고 가버리는 하나.

사랑이 아이스박스를 들고 일어선다. 주위를 둘러보지만 정말 자기를 보는 사람은 아무도 없다.

🏨 18. 버스 - 할머니 국밥집 교차/ 밤

무릎에 아이스박스를 올려놓고 뒷자리에 앉아 있는 사랑, 할머니에게 전화를 건다.

손님들로 북적이는 가게 한가운데서 통화를 하는 할머니. 가게가 시끄러워 한쪽 귀를 손가락으로 막고 있다.

할머니	아이고 내 새끼, 내려오는 중이야?
사랑	그건 아닌데, 할머니 참치 보내줄까?

할머니	잔치?
사랑	잔치 말고 참치.
할머니	(말 끊고) 응, 지금 바빠. 내려올 때 전화해. (전화 끊는다)
사랑	할머니? …할머니??

전화 끊겼다. 맨날 이래… 사랑은 입을 삐죽이고는 유남에게 전화를 한다.

🏨 19. 버스 - 참치 집 내외부 교차/ 밤

남녀 십여 명이 있는 술자리, 모두들 축구인지 야구인지 유니폼을 입고 있다. 유남이 휴대폰을 확인하고 가게 밖으로 나간다.

유남	응.
사랑	오늘 회장님이 참치 주셨는데 갖다줄까?
유남	괜찮아. 자기 먹어.
사랑	이거 7억짜린데, 그중에서도 제일 귀한 부위래.

버스 안 사람들이 7억 소리에 일제히 사랑을 본다.

유남	나도 지금 부산 내려와서 참치 먹고 있어.
사랑	부산? 거긴 왜?
유남	내가 말 안 했나? 동호회 사람들이랑 원정 응원 왔어. 온 김에 여기저기 둘러보고 주말쯤 올라갈게.

사랑	우리 내일 남산 가기로 했잖아.
유남	그게 내일이야?
사랑	나 혼자 약속했어?
유남	진짜 중요한 경기라 그래. 한 번만 봐주라. 응? 다음 주에 가서 자물쇠가 뭔가도 하고. 너 하고 싶은 거 다 하자. 어? 나 부른다. 이따 전화할게.
사랑	여보세… (전화 끊겼다)

끊어진 전화에 기분이 상한 사랑. 그때 버스가 급정거를 한다.
사람들이 짧은 비명을 지르고 사랑이도 아이스박스를 놓친다.
뚜껑이 열리며 데굴데굴 앞으로 굴러가는 아주 커다란 참치 대가리.
사람들이 참치 대가리에 놀라 더 크게 비명을 지른다. 참치랑 눈이
마주친 사랑. 이러지도 저러지도 못하다가 아이스박스로 참치 대가
리를 덮는다.

🏨 20. 사랑 집. 주방/ 밤

결의에 찬 표정으로 사랑이 칼을 쥐고 있다.
두 눈을 질끈 감고 칼을 힘껏 내리치려 하지만 도저히 용기가 나지
않는다.
눈 뜨면 도마 위에 참치 대가리가 초롱초롱 맑은 눈으로 사랑을 보고
있다. 옆에 있던 평화가 빨리하라는 듯 사랑을 툭 친다.

사랑	나 또 눈 마주쳤어… 난 글렀어. 네가 해. (평화에게 칼 준다)

평화   (칼 받을 생각이 없다) 나도 못 해. 쟤 눈 좀 봐. 말똥말똥 날 보고
       있어.

삐삐삐~ 버튼 누르는 소리가 들리더니 다을이 반찬통을 들고 들어
온다.

다을   나 왔다~

신발을 벗고 고개를 드는 다을. 순간이동을 한 듯 눈앞에 서 있는 사
랑과 평화를 보고 놀란다.

다을   뭐야. (뒤늦게 칼 든 모습을 보고 더 놀라) 뭐야!
사랑   다을아…

사랑과 평화가 좌우로 비키면 참치 대가리 보인다. 다을이 반색을
한다.

다을   어? 참치네!

21. 사랑 집. 거실/ 밤

테이블에 부위별로 푸짐하게 손질된 참치 회가 놓여 있다.
다을과 평화는 참치를 먹는데 사랑이는 냉장고에 반찬을 넣고 있다.

평화	와 완전 살살 녹는다! 넌 도대체 못 하는 게 뭐냐?
다을	너네들도 애 낳아봐. 엄마는 위대하단다.
	(사랑에게) 넌 이 귀한 걸 두고 생라면 따위나 먹을 거야?
사랑	(몸서리치며) 물컹물컹한 건 딱 질색이야.
평화	그래도 한번 먹어봐. 회장님이 주셨으면 엄청 비쌀 거 아냐?
사랑	7억이래.
평화	(놀라) 7억?
다을	야, 뱉어. 뱉어.
사랑	왜에~
다을	참치가 보통 5등신이잖아. 한 마리에 7억이면 대가리만 1억 4천이야. 우리 셋 머리 합친 것보다 더 비싸. 내다 팔자!
평화	그래, 팔자!
사랑	우리 아는 사람 중에 그 돈 주고 참치 먹을 사람 있어??
다을	…없지?
평화	그 돈이면 집을 사지.
사랑	그니까 그냥 먹어. 우리가 언제 또 이런 걸 먹겠냐?
다을	대가리가 1억 4천이면 (회 한 점 들고) 한 점에… (입에 넣으며) 240만 원… (하나 더 넣으며) 480만 원…
평화	이런 거 한입에 꿀꺽하는 사람들은 행복하겠지?
사랑	그러게. 부족한 게 없으니 우리처럼 지지고 볶고 살진 않겠지.

사랑, 생라면 한 조각을 입에 넣는다.

🏨 22. 호텔 앞/ 밤

기사가 문을 열고 대기하고 있다. 구 회장이 차로 향하고 그 뒤로 화란과 원이 따라간다. 차에 타려던 구 회장, 뒤를 돌아본다.

구 회장	오늘은 집에서 자.
원	호텔이 더 편해요.
구 회장	들어와. 집에서 한잔 더 하자.

기분 좋은 목소리로 말하고 차에 타는 구 회장.
구 회장이 탄 차가 출발하면 다들 고개 숙여 인사한다.
뒤이어 화란의 차가 들어오고. 조수석에서 비서가 내려 뒷문을 열어준다. 화란이 차에 타려다 멈추더니,

화란	집에 들어오게?
원	들어오라는데 가야지.
화란	편하게 너 하고픈 대로 살아. 괜히 험한 곳에 발 들여놓지 말고.

차에 타는 화란. 화란 차가 출발하자 뒤이어 원이 차가 들어온다.
한참을 가만히 서 있던 차, 조수석 창문 열린다.

상식	(창밖으로 보며) 안 타요? 회장님께서 집으로 모시라는데요?
원	문을 열어줘야 타지.

상식, 차에서 내린다.

상식   하여튼 꼭 못된 짓은 빨리 배운다니까. (뒷문 열고) 타시죠.

원이는 차를 보기만 할 뿐 타지 않는다. 집으로 갈지 말지 고민하는
중이다.

상식   (문을 더 열어 보이며) 이게 다 연 거예요. 더 안 열려요.
원   퇴근해.

원이 호텔 쪽으로 돌아선다.

🏨 23. 사랑 집. 사랑이 방/ 밤

밤 12시가 넘어가고 있다.
책상에 앉은 사랑. 호텔 경영학 책을 보고 있다.
책장을 넘기자 책갈피에 끼워져 있던 오래된 그림 한 장이 보인다.
바닷가에서 놀고 있는 엄마와 어린 여자아이 뒤로 궁전 같은 호텔이
그려져 있다.

〈인서트〉 사랑 과거 몽타주
   – 해변 : 여섯 살 정도 어린 사랑이 엄마 손을 잡고 바닷가를 뛰어다
     니고 있다. 그들 뒤로 킹호텔이 보인다.

- 호텔 방 : 어린 사랑이 침대 위에서 방방 뛰고 엄마는 행복하게 웃고 있다.

사랑이 그림을 한참 보다가 다시 책갈피에 끼우고 공부를 이어간다.

HOTEL 24. 호텔 피트니스 내외부/ 밤

닫힌 문 앞에 '킹호텔 피트니스 운영 시간 06:00 AM ~ 09:00 PM' 안내문 보인다.
유리창 너머로 런닝머신에서 뛰고 있는 원이 보인다.
개장 시간이 아니라 사람은 아무도 없고 최소한의 조명만 켜놓았다.

HOTEL 25. 알랑가 매장 - 창고/ 낮

알랑가 매장 한쪽 구석, 창고가 보인다.
다을이 창고로 들어가면 유빈이 창고 테이블 위에 커피와 간식 등을 펼쳐놓고 있다. 다을이 들어오자 웃음으로 맞이하는 유빈.

유빈   안녕하세요. 팀장님.
다을   많이도 샀다.
유빈   많이 드시고 힘내시라고요.

싹싹한 유빈이 귀여운 다을. 갑자기 창고 문이 열리며 꽃다발을 든 하늘과 팀원들이 우르르 들어온다.

하늘	승진 축하합니다! 팀장님.
이슬	(어깨에 먼지 털어주며) 앞으로 잘 부탁드려요. 팀장님.
다을	그냥 언니라고 해. 팀장이라니까 이상하다.
이슬	언니가 팀장님이라니 너무 좋아요. 드디어 우리에게도 봄이 왔어요.
다을	그럼 팀장 된 기념으로 한마디만 할게. 오늘부터 자기 식판은 자기가 하자. 괜찮지?
하늘	각자 자기 밥 자기가 푸면 막내는 뭐 해요?
다을	뭘 하긴? 자기 밥 퍼야지.
유빈	괜찮습니다. 저 밥 푸는 거 좋아합니다.
다을	그리고 막내가 매일 간식 준비하는 것도 오늘까지만 하자.

다정하게 웃으며 말하는 다을. 그 모습이 더 단호해 보인다.

하늘	(불만스러운) …네? 식판까지는 그렇다 쳐도 이건 좀 아니지 않아요? 우리 매장 전통인데 갑자기 없애버리면 지금까지 했던 사람들은 좀 그렇잖아요.
다을	솔직히 그게 대대로 물려받을 만큼 좋은 전통이야?
하늘	그래도 했던 사람들만 억울하잖아요. 지금까지 사다 나른 간식만 얼만데.
이슬	저는 1년 넘게 식판이랑 간식 나르다가 이제 겨우 받아먹을 차례인데요.
다을	(싸늘하다) 그래서 나쁜 거 뻔히 알면서 계속하자고?

모두 조용히 눈치만 보고 있다.

다을	하늘이 너 막내 때 팀장님 뭐라고 불렀어?
하늘	…늙은 마녀요.
다을	(살벌하다) 나도 똑같이 늙은 마녀 돼볼까? 하던 대로 계속 늙은 마녀 모시고 일해볼래?
팀원들	…아니요.
다을	우리 여기 누구 수발 들려고 온 거 아니잖아. 누가 만든 건지도 모르는 이상한 전통 때문에 이러지 말자. 응?
팀원들	네…
다을	(따라줘서 고맙다) 고마워. 오픈 준비하자.

📅 26. 알랑가 매장/ 낮

계산을 하는 다을. 계산을 하는 와중에도 손님들 동선을 하나도 놓치지 않는다.

다을	(미소 지으며) 여권이랑 이티켓 부탁드립니다.

다을 시선이 닿는 곳, 남자 손님 둘이 있고 그중 한 명이 선글라스를 고르고 있다. 거울 앞에 선 남자, 딱 봐도 전혀 어울리지 않는 선글라스를 쓰고 온갖 폼을 잡는다.

남자2	벗어! 안 어울려, (휴대폰 시간 확인하고) 가자. 약속 시간 다 됐어.

남자	(아쉽다) 괜찮은 거 같은데…
다을	(어느새 다가왔다) 고객님 너무 잘 어울려요. 꼭 브래드 피트 같으세요.
남자	(기분 좋다) 브래드 피트까진 아닌 것 같은데.
남자2	(비웃는다) 브래드 피트는 개뿔, 야 빨리 벗어. 똥파리 같아.
다을	똥파리라뇨? 고객님이 너무 멋있으니까 친구분이 질투하시나 보다.
남자2	(어이없다) 제가요?
다을	그리고 똥파리가 얼마나 멋진데요. 오색찬란 영롱한 빛을 내뿜고 위풍당당 하늘을 나는 모습. 너무 멋지지 않아요? 선글라스를 쓰고 나가시는 순간 모두 고객님한테 반할 거예요.
남자	(솔깃하다) 진짜요?
남자2	괜히 충동구매 하지 말고 오늘은 그냥 가. 출국 전까지 시간 많이 남았잖아.
남자	그럴까?
다을	고객님 이 제품은 한국에서만 판매하는 리미티드 에디션인데 재고가 별로 안 남아서 다음에 오시면 없을지도 몰라요. 이 제품이야말로 고객님을 위해 만들어진 스페셜 에디션 같은데 못 사시면 두고두고 후회하실까 봐 그래요.
남자	(다을의 말에 홀린 듯 거울을 보며) …주세요. 이거로 할게요.
다을	정말 탁월한 선택이십니다. 계산 도와드릴게요. 이쪽으로 오세요.

〈알랑가 매장〉

　　똥파리 선글라스를 쓴 남자, 만족스러운 얼굴로 매장을 나간다.

다을   감사합니다. 고객님. 다음에 또 들러주세요.

배웅 인사를 마치고 신이 난 다을, 돌아보면 평화가 웃고 있다.

다을   뭐야, 언제 왔어?
평화   (다을 흉내) 어머 고객님~ 브래드 피트 같아요~ 말이 되니?
다을   되지! 매출 올려주는데 브래드 피트보다 더 훌륭하지. 그냥
      얼굴 보러 온 거야? 뭐 살 건 없고?
평화   살 건 없는데… 고마운 사람한테 할 만한 선물 같은 거 있
      을까?

판매용 미소를 거두고 정색을 하는 다을. 뭔가 느낌이 온다.

다을   고마운 사람 맞아? 관심 있는 남자 아니고?
평화   (당황한다) 됐어. 나 갈래.
다을   (섬뜩하게 웃으며 막아선다) 들어오실 땐 고객님 마음대로지만 나
      가실 땐 죽어도 빈손으로는 못 가십니다. 뭐라도 사세요.
평화   아냐. 다음에. (나가려는데)
다을   (평화 손을 잡고 끌고 간다) 스카프 한번 보고 가세요, 고객님. 국
      민 엄마가 추천하는 제품인데 너무 잘 빠졌어요. 관심 있는
      남자 말고 어머님께 효도하세요.

진열대에 〈국민 엄마가 추천하는 베스트 상품〉 POP가 스카프와 함
께 놓여 있다.

27. 로비/ 낮

전 신 POP 속 '국민 엄마 모성애' 얼굴이 실물로 바뀐다.
큰 선글라스를 쓴 채 머리부터 발끝까지 명품으로 치장한 모성애가
매니저와 함께 프런트에 서 있다. 사랑은 체크인을 진행하고 수미는
프런트 제일 끝에서 객실 현황 체크를 하고 있다.

사랑   (조회를 마치고) 디럭스룸 시티뷰로 한 객실 예약하신 거 맞으시
          죠?

매니저   네. 맞아요. (당연하다는 듯) 스위트룸으로 업그레이드 부탁드릴
          게요.

사랑   디럭스룸 취소하시고 스위트룸으로 변경해 드리면 될까요?

매니저   그게 아니고. 국민 엄마 모성애 선생님께서 오늘 특별히 이곳
          에 묵어드린다고 하니까 스위트룸으로 업그레이드 좀 부탁할
          게요.

사랑   죄송합니다, 고객님. 규정상 스위트룸으로 업그레이드는 불
          가능합니다.

모성애   (매니저 밀치며) 나와봐. (선글라스 살짝 내리며) 나 알지?

사랑   네. 알고 있습니다.

모성애   특별히 내 별그램에 후기 올려줄게. 스위트룸 줘.

사랑   특별히 신경 써주셔서 정말 감사합니다. 근데 규정상 도와드
          릴 방법이 없어서요. 혹시 와인 좋아하시면 간단한 스낵과 함
          께 와인과 칵테일, 맥주 등을 제공하는 라운지 이용권은 어떠
          실까요?

모성애   너 내 팔로우가 몇인 줄 알아? 내 말 한 마디면 여기 장사 접

	어야 해.
사랑	정말 죄송합니다.
모성애	너 진짜 말귀 못 알아먹는구나? 지배인 불러. 지배인 오라고 해.

모성애의 호통에 사랑이 수미를 본다. 수미는 손으로 X자를 만들며 고개를 흔든다.

사랑	지금 자리에 안 계셔서요.
모성애	지배인 없으면 다른 책임자라도 있을 거 아냐. 이 호텔은 책임자 없어?

📋 28. 호텔 입구 - 프런트 데스크/ 낮

원이와 상식이 호텔로 들어오고 있다.
걸어가며 태블릿으로 기획서를 보는 원. 건성건성 넘기다 인터뷰 큐시트를 본다.

원	인터뷰 질문이 왜 이래?
상식	뭐가요?
원	유치하잖아.
상식	제가 한 거 아니에요.
원	다시 만들어 오라고 해.
상식	대충 하죠. 왜 갑자기 일하는 척을 해요? 안 어울리게.

원	맡은 건 제대로 해야지. 질문다운 질문으로 다시 만들어 오라고 해.

그때 프런트 데스크 쪽에서 시끄러운 소리 들린다. 원이 고개를 돌려 바라본다.

모성애	내가 뭐 엄청난 걸 요구해? 지배인이랑 얘기 좀 하겠다는데 네가 뭔데 말을 안 들어?
사랑	지금 안 계셔서요. 제가 체크인 담당자입니다. 저랑 말씀하세요.
모성애	너 앵무새니? 했던 말 또 하고 했던 말 또 하고!

원이가 중간에 끼어든다.

원	뭐예요?
사랑	아닙니다.
원	아닌 게 아닌데?
모성애	그쪽이 지배인이에요?
원	아니요.
모성애	그럼 뭔데 끼어들어? 이 호텔은 지배인도 없어?

원이 손을 들어 말을 막는다. 기품도 있고 위엄도 있고, 무엇보다 모든 문제를 해결할 수 있을 것처럼 보인다. 모성애도 일단 입을 닫고 기다려 본다.

원	(사랑에게) 뭐냐고 묻잖아요.
사랑	디럭스룸을 예약하셨는데 스위트룸으로 업그레이드 요청하셔서요.
원	추가 금액 받고 해드리면 되잖아요.
사랑	그게 아니라 여기 고객님이 유명하신 모성애 배우님이신데요, 무료로 업그레이드해 드리면 호텔 홍보해 주신다고 하셔서 규정 외 사항이라고 설명드리던 중입니다.

모성애를 보는 원. 선글라스를 살짝 내려 '나야 나!'라는 듯 얼굴을 보여주는 모성애. 매니저가 두 손으로 공손하게 가리키며 소개를 한다.

매니저	국민 엄마 모성애 배우십니다.

원이는 매니저와 모성애 둘 다 무시하고 사랑이를 본다.

원	여기 근무한 지 몇 년 됐어요?
사랑	7년 됐습니다.
원	경력이 7년인데 이런 진상 고객 하나 처리 못 해요?
모성애	뭐? 진상?
원	(모성애 무시하고 사랑에게) 국민 엄마라는 사람이 돈도 안 내고 좋은 방에서 자겠다고 행패 부리는데 그런 게 도둑놈 심보라고 왜 말을 못 해요? 보안 불러서 쫓아내요.
모성애	(원에게) 야! 너 뭐야 너 누구야?
원	(모성애에게) 할 말 있으면 보안 직원분이랑 얘기하세요. 곧 올 겁니다.

불난 데 기름을 붓는 원이, 일만 더 키우고 유유히 사라진다.

모성애	야. 거기 안 서?
매니저	(막는다) 선생님. 보는 사람들 많습니다.
모성애	많으면 뭐! 내가 뭘 잘못했는데? 다 보라고 해.
매니저	이러다 사람들이 인터넷에 올리면 좀 그렇습니다.
모성애	인터넷이 아주 벼슬이야 벼슬! (사랑에게) 좋아, 됐어! 내가 그 깟 스위트룸 안 받아도 그만인데 오늘은 꼭 받아야겠어.

🏨 29. 엘리베이터 앞 - 프런트 데스크/ 낮

엘리베이터를 기다리던 원, 데스크 쪽을 돌아본다. 모성애는 계속 소리를 지르고 있고 사랑이는 연신 고개 숙이며 사과하고 있다. 엘리베이터 문이 열린다.

상식	타시죠.

원이는 엘리베이터에 타지 않고 성큼성큼 데스크 쪽으로 간다.

모성애	규정상 안 된다며. 그게 무슨 법 몇 조 몇 항이냐고 묻잖아!

원이 불쑥 끼어든다.

원	천사랑 씨. 지금 내 방으로 올라와요.

사랑   네?

원   못 들었어요? 내 방으로 오라고. 지금 바로.

모성애   (원에게) 야, 너 지금 나 얘기하는 거 안 보여?

원이는 다시 손을 들어 말을 막는다. 무슨 말을 할 줄 알았는데,

원   (수미에게) 거기, 지배인님.

수미   네! 안녕하십니까, 본부장님.

원   지배인이면 지배인답게 우리 직원을 보호해야지 뭐 하는 겁니
        까? 보안팀 부르세요.

수미   네, 알겠습니다.

원이 가고. 수미는 잘못 걸렸다는 얼굴이다.

모성애   (드디어 찾았다) 뭐야, 네가 지배인이야? (수미에게 간다) 지배인 없
        다더니 옆에 숨어서 구경하고 있었어? 너 이름이 뭐야?

수미   네, 무엇을 도와드릴까요?

모성애   나보고 또 똑같은 얘길 하라고? 여태 내가 한 얘기 못 들었어?

기다렸던 지배인을 만난 모성애, 높고 빠른 목소리로 몰아붙인다.
어쩔 줄 몰라 하는 사랑, 원을 보면 빨리 오라 손을 까딱거리고 있다.

원, 책상에 앉아 인터뷰 질문지를 보고 있다. 사랑이 앞에 서 있지만 원이는 눈길 한 번 주지 않는다.

사랑   저… 따로 지시하실 사항 없으시면,

원   여긴 진상 손님 대응 매뉴얼도 없나? 그런 말도 안 되는 소릴 왜 가만히 듣고 있어?

사랑   저희는 어떠한 순간에도 손님들께 항상 친절해야 합니다.

원   손님도 손님 나름이지. 웃으면서 할 말 다 하던 그 패기는 다 어디 가고?

사랑   고객이 무리한 요구나 무례한 행동을 해도 고객님 화가 다 풀릴 때까지 계속 달래드리고 기다려야 해요. 저희는 잘못한 게 하나도 없더라도 최대한 고객님 심기를 건드리지 않게 죄송하다고 사과드리며 마음을 풀어드리는 게 매뉴얼입니다.

원   그게 무슨 매뉴얼이야? 누가 그런 걸 만들어?

사랑   위에 계신 분들이 만드셨겠죠. 본부장님 같은 분들요. 저도 회사 밖에서는 하고 싶은 말 다 합니다. 그런데 호텔에서 저는 천사랑이 아니라 호텔리어잖아요. 공과 사를 구분하고 컴플레인을 잘 해결해 내는 게 제 일입니다. 컴플레인에 대한 제 응대가 마음에 안 드시면 매뉴얼을 바꾸세요.

원   …

사랑   더 하실 말씀 없으시면 그만 가보겠습니다.

사랑이 인사하고 돌아서려는데,

원	나한테 아무것도 묻지 마. 좋아하는 색깔, 좋아하는 날씨, 좋아하는 음식 전부 다. 나 좋아하는 거 없어.
사랑	(의아하다) 안 물어봤는데요?
원	물어볼 거잖아.
사랑	안 물어볼 건데요?
원	그럼 뭐 물어볼 건데?
사랑	제가 왜 물어봐야 하는데요?
원	인터뷰 안 하겠단 소리야?
사랑	무슨 인터뷰요?
원	… (인터폰 누른다) 노 비서!

〈원 사무실〉

　　원이와 사랑 사이에 상식이 서 있다.

원	인터뷰하는지도 모르는데 어떻게 된 거야?
상식	기획서는 본부장님만 드렸는데요.
원	천사랑 씨는 왜 안 줬어?
상식	검토는 본부장님만 하시면 돼요. 직원들이야 하라면 하는 거죠.

　　사랑과 원, 동시에 황당한 눈으로 상식을 쳐다본다.

원	(태블릿 툭 던지며) 검토 끝. 안 해.
상식	회장님 지시사항인데요?
원	광대도 아니고 내가 왜 이런 걸 해야 되는데?

상식	새 시대 회장님도 그렇고 뚝배기 회장님 따님도 그렇고 먹고 요리하고 장 보고 소소한 일상들도 방송하잖아요. 요즘은 이미지 전쟁 시대예요. 이번에는 본부장님이 우리 그룹 대표로 전쟁터로 나가시는 거예요. 친절한 사랑 씨와 함께.
원	무슨 전쟁터를 친절한 사람이랑 가나? 잘 싸우는 사람이랑 가야지.
사랑	저 전쟁터 가요?

〈원 사무실〉

사랑과 상식이 티격태격하고, 원이는 의자에 몸을 깊게 묻고 구경하듯 앉아 있다.

사랑	제가 본부장님이랑 홍보 생방송을 한다고요? CNBS에서요?
상식	홍보 영상 찍는다고 말했잖아.
사랑	홍보 영상이랑 CNBS 생방송이랑 같아요?
상식	큰 틀에서 보면 그게 다 홍보 영상이지. 특별히 할 것도 없어. 대본 주면 그대로 읽기만 하면 돼.
사랑	그래도 아무것도 안 알려주시면 어떡해요. (태블릿 가리키며) 저도 저거 주세요. 검토 좀 하게.
상식	우리는 검토하는 사람이 아냐. 시키면 하는 사람들이지.
사랑	(기분 나쁘다) 근데 왜 자꾸 반말하세요?
상식	내가 오빠잖아. 너도 말 편하게 하든지.
사랑	(어이없다) 알았어, 오빠. 나도 기획안이랑 큐시트 줘. 하라면 하는 게 직원이긴 하지만 알고 하면 사람이고 모르고 하면 허수아비잖아.

상식   (당황) 안 준다는 게 아니라,

사랑   (말 자른다) 그럼 최대한 빨리 프런트로 갖다줘. 바빠서 먼저
         갈게.

휙 돌아서는 사랑. 출입문 쪽으로 가다가 다시 돌아와 원이 앞에 선다.

사랑   이만 돌아가겠습니다, 본부장님.

인사하는 걸 깜빡했다. 사랑, 원에게 공손하게 인사하고 나간다.
상식은 헛웃음을 짓고 원이도 황당하기는 마찬가지다.

원   도대체 친절사원은 무슨 기준으로 뽑는 거야?

상식   지금 그게 중요해요? 조금 전에 보셨죠?

원   뭘?

상식   5분도 안 돼서 오빠 소리 듣는 기술. 이놈의 인기, 참.

원   나가!

🏨 31. 남산. 언덕길/ 밤

서울 시내 야경 보인다.
사랑이 금방이라도 쓰러질 듯한 얼굴로 하이힐을 신고 가파른 언덕
을 오르고 있다.

유남   (소리) 자기야.

고개 들고 보면 앞서 오르는 유남이 웃고 있다.

유남   뒤 좀 돌아봐, 죽이지?

사랑   (대충 보고 숨을 헐떡거리며) 응, 죽겠어. 보면 몰라? 뭐 하러 중간 에 택시에서 내려?

유남   다 너 생각해서 그러는 거야. 호텔에서 하루 종일 서 있는데 이럴 때라도 운동해야지. 조금만 힘내! 다 왔어! (언덕을 올라가 며 심호흡한다) 시원~하다!

촐랑대는 걸음으로 먼저 올라가는 유남을 보는 사랑, 가파른 언덕을 보니 한숨만 나온다. 다시 언덕을 오르는 사랑. 부들부들, 하이힐 굽 이 요동친다.

32. 남산. 팔각정 / 밤

겨우 정상에 도착한 사랑. 힘든 것도 잊을 만큼 충분히 아름다운 야 경이 보인다.
나무 향기 가득한 산뜻한 바람이 분다. 사랑 얼굴이 활짝 펴진다.

유남   좋아?

사랑   우리 여기 오자고 약속한 게 작년 겨울이야. 알아?

유남 휴대폰 울린다. 유남은 사랑이 말하는 중이었는데도 그냥 전화 를 받아버린다.

유남   응. 나야… 아냐 괜찮아 얘기해… 응 …그래?

유남은 한쪽으로 가며 전화를 받는다. 유남 통화가 길어지고 있다.
홀로 남은 사랑이 무료하게 기다리는데 유남이 뛰어온다.

유남   다 봤으면 내려가자.
사랑   장난해? 우리 방금 왔는데?
유남   오늘 동창회 있었는데 깜박했어. 오라고 난리야. 같이 가자.
사랑   싫어. 모르는 사람들 있음 불편해.
유남   괜찮아. 다 내 친구들인데. 얼른 자물쇠 걸고 가자.

유남, 사랑의 손을 잡고 뛰기 시작한다. 사랑은 힐 때문에 뒤뚱거리며 끌려간다.

33. 남산. 자물쇠 거는 곳/ 밤

전망대 난간에 빼곡하게 자물쇠들이 걸려 있다. 사랑과 유남이 난간 앞에 선다.

유남   우리 사랑 영원히~

크게 소리를 지르는 유남. 마음이 급한 나머지 열쇠를 빼더니 자물쇠를 힘껏 던져버린다. 멀리 날아가는 자물쇠를 사랑이 황당하게 바라본다.

유남, 뭔가 이상하다. 걸려고 보면 자물쇠가 아니라 열쇠만 남아 있다. 사랑을 보는 유남, 민망하지만 특유의 웃음으로 대충 넘어가려 한다.

유남   뭐든 건다는 게 중요하지.

사랑   이게 그런 식으로 대충 넘길 일이야?

유남   좋은 게 좋은 거지. (자물쇠들 사이에 열쇠를 대충 걸고) 이게 우리 사랑의 열쇠야. 가자!

사랑   됐어. 혼자 가.

유남   미안해. 가서 얼굴도장만 찍고 바로 나오자. 응?

사랑   진짜 바로 나오는 거다.

유남   당연하지. 1분도 안 걸려. 가자.

사랑이 손을 잡고 돌아서는 유남.
바람이 분다. 줄이 출렁인다. 위태롭게 걸려 있던 열쇠가 툭 떨어진다.

🏨 34. 술집/ 밤

술집 안으로 들어서는 유남과 사랑. 유남은 술집 한쪽에 모여 있는 동창들을 향해 "어어~" 환하게 웃으며 손을 흔든다. 남자는 거의 없고 여자들만 가득하다.

사랑   (당황하는) 너 혹시 여고 나왔어?

유남   (대답도 않고 사랑을 끌고 가 인사시킨다) 인사해. 내 여자친구.

사랑   안녕하세요.

여자들, 사랑을 머리부터 발끝까지 노골적으로 훑어본다.

"야~ 공유남!" 술자리 끝에서 여자 동창 하나가 유남을 부른다.

유남   (사랑에게) 인사 좀 하고 올게. 얘들이랑 놀고 있어.

                 (동창들에게) 이상한 소리 하지 마라. 지켜보고 있다.

〈술집, 시간 경과〉

모르는 사람들 사이에 끼어 어색하게 앉아 있는 사랑.

유남을 보지만 그는 여자 동창들과 웃고 떠드느라 사랑은 신경도 쓰지 않는다. 맞은편에서 사랑을 훑어보던 여자1이 불쑥 말을 건다.

여친구1   둘이 얼마나 됐어요?

사랑   예? 아, 1년 조금 넘었어요.

여친구1   웬일이래? 3개월도 못 넘기던 놈이? 근데 원래 말투가 그래요? 어려 보이려고 일부러 귀여운 척하는 건가?

사랑   네? (어이가 없어 한마디 하려는데)

여친구1   아! 맞다, 선미 결혼한대.

여친구2   진짜? 누구랑?

여친구1   우리 동창 중에 광호라고 있잖아.

여친구2   대박! 걔랑 결혼한다고?

여친구1   아니, 걔네 아버지.

여자 동창생들, 깔깔 웃으며 자기들만의 수다를 이어간다.

사랑은 다시 유남을 본다. 신이 난 유남, 여자 동창들과 하이파이브도 하고 서로 툭툭 치면서 재미있게 놀고 있다. 사랑이 일어난다.

🏨 35. 술집 밖/ 밤

사랑이 술집을 나서는데 유남이 따라 나온다.

유남   왜? 가게?
사랑   얼굴도장만 찍고 가자며?
유남   미안해. 삐졌어?
사랑   아니. 화났어. 이런 너를 계속 만나야 하나 고민 중이야.
유남   미안해. 다들 오랜만이라.
사랑   먼저 갈게. 나중에 다시 얘기하자. 재밌게 놀아.
유남   데려다줄게. 잠깐만 기다려. 간다고 인사만 하고 바로 나올
      게. 기다려!

술집으로 들어가는 유남. 사랑이 유리창 너머로 유남을 보고 있다.
인사만 하고 나온다는 유남은 누구에게는 술을 따라주고, 누군가에
게는 술잔을 받고, 건배도 하고 얘기도 하다가 사랑을 잊은 듯 아예
눌러앉아 버린다. 유남을 보던 사랑, 돌아선다.
북적이는 사람들 사이를 홀로 쓸쓸히 걸어가는 사랑.

🏨 36. 킹호텔 전경/ 밤

킹호텔 전경 보인다. 늦은 밤이지만 대부분 야근을 하느라 불이 환
하다.

원 책상에 한미소 인사카드가 놓여 있다.
회사 서버 인사 기록에 접근하는 원. '한미소' 이름으로 검색을 한다.
빈 화면에 '검색 결과가 없습니다'라는 문구가 뜬다.
오타가 났나… 정성껏 한 글자씩 타이핑을 하는 원. 하지만 결과는
똑같다.
이번에는 사원 번호로 검색을 한다. 이것도 마찬가지다.
당혹스러움 끝에 화가 치미는 원. 벌떡 일어나며 책상 위에 있던 서
류를 집어 던진다.

한강에 비치는 야경이 화려하다. 원이 혼자 쓸쓸하게 다리를 건너고
있다. 맞은편에서는 사랑이 걸어오고 있다.
조금만 더 가면 만날 것 같은데, 원이 중간에서 멈추더니 난간에 기대
강을 본다. 원이 있는 쪽으로 걸어오는 사랑. 하이힐 굽이 부러진다.
사랑은 부러진 힐을 바라보다 구두를 벗어 들고 다리 난간에 기대 강
을 바라본다.

얼마 떨어지지 않은 곳에서 나란히 같은 곳을 바라보는 두 사람.
바람은 세고 강물은 모든 걸 집어삼킬 듯 일렁이고 있다.
원이 왔던 길로 돌아간다. 사랑도 구두를 벗고 맨발로 다리를 건너
간다. 반대 방향으로 멀어지는 두 사람.

원이 앉아 있고 상식은 티켓팅을 하고 있다.

사랑   (소리) 안녕하세요.

사랑 소리에 돌아보는 원. 예쁜 원피스에 찰랑찰랑 긴 생머리를 흩날리고 있다. 유니폼이 아닌 모습도 처음이고 머리를 푼 모습도 처음이다.
이 사람이 이렇게 예뻤나, 원이 눈이 동그래진다.

사랑   본부장님?
원   응? …왜 이렇게 늦었어?
사랑   시간 맞춰 왔는데요?

티켓팅을 마친 상식이 오고 있다.

상식   왔어? 친절한 사랑 씨.
사랑   네. 안녕하세요.
원   (상식에게) 둘이 친한가 봐.
상식   오빠 동생 사이잖아요.
원   (괜히 샘난다) 회사가 장난이야? 오빠 동생 그런 거 하지 마!
상식   여긴 회사 밖인데요?
원   안이건 밖이건 하지 말라면 하지 마!
        (사랑에게 자기 캐리어 밀어준다) 이거 갖고 따라오고.

사랑을 향해 쭉 굴러오는 캐리어, 사랑이 슬쩍 옆으로 비켜선다.
캐리어는 빠르게 굴러가 신발 끈을 묶고 있던 남자의 머리에 부딪힌다. 남자가 일어선다.
엄청난 덩치에 몸의 굴곡이 그대로 드러나는 쫄티를 입었고 팔에는 문신이 가득하다. 상식은 본능적으로 뒤로 물러난다. 이 상황에서 빠지고 싶다.

덩치   (사랑에게) 뭐여! 시비여?

사랑이 두 손으로 공손하게 원을 가리킨다.

사랑   아! 이분 캐리어입니다.
덩치   (원에게) 어이 젊은 친구.
원   (손을 들어 덩치 말 막고, 사랑에게) 뭐 하는 거야?
사랑   본인 캐리어는 본인이 챙기셔야죠.
원   부하직원이 상사 챙기는 건 기본 아닌가?
사랑   죄송하지만 전 오늘 홍보 영상 찍으러 온 거지 짐꾼 하러 온 거 아닌데요? (미소) 그럼 두 분이서 오붓하게 얘기 나누세요.

휙 돌아서 빠른 걸음으로 가는 사랑.

상식   (에라 모르겠다. 같이 도망간다) 사랑 씨 어디 가! 같이 가야지!

원이 혼자 남았다. 덩치가 캐리어를 툭툭 발로 몰며 원이에게 다가온다.

덩치	사람을 쳤으면 사과를 해야지 지들끼리 대사를 치고 있네? 날 너무 착하게 본 거 아녀?
원	사과드리겠습니다. (지갑에서 수표 꺼낸다) 이 정도면 되겠습니까?
덩치	(더 화난다) 뭐여, 돈이면 다 되는 줄 알어?

인상을 쓰는 덩치. 그러다 수표를 다시 본다. 100만 원짜리다.
믿기지 않아 원이와 수표를 번갈아 보는 덩치.

덩치	하 참… 사람 착하게 만드네… 감사합니다.

덩치가 공손하게 인사를 하더니 캐리어 손잡이를 뽑아 두 손으로 공
손하게 밀어준다. 원이 캐리어를 끌고 돌아선다.
기둥 뒤에 숨어 원을 지켜보던 사랑과 상식, 원이와 눈이 마주치자
얼른 도망간다.

원	오케이, 두 사람!

🏨 40. 제주도 공항/ 낮

출입구를 빠져나오는 원과 사랑, 그리고 상식.
대기하고 있던 직원이 원에게 가더니 인사를 한다.

직원	차 준비해 됐습니다.

빨간색 멋진 스포츠카가 서 있다. 사랑은 놀라 입이 벌어질 정도다.

사랑   우와! 우리 이거 타고 가는 거예요?
상식   이런 거 안 타봤어?
사랑   (신난다) 네! 처음이에요.
상식   얘는 원래 라스베이거스의 작열하는 태양 아래 모래바람을 맞
         으면서 타야 제맛인데.

그러는 사이 원은 이미 운전석에 올랐다.

상식   라스베이거스는 아니지만 오늘 사랑 씨한테 특별한 경험 하게
         해줄게.

손가락을 탁! 튕기는 상식. 그것이 신호라도 되는 듯 지붕이 열리며
오픈카가 된다.

사랑   우와! 우와!

오픈카로 변신한 스포츠카. 운전석에는 원이 멋지게 선글라스를 쓰
고 있다. 상식도 멋지게 선글라스를 쓰며 차 문을 연다.

상식   오늘 좀 달리겠군.

철컥… 철컥… 문이 열리지 않는다.

상식   본부장님… 본부장님? 문…
원   둘은 알아서 호텔로 와.

씨익 웃으며 손을 한 번 흔들어 주는 원. 그대로 출발한다.
남겨진 상식과 사랑, 어이없는 표정으로 바라본다.

사랑   힝… 내 첫 오픈칸데…

🏨 42. 제주도 전경 - 제주 킹호텔/ 낮

해안도로를 달리는 스포츠카. 그 뒤에 택시를 타고 따라가는 사랑과
상식.

🏨 43. 제주 킹호텔. 룸/ 낮

방으로 들어온 사랑, 커튼을 연다.
창밖으로 예쁜 바다가 펼쳐진다. 햇살처럼 환하게 웃는 사랑.

🏨 44. 제주 킹호텔. 스위트룸/ 낮

원이도 창가에 서 있다. 전화벨 울린다. 구 회장이다.

🏨 45. 구 회장 집 - 스위트룸 교차/ 낮

구 회장이 통화를 하고 있다.

구 회장   경제 전문 채널에서 하는 방송이야. 홍보 효과도 효과지만 네가 경영 일선에 데뷔한다는 상징적인 의미도 있어. 네가 어떻게 보이냐에 따라서 우리 킹그룹 주가도 영향을 받을 거고. 멋지게 잘해봐.

원이 통화를 마친다. 풍경은 시원하지만 가슴은 답답하다.

🏨 46. 루프탑. 홀 - 테라스/ 노을

제주 킹호텔이 자랑하는 최고의 전경. 아름답게 노을이 물드는 선셋 타임이다. 테라스에서는 스태프들이 라이브 방송을 준비하느라 분주하게 움직이고 있다.
사랑은 홀에서 헤어 스타일링을 받으며 질문지를 보고 있다.
명품 정장에 완벽한 메이크업을 마친 사랑은 유니폼이나 청바지를 입었을 때와는 전혀 다른 느낌이다. 스태프가 다가온다.

149

스태프	홍보실에서 인터뷰 질문지 받았어요?
사랑	(질문지 보여주며) 네. 받았습니다.
스태프	(서류 주며) 그거 말고 이거로 보세요. 이게 공식 질문지래요.
사랑	바뀌었어요? 이제 곧 시작인데요?
스태프	상무님실에서 방금 보내셨어요. 커트는 알아서 바꿀 테니까 보고 읽으셔도 돼요.
사랑	네.

급히 서류를 보는 사랑. 〈구원 본부장 인터뷰 질문지〉라는 타이틀이 보인다.

🏨 47. 화란 사무실/ 낮

화란이 전화를 받고 있다.

화란	잘 전달했어?
스태프	(소리) 네. 방송 직전에 전달했습니다.
화란	알았어.

전화를 끊는 화란. 재미있는 일을 예상한 듯 빙긋 웃는다.

 **48. 엘리베이터 – 루프탑 입구/ 낮**

엘리베이터 문이 열리고 원이 나온다.
잘 닦인 구두, 베스트 주머니 밖으로 보이는 회중시계 줄, 드레스셔
츠 끝으로 언뜻 보이는 시계, 루프탑 입구로 들어가는 뒷모습… 아직
전체 모습은 보이지 않는다.

49. 루프탑. 홀 – 테라스/ 낮

간식으로 준비된 마카롱을 먹으며 질문지를 보고 있던 사랑이 웅성
거리는 소리에 고개를 돌린다.
입구에 모여 있던 스태프들이 옆으로 비켜서며 안으로 들어오는 원이
모습이 보인다. 슈트 핏은 귀공자처럼 완벽하고, 앞만 보고 걷는 모습
은 시크하고 세련됐다. 평소 헤어스타일과 다르게 가르마를 탄 올백
스타일로 멋지게 등장하는 원, 마치 레드카펫을 걷는 배우 같다.
원의 멋진 모습에 모두 술렁거리지만 원이는 누구에게도 신경 쓰지
않는다.

원이 홀을 지나 테라스로 들어온다. 아름답게 물든 노을을 배경으로
걸어오는 원, 촬영용 조명을 받아 더 빛나고 있다.
사랑도 넋을 놓고 원을 본다. 그런 모습은 처음 봤다.
사랑 얼굴도 노을처럼 붉게 물들어 간다.

〈 END 〉

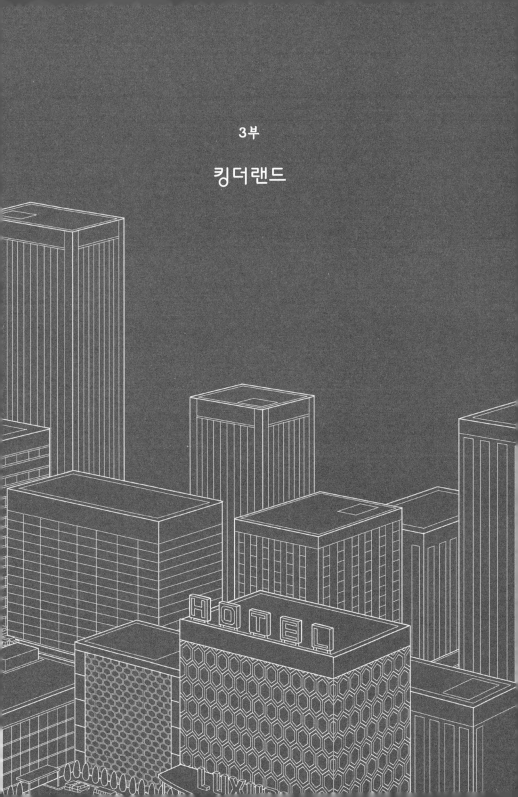

3부

킹더랜드

🔔 1. 루프탑/ 저녁 (노을)

입에 넣으려던 마카롱조차 잊을 정도로 정신을 놓은 채 원을 보고 있는 사랑.
원이 옆자리에 와서 앉을 때까지 시선을 떼지 못한다.
여유 있는 표정으로 삐딱하게 앉는 원, 사랑을 본다.
그제야 정신이 든 사랑, 마카롱을 내려놓고 얼른 질문지를 본다.

원	아직도 못 외웠어?
사랑	아니요. 다 외웠어요.

사랑이 얼른 질문지를 치우고 심호흡을 하며 앞을 본다.

원	촌스럽게 긴장은.
사랑	긴장 안 했거든요?
원	안 하긴. 완전 얼었는데.
사랑	진짜 아니거든요?
감독	카메라 테스트할게요. 직원분 여기 보세요.
사랑	(큰 소리로) 네!

카메라가 사랑의 얼굴을 잡는다. 사랑, 긴장한 표정으로 카메라를 본다.

원	긴장했네.
사랑	촌스럽게 방송 출연한다고 머리부터 발끝까지 잔뜩 힘주고 온

사람한테 들을 소린 아닌 거 같은데요? 소 핥은 머리까지 하
시고.

원	소 할튼 머리? 그게 뭔데?
사랑	지금 본부장님 머리요.
원	내 머리?
사랑	네. 딱 소 핥은 스타일이에요.

원이 뭐라 대답하려 하지만 소 핥은 머리가 무슨 말인지 모른다.
휴대폰을 꺼내더니 사랑이 보지 못하게 숨기고 '소할튼 스타일'이라
고 검색을 한다.
검색된 몇 가지 이미지 중에 하나를 클릭해 본다.
누런 황소가 어떤 남자의 머리를 핥고 있는 이미지다.

원	소 핥은? 소? (욱해서 사랑을 보는데)
감독	슛 들어갑니다. 자연스럽게, (손가락 꼽으며) 다섯, 넷, 셋…

사운드가 들어가지 않게 카운트를 그치고 손가락을 접는 감독.
사랑이 심호흡을 하며 긴장을 다스린다.
드디어 손가락을 다 접으며 슛 사인을 주는 감독.
여유 있던 원은 오히려 긴장을 하고, 사랑은 언제 그랬냐는 듯 밝은
미소를 짓는다.

🔔 2. 킹호텔. 사무실/ 저녁

수미와 직원들 몇이 모여 노트북으로 라이브 방송을 시청하고 있다.
경제 방송답게 화면 한쪽에 킹그룹 주가 정보 등이 떠 있다.
화면에 사랑이 등장하자 남직원들 환호성이 터진다.

남직원1   우와. 사랑 씨 화면발 장난 아니다.
수미   (버럭) 화면발은 무슨. 딱 봐도 완전 화장발이구만, (화면에 원이
         나오자 소리 지른다) 엄마 어떡해! 완전 멋져.

원이 등장하자 여직원들 환호성이 터져 나온다.

여직원1   진짜 멋있다! 배우 해도 되겠어요.

🔔 3. 루프탑/ 저녁 (노을)

사랑   안녕하세요. 여기는 제주에서 가장 예쁜 노을을 볼 수 있는
         킹호텔 루프탑입니다. 오늘은 구원 본부장님을 모시고 랜선
         킹호텔 투어를 떠날 예정인데요, 본부장님, 시청자분들께 인
         사 부탁드릴게요.
원   안녕하십니까. 구원이라고 합니다.

🔔 4. 구 회장 집. 거실/ 저녁

구 회장이 위스키를 마시며 TV로 라이브 방송을 시청하고 있다.

🔔 5. 화란 사무실/ 저녁

컴퓨터로 방송을 보는 화란. 곧 있을 상황이 기대되는 듯 웃고 있다.

🔔 6. 루프탑/ 저녁

사랑은 원을 보고 있지만 원은 카메라만 응시하고 있다.

사랑	시청자분들도 계시지만 우리 킹호텔 직원들도 본부장님께 궁금한 점이 참 많은데요, 호텔 소개에 앞서 질문 몇 개 드려도 괜찮을까요?
원	물어보세요.
사랑	어머니께서 이곳 제주 킹호텔 오픈 멤버셨다고 하던데요. 이곳에 오니 감회가 남다를 거 같으세요.

자기가 받은 질문지와 다르다. 더구나 엄마 얘기까지…
놀란 원은 얼굴이 굳어 사랑을 본다. 하지만 사랑은 미소를 지으며 질문을 이어간다.

157

사랑   어머니랑 많이 닮으셨다고 들었는데, 어디가 제일 닮으셨어요?

원은 무서운 얼굴로 사랑을 보고 있다.
사랑은 원이 왜 그런 반응을 보이는지 모른다. 다만 최대한 자연스럽
게 웃으며 방송을 무사히 마쳐야 한다는 생각뿐이다.
사랑을 노려보던 원이 벌떡 일어나더니 자리를 떠난다.

〈인서트〉
    - 방송 화면 : 화면 밖으로 프레임 아웃되는 원.
    - 직원 휴게실 : 놀라 입을 벌린 채 바라만 보는 직원들.
    - 구 회장 집 : 술을 마시다 기침을 하는 구 회장.
    - 화란 사무실 : 입꼬리가 쭈욱 올라가도록 웃는 화란.

사랑이 놀라 자리를 벗어나는 원을 보고 있다.
스태프들도 모두 놀라 잡을 생각을 하지 못한다.

상식   본부장님!

상식이 따라가려 하자 원이 손을 들어 막는다. 너무 단호해 상식도
어쩔질 못한다.
당황한 카메라맨, 빈자리가 보이지 않게 사랑을 타이트하게 잡는다.
사랑은 미소를 잃지 않고 태연하게 수습하려고 애를 쓴다.

사랑   본부장님이 급한 일이 생기셨나 봐요. 아마 지금 라이브 방송
           중인지 모르셨던 것 같은데, 돌아오시면 녹화 방송 아니라고

말씀드릴게요. 첫 질문이 엄마 이야기였는데요, 저는 여기 오니까 어렸을 때 엄마랑 처음 갔던 바닷가 호텔이 생각났어요.

🛎 7. 루프탑 입구/ 저녁

루프탑 밖으로 나오는 원. 엘리베이터 버튼을 누른다. 잠시 후 엘리베이터가 도착하고 문이 열린다. 엘리베이터에 타는 원. 순간 화란이 했던 말이 떠오른다.

〈인서트〉 1부 #53

구 회장   엄마 제사 전까지 집으로 들어와.

원   어떤 엄마요?

원   전 엄마 얼굴도 모르고, 죽었는지 살았는지도 모르는데.

화란   너 너네 엄마랑 닮았어. 대책 없는 것도 똑같고.

엘리베이터 문이 닫힌다. 아무 버튼도 누르지 않고 서 있는 원.
싸우고 싶지는 않지만 이대로 무릎 꿇고 싶지는 않다.

원   …재밌네.

원이 열림 버튼을 누른다. 문이 열린다. 엘리베이터를 나선다.

🛎️ 8. 루프탑/ 저녁

사랑이 혼자 방송을 이어가고 있다.

사랑   엄마랑 보냈던 그날이 제일 행복했어요. 평생 호텔에서 살고 싶다고 생각할 정도로요. 그 호텔이 바로 킹호텔이었어요. 그 후로 저에게 킹호텔은 언제나 행복이었고 꿈이었어요.

〈인서트〉 킹호텔 사무실

여직원1   떨지도 않고 잘하네. 진짜 아나운서 같아.

수미   근데 본부장님 어디 가셨어! 왜 안 오셔!

〈인서트〉 구 회장 집, 화란 사무실

구 회장은 굳은 얼굴로, 화란은 웃는 얼굴로 화면을 보고 있다.

사랑   그런데 제가 운 좋게 킹호텔에 입사를 했어요. 이제는 제가 킹호텔에 묵는 모든 분들께 제가 느꼈던 행복한 하루를 선물하고 싶어요.

말하는 중간, 원이 돌아와 자리에 앉는다. 사랑은 차분히 말을 마치고 원을 본다.

사랑   급한 일은 잘 해결되셨어요?

원   덕분에. 인터뷰 질문지 있죠? 잠시 봅시다.

사랑   아, 네. (뒤에 두었던 질문지 준다)

원   (질문지 읽는다) 엄마를 떠올렸을 때 가장 기억에 남는 일은? 엄마와 함께한 여행 중에 제일 좋았던 곳은? 엄마가 해주신 음식 중에 제일 좋아하는 음식은?

원, 질문지를 뒤로 던져버리고 어디 한번 덤벼보라는 듯 사랑을 뚫어지게 본다.

원   이런 유치한 질문은 패스하고 진짜 궁금한 거 물어보세요.

또 무슨 심사가 뒤틀린 건지 종잡을 수 없는 사랑, 매섭게 노려보는 원의 눈을 피해 잠시 노을로 눈을 돌린다.

사랑   노을 좋아하세요? 노을이 참 예뻐요.
원   (뒤를 본다) 노을이 있었네요. 여기가 선셋 포인트죠? 노을이나 봅시다.

원이 카메라를 등지고 의자를 돌려버린다.
어쩔 수 없는 사랑, 의자를 돌려 원과 함께 노을을 본다.
감독이 인상을 쓰더니 음악 감독과 카메라 감독에게 사인을 준다.
카메라는 천천히 줌 아웃을 하고, 음악 감독은 급히 BGM을 깐다.

방송 화면, 화면이 넓어지며 노을을 바라보는 두 사람의 뒷모습이 보인다. 나란히 앉아 같은 곳을 바라보는 둘의 모습이 심지어 아름답게 보인다.
노을도 예쁘고 음악도 좋다. 원이 사랑을 본다.

사랑은 카메라가 없으니 미소도 없다. 그냥 노을만 바라볼 뿐이다.
원도 다시 노을을 본다. 두 사람의 뒷모습에서,

🔔 9. 루프탑/ 밤

촬영 스태프들이 철수를 하는 중이다.
사람들이 없는 루프탑 한쪽에 서 있는 원과 사랑. 둘 다 날이 서 있다.

사랑   (날 선 눈빛으로) 나한테 왜 그래요? 내가 뭐 잘못했어요?

원   일개 직원이 본부장한테 이렇게 따지는 게 잘못이라는 생각은
      못 하나?

사랑   본부장님에겐 이게 별거 아닐지 몰라도 일개 직원인 저는 이
      런 거 하나로 잘릴 수도 있어요.

원   뭐 그렇게 아등바등 살아? 여기 말고 호텔 많잖아.

사랑   취미로 아빠 회사 다니는 분이 먹고살려고 악착같이 버티는
      사람 마음을 어떻게 알겠어요. 심심풀이로 놀러 다니는 거 아
      는데 나한테 피해 주지 마세요. 장난으로 던진 돌에 맞아 죽
      고 싶지 않으니까.

원   (잡아먹을 듯 매서운 얼굴로) 그쪽이야말로 오늘 나한테 무슨 돌을
      던졌는지 알아?

사랑은 그게 무슨 말인지 모른다. 다만 원의 눈빛이 다른 때보다 무
서울 뿐이다.

상식   본부장님~

상식이 활짝 웃으며 다가온다.
두 사람에게 킹호텔 SNS 화면을 보여주는 상식. 둘이 노을을 배경으로 앉아 있는 사진인데 '좋아요' 숫자랑 팔로워가 무서운 속도로 빠르게 증가하고 있다.

상식   여기 완전 핫플레이스 됐어요. 좋아요 숫자 올라가는 거 보이
             죠? 완전 대박 성공! (둘에게) 내일 촬영도 딱 이 컨셉으로 하면
             돼요. 노을에 물든 아름다운 연인. 사랑스러운 커플!

상식은 한창 호들갑을 떠는데 분위기가 이상하다.
원과 사랑이 자기를 죽일 듯 쳐다보고 있다.

상식   분위기 왜 이래? 반응 죽인다니까요?
원   내일 촬영 딱 한 컷씩 한 시간 내로 끝내.
상식   말이 되는 소리를 해요. 촬영이 무슨 애들 장난도 아니고.
원   난 분명 말했다. (휙 돌아서 간다)
상식   안 된다니까요! 본부장님! …하여튼 저놈의 성격… (사랑에게)
             내일도 잘 부탁할게. 의식주 컨셉으로 몇 컷씩만 찍으면 돼.

상식 말을 듣는지 아닌지, 사랑은 원이 뒷모습을 보고 있다. 너무 화
가 난다.

🛎 10. 바다 - 스위트룸 테라스/ 밤

바람이 거칠다. 파도가 무섭게 치고 있다.
호텔 제일 위층 테라스에 앉아 있는 원, 회중시계를 딸깍거리고 있다.

🛎 11. 구 회장 집. 원이 방/ 낮 (과거)

정장 차림의 어린 원(6~7세)과 눈높이를 맞추고 앉아 있는 엄마.
원이 베스트에 회중시계를 달아주는데, 역광 때문에 얼굴이 잘 보이지 않는다. 엄마 얼굴은 보이지 않지만 원은 행복하게 웃고 있다.

🛎 12. 스탠더드룸/ 밤

원이 서 있던 자리에서 카메라 내려간다.
아래로, 아래로 한참 내려가면 같은 라인 제일 아래층에 사랑이 모습 보인다. 사랑이도 창가에 서서 바다를 보고 있다.

🛎 13. 브리핑실/ 낮

사무장이 건강관리 체크카드를 보고 있다. 한 장씩 넘겨보다가 평화를 보더니, 테이블 위에 체중계를 올린다. 평화를 비롯한 모든 승무원들은 허를 찔린 느낌이다.

사무장   이제부터 건강관리 체크는 내가 직접 할 거야. 양심껏 적으라 했더니 눈대중이랑 너무 안 맞아. 다들 불만 없지?

(아무도 대답하지 않는다) 좋아. 전부 오케이 했으니까 막내부터 나와.

은지부터 미나, 로운 등 순으로 체중계에 올라가기 시작한다.

사무장   (은지 몸무게 보고) 이거 봐. 59라더니 59.9잖아.

은지   보기 편하시라고 소수점 밑은 버렸습니다.

사무장   900그램이면 삼겹살이 한 근 반이야. 양심 불량, 벌점 1점. 다음.

미나는 자신 있게 체중계에 오른다.

사무장   어쩜 이렇게 관리를 잘하니? 역시 에이스야. 다음.

미나   감사합니다. 사무장님. (자리로 들어간다)

평화는 선뜻 오르지 못하고 머뭇거리다 시계를 풀어 책상에 올려놓는다. 로운은 그런 평화를 보는 게 속상하다.

사무장   그런다고 뭐 달라지니?

평화   그럼요. 쇳덩이인데요.

체중계에 오르는 평화. 숨을 크게 쉬면 몸무게가 더 나갈 것 같아서 숨쉬기도 조심스럽다. 사무장이 체중계와 서류를 번갈아 본다. 평화는 자기 몸무게와 사무장을 번갈아 본다. 뭔가 잘못되는 분위기다.

사무장   이거 봐 이거! 완전 사기네. 어떻게 3킬로씩이나 줄여서 적
         어?

평화   저번에 잴 때 분명 그랬는데⋯ 요즘 화장실을 못 가서 그런
         거 같습니다.

사무장   똥이 3킬로면 (양손을 벌리며) 이만큼이야. 대단하다. 정말.

평화   죄송합니다. 빼겠습니다.

사무장   우리 몸무게 1킬로씩 늘 때마다 비행기 기름값이 얼마나 더
         나가는지 몰라? 재작년 유류비 급등했을 때 승무원들 캐리어
         도 못 가지고 다니던 거 잊었어? 체중 관리는 개인의 자존심
         을 넘어서 회사 비용 절감에 필수야. 이렇게 회사를 위하는
         맘이 없으니 승진을 못 하지. 내려와.

평화   네.

         평화 뒤에 선 로운. 체중계에 오르려 한다.

사무장   로운 씬 됐어. 딱 봐도 사이즈 나오는데 뭘. 따로 운동해?

로운   따로 운동하는 건 없습니다.

사무장   역시 타고났어. 들어가.

         로운, 자리로 들어가려는데.

사무장   자! 그럼 오늘은 이만. 다들 수고했어.

팀원들   수고하셨습니다.

로운   (사무장에게) 근데 사무장님은 안 재십니까?

사무장   응? 나?

로운   네.

너 나한테 왜 그래? 농담이지? 라는 표정으로 웃고 있는 사무장.
농담 아닌데… 라는 듯 로운도 웃고 있다.
점차 웃음이 없어지는 사무장, 다른 승무원에게 시선을 돌린다.

사무장   앞으로 매 비행 때마다 체크할 거니까 다들 관리 잘해.

사무장이 도망치듯 브리핑실을 나간다. 로운이 평화를 보고 찡긋 웃
는다.

🔔 14. 비행기. 갤리/ 낮

평화는 갤리를 정리하고, 로운은 옆에서 거들고 있다.

로운   혹시라도 다이어트할 생각하지 마십시오. 지금도 충분히 예
        쁘십니다.

평화   고맙다. 말이라도 그렇게 해줘서. (서랍에서 상자를 꺼내 건넨다)
        받아.

로운   이거 뭡니까?

평화   저번에 고마워서, 어머니 드려. 국민 엄마가 추천하는 스카프
        래.

로운	고마운 건 전데 선물은 엄마 거네요.
평화	응? …효도하라고.
로운	감사합니다. 잘 전해드리겠습니다.

미나, 갤리로 들어온다.

미나	뭐, 도와드릴까요?
평화	괜찮아. 바쁜 거 다 끝났어. 둘이 좀 쉬어. 난 조종실 다녀올게.

평화가 트레이에 커피잔을 올려놓자 로운이 뺏어 든다.

로운	기장님 드리면 됩니까? 제가 다녀오겠습니다.
평화	고마워.
로운	네. 다녀오겠습니다. (나간다)
미나	(로운 흉내 내는) 네, 다녀오겠습니다. 완전 멋져.
	얼굴이면 얼굴, 성격이면 성격, 신이 실수로 온갖 좋은 건 죄 다 몰빵해 버린 완벽남이 우리 팀으로 들어오다니 완전 행운이에요.
평화	응. 착한 후배가 들어왔으니 좋지.
미나	남자로서는 어때요?
평화	후배는 그냥 후배지.
미나	그럼 선배 저랑 로운 씨랑 잘 되게 도와주시면 안 돼요?
평화	도움이 될지 모르겠지만 도울 게 있음 도울게.
미나	(평화를 부둥켜안으며) 고마워요. 평생 충성하겠습니다.

로운, 커피를 들고 다시 들어온다.

평화   왜 그냥 와?
로운   기장님이 평화 선배보고 직접 갖고 오라고 하십니다.
평화   다녀올게. 둘이 좀 쉬어.

평화, 로운에게 트레이를 받고 나간다.

미나   기장님은 항상 평화 선배만 찾는다니까?
로운   왜 그러십니까?
미나   아무한테나 살랑살랑 잘 웃고 다니잖아. 저렇게 흘리고 다
            니는데 누가 마다하겠어? 어머! 별 얘길 다 한다. 못 들은
            걸로 해.

로운은 무슨 일인가 싶어 조종석 쪽을 본다.

🔔 15. 면세점. 알랑가 가는 길/ 낮

매장으로 출근하는 다을. 뒤에서 막내 유빈이가 달려와 인사를 한다.

유빈   팀장님! 좋은 아침입니다.
다을   아침부터 파이팅 넘치네.
유빈   이번 달도 인센 달성하려면 파이팅 해야죠.
다을   그래 힘내보자. 근데 그게 다 뭐야?

보면, 유빈 손에 가득 커피와 빵이 들려 있다.

다을	간식이니?
유빈	네! (해맑다)
다을	내가 분명히 간식 준비하지 말랬는데.
유빈	(당황) 그거 그냥 하신 얘기라고…
다을	뭐?

〈인서트〉 어제, 알랑가 창고
　　　마감 시재를 하는 막내에게 다가오는 둘째.

이슬	내일 아침 뭐 준비할 거야?
유빈	팀장님이 아무것도 하지 말라고 했는데요?

둘째는 노골적으로 압박을 하는데 막내는 세상 물정 모르고 해맑다.

이슬	너 진짜 눈치 없다. 하지 말랬다고 진짜 안 해? 팀장님 말씀
	은 적당히 하라는 뜻인데 그걸 그대로 들으면 어떡해?

화가 난 얼굴로 막내를 보고 있는 다을. 긴 한숨이 나온다.

🔔 16. 알랑가/ 낮

다을과 팀원들이 카운터 앞에 모여 있다.

다을	앞으로 금, 토, 일은 아무도 휴무 못 써. 팀장인 나만 쓸 거야.
하늘	주말에 편하게 휴무 잡으라고 하셨잖아요. 갑자기 왜 그러세요?
다을	우리 원래 그랬잖아. 팀장님 빼고 주말에 쉰 사람 있었어?
하늘	…아뇨.
다을	막내보고 간식 다시 하라고 했다며? 너네들도 하던 대로 해. 나도 예전 팀장님 하던 대로 할게. 그게 우리 전통이잖아.
하늘	그게 아니라요.
다을	왜? 너네가 대접받는 건 당연하고 막내가 배려받는 건 배 아프니? 내가 잘못 생각했어. 우리 다 예전으로 돌아가자. 막내가 식판이랑 간식 담당하고, 주말엔 나만 쉬고. 다들 알았지?
하늘	…죄송해요. 제가 생각이 짧았어요.
다을	…마지막이야. 한 번만 더 이러면 나도 배려 안 해.
하늘	네. 죄송합니다.
다을	(말투가 부드러워졌다) 내가 팀장으로 있는 이상 손해 보는 사람은 없으면 좋겠어. 나 그만두면 그땐 너네 하고 싶은 대로 해. (웃으며) 커피 한 잔씩 하고 시작하자. 내가 사 올게.

웃으며 분위기를 풀어주는 다을. 팀원들도 머쓱한 듯 웃는다.

🔔 17. 호텔 야외 정원. 하트 나무 앞/ 낮

푸른 나무 사이로 하늘과 구름 그리고 햇살이 예쁜 하트 모양을 만들고 있다.

갈옷으로 갈아입은 원과 사랑, 모니터 테이블 앞에서 작가와 이야기를 나누고 있다.

작가   다 아시다시피 오늘 컨셉은 스마일입니다. 고객을 향한 진심 어린 미소를 담아볼 거예요. (원이에게) 스마일 킹, (사랑에게) 스마일 퀸! 활짝 웃어볼까요?

사랑이 환하게 미소를 짓는다. 사진작가와 보조가 입을 반쯤 벌리고 본다.

작가   …감사합니다! 정말 1억 달러짜리 미소네요.
원   (꼴 보기 싫다) 어우 저 가식.
작가   본부장님도 한번 웃어보실게요. (따라 웃으라는 듯) 스마일 킹~

원이 무표정한 얼굴로 작가를 본다. 작가는 이렇게 웃어보라는 듯 계속 미소를 짓고 있는데,

원   시작하죠.

돌아서는 원. 사랑은 그러려니 따라가는데 작가는 불안하다.

작가   저 시끼 저거 안 웃을 거 같은데.
보조   에이, 촬영 시작하면 웃겠죠. 일인데.

하트 나무 앞에 선 원과 사랑. 사진작가가 한 톤 높은 목소리로 포즈

를 지시한다.

작가   자, 갈게요~ 하트!

한쪽 팔을 올려 연인처럼 하트를 만드는 사랑과 원.
사랑은 활짝 웃으며 원이 쪽으로 몸을 기대 하트를 만드는데, 원은
아무 표정 없이 뻣뻣하게 기계적으로 손을 올린다. 작가는 빠르게 셔
터를 누르고.

🛎 18. 호텔 글램핑장/ 낮

카메라를 내리는 작가, 난감하고 짜증 나지만 최대한 촬영 분위기를
올리려고 한다. 투숙객을 대상으로 운영하는 글램핑장이고 원과 사
랑은 텐트 앞 의자에 앉아 있다.

작가   조금만 더 부드럽게~ 한 컷만 더 갈게요. (카메라 들고) 사랑 씨
          좋아요, 너무 좋아요, 본부장님 살짝만 웃어주세요. 제에발
          한 번만 웃어주세요 제발… (혼잣말) 아, 저 시끼 진짜… (웃으며
          큰 소리로) 오케이! 소품 세팅 바꿀게요.

보조가 얼른 가서 테이블 위에 꽃을 치우고 과일과 음료수 등을 세팅
한다.

사랑   웃어달라고 그렇게 부탁하는데 한번 웃어주면 안 돼요?

원	웃기 싫은데?
사랑	저도 웃을 기분 아니에요.
원	그럼 웃지 마.
사랑	촬영 중이잖아요! 분명 저한테 피해 주지 말라고 얘기한 것 같은데.
원	내가 분명히 가짜로 웃지 말라고 얘기한 것 같은데?
사랑	(욱한다) 그래도 일이잖아요! 아무리 낙하산이어도 그 정도 위치면 이 정도도 못해요?
원	못하는 게 아니라 안 하는 거야.
사랑	(무시하는) 못하는 거 같은데?
원	내 유일한 흠이 못하는 게 없다는 거야.
사랑	아~ 다 잘하시는데 웃는 것만 못하시는구나.
원	안 하는 거라고!
사랑	아! 예~ 예! 그러시구나.
작가	자, 숏 갈게요. 하이~ 스마일!

사랑을 노려보던 원, 보란 듯이 카메라를 보더니 씩 웃는다.
작가가 셔터를 누르다 말고 지친 얼굴로 원을 본다.

작가	본부장님, 비웃으시면 안 됩니다.

사랑이 품! 웃는다. 원은 바로 입꼬리를 내리고 정색하더니 일어선다.

원	끝! 다음이 마지막이죠? 얼른 찍고 마칩시다.

사랑은 고개를 절레절레하고 사진작가는 한숨을 쉰다.

작가   저 시끼 내가 저럴 줄 알았어. (뒤에 서 있던 상식에게) 모델 바꾸면 안 돼요?

상식   그럼 제가 한번 해볼까요? (포즈를 취한다) 어때요?

작가   (상식을 위아래로 훑어보다가, 보조에게) 자, 다음 장소로 이동!

보조   (카메라 모니터 보다가) 작가님, 이거 될 거 같은데요?

작가   뭐가?

보조   포토샵이요. 이쪽 입꼬리 잡아땡겨서 웃는 얼굴로 만들 수 있을 것 같은데요?

작가   그게 되냐?

보조   됩니다!

갸우뚱하며 사진을 보는 작가. 잘하면 될 것도 같다. 희망이 보인다.

🔔 19. 항구/ 낮

작은 고기잡이배 앞, 원이 불만 가득한 표정으로 서 있다.

원   나보고 저 배를 타라고?

상식   킹호텔 식자재들이 얼마나 싱싱한 상태로 들어오는지 보여주는 거예요.

원이 먼바다를 본다.

바다 끝에 먹구름이 몰려오고 바람이 세지는 듯 파도 끝에 하얀 포말이 생기고 있다.

원	싫어. 안 타. 배는 딱 질색이야.
상식	질색 아닌 게 있긴 해요? 그냥 잠깐 옥돔 한 마리 잡고 계세요. 그럼 반대편에서 알아서 찍을 거예요.
원	너는?
상식	당연히 안 가죠. 전 모델도 아니고. 배는 딱 질색이라.
사랑	(상식에게) 노 과장님도 같이 가면 안 돼요? 둘만 가는 건 좀 그런데…
원	(발끈하는) 나야말로 싫거든!
상식	너무나 간절히 함께하고 싶지만 안타깝게도 전 처리할 일이 있어서요.
사랑	비도 올 거 같은데. 괜찮을까요?

하늘을 보는 원. 먼바다에서 먹구름이 잔뜩 몰려오고 있다.

상식	일기예보 다 확인했어요. 빨리 찍고 들어오면 돼요.
원	확실해? 너 안 탄다고 막 얘기하는 거 아냐?
상식	선장님도 괜찮대요. 그럼 다녀오세요. 스마일~

사랑과 원, 내키지 않는 얼굴로 구름 낀 먼 하늘을 바라본다.

🔔 20. 통통배/ 낮

통통배가 바다 한가운데 멈춘다. 사진작가가 탄 배도 조금 떨어진 곳에 멈춰 있다.
선장, 바구니에 가득 담겨 있는 옥돔을 보여준다.

선장	왕 봅서. 잘도 곱딱허지예?
사랑	곱딱? 허지?
선장	예쁘냐고?
사랑	예. 예뻐요.
선장	몸통은 빨강허고 꼬리는 노랑허고 삔딱삔딱 이치룩 색이 고운 생선은 옥돔벳기 없수다. 오토미 먹어는 봐샤?
사랑	아, 회요? 아뇨. 제가 회를 못 먹어요.
선장	(안타깝다) 생선도 못 먹으멍 육지서 여기까정 와샤?
사랑	먹고살려면 시키는 대로 해야죠.

멀찍이 자리 잡고 앉아 있는 원, 일렁이는 파도를 보며 어두운 표정을 짓고 있다.

선장	(원이를 힐끔 보며) 보난 높으신 양반인게이?
사랑	네. 아주 높으신 분이요.
선장	딱 봐도 까탈스러워 보이네.
사랑	아주 많이 까탈스러워요.
선장	어이. 높으신 양반, 이리 왕 앉읍소.
원	괜찮아요.

선장   귀헌 몸 바다에 떨어지기라도 허민 큰일 나주. 얼른 이리 옵서.

원이 자리에서 일어나는 순간 파도에 배가 흔들린다.
깜짝 놀란 원, 얼른 몸을 낮춰 배의 난간을 부여잡는다.

사랑   (비웃는) 겁은.
원   겁? (자존심 상한) 내가 겨우 이 정도 파도에?

원이 발끈해 일어나는 순간 배가 더 크게 출렁인다.
원은 더 납작 주저앉으며 난간을 잡는다. 사랑, 한심하다는 듯 원을
쳐다본다.

선장   (하늘 올려다보는) 대풍이 올려나…

🔔 21. 양쪽 배 교차/ 낮

작가는 카메라를 들고 있고 보조는 확성기를 들고 크게 소리치고
있다.

보조   본부장님은 제일 크고 싱싱한 놈으로 들어주시고요, 사랑 씨
              는 본부장님 보면서 활짝 웃어주세요.

원, 잔뜩 찌푸린 얼굴로 옥돔 한 마리 대충 집어 든다. 크기도 작고
죽은 지 한참이라 싱싱해 보이지도 않는다.

작가	(보조에게) 흔들라고 그래.
보조	(확성기) 살아 있는 것처럼 흔들어 주세요.

원, 귀찮다는 듯 옥돔을 대충 흔든다.

보조	더, 더, 더! 팔딱팔딱 뛰는 생선처럼, 좋아요, 더더더더!

원이 옥돔을 마구 흔들어 대고 그 옆에 사랑 활짝 웃고 있다.
카메라에서 눈을 떼는 작가, 뭔가 마음에 안 든다.

작가	옥돔이 너무 작지 않아?
보조	포토샵으로 키우면 돼요.
작가	돼?
보조	됩니다! (확성기 들고) 생선이 너무 크다, 무겁다, 그런 느낌으로, 두 손으로 잡고 흔드실게요~

원이 두 손으로 옥돔을 잡고 흔들다 놓친다. 바다로 빠지는 생선.

작가	저 시끼 저거… (보조에게) 집에 가자. 접어!
보조	(확성기) 수고하셨습니다. 촬영 끝이요.

🔔 22. 통통배/ 낮

파도가 점점 세지고 있다. 작가가 탄 배가 앞서가고 원이 탄 배는 뒤를 따르고 있다. 그런데 배 시동이 갑자기 꺼진다.

시동이 걸렸다 꺼졌다 반복하더니 선장이 고개를 쑥 내민다.

선장   배도 이상하고 날씨도 이상하고 가파도로 피해사키여.

원   안 돼요. 그냥 가요.

선장   배가 이상하다니까. 가다가 대풍 만나면 큰일 나샤.

원   배고 바다고 다 싫다니까요. 그냥 갑시다.

선장   안 된다니까. 혼자 헤엄쳐 가든가.

선장은 조종실 유리창을 닫는다. 엔진이 푸륵거리다 겨우 시동이 걸린다.

원   가서 배 돌려.

사랑   제가요?

원   상사가 시키면 해야지. 다녀와.

사랑   (입 삐죽거린다) 네.

〈통통배〉

사랑이 조종실 유리창을 두드린다.

유리창을 여는 선장, 사랑 말을 듣지도 않고 대답한다.

선장   안 돼. 위험해.

사랑   (곧바로 원에게) 안 된대요.

원   나도 안 된다고 전해.

사랑   (선장 한 번 봤다가 원에게) 정 가시고 싶으시면 혼자 헤엄쳐 가시래요.

통통배가 반원을 그리며 회전한다. 멀리 낮게 깔린 가파도 보인다.

🔔 23. 가파도. 선착장/ 밤

바람이 스산한 데다가 영업을 마친 항구는 불이 꺼져 있어 음산한 기운이 감돈다. 선장이 섬 끝 쪽을 가리키며,

선장   이레 쭉 올라가민 산장이 하나 이시난 오널은 그디서 주무시게. 거기가 가파도에서 제일 좋은 호텔이니까. 꼭 거기로 가시게.
사랑   네. 감사합니다.

사랑이 돌아본다. 원은 무슨 미련이 남았는지 아직도 배 옆에 있다.

사랑   안 가요?
원   …
사랑   안 가실 거면 저 혼자 갈게요.

원은 주위를 둘러보며 주저한다. 안 되겠다, 전화를 건다.

🔔 24. 선착장 - 호텔 수영장 교차/ 밤

한가로이 선베드에 누워 쉬고 있는 상식, 원의 전화를 받는다.

상식   여보세요.

원   헬기 좀 보내.

상식   어딘데요?

원   선장이 태풍 온다고 가파돈가 뭔가 섬으로 피항했어.

상식   제주도는 태풍이면 헬기 못 떠요. 전문가 말 들어요.

원   알아봐.

상식   네! (잠깐 뜸 들이고) 못 뜬대요.

원   제대로 안 알아봐?

상식   (핸드폰 멀찍이 떨어뜨리며) 여보세요? 여? …보? 세요?

안 들리는 척 전화를 끊어버리는 상식, 아예 핸드폰 전원까지 꺼버린다.

상식   제주도 바람이 얼마나 무서운데. (일어나며) 앗싸! 오늘 해방!!

🔔 25. 가파도. 선착장/ 밤

원이 다시 전화를 걸지만 상식은 받지 않는다.

원   이게 진짜!

원, 심란한 표정으로 앞을 보면 사랑은 벌써 어둠 속으로 사라지고 있다. '친환경 명품섬' '가파도' 석상이 나란히 서 있는데, 분위기 때문인지 커다란 비석처럼 보인다. 원이 얼른 사랑을 따라간다.

🔔 26. 시골길. 갈림길/ 밤

오렌지색 코스모스가 쏴~ 소리를 내며 검붉은 파도처럼 흔들리고 있다. 사랑은 앞서가고 원은 뒤따르는 중이다.
둘 다 핸드폰 플래시를 켜고 있는데, 원은 무슨 소리가 날 때마다 움찔 놀라며 그쪽을 비춘다.
멀지 않은 곳에 음산한 기운을 풍기는 오래된 산장이 보인다.

원   (잔뜩 겁먹은) 설마 저긴 아니겠지?
사랑   (한심하다) 왜요? 겁나요?
원   난 겁이란 걸 모르는 사람이야. (허세 부리며) 겁이 조금이라도 났으면 앞장서서 걸어가지 이렇게 뒤에서 보호하면서 걸어가고 있겠으아악!!

눈앞으로 올빼미가 푸드덕 날아가자 놀라 허우적거리는 원.
사랑이 기가 막혀 바라본다. 겨우 진정한 원, 사랑을 보자 머쓱하다.

원   내가 원래 무서운 게 없는데 새를 싫어해서 그래.
사랑   그럼 앞장서실래요?
원   (빛의 속도로 대답한다) 아니!

사랑   그냥 무서우면 무섭다고 해요. 무서운 게 창피한 건 아니잖
        아요.

원   아까도 말했듯이 절대 무서워서가 아니야. 뒤를 지키려는 거지.
        (어째 사랑이 비웃고 있는 느낌이 든다) 앞장설 테니 따라와! (앞으로 나
        서며 주먹 툭툭 뻗는다) 내가 취미로 격투기했다고 말했었나?

몇 걸음 앞, 뭔가 희끗거리는 형체를 보고 말을 멈추는 원.
그 순간 번개가 친다. 하얀 소복을 입은 할머니다. 원이 정신을 잃고
픽 쓰러진다.

🔔 27. 산장. 방/ 밤

스윽 스윽, 이상한 소리에 눈을 뜨는 원.
주위를 둘러보면 어두운 방 안에 홀로 누워 있다.
이상한 소리가 계속 들리고 있다. 조심조심 기어가 문을 살짝 열어
본다. 소복을 입은 할머니가 쪼그려 앉아 칼을 갈고 있다.
헉! 입을 막아보지만 놀란 숨소리가 새 나갔다.
할머니가 칼 갈기를 멈추고 원을 바라본다.
심장이 터질 듯 요동치는 원, 도망칠 곳을 찾아 방을 둘러본다. 창문
이 두 개가 있다. 그중 가까운 쪽으로 가서 창문을 확 여는데, 할아버
지가 씨익 웃으며 서 있다.

할배   뭐 필요한 거 없수?
원   으아악!

비명을 지르며 다른 쪽 창문으로 가는 원.
창문을 열고 몸을 던지듯 빠져나온다.

28. 산장. 마당/ 밤

창문에서 쏟아지듯 바닥으로 떨어지는 원. 허겁지겁 도망가다가 마
당 한쪽을 본다.
할머니 몸뻬바지를 빌려 입은 사랑이 마루에 상을 차리다 말고 원이
를 보고 있다. 그러고 보니 원이도 몸뻬바지를 입고 있다.
원이는 뭐가 뭔지 정신이 하나도 없다.

사랑   왜 그쪽으로 다녀요?

부엌에서 할머니가 칼을 들고 나온다.

할매   깼어?
원   으헉!

원이 흠칫 놀란다. 할머니는 그런 원을 보자니 한심하고 답답하다.

할매   허우대는 멀쩡한 게 겁먹은 똥강아지마냥. (사랑에게) 색시가 고
         생길이 훤하네.
원   색시요?
할매   (원에게. 칼로 삿대질하며) 나중에 색시 많이 업어줘. 길거리에 자

185

빠져 있는 거 이 색시가 혼자 업어다 눕히느라 얼마나 고생한 줄 알아?

사랑   (한심하다는 듯 보며) 그러세요. 살다 살다 사람 보고 기절하는 사람 처음 봤어요.

원이는 겨우 정신을 수습한다. 하지만 여기가 어딘지, 무슨 상황인지 전혀 모르겠다.

원   (사랑에게) 여기가 어디야?

할매   어디긴! 가파도에서 제일 고급진 호텔이자 최고로 맛있는 레스또랑이지. 신혼여행으로 온 거여?

원, 사랑   (동시에 펄쩍 뛰며) 아니요!

할매   그럼 밀월여행이여?

사랑   저희 아무 사이도 아니에요. 그냥 직장 상사예요.

할매   상사가 오빠 되고 오빠가 아빠 되는 거지 별거 있남?

사랑   저 그렇게 아무나 사귀는 사람 아니에요, 할머니!

자존심 상하는 원, 발끈한다.

원   아무나라니! 내가 어떻게 아무나야! 나야말로 아무나 안 만나는 사람이야.

사랑   네. 네. 그럼요.

원   나는 아무나가 아니라니까?

할배   (소리) 역시 빠숀의 완성은 얼굴이여. 내 옷이 기를 못 펴는구먼.

휙 돌아보는 원. 할아버지가 바짝 다가서서 웃고 있다. 원은 또 놀란다.

| 할배 | 사랑싸움은 나중에 하고 한잔들 해. |
| 원, 사랑 | (버럭!) 그런 거 아니라니까요! |

🔔 29. 산장. 마당/ 밤

정체를 알 수 없는 커다란 술병을 개봉하는 할아버지.

할배	들어는 봤나? 이게 그 유명한 야관문주라고, 아주 귀한 손님이 와도 어지간하면 안 내놓는 술이야. 나가 요것을 먹고 줄줄이 여덟을 봤자녀. (국자로 술 뜨며. 원에게) 술은 좀 허나?
사랑	이쪽은 비실비실해서 술 못할 것 같고요, 저나 한잔 주세요.
	(소주잔을 내미는데)
원	뭐 비실비실? (큰 물컵 내밀며. 할아버지에게) 가득 따라 주세요.
할배	이 술 엄청 독한데 괜찮겠어?
원	(물컵 내리고 빈 국그릇 들며) 그럼 여기다 마실게요.
사랑	(질 수 없다. 같이 국그릇 내밀며) 저도요!

양쪽 국그릇에 술이 가득 담긴다.
잠시 눈싸움을 하는 두 사람, 동시에 술을 마시기 시작한다.
사랑은 한 모금 마시다 깜짝 놀란다. 술이 너무 독하다.
그릇을 입에 댄 채 원이를 슬쩍 본다. 원이도 술이 독해 놀라 멈췄다가 사랑을 본다.

다시 눈이 마주치는 두 사람, 악착같이 다 마셔버린다.

둘은 동시에 헉헉거리며 안주를 집어 먹는다.

원이 호기롭게 다시 그릇을 내민다.

원   술이 아주 순하니 술술 들어가네요. 한 잔 더 주세요.

사랑   이거 뭐 그냥 물이네요, 물! (그릇 내민다) 저도 가득 주세요!

할배   (신났다) 술맛을 아는구만. 역시 청춘이 좋아.

할아버지가 국자를 던지고 술병째 콸콸 따라준다.

〈시간 경과〉

큰 술병이 바닥났다. 둘은 술에 취해 얼굴이 달아올라 있다.

사랑은 국자로 남은 술을 긁다시피 떠서 잔을 채우는데, 술기운에 기분이 좋아 히죽히죽 웃고 있다.

원   웃지 말랬지?

사랑   그쪽 보고 웃은 거 아니거든요? 싫음 보지 말던가. 사람이 왜 이렇게 까칠해요? 매사에 투덜투덜. 완전 투덜이야.

원   그쪽이랑 있으면 되는 일이 없어 그래. 앞으로 내 앞에 얼쩡거리지 마.

손날로 원의 이마를 촥! 치는 사랑.

사랑   명령 금지! 여기 회사 아니거든요?

원	(황당하다) 야!
사랑	(더 큰 소리로) 왜!
원	(큰 소리에 놀라 잠시 움찔한다) …감히 날 쳐?
사랑	감히는 개뿔.
원	개뿔? 너 진짜 후회하지 마라.
사랑	난 후회 같은 거 안 해요. 이미 지난 일 후회한다고 뭐 달라지나.
원	기다려. 내가 백번 후회하게 만들어 줄 테니까. 난 네가 함부로 해도 되는 그런 사람이 아냐.
사랑	사람 다 똑같지 함부로 해도 되는 사람, 안 되는 사람이 어딨어요? 사람은 다 함부로 대하면 안 되지. 돈 좀 있다고 뭐라도 되는 줄 아나? 꼴값이야 정말.
원	꼴값?
사랑	네. 돈 좀 있다고 꼴에 갑질하는 인간들이요! 매일매일 별별 꼴값들 비위 맞추느라 죽을 것 같은데 여기까지 와서도 꼴값을 뫼시고 있으니… 그것도 꼴값 중에 완전 킹왕짱 꼴값 씨를.
원	내가 꼴값이면 그쪽은 가식덩어리야. 가식 그 자체! 천가식!
사랑	맨날 웃으면서 가식 떠는 게 뭐 쉬운 줄 알아요? 아무나 할 수 있는 줄 아나? 그것도 다 고급 기술이에요. 별별 꼴값들 다 참아가며 쌓은 내공이라구요.
원	참 별게 다 기술이네.
사랑	(술잔 내밀며) 어이 킹왕짱 꼴값님, 술이나 한잔 따라봐요.

사랑, 발그레한 얼굴로 히죽히죽 웃으며 술잔을 들이민다.
원이 한마디 하려고 하는데, 그 얼굴을 보니 이상하게 참아진다.

그래 마셔라! 하는 듯 술병을 들고 따라준다.

원   딱 오늘까지야. 오늘까지만 봐주는 거라고.

사랑   왜 봐줘요? 그냥 막살아요. 그래도 되잖아. 남 눈치 안 보고
        하고 싶은 대로 막사는 거 완전 부러운데. (엄지 척) 꼴값 짱!

원   나 모르잖아. 함부로 말하지 마.

사랑   당연히 모르죠. 근데 억지로 안 웃어도 되잖아요. 그게 얼마
        나 큰 특권인데, 난 맨날 웃어요. 아파도 웃고 슬퍼도 웃고.
        그래도 내가 아픈 게 낫지 뭐. 다른 사람이 나 땜에 아픔 마음
        이 더 아프니까. (원을 빤히 보며) 근데 왜 웃는 게 싫어요?

〈인서트〉 과거 : 원의 집, 몽타주

        - 바닥에 떨어져 깨지는 회중시계.
        - 실루엣으로만 보이는 엄마 모습.
        - 울고 있는 원을 보며 웃고 있는 가사도우미와 호텔 드림팀 직원들.

원   전부 가면이니까. 모두 다 가짜야.

사랑   그중에 분명 진짜도 있었을 텐데… (안쓰럽다) 쓸쓸하네요.

술을 톡 털어 마시고 비를 보는 사랑. 처마를 타고 떨어지는 빗방울
을 손으로 만진다. 느낌이 좋아 미소가 나온다.

원   내 앞에선 웃지 말라고 했지?

사랑   이건 가짜 아닌데? 진짜 좋아서 웃는 건데?

원   그래도 웃지 마.

사랑	근무 시간도 아닌데 웃는 것도 내 맘대로 못 해요?
원	앞으로 근무 시간 외에도 내 앞에선 웃는 거 금지야.
사랑	왜요? 싫은데? 술이나 한잔 더 따라봐요, 응?

잔을 내밀며 장난스럽게 웃으며 바라보는 사랑, 원은 심장이 툭 떨어
지는 것 같다.
빤히 보는 원을 향해 계속 웃고 있는 사랑.
그러다 진지한 그의 눈빛을 보고 어색해진다.
사랑, 술 한 잔 들이켠다. 빈 잔이다. 머쓱해서 다시 비를 본다.
원이도 사랑을 따라 비 내리는 풍경을 본다.

🔔 30. 산장. 방/ 밤

제법 취한 사랑과 원이 각자 방문을 열고 들어가 요 위에 풀썩 눕는다.
들어온 문은 두 개지만 방 사이에 병풍이 있을 뿐, 같은 방이다.
둘은 그것도 모른 채 잠이 든다.

🔔 31. 가파도 전경/ 낮

가파도 전경 보인다. 완만한 구름도 없어 마치 바다에 떠 있는 평야
같다.

🔔 32. 산장. 방/ 낮

눈을 뜨는 사랑, 숙취로 머리가 아프다. 으아앙~ 소리를 내며 기지개를 켠다. 병풍 너머, 원이 사랑이 내는 소리에 눈을 뜬다.
잠이 덜 깨 눈만 껌뻑거리는 원. 계속 사랑이 목소리가 들려온다.

사랑   (소리) 미쳤어. 양말도 안 벗고 잤어.

사랑이 한쪽 발을 들고 선 채로 양말을 벗고 있다.
중심을 잡으려고 병풍에 손을 기대자마자 병풍 한 폭이 접히며 사랑이 폭 넘어진다. 넘어져도 하필 원이 위로 넘어졌다.
이게 어찌 된 상황인지… 사랑은 너무 놀라 누워 있던 원을 바라본 채 굳어 있다.

원   어이, 천가식 씨! 그만 일어나지?

정신이 든 사랑, 벌떡 일어난다.

사랑   왜 여기서 자요?
원   내 방이니까.
사랑   여기 내 방인데요? 어제 분명 방 두 개라고 했고 출입문도 다른데…

방을 둘러보던 사랑, 병풍을 접어본다. 원래 한 방이었다.
창문 위에 붙은 문구는 더 어이가 없다. 〈커플이 쓰면 원룸, 남남이

192

면 투룸〉삐뚤삐뚤 손글씨로 적혀 있다.

원   가파도 최고 호텔이라더니.

사랑을 바라보던 원, 사랑을 향해 점점 다가온다. 사랑 뒤로 물러선다.

사랑   왜, 왜 이래요?

원, 사랑의 뒤편에 조금 열려 있는 창문의 커튼을 활짝 걷는다.
창밖으로 코스모스 밭이 바다처럼 펼쳐져 있다.
창문을 열어보는 원. 시원한 바람이 들어온다.
사랑도 홀린 듯 원 옆으로 가서 경치를 본다.
두 사람, 너무 예쁜 풍경에 창가를 떠나지 못한다.

33. 코스모스 밭길/ 낮

온갖 예쁜 색을 다 가진 코스모스가 파도처럼 일렁이고 있다.
사랑이 코스모스 길을 따라 걷고 있다. 화사한 코스모스처럼 미소도
싱그럽다.

34. 산장 마당/ 낮

원은 마루에 앉아 대문 밖 풍경을 보고 있다.

할아버지가 2인용 자전거를 끌고 와 원이 앞에 세운다.

할배	배 시간 남았으니 한 바퀴 돌고 와.
원	걷는 거 안 좋아해요.
할배	어차피 걸어서는 다 못 봐. (자전거 안장 두드리며) 기동력이 있어야지.
원	여기서도 다 보여요.
할배	가파도 경치는 눈에 담는 게 아니라 마음에 담는 거야. 색시랑 같이 한 바퀴 돌아.

원이가 자전거를 본다. 앞뒤로 나란히 안장이 두 개다.

🔔 35. 코스모스 밭길/ 낮

사랑이 한가롭게 코스모스 밭길을 걷고 있다.
원이 자전거를 타고 와 사랑 옆에 멈춘다. 사랑이 뭔가 싶어 바라보면,

사랑	그건 뭐예요?
원	할아버지가 주셨어. 타.
사랑	됐어요. 우리가 하하 호호, 사이좋게 자전거 탈 사이에요?
원	당연히 아니지. 걸어서는 배 시간 전에 반의 반도 못 본다길래 호의를 베풀어 줄까 했을 뿐이야. 저쪽 끝으로 가면 진짜 좋다던데.
사랑	(가보고는 싶다) …이거 한 대밖에 없어요?

| 원 | 됐어. 타지 마. |

미련 없이 사랑을 버리고 혼자 출발하는 원. 페달을 밟지만 자전거는 앞으로 나가지 않는다. 돌아보면 사랑이 자전거를 붙잡고 있다.

🛎 36. 가파도 곳곳/ 낮

원과 사랑이 자전거를 타고 달리고 있다. 시원한 바람이 둘을 어루만지며 지나간다. 사랑은 기분이 좋아 팔다리를 쭉 펴고 바람을 맞으며 예쁜 풍경을 바라본다.

사랑	태어나서 이렇게 많은 코스모스는 처음 봐요. 너무 예뻐요.
원	한가하게 경치 구경하지 말고. 부지런히 밟아. 설마 나 혼자 밟고 있는 건 아니지?
사랑	열심히 밟고 있어요.
원	혼자 탈 때랑 다르네. 무게가 상당한가 봐.
사랑	와! 바다다!! 더 세게 밟아요.

원은 사이드미러로 사랑을 본다.
마음껏 활짝 웃는 모습이 보기 좋아 원도 슬그머니 웃음이 나온다.
내리막길을 만나 속도를 올리는 원. 사랑이 신나서 으아~ 소리를 지른다.

🛎 37. 카페 앞/ 낮

카페 옆 벤치에서 눈을 감고 잠시 휴식을 취하는 원, 살랑거리는 바람이 기분 좋다.

사랑   드세요.

원이 눈 뜨면 사랑이 코스모스 빛깔을 닮은 에이드를 내밀고 있다.
파란 하늘 사이로 환하게 웃는 사랑이 눈부시게 빛난다.

원   (받으며) 영수증 청구해.
사랑   이럴 때는 그냥 고맙다고 하는 거예요.
원   고마워. 영수증 청구해.

피식 웃는 사랑, 원과 조금 떨어져 앉아 에이드를 마신다.
예쁜 풍경을 바라보는 사랑, 상쾌한 바람에 미소 짓는다.
살랑이는 바람에 흩날리는 사랑의 옆모습을 바라보는 원, 이 순간을
마음에 담는다.

🛎 38. 산장/ 낮

사랑, 놀란 눈으로 할머니를 바라본다.

사랑   네? 얼마요?

할매	67만 5천 원.
사랑	왜요?
할매	스위트룸 하나에 20만 원씩 두 개면 40, 문라이트 디너 12만 원에, 술값 10만 원 별도니까 62만 원에,
할배	자전거 투어 5만 5천 원. 2인용.
할매	그럼 총 합해서 67만 5천 원.
사랑	방이 하나였잖아요.
할매	어제 둘이 한방 썼어?
원, 사랑	아니요!
할매	그러니까 방 두 개. 카드도 돼.
사랑	그게 말이 돼요? 너무 비싸잖아요.

사랑은 발끈하지만 원은 귀찮다.

원	됐어. 겨우 그 돈 가지고. (할매에게, 휴대폰 주며) 지갑을 안 가져 와서요, 이걸로 해주세요.
할매	요기가 전당포도 아니고 그런 거 안 받아.
원	카드 된다면서요. 이 안에 카드 있으니까 그걸로 하세요.
할매	그 안에 카드 있다 하면 내가 속을 줄 알아? 이것들이 촌구석 노인네라고 어디 사기를 쳐?
선장	(소리) 무슨 일인데 그렇게 뿔이 나셨어?

마당으로 선장이 들어온다. 사랑이 반색을 한다.

사랑	선장님, 잘 오셨어요. 여기 이상해요.

할매	실컷 먹고 자고 놀 때는 언제고 돈 안 내는 너희들이 더 이상 하지.
선장	(할매에게) 뭐야. 엄마 돈 못 받았어?
사랑	엄마?
선장	(원에게) 무슨 재벌이라더니 돈 몇 푼에 뭐 하는 거야?
원	그게 아니라 (휴대폰 보이며) 이걸로 계산하려고 했는데,
선장	여기가 전당포야? 그걸 왜 내밀어? 암튼 계산 안 하면 나도 배 못 띄워.
원	계좌 불러주세요. 비서한테 얘기해서 돈 보내라고 할게요.

이상한 낌새를 눈치챈 사랑. 할머니와 선장을 번갈아 본다.

사랑	잠시만요. (할머니에게) 할머니, 어제 저희가 잔 방이 아무리 가파도에서 제일 좋은 스위트룸이라고 해도 우리 킹호텔이랑 비교했을 때 일박에 10만 원이면 충분해요. 후하게 쳐도 15만 원 그 이상은 못 드려요. 아무리 관광지라도 그 정도 저녁은 5만 원만 받아도 되실 거고. 자전거 투어는 보통 만 원 정도잖아요. 대신 술값 10만 원은 다 드릴게요. 그럼 총 32만 원인데, 옷도 빌려주셨으니까 35만 원 드릴게요.
할매	재벌이라면서 무슨 돈을 반이나 깎아?
사랑	돈 많으면 바가지 씌워도 돼요? 부당요금 신고센터에 전화할까요?
선장	젊은 사람들이 뭘 그리 빡빡하게 굴어? 좋게 그냥 내고 가.
사랑	보아하니 다들 한 가족 같으신데 (선장에게) 어제 배 고장 났던 건 맞아요?

선장	응? 났지. 고장. 많이.
사랑	오늘은 제주 사투리도 안 쓰시네요?
선장	… (뜨끔하다)
사랑	(할머니에게) 35만 원이요, 괜찮으시면 지금 바로 입금할게요.

할머니가 선장 눈치를 본다. 선장은 그렇게라도 하라는 듯 고개를 끄덕인다.

🔔 39. 통통배/ 낮

어제 탔던 배를 타고 제주로 향하는 사랑과 원.
둘은 배 앞자리에 나란히 앉아 있다.

원	그깟 돈 그냥 주면 되지 뭐 하러 힘을 빼?
사랑	뭐 살 때 얼마냐고 물어본 적 없죠?
원	그걸 왜 물어?
사랑	보통은 다 물어봐요. 그 가격이 적당한지 터무니없는지, 내가 살 수 있는 건지 없는 건지. 우리 할머니가 돈 귀한 줄 알라 했어요. 뻔히 바가지 씌우는 게 보이는데 사람 속이면 나쁜 짓이잖아요. 돈은 정직하게 벌어야 돼요.
원	왜?
사랑	왜긴요? 안 그럼 창피하잖아요. 나한테.

원, 사랑을 한참 바라본다.

사랑	그리고 그날은 제가 죄송해요.
원	뭘?
사랑	내가 던졌다는 돌 말이에요. 무슨 돌인지는 모르지만 그 상처 받은 눈은 진짜였거든요.
원	아, 돌? …까먹고 있었네.

원이는 픽 웃고는 바다로 시선을 돌린다.
대답을 기다리던 사랑도 바다를 본다. 제주가 가까워지고 있다.

🔔 **40. 사랑 집. 거실/ 밤**

작은 테이블에 옹기종기 모여 앉아 오메기떡에 맥주를 마시고 있는
삼총사.

다을	(오메기떡 먹으며) 오! 이거 엄청 맛있다. 맥주랑 완전 찰떡인데.
사랑	그치? 시간 없어 공항에서 샀는데 괜찮네.
다을	라이브 방송인가는 잘했고?
사랑	응. 다행히 반응 좋았대.
평화	그 본부장이라는 사람은 어때?
사랑	음… 뭐랄까… 그냥 싹수 노란 망나니?
평화	생긴 거는?
사랑	그냥 싹수 노랗게 생겼어.
다을	위대한 킹그룹 후계자신데 싹수가 푸릇푸릇하면 더 이상하지. (평화에게) 맞다. 그 남자 스카프 줬어?

사랑	뭐야? 너 남자 생겼어?
평화	아냐! 그냥 후배야. 내가 어떻게 남자를 만나?
사랑	네가 왜 못 만나?
평화	내 주제에 무슨.
사랑	네가 어때서? 너처럼 좋은 여자 만나면 완전 땡큐지.
다을	맞아. 요즘 너만큼 착하고 순수한 애가 어딨다고.
평화	둘 다 말이라도 고마워. 근데 나는 진짜 남자 만날 생각 없어.
사랑	남자를 만나든 안 만나든 상관없는데 누가 뭐래도 너는 정말 멋진 사람이야. 다신 그런 말 하지 마. 나 진짜 속상해.
	(다을에게) 초롱이 올 시간이지? 가자. 바래다줄게.

사랑이 일어선다.

🔔 41. 사랑 집 앞/ 밤

집에서 입는 허름한 차림으로 슬리퍼를 질질 끌고 걸어가는 세 사람.

사랑	어쩜 세월이 지나도 우린 셋 다 뚜벅이냐?
평화	그러게. 차라도 있으면 드라이브도 가고 좋을 텐데.
다을	(평화에게) 이참에 너 차 한 대 뽑자.
평화	내가 돈이 어딨어?
다을	(사랑에게) 그럼 네가 사.
사랑	내가 면허가 어딨어?
다을	나이가 몇인데 면허도 없냐?

사랑	네가 사. 넌 돈도 있고 면허도 있잖아.
평화	그래. 팀장님 된 기념으로 한 대 뽑자.
다을	팀장 수당 한 달에 2만 원이야.
사랑	2만 원?
다을	응. 2만 불 아니고 2만 원. (씨익 웃는다)

겨우? …사랑과 평화가 놀란 눈으로 바라본다.

다을	나 진짜 꾸준하지? 어! 버스 왔다. 나 간다!

다을, 버스를 향해 뛰어간다.

사랑	강다을! 그래도 잘하고 있어! 네가 우리 중에 제일 멋져!

다을이 활짝 웃으며 손을 흔들어 주고 버스에 오른다.

🔔 42. 구 회장 집 전경 - 원이 방/ 밤

구 회장 집 전경 보인다.
원이 작은 캐리어를 들고 방으로 들어온다.
오래 비워둔 방이라 가구만 있고 소품은 하나도 없어 더 썰렁해 보인다. 자기 방이지만 낯설기만 한 원, 방 가운데 서 있다.
쿵쿵쿵쿵… 계단 올라오는 소리 들린다. 곧바로 문이 거칠게 열리며 구 회장 들어온다. 뒤따라온 화란은 방에 들어오지 않고 문 앞에 서 있다.

구 회장	너 그 정도밖에 안 돼? 고작 그런 질문 하나에 자리 박차고 일어나? 사업하다 보면 얼마나 더한 일이 일어나는 줄 알아? 어떻게 본부장이란 놈이 일개 여직원보다 못해?
원	조회 수도 높았고 홍보도 잘됐어요. 결과만 좋으면 된 거 아닌가요? 과정까지 좋은 사업이 어디 있어요? 난 아버지한테 그렇게 배웠는데.
구 회장	그 조회 수 네가 올렸어? 홍보 잘된 게 너 때문이야? 본부장이 사고 친 거 일개 직원이 수습한 거야. 부끄럽지도 않아?
원	어쨌든 결과는 좋았잖아요.
구 회장	언제까지 투정 부릴 거야? 나이가 몇인데 아직도 엄마를 찾아?
원	찾는 거 아니에요. 알고 싶은 것뿐이에요. 진실이 뭔지.
구 회장	네가 알아야 될 진실은 회사 이윤과 주가뿐이야. 우리한테 진심으로 다가오는 건 돈밖에 없어. 사랑, 웃음, 친절, 존경, 전부 다 거짓이야. 그것만 생각해.
원	엄마도 그랬어요? 다 거짓이었어요?
구 회장	…우리 같은 인생에 사랑 같은 건 없어.
원	그럼 뭐가 있는데요?
구 회장	의무! 난 내 아버지가 물려준 걸 지킬 의무가 있고, 넌 내가 이룩한 것을 지킬 의무가 있어. 사랑? 그런 거에 속지 말고 일이나 제대로 해. 다시 한번 엄마 얘기 꺼낼 거면 나가!
원	아뇨. 그래도 진실은 알아야겠어요.

원을 노려보는 구 회장. 더 말하기도 싫어 나가버린다.
문 앞에 서 있던 화란, 놀리듯 말한다.

화란   오랜만에 집에 왔으니 편히 쉬어. 어차피 곧 쫓겨날 것 같은데.
원   나 무서워하지 말라니까.
화란   뭐?
원   나 회사에 관심 없으니까 건들지 말라고 경고했는데. 자꾸 건
       드네. 그것도 아주 유치하게.
화란   내가 너 따위를?
원   싸우고 싶게 만들지 마.
화란   기본도 없고 근본도 없는 게 어디서 건방 떨어? 너야말로 까
       불지 마.

화란이 문을 쾅 닫아버린다.
원이 침대에 앉아 다시 방을 둘러본다.

🔔 43. 킹호텔. 사무실/ 낮

직원들이 사랑을 둘러싸고 있다. 사랑은 이 상황이 어색하고 불편
하다.

여직원1   사랑 씨 방송 잘 봤어. 정말 잘하더라.
남직원2   완전 우리 호텔 간판스타 됐다니까?
사랑   아니에요. 감사합니다.

수미   (소리) 뭐가 좋다고 그렇게 웃어?

수미가 사랑 앞에 선다. 트집을 잡기로 마음먹은 것 같다.

수미   방송 한번 탔다고 스타라도 된 줄 알아? 누가 했어도 그 정도
            했고, 내가 했으면 천만 뷰는 찍었어.
사랑   예.

직원들이 일제히 자리에서 일어나는 소리 들린다.
돌아보면 구 회장, 화란, 최 전무가 들어오고 있다. 직원들은 몸을 접
어 인사를 하고 있다.

구 회장   그래, 수고들 많아요.

둘러보던 구 회장, 사랑을 발견하고는 다가온다.
수미는 자기에게 오는 줄 알고 옷매무새를 가다듬고 꼿꼿하게 선다.
수미는 거들떠도 안 보고 사랑 앞에 서는 구 회장.

구 회장   자네구만 천사랑. 우리 친절사원.
사랑   네, 천사랑입니다.
구 회장   (화란에게) 이 친구 누가 뽑았어?
화란   제가 뽑았어요.
구 회장   (사랑에게) 방송 보니 알겠어. 왜 손님들이 1등 사원으로 뽑았는
            지. 순발력도 뛰어나고 위기관리도 잘했어. 배포도 크고.
사랑   감사합니다.

구 회장   고객이 뽑는 친절사원을 2년 연속이나 한다는 건 호텔리어로
          서 최고의 영광이야. 이런 훌륭한 직원이 있다는 게 나한테도
          영광이고.
사랑   아닙니다. 저야말로 킹호텔에서 일할 수 있어 영광입니다.
구 회장   내일부터 킹더랜드로 올라가.
사랑   네?

사랑뿐 아니라 화란과 모든 직원들이 놀란다. 특히나 수미는 누구보
다 놀란다.

구 회장   어렸을 때부터 킹호텔이 행복이자 꿈이었다며.
          우리 호텔을 제일 사랑하는 직원인데 제일 높은 데로 한번 올
          라가 봐.

사랑은 너무 얼떨떨해서 대답도 하지 못한다.

🔔 44. 원 사무실/ 낮

원. 모니터로 제주도 화보 촬영 사진을 보고 있다.
다른 사진은 그냥 넘기고 사랑 사진만 확대해 본다.
점점 모니터 앞으로 다가가며 사랑과 눈을 마주치듯 쳐다본다.
사랑의 웃는 얼굴을 보고 있자니 배시시 웃음이 나오는데,

상식   (소리) 뭐 하세요?

상식 목소리에 깜짝 놀라 마우스를 아무렇게나 누르는 원.
상식은 궁금해 모니터를 본다.

상식   뭐가 좋아서 그렇게 웃으시는… (모니터에 원이 사진이 떠 있다. 한심하다) 본인 얼굴 보면서 좋아라 웃을 때가 아니에요.

원   노크 안 하고 다녀?

상식   열 번도 더했네요. 자기 사진 보느라 정신 팔려서 듣지도 못하시고. 사진은 홍보실에서 셀렉했으니까 따로 안 보셔도 되고요. (서류 뭉치 내려놓는다) 이것부터 검토하세요.

원   이게 뭔데?

상식   이제부터 임원회의 들어가신다면서요. 최근 3년간 매출이랑 손익 자료, 세계 유명 호텔 마케팅 비교 분석한 거랑 올해 사업 계획, 내년도 사업 목표… 제 말 안 듣고 계시죠?

원   홍보실에서 사진 셀렉 다 했다고?

상식   예.

원   어떤 걸로?

상식이 태블릿을 꺼낸다.

〈원 사무실〉

원이 태블릿에 올라온 사진들을 하나씩 넘기고 있다. 모두 보정 작업을 마친 사진들인데, 옥돔을 너무 크게 만들었다.

원   이게 옥돔이야 고래야?

상식   생선이 중요해요? 본인 얼굴을 보셔야지. 작가님이 아주 친절하세요. 포토샵으로 성형도 해주시고.

미처 못 봤다. 자기 얼굴을 확대해 보면 조커처럼 입꼬리 양쪽을 포
토샵으로 힘껏 올렸다.

원   이게 뭐야?
상식   그러게 좀 웃으랄 때 웃지, 그나마 포토샵 한 것 중에 제일 자
         연스럽게 나왔어요.

다른 사진도 확인한다. 찍어 붙이기라도 한 듯 원이 사진은 입꼬리가
다 올라가 억지웃음을 짓게 만들었다. 원이 태블릿을 돌려준다.

원   당장 가서 사진작가 잡아 와.
상식   작가를요?
원   (화난) 잡아 오라고!

이유를 알 수 없는 상식. 알았다고 손짓을 하고는 사무실을 나간다.
다시 혼자 남은 원, 상식이 준 서류를 훑어보다가 한쪽으로 밀더니
모니터를 켠다.
사랑이 사진을 보기 시작하는 원. 몇 장을 보다 보니 자기도 모르게
웃음이 나온다. 그러다 정신을 차리려는 듯 정색을 한다.

원   뭐 하냐 지금!

고개를 흔들고 사진창을 닫는다.

모니터에 연애 심리테스트 팝업 광고가 떠 있다.

'소름주의 연애테스트 – 나는 지금 사랑에 빠져 있다?'

광고를 보고 있는 원. 눈을 쓱 돌려 사무실을 확인한다. 보는 사람은 아무도 없다.

🔔 45. 호텔 전경 – 원 사무실/ 밤

밤이 되었다. 호텔은 화려하게 빛나고 있다.

원이 〈연애 심리테스트〉 사이트에 들어가 테스트를 하고 있다.

원   더 이상 생각하지 말아야지 다짐하는 순간에도 그 사람이 떠
        오른다… 예스. (클릭) 그 사람 웃는 얼굴을 보면 나도 웃음이
        난다… 예스. (클릭)

마지막 클릭을 하자 심리테스트 결과가 뜬다. 조심스럽게 읽어가는 원.

원   어머나 가슴 아픈 짝사랑 중이시군요. 혼자 끙끙 앓지 말고
        지금 당장 달려가 상대방의 마음을 확인… 짝사랑은 무슨! 내
        가? 말이 돼?

뜨끔한 결과에 발끈한 원, 웹페이지를 끄고 컴퓨터까지 팍 꺼버린다.

🛎 46. 호텔. 베이커리 앞/ 밤

씩씩거리며 걸어가는 원. 놀라 확 돌아선다.
몇 걸음 앞에 사복으로 갈아입은 사랑이 퇴근하고 있다.
내가 왜 피하지? 라는 생각이 드는 원. 다시 돌아서는데 사랑은 벌써
저만치 가고 있다. 따라가려던 원이 문득 멈추고 돌아선다. 눈앞에
베이커리 진열장이 있다.
그 안에 전시된 예쁜 마카롱들…

〈회상〉 #1. 마카롱을 든 채 원을 보고 있는 사랑.
원이 마카롱과 사랑을 번갈아 바라본다.

🛎 47. 킹호텔. 후문/ 밤

마카롱 상자를 든 원이 뛰듯이 걸어간다.
후문 출입문을 빠져나가는 사랑 모습 보인다.

🛎 48. 킹호텔. 후문 앞/ 밤

후문을 나서는 원. 길 앞에 서 있는 사랑을 본다.
사랑에게 다가가는 원. 거리가 좁혀질수록 원의 심장이 점점 더 요동
을 친다. 잠시 멈추는 원. 심호흡을 하고 걸음을 빨리한다.

사랑이 맞은편에서 유남이 오고 있다.
아무것도 모른 채 사랑을 따라가는 원,
사랑을 막 부르려고 하는데, 유남이 사랑을 안는다.
놀라서 보고만 있는 원, 그 모습을 보자니 마음이 아프고 화가 난다.
휙 돌아서더니 도망치듯 그 자리를 떠난다.

〈 END 〉

4부

킹더랜드

🧳 1. 킹호텔 후문/ 밤

유남이 사랑을 안고 있다.
허탈한 표정으로 바라보던 원, 씁쓸한 얼굴로 돌아선다.

사랑은 안겨 있어도 전혀 좋지가 않다. 안아주는 유남에게서 사랑이
느껴지지 않는다. 사랑이 천천히 유남을 밀어낸다.

유남	아직도 화났어? 내가 잘못했어. 다신 안 그럴게.
사랑	뭘 잘못했는지는 알고?
유남	그럼 다 알지. 정말 미안해.
사랑	뭐가 미안한데?
유남	전부 다. 뭐가 됐든 내가 다 미안해.
사랑	됐어. 뭐가 됐든 또 그럴 거잖아. 이제 더 이상 기대도 없어.
유남	아니 절대 안 그럴 거야. 내가 더 잘할게. 나 바쁜 거 정리되면 다다음 주나 다다다음 주에 여행 가자. 너 강릉 가고 싶다고 했잖아.
사랑	속초.
유남	응 속초. 거기 장칼국수 먹고 싶다고.
사랑	감자 수제비.
유남	그르니까. 같이 가자. 알았지?

유남은 웃고 있다. 늘 그랬듯 웃어주면 된다는 느낌이다.

사랑	할 말 있으니까 조용한 데 가서 얘기 좀 해.

유남   할 말이 뭔데?

사랑   가서 얘기해.

유남   그냥 여기서 얘기하면 안 돼?

사랑   왜?

유남   동호회 사람들 만나기로 했어. 중요한 약속이라.

황당하게 바라보는 사랑. 유남을 보고 있는 것 자체가 힘들어 시선을 돌려버린다. 빠앙~ 차 한 대가 시끄럽게 경적을 울리며 지나간다.

사랑   그러니까 내 마음 풀어주러 온 게 아니라 네 마음 편하게 놀 려고 잠깐 들른 거네. 얼굴도장 찍으러.

유남   그렇게 말하면 섭하지. 약속 시간까지 늦추고 기다렸는데.

사랑   사람은 누구나 완벽하지 않으니까 이해해 보려고 했어. 내가 선택한 사랑이라 최선을 다하고 싶기도 했고. 그런데 나를 소 중히 하지 않는 너에게 배려는 사치인 거 같아. 넌 그런 배려 받을 자격이 없어.

유남   알았어. 애들한테 좀 늦는다고 전화할 테니까 밥 먹으러 가 자. 간단히 김밥 어때?

돌아서는 유남. 먼저 걸어가다 보니 사랑은 그 자리에 있다.
되돌아온 유남, 사랑 손을 잡는다.

유남   가자니까. (사랑이 손을 빼자) 왜? 김밥 싫어?

사랑   그냥 여기서 말할게. 우리 헤어지자. 나한테 미안해서 더는 못 만나겠어.

유남	갑자기 무슨 말이야?
사랑	한쪽이 모든 걸 맞춰주다 보면 그 사람을 망친대. 내가 널 망친 거 같아.
유남	난 네 생각해서 여기까지 왔는데 넌 어떻게 네 얘기만 하냐? (전화벨 울린다) 잠깐만, (전화 통화) 응… 다 모였어? 먼저 마시고 있어… 아냐 아냐. 금방 끝나. 바로 출발할 거야.

사랑은 예전처럼 유남이 통화가 끝날 때까지 기다리지 않는다.

사랑	난 더 이상 할 얘기 없어. 먼저 갈게. (돌아선다)
유남	(사랑에게) 금방 끊을 거야 잠깐만 기다려. (다시 통화한다) 주문은 알아서 해. 어차피 회비 걷을 거잖아. 다시 전화할게.

서둘러 끊고 돌아보는 유남, 사랑은 없다.
유남, 급하게 주변을 살피면 횡단보도를 걸어가는 사랑 보인다.

유남	사랑아! 야 천사랑! 거기 서!

사랑은 돌아보지 않는다. 유남이 따라가려 하는데 녹색등이 깜빡인다. 지금 뛰어갔다가는 건너기 전에 빨간불로 바뀔 것 같다. 유남은 쉽게 포기한다.

🧳 2. 길 건너편/ 밤

신호등이 빨간불로 바뀌었다. 사랑은 뒤도 돌아보지 않고 걸어간다. 눈물도 나지 않는다. 속이 시원하지도 않다. 그렇다고 덤덤한 것도 아니다.

🧳 3. 광진교/ 밤

원이 차가 갓길에 멈춘다. 차를 세우고 눈을 감은 채 시트에 몸을 기대는 원. 계속 마음이 쓰리고 화가 난다.
눈을 번쩍 뜨더니 마카롱 상자를 집어 창밖으로 던진다.
창문을 안 열었다. 상자가 창문에 맞고 허벅지로 떨어진다.
창문을 내리는 원, 다시 마카롱 상자를 집어 던진다.
그래도 화는 가라앉지 않는지 얼굴을 비비는데 짧은 사이렌 소리가 들리더니 경찰차가 원이 차 뒤에 선다. 경찰이 내려 원에게 온다.

경찰   방금 쓰레기 불법 투기 하셨죠? 면허증 주세요.

엎친 데 덮친 격, 원은 더 짜증이 난다.
원이 면허증을 준다. 경찰이 면허증을 확인하는 사이 원이는 땅에 떨어진 마카롱을 본다. 상자는 터졌고 마카롱 몇 개가 흩어져 있다.

경찰   (마카롱 상자 주워서 원에게 준다) 일단 이거 받으시고.
원   버려주세요.

| 경찰 | 우린 이런 거 버려주는 사람 아니에요. |

정말 받기 싫은 원. 그러나 어쩔 수 없다. 받아서 조수석에 둔다.
경찰은 원이 표정을 힐끔 살피더니 딱지를 끊는다.

경찰	여자친구 주려고 산 거죠?
원	아닌데요.
경찰	선물로 산 건데 안 주고 버리는 거 보니까 뭔 일 있었네.
원	아니라니까요.
경찰	(원이 표정 살피며) 그 여자한테 딴 남자가 있었다든지.
원	…
경찰	(원이 힐끔 보고) 우린 딱 보면 보이거든요. 이런 일 한두 번도 아니고. 그 여자 이쁘죠?
원	뭐… 상당히 그런 편이죠.
경찰	잘 웃어주죠?
원	웃는 게 직업이라.
경찰	이쁘고 아무한테나 잘 웃고, 그런 여자한테 아차 하는 순간 지배당한다니까. 어장관리 당하기 전에 얼른 정신 차리고 맘 단단히 잡숴요.
원	그런 사람 아니라니까요.
경찰	벌써 크게 당했네. (딱지 구긴다) 그냥 가세요.
원	뭘 그냥 가요. 끊던 거 마저 끊으세요.
경찰	안쓰러워서 그래요 안쓰러워서. 돈 굳었다 생각하고 이 돈으로 술 한잔하고 정신 차려요.
원	그런 거 아니라니까요.

경찰   (안타깝다) 아이고, 이렇게 물러 터져서 원, 내가 많이 당해봐서 아는데, 아니다, 내 말이 귀에 들어오겠어? (손짓하며) 가세요! 가서 많이 당하세요! 된통 당해야 크게 후회하지. (원이 보고만 있자) 가시라니까?

〈광진교〉
　　경찰과 원, 도로 턱에 나란히 앉아 마카롱을 먹으며 얘기를 하고 있다.

경찰   지금부터 형이 하는 얘기 잘 들어. 몇 명이나 만나봤어?
원   사람?
경찰   (답답하다) 여자!
원   바빠서…
경찰   연애 초짜에다가 (차 슬쩍 보고) 돈도 좀 있고, 딱 놓치기 싫은 먹잇감이네. 이게 더 미치겠는 게 나도 나를 모르겠다는 거야. 내가 좋아하는 건지, 단순한 호기심인지, 사랑인지 막 헷갈린다니까?

　　원이 어떻게 내 마음을 그리도 잘 아느냐는 눈으로 경찰을 본다.

경찰   내가 어떻게 아냐고? 사실 나도 얼마 전 똑같은 일을 당했어. 그 여자도 예뻤어. 얼굴이 사랑 그 자체였지. (아련하다) 그 눈… 코… 입… 그 여자를 위해 죽으라면 열 번이라도 죽을 수 있겠다고 생각했어. 그게 사랑인 줄 알고… 내가 진짜…

　　경찰은 아픔이 밀려와 말을 잇지 못한다. 원이 마카롱 하나를 까준다.

경찰	잡았어야 했는데. 그놈이 아니라 내가 네 남자라고 소리라도 질렀어야 했는데. 딱 한 번 망설인 게, 그냥 돌아서 버린 그날이 날 지옥으로 끌고 갔어.
원	힘내요.

경찰은 코를 훌쩍이며 마카롱을 먹는다. 원이 마카롱을 한 개 더 까준다.

🧳 4. 거리/ 밤

혼자 걸어가는 사랑, 휴대폰을 꺼낸다.
전화번호를 쭉 둘러본다. 누군가에게 전화라도 하고 싶지만 할 사람이 없다. 그러다 '할머니' 번호에서 멈춘다.
전화를 거는 사랑. 한껏 밝은 목소리로 통화를 한다.

사랑	할머니~ …밥 먹었지 지금이 몇 신데. 할머니는? …내일 갈까? … (웃는다) 휴무야… 할머니가 해준 밥 먹고 싶어… 그럼 할머니 밥이 최고지.

통화를 하며 걸어가는 사랑, 계속 웃는 목소리이다.

🧳 5. 국밥집/ 낮

앞치마를 입고 양손에 소주를 들고 걸어가는 사랑.

사랑   지금 가요, 소주 두 병~

손님들로 북적북적한 국밥집. 사랑이 손님 테이블에 소주 두 병을 올려놓는다. 손님들은 모두 할아버지들인데 사랑이와 스스럼이 없다.

손님1   아이고, 우리 며느리가 주는 술이라 더 맛나겠네.
사랑   이게 끝이에요. 빨리 드시고 가서 주무세요.
손님2   잠이야 죽으면 원 없이 잘 건데 뭐.
사랑   또 그 소리! 조금씩 드세요.

저쪽 테이블에서 다른 할아버지가 사랑을 부른다.

손님3   며늘아~ 여기 깍두기 수북하게~
사랑   네~ 깍두기요~

사랑이 주방 쪽으로 가는데, 할머니가 주방에서 깍두기를 수북하게 담아서 나온다. 사랑이에게 주지 않고 직접 손님3 테이블로 가며,

할머니   우리 손녀딸이 왜 네 며느리여?
손님3   착한 며느리 불렀더니 왜 못된 할망구가 나와?
할머니   개뿔 아들도 하나 없는 게 며느리는 무슨! (식당 둘러보며) 앞으

로 아들 없는 것들은 우리 사랑이한테 며느리라고 부르지도 마. 알았어들?

손님4 (옆 테이블에서) 며늘아~ 여기 막걸리 하나~

사랑 네에~ 며느리 갑니다~

냉장고에서 막걸리를 꺼내 테이블로 가는 사랑. 할머니가 사랑 등짝을 팡! 친다.

🧳 6. 국밥집 앞/ 낮

'30년 전통 원조 가마솥 소머리국밥' 간판 보인다. 허름하고 정겨워 보이는 식당이다.

🧳 7. 국밥집/ 낮

사랑, 할머니가 차려준 밥을 맛있게 먹는다.

할머니 뭔 일 있는 거 아니지?

사랑 무슨 일은. 그냥 할머니 보고 싶어 왔지. 역시 할머니 밥이 젤 맛있어.

할머니 할매 생각하믄 인자 고만 결혼혀. 다을이는 벌써 다 큰 아까지 있는디.

사랑 맨날 그 소리. 나 보면 할 말이 그거밖에 없어? 그리고 개가

	빠른 거라니까. 평화도 아직 혼잔데.
할머니	평화 갸는 얹지도 말어. 갸는 글렀어. 허구헌 날 다 큰 기집 둘이 붙어 사니 결혼할 생각들이 없지. 얼른 내보내.
사랑	잔소리 길어지기 전에 일어나야겠다.
할머니	잠깐 있어봐. 반찬 싸줄 테니까 유남인지 뭐시긴지 갖다줘. (일어선다)
사랑	싸지 마.
할머니	왜?
사랑	나 헤어졌어.
할머니	…
사랑	그냥 헤어졌어.
할머니	…잘했네. 잘 헤어졌어. 썩을 놈. 지 복을 지가 찼고만.
사랑	왜 헤어진지도 모르면서.
할머니	내가 널 몰러? 보나 마나 그놈이 잘못했겠지. 돈이고 나발이고 너한테 잘하는 남자가 최고여. 잘 헤어졌어.
사랑	응. 잘 헤어졌어.
할머니	그라고 앞으로 속상한 일 있음 혼자 참지 말고 그때그때 말혀. 떼도 쓰고 엄살도 부리고 하란 말이여. 이 할미한테도 다 말하고. 응?
사랑	알았어. 꼭 그렇게 할게. (할머니 품에 안기며) 아~ 좋다. 역시 할머니가 최고다.

할머니, 사랑이를 꼬옥 안고 등을 토닥여 준다.

| 할머니 | 예쁜 내 새끼… 잘했어. 아주 잘했고만. |

🧳 8. 클럽하우스. 레스토랑/ 낮

커다란 통유리창 밖으로 골프장 전경 보인다.
20여 명이 앉을 정도로 커다란 테이블 중앙에 구 회장, 한 회장, 왕
회장이 앉아 있고 매니저가 와인을 서빙하고 있다. 한 회장이 유쾌하
게 술잔을 든다.

한 회장	자, 한 잔 더!
구 회장	그만 마셔. 공도 못 치고 카트에 실려 다니겠어.
한 회장	우리 퍼스트로얄 호텔 LVIP 라운지가 킹호텔 킹더랜드를 제치고 업계 1위를 했는데 골프가 대수야? 남은 홀이야 버리면 그만이지.
왕 회장	한 회장 드디어 한풀이했네. 평생 소원이 킹호텔 한번 잡는 거라더니.
구 회장	겨우 라운지 하나야. 호들갑 떨지 마.
한 회장	나랑 내기할까? 지금은 라운지 하나지만, 라운지 하나로 끝날지 아닐지.
왕 회장	호텔 걸고 내기하라니까.
구 회장	(왕 회장에게) 급이 같아야 걸지. (한 회장에게) 1등 한번 하겠다고 어마어마하게 쏟아부었다며? 감당되겠어?
한 회장	그런 게 투자야. 만년 2등만 하다가 킹호텔 눌렀더니 벌써부터 보는 눈이 달라. (같이 한잔하자는 듯 와인잔 들고 있다)
구 회장	(와인잔 살짝 들어주며) 그래 어디 한번 열심히 따라와 봐.

구 회장은 본심을 숨기고 웃는 얼굴로 와인을 마시는데 한 회장 휴대

폰 울린다.

한 회장　　응… 그래? (너털웃음) …알았어. 고생했어.

　　　　　(전화 끊고 일행들에게) 오늘 저녁은 우리 호텔에서 해야겠는데?

왕 회장　　왜, 킹호텔 가기로 했는데.

한 회장　　지금 일본에서 참치 공수한다고 연락 왔어.

왕 회장　　저번에 좋은 참치 먹었는데 뭘 또 먹어. 구 회장 큰애가 7억짜
　　　　　리 구했었잖아.

한 회장　　이번엔 우리 작은애가 7억 하고도 8천짜리를 구했다네?

왕 회장　　그래? 그럼 퍼스트로얄 호텔로 가야지.

한 회장　　(구 회장에게, 약 올리듯) 오늘은 내가 제대로 대접할 테니까 일어
　　　　　나자고.

한 회장을 따라 모두 일어난다. 혼자 남은 구 회장, 휴대폰 통화를
한다.

구 회장　　화란이랑 원이 대기하고 있으라고 해.

🧳 9. 화란 사무실/ 밤

구 회장, 화란, 원이 소파에 앉아 있다.

구 회장　　(원이 보며) 호텔 경영에서 라운지 매출이 어떤 의미야?

원　　　　라운지는 VIP들이 주 고객층이다 보니 라운지 매출이 높다는

건 그만큼 호텔의 품격과 이미지가 높다는 뜻이죠. 그래서 호텔들끼리 경쟁할 때는 객실 매출이 아니라 라운지 매출로 비교하고요.

구 회장   그걸 아는 놈이 퍼스트로얄 호텔 따위한테 1등 자리를 내줘? 둘이 한번 잘해보라고 믿고 맡겨놨더니 대체 뭐 한 거야?

원   죄송합니다.

화란   하지만 그쪽은 프로모션을 과하게 해서 단기 매출을 끌어올린 거라.

구 회장   그런 안일한 사고방식이 꼴찌로 가는 지름길이야. 지금은 라운지 하나지만 그거 하나로 끝나라는 법 있어? 너희들 둘이 힘 합쳐서 무슨 수를 쓰든 매출 1위 다시 가져와.

화란   예 아빠.

원   예.

구 회장   유통이랑 항공도 같이 매출 올려. 퍼스트로얄 호텔이 아주 쳐다보지도 못할 정도로 올라가란 말이야. 이번에 너네들 실력 보고 그룹을 통째로 줄지 나눠줄지 결정할 테니까. 알았어?

화란   예.

구 회장이 나간다. 잠시 말이 없는 화란과 원.

화란   어떡할 거야? 너랑 나랑 힘 합치라는데, 넌 힘 없잖아.

원   아직은.

화란   앞으로도 쭉 없을 거야. 그러니 뭐 해보겠다고 되도 않게 나서지 말고 조용히 있어. 내가 다 알아서 할 테니까.

원   이런 기분이구나.

화란	뭐가?
원	무시받는 기분.
화란	(비웃는다) 새삼스럽게 왜 그래? 네가 뭐 대단한 줄 알았어?
원	누가 그랬거든.

〈인서트〉 3부 #29

사랑	사람 다 똑같지 함부로 해도 되는 사람, 안 되는 사람이 어딨어요?

원	사람은 다 함부로 대하면 안 된다고.
화란	넌 그래도 돼. 기본도 없고 근본도 없는 애니까.
원	알아. 그러니까 무서워하지 말라고. 간다.

원이 나간다. 화란은 이겼는데도 진 것 같아 불쾌하고도 찜찜한 얼굴이다.

🧳 10. 사무실/ 낮

사랑	그동안 감사했습니다. 올라가 보겠습니다.

사랑이 인사를 하는데 수미는 바라보지도 않는다.
사랑이 눈치를 보는 사이 수미는 천천히 사랑을 돌아본다. 화가 나고 샘도 나지만 넋이 빠져 힘이 없다. 아직도 충격에서 빠져나오지 못했다.

수미   너도 알겠지만, 아니, 너는 몰라. 킹더랜드가 어떤 곳인지. 분
          명 회장님이 아무것도 모르고 올리셨을 거야. 금방 쫓겨날 거
          니까 열심히 하지 마.
사랑   네.
민서   (소리) 수미 씨 오랜만!

밝은 목소리 들린다. 돌아보면 킹더랜드 지배인 민서가 서 있다. 통
통하고 귀여운 얼굴에 웃는 상이다. 수미는 마음에 없는 미소를 지으
며 인사를 한다.

수미   안녕하세요, 지배인님.
민서   응 안녕. (사랑을 보고) 천사랑 씨? (악수 청한다) 난 킹더랜드 지배
          인. 사랑 씨 데리러 왔어.
사랑   안녕하세요. 잘 부탁드립니다.

꾸벅 인사를 하는 사랑. 민서는 여전히 손을 내밀고 있다. 사랑이 악
수를 한다. 민서는 두 손으로 사랑 손을 꼭 잡아준다.

민서   반가워. 잘해보자, 우리.

진심이 느껴지는 인사다. 사랑은 긴장이 풀려 편안한 미소가 나온다.
수미가 불쑥 끼어든다.

수미   지배인님, 근데 얘 2년제예요.
민서   (아무렇지도 않게) 네~ (사랑에게) 올라가자. 내가 안내해 줄게.

🧳 11. 킹더랜드. 복도/ 낮

사랑과 민서가 복도를 걸어간다.
고급 갤러리에 온 듯 복도 양쪽에 그림이 걸려 있다.

민서   여기 오시는 분들 대부분이 재계 서열 30위 안에 드는 회장님
       들이야. VVVIP 고객 한 분이 여기서 쓰는 돈이 전체 객실 하
       루 총매출보다 많을 때가 다반사고. 그래서 여기를 호텔의 퍼
       스트클래스라고 불러. 호텔리어라면 모두 여기까지 올라오는
       게 꿈인데, 사실 아무도 못 오는 게 현실이지.

사랑   여기 올라올 수 있을 거란 생각은 단 한 번도 해본 적이 없어
       서 사실 얼떨떨해요. 킹더랜드에 누가 되지 않도록 열심히 하
       겠습니다.

알았다는 듯 미소 짓는 민서, 어느 그림 앞에서 멈춘다.

민서   이 그림 어때?

사랑   그림은 잘 모르지만 멋있어요.

민서   그치? 이거 회장님이 뉴욕에서 직접 구해오신 거야. 안목이
       정말 대단하시지?

사랑   네. 그러신 것 같아요.

민서   사랑 씨도 회장님이 직접 뽑아 올렸잖아. 분명 그럴 만한 이
       유가 있었을 거야. 난 회장님 안목을 믿거든. 그러니까 뒤에
       서 누가 수군대도 신경 쓰지 마. 남이 아니라 사랑 씨가 먼저
       자길 인정해야 돼.

사랑	…네.
민서	(로커룸 가리키며) 유니폼 준비해 뒀어.

🧳 12. 로커룸/ 낮

〈천사랑〉 이름표가 붙어 있는 로커 앞에 서는 사랑.
유니폼과 구두를 꺼내 본다. 한눈에 봐도 고급스러운 유니폼을 몸에
대고 거울을 보는 사랑, 기대와 설렘이 섞여 있다.

🧳 13. 원의 사무실/ 낮

원이 의자에 몸을 깊게 묻고 생각에 잠겨 있다.

〈인서트〉 #1
유남이 사랑을 안고 있다.

그런 원을 내려다보고 있는 상식. 답답한 얼굴이다.

상식	생각해 보셨어요?
원	응. 밤새 생각했지. 지금도 생각하고.
상식	(표정 밝아진다) 진짜요? 어떡하실 건데요?

〈인서트〉 #3

경찰 　잡았어야 했는데. 그놈이 아니라 내가 네 남자라고 소리라도 질렀어야 했는데.

원 　…생각 중이야.

상식 　(다시 답답해진다) 생각만 한다고 킹더랜드 매출 1위 탈환이 됩니까?

원 　(정신이 든다) 응? 매출?

상식 　퍼스트로얄 호텔이 어떻게 1등 한 줄 아세요? 작정하고 몇 달간 심마니들 따라다니면서 천종삼을 구하더니 그걸 1억짜리 안주 세트로 판 거예요. 제 생각에 상무님 100프로 그거 하십니다. 그러니까 우리가 먼저 해요.

원 　남의 거 베끼자고?

상식 　트렌드를 따르자는 거죠.

원 　돈은 정직하게 벌어야 한다던데?

상식 　누가 그런 소릴 해요? 그 사람 돈 없죠? 꼭 돈 못 버는 사람들이 그런 소리 하더라.

원 　왜 그렇게 열정적이야? 네가 할래 본부장?

상식 　본부장님만 믿고 있다간 이도 저도 안 될 거 같아 그래요.

원 　정직원 됐잖아.

상식 　그게 끝이잖아요. 넥스트가 없어 사람이. 아무래도 라인을 잘못 탔어.

원 　가. 이제라도 안 늦었어.

상식 　킹그룹을 통째로 내 손에 넣고 말겠다! 이런 사나이다운 욕망 같은 건 없어요?

원	굳이?
상식	아무것도 갖고 싶은 게 없죠? 가지기도 싫고.
원	알잖아.
상식	너무 넘치게 가져서 그래. 뭐가 없어 봐야 귀한 줄 아는데. 지금 가진 재산이랑 지위 그런 거 다 나한테 버려요. 제가 기꺼이 본부장님의 쓰레기통이 되어줄게요. (양팔을 벌리며) 자, 버리세요.
원	내가 가진 것 중에 제일 버리고 싶은 게 바로 너야. 나가!

노크 소리 들린다. 상식이 대답을 하면 민서가 들어오고 뒤따라 사랑이 들어온다.
유니폼이 바뀐 탓인지 평소와 다른 분위기의 사랑, 원이 넋 나간 표정으로 쳐다본다.

민서	오늘 킹더랜드에 새 직원이 들어와서 인사드리러 왔습니다.
사랑	(활짝! 업무용 미소로) 안녕하십니까. 오늘부터 킹더랜드에서 일하게 된 천사랑입니다.
상식	우와! 친절한 사랑 씨 드디어 여기까지 왔네!

원이 정신을 차리고 민서를 본다.

원	킹더랜드는 우리 호텔 최고의 직원들만 엄선한다고 들었는데?
민서	네. 자부심으로 일하고 있습니다.
원	그런데 (사랑 힐끔) 저 직원이 들어왔네요? 내가 저 직원을 좀 아는데. 킹더랜드 품위에 맞는 교양이 뭔지, 기본예절은 어떤

	지 지배인님이 특별 관리, 지도하셔야 할 거예요.
민서	네. 알겠습니다.
사랑	(원이 말을 곱씹으며) 본부장님 말씀대로 킹더랜드 품위에 맞는 교양이 뭔지, 기본예절부터 하나하나 잘 배우겠습니다.
원	당연한 소릴. 가봐요.
민서	네. 본부장님. 들어가겠습니다.

사랑과 민서, 인사를 하고 나간다.
원은 사랑이 나가는 것도 보지 않은 채 서류를 정리하는 척한다.
상식이 이상한 눈빛으로 원을 지켜본다.

상식	친절한 사랑 씨한테 왜 그러세요?
원	뭐가?
상식	누가 보면 친절한 사랑 씨 좋아하는 줄 알겠어요. 대체 왜 그래요? 찌질한 초딩도 아니고.
원	뭐 찌질? 초딩?
상식	예. 좋아는 하는데 고백은 못 하고, 관심은 끌고 싶은데 방법은 모르겠고, 그러니까 괜히 심술부리고 괴롭히고. 딱 초딩들이 그러거든요.
원	(괜히 찔려 화를 낸다) 아니라고! 내가 왜 저런 가식덩어리를? 난 저런 스타일 딱 질색이야.
상식	왜 웃자고 한 말에 죽자고 달려들어요? 꼭 속마음 들킨 사람처럼. 유머도 없어, 센스도 없어, 인기도 없어. 그러니까 연애를 못 하지.

🧳 14. 원의 사무실/ 낮

문이 벌컥 열리고 상식이 죽어라 도망 나온다.
열린 문 밖으로 날아오는 서류철. 서류가 사방으로 흩어지며 팔랑거
린다.

🧳 15. 킹더랜드/ 낮

따스한 햇살이 들어오는 창가에 앉아 여유롭게 티타임을 즐기는 손
님들 모습 보인다. 손님들 눈길이 닿지 않는 데스크 안쪽, 민서가 직
원들에게 사랑을 인사시키고 있다.
사랑의 선배인 하나, 두리, 세호(남), 직원1, 직원2(남) 등도 모두 따
뜻하게 사랑을 환영하는 분위기다.

민서	다들 인사해. 오늘부터 같이 일하게 된 천사랑 씨.
사랑	잘 부탁드립니다.
민서	여긴 다들 가족처럼 지내니까 금방 적응할 거야. 선배들 다 베테랑이니까 잘 배우고, 힘든 일 있으면 언제든지 얘기해.
사랑	네. 열심히 하겠습니다.
하나	제가 잘 가르칠게요.
민서	서약서 먼저 받아놔. 난 사무실 갔다 올게.
하나	다녀오세요.

나가는 민서를 보는 사랑. 처음으로 따뜻한 사람을 만났다. 고맙고

또 고맙다.

하나   지배인님 참 좋은 분이지?

사랑   네. 정말 좋은 분이신 거 같아요.

하나   맞아. 아무 편견 없이 모두에게 친절하고 정도 많으시지.
       하지만 난 달라. 차별은 당연히 있어야 한다고 생각하거든.
       여기 모두 인서울 4년제야. 2년제인 사랑 씨가 여기 올라온
       자체로 우리가 여기까지 올라오는 데 들인 시간과 노력이 하
       찮게 되거든. 한 식구로 인정받고 싶으면 전통을 깨고 올라올
       만큼 실력이 되는지 먼저 증명해 봐. 누구보다 몇 배는 열심
       히 해도 힘들 거야. 각오 단단히 해.

사랑   네. 열심히 최선을 다하겠습니다.

하나   따라와.

하나가 휙 돌아선다. 사랑은 영문 모른 채 따라간다.
두리와 세호는 못마땅한 눈으로 사랑을 보고 있다.

세호   선배, 여기 아무나 막 와도 되는 데에요?

두리   화장님 낙하산이래.

세호   어쩐지… 제가 저런 애들 진짜 잘 아는데, 우리 그라운드에
       오면 절대 안 되는 스타일이에요.

🧳 16. 직원 휴게실/ 낮

사랑이 서약서를 보고 있다. '비밀 유지 서약서' 제목 아래 이름, 소속, 주민번호를 적는 칸이 있고, 그 아래 깨알 같은 문구들이 가득하다.

하나   여기 오는 손님들 다 대한민국 상위 0.0001%야. 누구를 봤다거나 무슨 말을 나누더라 하는 얘기가 밖으로 나가면 안 된다는 내용이야. 여기 얘기 외부에 발설할 경우 손해배상과 함께 엄중한 법적 책임을 묻는다는 거니까, 사인해.

사랑   네.

서약서를 급히 다 읽는 사랑, 이름과 소속 등을 적고 사인을 한다.

하나   너 SNS 하니?

사랑   네.

하나   하지 마. 여기 사진 한 장이라도 올리면 계약 위반이야.

사랑   여기 사진만 안 올리면 되는 거 아니에요?

하나   싫으면 내려가. 원래 있던 자리로.

사랑   안 하겠습니다.

하나가 찬바람을 일으키며 일어선다. 사랑이 한숨을 쉰다. 여기나 로비나 똑같다.

📦 17. 공항 통로/ 낮

화란이 최 전무와 임직원들을 대동하고 걸어온다.
화란을 따라오는 대열 제일 뒤, 면세점 슈퍼바이저 도라희가 보인다.

📦 18. 알랑가 매장/ 낮

화란과 임직원들이 매장으로 들어서자 다을과 직원들 90도로 고개 숙여 인사한다.
화란, 무서울 정도로 차가운 표정으로 매장 안을 찬찬히 훑어본다.

화란	여기는 현재 매출 1위죠?
최 전무	예, 그렇습니다.
화란	(돌아보며) 여기 관리자 누구예요?
라희	(화란 앞으로 뛰어나와) 네, 슈퍼바이저 도라희입니다.
화란	지금 어디 맡고 있어요?
라희	인천, 김포, 제주공항, 시내 면세점까지 총괄 관리하고 있습니다.
화란	내일부터 여기로 출근해요. 여기가 메인 매장이니까 집중 관리해서 매출 두 배로 끌어올려요. 할 수 있죠?
라희	(활짝 웃으며) 네, 할 수 있습니다!

화란은 라희 대답도 듣지 않고 벌써 몸을 돌렸다.
화란을 따라 임직원들이 나가고, 도라희는 무리들 제일 뒤에 따라 나

간다.

그들이 모두 갔어도 다을과 팀원들은 앞만 보고 부동자세로 서 있다.

하늘   (울상이다) 도라희 과장님 여기로 출근한다고요?

이슬   늙은 마녀 중에서 제일 악명 높은 마녀잖아요. 우리 이제 어떡해요?

유빈   (겁먹은 얼굴로) 그 정도예요?

하늘   별명도 아니고 이름 자체가 도라희야.

다을   괜찮아. 어차피 일은 우리가 해.

말은 그렇게 하지만 다을이도 한숨이 나온다.

🧳 19. 킹에어 브리핑실/ 낮

평화와 비행팀 전원 정자세로 서 있다. 모두 긴장 가득한 얼굴이다.
화란이 브리핑실을 둘러보다가,

화란   여기가 기내 면세점 판매 꼴찌팀이죠?

최 전무   세 개 팀이 나란히 매출 최하위고 여기가 그중 하납니다.

화란   (비행팀 돌아본다) 사무장? 어떻게 할 거예요?

사무장   열심히 하겠습니다.

화란   (헛웃음이 나온다) 여태까진 놀았어요?

사무장   아닙니다. 최선을 다해 매출을 끌어올리겠습니다.

화란   구체적으로?

사무장	단 한 명의 고객도 비행기에서 빈손으로 내리지 않도록 열심히 판매에 매진하겠습니다.
화란	그럼 매출이 지금보다 두 배는 오르겠네요?
사무장	최선을 다하겠습니다.
화란	실망시키지 마요.

화란이 나가자 사무장이 탈진한 사람처럼 의자에 털썩 앉는다. 미나가 발 빠르게 냉장고에서 음료수를 가져와 사무장에게 준다.

사무장	아우 심장 떨려. 공동 꼴찌라 이 정도지 단독 꼴찌였으면 우리 다 죽었어. (미나가 준 음료수 받으며) 고마워. 너밖에 없다. (팀원들에게) 들었지? 매출 두 배 올리래. 할 수 있지?

아무도 대답하지 못한다. 사무장이 둘러보다 평화에게 눈길이 멈춘다.

사무장	여기서 평화 씨가 제일 선배잖아. 경력도 제일 많고 나이도 제일 많고. 영혼을 팔아서라도 책임지고 매출 끌어올려. 할 거지?
평화	네? … 네…
사무장	기대할게. 나 실망시키지 마.

평화는 이렇다 할 대답을 못 한다. 로운이 안쓰러운 얼굴로 평화를 보고 있다.

🧳 20. 킹호텔. 로비/ 낮

냉정할 정도로 차분한 화란, 최 전무 등과 함께 로비를 가로지르고 있다. 수미는 화란 바로 뒤에서 수첩을 들고 따라가는 중이다.
직원들이 일제히 허리를 접어 인사를 하는데, 그중 통통한 직원이 눈에 들어온다.

화란	(한 번 보고는) 쟤 사이즈 몇이니?
수미	66입니다.
화란	치워.
수미	바로 치우겠습니다.

🧳 21. 킹호텔. 중식당 주방/ 낮

화란이 주방을 둘러보고 있다.
요리사들은 부동자세로 서 있고 수석 주방장이 뒤를 따르고 있다.

화란	중식당은 어느 호텔에서나 매출 상위권인 거 알죠?
주방장	예.
화란	그런데 여기는 왜 그래요? 내가 직접 시식할 거니까 이번 주까지 기본 레시피 다 바꾸고 새로운 메뉴 개발해서 올려요.
주방장	(당황한다) 이번 주까지 말씀이십니까?
화란	왜요? 자신 없어요?
주방장	아닙니다. 할 수 있습니다.

대답을 듣자마자 돌아서는 화란. 밖으로 나가려다 하얀 조리복에 빨간 국물이 튀어 있는 직원이 눈에 들어온다.

화란   (눈살 찌푸리며) 쟤도 치워.
수미   네. 치우겠습니다.

🧳 22. 원의 사무실/ 낮

원은 소파에 앉아 태블릿 PC를 보고 있다. 그 앞에 서 있는 상식, 마음이 급하다.

상식   직원들이랑 매출 관련 간담회 준비했다니까요?
원   네가 준비한 걸 왜 내가 가야 돼?
상식   상무님 봐요. 오늘 하루 종일 매장 다 돌면서 일일이 매출 목표 줬다잖아요.
원   그럼 됐네. 내가 할 일 없겠네.
상식   상무님 오늘 벌써 두 명이나 쫓아냈대요. 살쪘다고 한 명, 지저분하다고 한 명.
원   직원들을?
상식   그럼 직원들 쫓아내지 임원들 쫓아내겠어요? 이러다 킹더랜드 직원들 다 쫓겨나면 속이 시원하시겠어요? 그리고 결정적으로 저까지 쫓겨나면요, 예? 제가 무슨 죄를 졌다고!

사랑	일개 직원인 저는 이런 거 하나로 잘릴 수도 있어요.
사랑	취미로 아빠 회사 다니는 분이 먹고살려고 악착같이 버티는 사람 마음을 어떻게 알겠어요.
원	직원 간담회면 킹더랜드 직원들도 다 참가하는 건가?
상식	당연히 다 모이죠. 본부장님 납시는데.
원	가지.

일어서는 원.

23. 킹더랜드/ 낮

임원들을 거느리고 킹더랜드로 들어오다 멈추는 화란.
킹더랜드는 텅 비어 있고 창가 쪽 테이블에 원과 직원들이 앉아 있다.
화란이 못마땅한 표정으로 보는데, 최 전무가 다가와 보고를 한다.

최 전무	본부장이 매출 관련해서 직원 간담회 한다고 했습니다.

짜증이 확 오르는 화란. 돌아선다.

커다란 테이블에 상식, 민서, 하나, 두리, 세호, 직원 1, 2, 그리고 사
랑이 앉아 있다. 그들 앞에 원이 앉아 있고, 사랑이를 포함한 직원들
은 모두 웃는 얼굴이다.
원이는 회의 중간중간 계속 사랑에게 눈길이 간다.

민서   단기 매출 상승을 위해서는 아무래도 VIP 고객님들을 위한
              스페셜 프로모션 행사가 좋을 것 같습니다.

원   하세요.

쉽게 대답이 돌아온다. 마음에 안 드나… 민서는 원이 눈치를 살피며
말을 이어간다.

민서   그게 별로시면 최고가 프리미엄 와인이나 리미티드 에디션 위
              스키를 메인으로 배치해서 객단가를 높이는 건 어떠세요?

원   그러세요.

민서   혹시 다 마음에 안 드시면, 어떤 방향으로 갈지 말씀해 주시
              면 따르겠습니다.

원   마음에 안 드는 게 아니라 저보다 현장에 계신 분이 더 잘 알
              고 계시니 지배인님 의견에 따르려는 겁니다. 제일 효과 있는
              방법이 뭐예요?

민서가 팀원들을 돌아본다. 결심한 듯 정확하게 말한다.

민서	솔직히 말씀드리면 인센티브가 제일 낫긴 합니다.
원	그럼 인센티브로 하세요.
민서	그런데 지난번처럼 4천만 원짜리 세트 팔았는데 인센티브로 3만 원 책정하시면 사실 효과는 없습니다.
원	4천만 원 매출에 인센티브가 3만 원이라고요?
민서	네.
원	…효과 나올 만큼 크게 거세요. 달성 목표 금액 정해서 말씀해 주시면 검토해 보고 바로 시행하겠습니다.
민서	(활짝 웃는다) 감사합니다. 열심히 하겠습니다.
원	그럼 이상 회의 마치겠습니다.

짧게 말하고 나가는 원. 직원들 모두 일어나 인사를 한다.
원과 사랑 눈이 마주친다. 사랑은 공손하게 인사를 하지만 원은 그냥
지나쳐 버린다.

25. 킹더랜드. 데스크 뒤/ 낮

하나, 열의에 찬 눈빛으로 킹더랜드 직원들과 매출 회의를 하고 있다.

하나	하나를 팔더라도 무조건 비싼 거 팔아. 한 방에 4천만 원짜리 40년산 싱글몰트 같은 거 팔면 더 고맙고.
두리	팔 수 있을까요?
하나	왜 못 팔아? 팔겠다 생각하면 다 할 수 있어. 인센 크게 걸렸을 때 무조건 팔아야 돼. 잘해보자.

팀원들   네.

팀원들도 결의가 보이는 대답을 하고 각자 자리로 흩어진다.
사랑이도 돌아서려는데.

하나   사랑 씬 나 따라와. 우선 서빙부터 제대로 가르쳐 줄게. 데스
         크에서 실수하면 사과로 끝나지만 여긴 아니야.
사랑   네, 알겠습니다.

사랑, 하나를 따라 카운터 쪽으로 간다.

🧳 26. 호텔 전경 - 원의 사무실/ 밤

원이 휴대폰을 만지작거리고 있다.
원이 사랑이 전화번호를 찾는다. '천가식'으로 입력이 돼 있다.
통화 버튼을 누르려다 망설이는 원. 핸드폰을 던지듯 내려놓는다.
그러다 다시 휴대폰을 드는 원. "퇴근 후에 잠깐 얘기 좀 하지." 빠르
게 입력을 한다.

🧳 27. 원이 방/ 밤

원이 휴대폰을 보다가, 내려놓았다가 또 본다.
문자를 다시 확인하지만 사랑에게 답이 오지 않았다.

245

오래 기다리다 보니 화가 난다. 사랑 번호를 찾아 전화를 거는데,

🧳 28. 사랑이 집. 거실/ 밤

사랑과 평화가 맥주를 마시며 얘기를 하고 있다.

평화   오늘 상무님 왔다 갔는데 완전 전쟁이었어. 다을이네 매장도
            다 휘젓고 갔대. 호텔도 한 번 뒤집었다며?

사랑   (진짜 모른다) 몰라.

평화   몰라? 직원 몇 명 유배 갔다던데?

사랑   유배를 왜 가? 어디로?

평화   나야 모르지. 너네 호텔에 죄인들 귀양 보내는 유배지 따로
            있다며.

사랑   몰라.

사랑 휴대폰 울린다. 원이 전화지만 모르는 전화번호다. 사랑은 수신
을 거부한다.

평화   누군데?

사랑   몰라.

평화   하긴 남들 유배지 알면 뭐 할 거야. 내가 사약 받게 생겼는데.

사랑   왜? 뭐 잘못했어?

평화   매출 두 배로 올리래. 이번 달도 기판 꼴찌 하면 우리 팀 역적
            되는 거야.

사랑	두 배를 어떻게 올려?
평화	직원들 쥐어 짜내면 어떻게든 매출은 나오니까. 말라비틀어질 때까지 짜내겠다는 거지 뭐. 너넨 매출 얘기 없어?
사랑	많이 팔면 인센티브 준대.
평화	진짜? 역시 너네가 제일 낫다. 얼마 준대?
사랑	몰라. 어차피 인센 있다고 일 더 할 것도 아니고 없다고 덜 할 것도 아닌데 뭐. 내가 맡은 일만 열심히 하면 되지.
평화	내가 맡은 일 이상으로 죽어라 하는데도 제자리니까 그렇지. 계속 위, 아래로 눌러대니까 가운데 껴서 정말 질식할 거 같아. (한숨을 쉰다)
사랑	정 힘들면 다을이한테 과외 좀 받아. 이번에도 매출 1등 했다던데.
평화	오! 진짜 그래야겠다. 다을이는 좋겠다. 팀장에, 판매왕에, 결혼도 하고 이쁜 딸도 있고. 다 가졌어. 부럽다.

🧳 29. 다을 집/ 밤

다을이 현관으로 들어서고 있다.

다을	다녀왔습니다.

시아버지(복남)는 소파에 누워 있고 시어머니(말자)는 그 아래 앉아 드라마를 보고 있다. 다을이 목소리가 들려도 둘은 돌아보지도 않는다.

시모	왔니? 밥 차려라. 배고프다.
초롱	엄마~

초롱이 뛰어와 안긴다.

〈다을 집, 주방〉

다을은 옷도 갈아입지 못하고 앞치마를 걸친다.

설거지통은 그릇으로 넘쳐나고 싱크대 위에는 과일 껍질까지 버려져 있다. 가스레인지에 올려 있는 큰 냄비를 열어본다.

밑바닥에 국물만 찰랑이고 생선 대가리 네댓 개만 남아 있다. 그 옆에 더 큰 냄비도 열어본다. 갈비뼈만 덩그러니 남아 있다.

밥솥을 열어본다. 텅 빈 밥솥에 밥풀 묻은 주걱만 들어 있다.

한숨이 나오는 다을, 앞치마를 벗는다.

다을	어머님, 마트 좀 다녀올게요. 먹을 게 하나도 없어서요.
시모	그러게 미리미리 사놓지. 언제 장 보고 언제 밥 먹니?
다을	아침에 갈비찜이랑 동태탕이랑 한 솥 끓여놨는데 도둑이 들었는지 싹 비어 있네요.
시모	그러니까 할 때 넉넉하게 하면 좀 좋아? 먹는 거로 돈 아끼지 마라.
초롱	(할머니랑 똑같은 자세로 드라마를 보다가) 할머니, 왜 엄마한테 그래. 아까 고모랑 고모부랑 그 집 양반들 와서 싹 다 먹고 갔잖아.
다을	그 집 양반들이란 말은 어디서 배웠어. 그런 말 못써.
시부	마트 가는 김에 소꼬리 좀 사다 푹 고아라. 요새 기력이 딸리는지 통 입맛이 없다.

시모	입맛 없는 사람이 밥을 세 공기나 먹어?
시부	입맛 없으니 세 공기밖에 안 먹었지. 뭐 하냐? 얼른 안 사 오고.
다을	…네. 얼른 다녀올게요.

🧳 30. 마트/ 밤

다을과 초롱이가 장을 보고 있다.
카트에 소꼬리, 우족, 생선, 고기, 과일, 초롱이 과자 등으로 가득
하다.

초롱	엄마. 우리 집이 식당이야? 고모는 왜 맨날 우리 집에 와서 밥 먹어?
다을	우리 집 밥이 더 맛있나 보지 뭐.
초롱	맨날 와서 공짜로 먹고 설거지도 안 하고. 냉장고에 맛있는 건 다 훔쳐 가고. 경찰에 신고할까?
다을	엄마 음식 솜씨가 너무 좋아 그런가 보다 하고 봐주자.

초롱이 입을 삐죽인다. 다을이 초롱이 머리를 쓰다듬으며 달래준다.

초롱	우리 딸 인형 하나 고를까?

입이 삐죽 나와 있는 초롱. 그래도 인형이란 말에 고개를 크게 끄덕
인다. 초롱이가 인형을 고르는 사이 다을은 충재에게 전화를 한다.

다을	언제 끝나? 혹시 마트로 올 수 있어? 짐이 너무 많아서.
충재	(소리) 어떡하지? 거래처 부장님 접대 중이라.
다을	아직까지? 피곤해서 어떡해?
충재	(소리) 어쩔 수 없지 뭐.
다을	알았어. 너무 무리하지 마. 밥 꼭 챙겨 먹고.
충재	(소리) 응, 자기도 무리하지 말고 푹 쉬어. 나 많이 늦으니까 일찍 자고.

31. 계단/ 밤

충재, 전화를 끊고 문을 열고 밖으로 나간다.

32. 원이 방/ 낮

원이 놀라 잠에서 깬다. 보면 아직까지 휴대폰을 손에 쥐고 있다. 전화를 확인한다. 부재중 전화가 없다. 문자도 확인한다. 답장도 안 왔다.

33. 킹더랜드/ 낮

알록달록 예쁜 색의 마카롱과 갓 구워진 스콘, 치즈케이크 등 예쁜 디저트들이 겹겹이 쌓아 올려진 트레이를 들고 가는 사랑. 원이 사랑 앞에 불쑥 나타난다.

원   잠깐 얘기 좀 하지.

인사를 주고받을 새도 없이 짧은 말 한마디만 남기고 창가 쪽으로 가는 원. 사랑은 왜 그러는지 이유를 알 수가 없다.

〈킹더랜드〉

창가 자리에 앉아 있는 원. 사랑이 원 앞에 서 있다.
웃지 않아도 되는 사람이다. 사랑 얼굴에는 미소가 없다.

사랑   주문하시겠습니까?
원   내가 어제 보자고 했는데?
사랑   네? 언제요?
원   문자 못 봤어? 전화도 했잖아.
사랑   제 번호 아세요?
원   당연하지. 인사카드에 있잖아. 천가식 씨는 내 번호 모르나?
사랑   저는 본부장님 인사카드를 못 보는데요.
원   (맞는 말이다. 명함 꺼내 사랑에게 준다) 내 번호야. 입력해 둬.
사랑   (명함 받고) 그래서 하실 말씀이 뭐예요?
원   꼭 물어볼 게 있어.
사랑   물어보세요.
원   이따 끝나고 저녁 먹으면서 하지.
사랑   지금 얘기하면 안 돼요?
원   저번에 가파도에서 내가 주스 얻어 마셨잖아. 신세도 갚을 겸

251

이따 보지.

사랑   괜찮아요.

원   내가 안 괜찮아. 난 빚지고는 못 사는 성격이야.

사랑   제가 괜찮아요.

원   (악이 오른다) 한 번쯤은 그냥 알았다고 하면 안 되나?

사랑   원래 밥 먹자고 할 땐 약속 있는지 먼저 물어보는 게 예의 아
      니에요?

원   (화를 꾹 참고) 천가식 씨, 혹시 오늘 저녁 약속 있어요?

사랑   아뇨. 없어요.

원   그럼 같이 저녁 먹을래요?

사랑   싫은데요?

원   (발끈한다) 내가 왜? 왜 싫은데?

사랑   제가 언제 본부장님이 싫다고 했어요? 밥 먹기 싫다고 했지.

원   그럼 천가식 씨는 밥 말고 뭐 좋아하는데?

사랑   그냥 본부장님이랑 둘이 먹기 불편해서 그래요. 주문 안 하실
      거죠?

원   안 해. 안 먹어!

원, 심통이 난 표정으로 벌떡 일어나 간다.

🧳 34. 원의 사무실/ 낮

화면 가득 원과 사랑 사진이 보인다. 옥돔을 들고 있는 사진이다.
원은 사진이 떠 있는 모니터를 멍하니 보고 있다. 사진 속의 둘은 환

하게 웃고 있다. 모니터와 원을 번갈아 보며 눈치를 살피는 상식,

상식   다음이요.

마우스를 클릭하는 상식. 바로 이전 사진과 비슷한 사진이 뜬다.
원은 이번에도 말없이 모니터만 보고 있다. 이 사진도 아닌가 보다.
상식이 다시 마우스를 클릭한다. 그렇게 몇 장의 사진을 넘기다가,

상식   오늘은 꼭 셀렉해야 된다니까요. 제 눈엔 다 거기서 거기구
             만. 아무거나 대충 결정하세요.

원   …결정했어.

상식   뭘로요?

원   오늘은 꼭 저녁을 먹어야겠어. 퇴근하고 천사랑 직원이랑 자
             리 만들어. 무조건 오라고 해.

상식   왜요? 무슨 일 있으세요?

원   환영회라 그래.

상식   장소는요?

원   (옥돔 들고 있는 사진을 보고) 호텔 일식당.

상식   알겠습니다. 대신 환영회 끝나고 셀렉하시는 겁니다. 꼭이요!

원이 그만 나가보라고 손짓한다.

35. 비행기/ 낮

음료 서비스를 마친 평화, 카트를 정리하고 있다. 기장 병구가 갤리로 들어온다.

병구   (능글맞은 말투로) 하이. 오랜만. 커피 한 잔 찐~ 하게.

평화   (표정 굳는) 조종실로 가져다드릴게요.

병구   (끈적한 눈빛으로) 아니. 지금 여기서 둘이 오붓하게 마시고 싶은데.

평화   (커피 내리며) 가져다드릴게요.

병구   톡 쏘는 건 여전하네. 비행 끝나고 간만에 저녁이나 먹을까?

평화   (병구 말이 끝나기도 전에) 싫어요. (커피를 건넨다) 혼자 오붓하게 드세요. 전 나가보겠습니다.

병구   (나가려는 평화 막으며) 그만 까불어. 내가 치사하게 굴면 누가 손해 볼 것 같아?

평화   (쏘아보며) 넌 아직도 내가 우습니?

병구   아니. 여전히 널 원해.

로운, 카트를 끌고 갤리로 들어온다.

로운   안녕하세요. 뭐 준비해 드릴까요?

병구   (커피 들어 보이며) 이미 받았어. 수고해.

병구가 나간다. 로운, 굳어 있는 평화 얼굴을 살핀다.

로운 무슨 일 있으셨습니까?

평화 아무것도 아니야.

로운 저녁에 뭐 계획 있으십니까?

평화 아니. 그냥 좀 쉬려고.

로운 그럼 저랑 랜딩비어 어떠십니까?

평화 아냐 피곤해. 그럴 기분도 아니고.

로운 엄마가 스카프 고맙다고 선배 맛있는 거 사주라고 하셨습니다.

평화 괜찮아. 신세 진 건 난데 뭘.

거절하는 평화. 로운이 단호하게 말한다.

로운 사실 엄마는 핑계고 선배님이랑 저녁 같이 먹고 싶습니다.

평화가 짐짓 놀란 눈으로 로운을 본다. 쏴아~ 파도 소리 들린다.

🧳 36. 바다가 보이는 식당/ 저녁

바다 쪽으로 난 테라스에 앉아 있는 로운과 평화.
둘은 바다를 보고 있다. 해 지기 직전의 바다는 더 짙은 색이다.

평화 좋다.

로운 저도 좋습니다.

평화 (로운 본다) 여기 너무 좋지? 파도랑 바람이랑.

로운 저는 선배가 좋아하는 거 보는 게 더 좋습니다.

분위기가 묘하다. 평화는 괜히 소주를 마신다.

정신 차리자, 정신 차리자… 스스로 다짐한다.

평화   지난번엔 고마웠어.

로운   하늘 같은 선배님이 뛰시는데 제가 어떻게 가만있습니까? 회사 생활 편히 하려고 아부하는 거니까 고마워 안 하셔도 됩니다.

평화   (웃는다) 그런 이유면 내가 너무 미안한데?

로운   왜요?

평화   사람 잘못 골랐어. 동기들 중에 나만 AP 못 달았어. 내년에도 진급 못 하면 승진 누락자 꼬리표까지 달 텐데 그럼 정말 끝이야.

로운   그게 어때서 말입니까?

평화   어떻긴. 나랑 가깝게 지내면 로운 씨한테도 마이너스야. 가까이하지 마.

로운   그까짓 진급 안 하면 어떻습니까? 높은 곳에서 떨어지면 아프기만 합니다. 전 얇고 길게 가는 게 좋은데 잘 됐습니다. 선배랑 완전 친하게 지내야 할 거 같습니다.

평화   (피식 웃는다) 나중에 후회할걸?

로운   (평화를 똑바로 바라보며) 절대 후회 안 합니다.

로운의 단호한 눈빛… 파도 소리가 더 크게 들린다. 심장에 파도가 치는 것 같다.

평화   (말 돌리며) 미나 어때? 참 좋은 앤데, 로운 씨한테 궁금한 게 많은가 봐.

로운   선배님은 어떠십니까?

평화   응?

로운   난 선배가 궁금한데.

눈이 동그래진 평화, 바람이 불어 머리카락이 어지럽게 날린다.

🧳 37. 킹호텔 일식당. 홀/ 밤

사소한 소품 하나에도 품격이 느껴질 정도로 멋진 일식당이다.
상식이 룸 쪽으로 원을 안내하고 있다.
원, 표정 없는 얼굴로 뚜벅뚜벅 걸어간다.
어느 룸 앞에 멈추는 상식, 문을 열어준다.
문 앞에 앉아 있던 사랑이 벌떡 일어선다.

열린 문틈으로 사랑이 보이자 자기도 모르게 걸음을 멈추는 원.
가볍게 심호흡을 하고 다시 걷는다.
너무도 당당하게 룸 안으로 들어서는데,

직원들   안녕하십니까, 본부장님!

직원들이 허리를 접어 인사를 한다.
사랑이 혼자가 아니었다. 킹더랜드 전 직원이 모여 있다.
이게 뭐지… 혼란스러운 원, 멍하니 서 있다가 얼른 밖으로 나가 문
을 닫는다.

원	이게 다 뭐야?
상식	환영회요.
원	왜!
상식	천사랑 씨 환영회 저녁 자리 만들라고 하셨잖아요.
원	(너무 황당하고 화가 나서 말도 안 나온다) 너, 진짜, 지금, 이게… 알아서들 먹고 가라고 해.
상식	본인이 자리 만들래 놓고 쑥스러워하시기는, 얼른 들어가세요.

상식이 문을 활짝 연다.

직원들	안녕하십니까, 본부장님~

사랑을 비롯한 모든 직원들이 다시 인사를 한다.

38. 킹호텔 일식당. 룸/ 밤

정갈한 회와 각종 일식 요리들이 놓인다.
원이는 허탈해 앉아 있고 직원들은 고급 음식에 감탄해 연신 사진을 찍고 있다. 원이 사랑을 본다.
서열대로 앉아 있으니 사랑이는 원과 가장 멀리 떨어져 앉아 있다.
원은 상식을 본다. 사랑 맞은편에 앉아 소곤소곤 수군수군 떠들며 웃고 있는 얼굴이 꼴 보기 싫어 죽을 것 같다.

민서	본부장님. (원이 보면) 바쁘신데 신입까지 챙겨주시고 정말 감사

원	합니다.
민서	드세요.
원	건배사는,
원	그냥 드세요.
민서	잘 먹겠습니다.
직원들	잘 먹겠습니다.

인사를 마치고 식사를 시작하는 직원들.

두리는 맛있다며 감탄을 하고 세호는 모든 음식을 다 찍느라 바쁘다.

〈킹호텔 일식당, 시간 경과〉

사랑을 보는 원. 다른 직원들은 잘 먹는데 사랑은 회는 건들지 않고 곁들여 나온 음식만 먹고 있다. 안 보려고 해도 계속 보게 되는 원,

원	천사랑 씨, 입에 안 맞아요?
사랑	아니요. 맛있습니다.
원	입도 안 대고 맛을 아나? 회 못 먹어요?
사랑	괜찮습니다.

하나, 두리, 세호, 유난 떤다는 듯 사랑을 흘겨본다.

원	노 비서. 따로 스테이크라도 준비해 드려.
상식	여기 일식당인데요?
원	옆에 레스토랑 있잖아.
사랑	(난처한) 아닙니다. 정말 괜찮습니다.

원	다른 분들도 못 드시는 분 있음 말씀해 주세요.
두리	저흰 괜찮습니다. 음식 안 가립니다.
세호	저도 괜찮습니다. 회 잘 먹습니다.
원	(상식 보며) 노 비서, 내가 갈까?
상식	아닙니다.

상식이 일어선다. 사랑은 가시방석에 앉은 것 같다.

〈킹호텔 일식당〉

달궈진 철판 위에서 지글지글 익고 있는 거대한 크기의 플래터가 사랑 앞에 놓인다. 양도 너무 많고, 양식당 수석 셰프가 직접 설명해 주니 안 그래도 난처한데 정말 죽을 지경이다.

| 셰프 | (사랑에게) 저는 킹호텔 양식당 수석 셰프 에드워드 정입니다. 앵거스 채끝 스테이크와 프라임 등급의 안심 스테이크, 그리고 호주산 양갈비 스테이크와 랍스터로 구성된 플래터입니다. 아름다운 식사 되세요. |
| 사랑 | 네에… 감사합니다… |

셰프가 원에게 인사를 하고 나간다.
모두 사랑을 보고 있다. 미움, 시기, 질투를 한몸에 받는 중이다.
사랑은 포크도 나이프도 들지 못하고 스테이크를 쳐다만 보고 있다.
그냥 울고 싶다.
조용한 룸 안에 빗소리처럼 지글지글 고기 익는 소리만 울리고 있다.

원	들어요.
사랑	네… (머뭇거리는데)
원	아, 내가 배려가 부족했네. (상식에게) 노 비서, 잘라드려.
상식	네?
사랑	(놀라) 아닙니다. 제가 하겠습니다.

진짜 상식이 잘라줄까 봐 스테이크를 팍팍 써는 사랑.

두리	(비아냥대는) 먹는 건 혼자 할 수 있지? 입에 넣어줄까?
사랑	아닙니다!

사랑이 스테이크를 입에 푹푹 집어넣는다.

39. 킹호텔. 화장실/ 밤

체했는지 속이 불편한 사랑, 인상을 쓰며 명치끝을 어루만지고 가슴을 두드린다. 주머니를 뒤져 원이 명함을 꺼낸다.

40. 야외 정원. 커피숍/ 밤

예쁜 조명들이 반짝이는 야외 정원 테라스.
구석에 서 있는 사랑, 잠시 후 원이 온다.

원	안 들어오고 왜 사람을 불러내?
사랑	일부러 나 곤란하게 만들려고 이러는 거예요?
원	내가 왜?
사랑	누가 환영회 해달라고 했어요? 그 무지막지한 스테이크는 또 뭔데요? 너 한번 죽어봐라 그거예요?

원, 쏘아붙이는 사랑을 황당한 표정으로 바라본다.

원	나도 이런 환영회 하려고 한 게 아니야. 그리고, 회 못 먹길래 스테이크 하나 시켜준 게 이렇게 원망 들을 일이야?
사랑	누구 눈치 본 적 없죠? 하긴 모두가 떠받드니 왕처럼 살았겠죠. 쓸데없는 본부장님의 호의 때문에 저는 지금 가시방석이에요. 안 그래도 눈치 보여 죽겠는데. 한술 더 뜨시고.
원	왜 눈치를 봐. 그건 배려야. 내가 만든 자리에 대한 예의고.
사랑	그건 배려가 아니라 폭탄을 안겨주는 거라니까요. 앞으로 그냥 모른 척해주세요. 배려 안 해주셔도 돼요. 부탁드리겠습니다.

사랑이 꾸벅 인사를 하고 먼저 돌아선다.
혼자 남은 원, 원했던 것과 정반대의 결과에 답답하고 화가 난다.

🧳 41. 사랑의 집 앞/ 밤

힘없이 터벅터벅 걷는 사랑,
전화벨이 울린다. 유남이다. 수신을 거부한다.

📦 42. 사랑의 집. 현관/ 밤

사랑이 문을 열고 들어온다. 난데없이 터지는 폭죽.

다을	사랑아, 생일 축하해~
평화	생일 축하해~

평화는 불 켜진 케이크를 들고 있다. 생일 축하 노래를 불러주는 두 사람. 사랑은 놀랍고도 감동스러워 친구들을 보고 있다. 노래가 끝나자,

사랑	나 이렇게 행복해도 돼?
다을	아니. 더 행복해야지. 이거 갖고 되겠어?
평화	맞아! 완전 더 행복해지라고 빌면서 불어.

사랑이 촛불을 끈다.

📦 43. 사랑의 집/ 밤

거실 테이블에 잡채와 갈비, 미역국 등 푸짐하게 한 상 차려져 있다. 사랑은 놀랍고도 고맙다.

사랑	이걸 너 혼자 다 했어?
다을	껌이지. 나 주부 9단.

263

사랑	(감동하는) 고마워.
평화	나는 먹는 거 9단. (잡채를 크게 한 젓가락 집어 먹는다)
다을	(사랑에게 쇼핑백 준다) 생일 선물이나 풀어봐. 평화랑 같이 산 거야.
사랑	고마워.

상자 열어보면, 야한 레이스 슬립이랑 속옷 들어 있다.

사랑	이게 뭐야?
평화	내일이 생일이잖아. 오늘은 우리랑 신나게 놀고 내일은 남자 친구랑 화끈하게 불태우라고.
다을	네 남친 올해는 생일 안 까먹겠지? 작년에는 까먹었잖아.
사랑	아! 내가 말 안 했나? 나 헤어졌어. 꽤 됐는데.

평화는 잡채를 먹다가 기침을 한다. 무슨 말을 하려고 해도 사레가 들려 말도 나오지 않는다.

다을	야! 그 중요한 얘길 왜 이제 해?
사랑	완전 깜빡했어. 요즘 정신없어서.
평화	깜빡할 게 따로 있지!
다을	괜찮아?
사랑	응. 괜찮아. 오히려 후련해. 내가 남자친구가 있었나? 할 정 도로 아무렇지도 않아. 겨우 그 정도였나 봐.
다을	그러다 다시 만나는 거 아니지?
사랑	절대 그럴 일 없어.

평화	(다을에게) 맥주 가져올게. 음악 틀어!
다을	(휴대폰 음악 폴더 열며) 좋구나! 잔치로구나!

블루투스 스피커에서 신나는 음악이 나온다.
다을은 일어나 춤을 추고, 평화도 맥주를 들고 오며 리듬을 탄다.
그저 웃고 있는 사랑. 평화와 다을이 사랑이를 일으킨다.
사랑이도 춤을 추기 시작한다.

🧳 44. 킹더랜드. 복도/ 낮

원과 상식이 출근을 하는 중이다.
문을 열고 들어가려던 원이 멈추더니 상식을 본다.

상식	왜요!
원	네 눈에도 내가 부모 잘 만나서 누구 눈치 안 보고 맘대로 사는 놈처럼 보이냐?
상식	와! 누가 겁도 없이 그런 팩트를 날렸어요? 진짜 용감하네! (원이 화를 내려고 하자) 태생을 바꿀 수 있는 것도 아니고 그런 말 신경 쓰지 마세요. 먼저 들어가세요. 저는 킹더랜드 들렀다 갈게요.
원	거긴 왜.
상식	오늘 친절한 사랑 씨 생일이라 호텔 뷔페 쿠폰 전달하려구요. 직원 복지.

상식은 어서 들어가시라 손짓하고 돌아선다.

🧳 45. 원이 사무실/ 낮

방으로 들어오던 원이 멈춘다. 화란이 책상에 걸터앉아 원이 회중시
계를 흔들고 있다.
성큼성큼 다가가는 원, 시계를 거칠게 낚아챈다.

화란 얘 이빨 드러내는 거 봐?

원 나 좀 내버려 두면 안 돼?

화란 그러다 물겠다?

원 내가 가만히 있는 건 못 싸워서가 아니라 싸우기 싫어서 그러
    는 거야.

화란 싸우기 싫다는 애가 나 몰래 뒤에서 직원들이랑 작전 회의하
    니?

원 킹더랜드는 내 직속이니까.

화란 조직도상 네 위에 나야. 뭘 해도 내 허락받고 내 결재받아야
    되는 거 몰라?

원 몰랐네. 조직도를 안 봐서.

화란 네가 왜 회사 들어왔는지 모르겠지만 여기 있으면 나랑 평생
    싸워야 돼. 돈 필요하면 쓸 만큼 줄 테니까 나가.

원 돈은 나도 많아.

화란 널 위해 하는 소리야. 너네 엄마처럼 되지 말라고.

원 무슨 소리야?

| 화란 | 봐봐. 아무도 기억 못 하잖아. 나도 그렇고 너도 그렇고. 그게 패배자야. 그리고 그 시계 버려. 유치하게 애도 아니고. |

찡긋 웃어주고 나가는 화란. 끝까지 상처를 준다.
원은 나가는 화란을 끝까지 노려보고 있다.

🧳 46. 과거 : 원이 방/ 밤. 비 (과거)

원(6세)이 화난 얼굴로 서 있다. 화란(15세)이 창가에 서서 회중시계를 길게 늘어뜨려 흔들고 있다. 빗줄기가 세다. 창문에 빗방울이 부딪치고 있다.

화란	이거 찾니?
원	줘.
화란	(약 올리는) 싫은데?

번개가 치자 화란의 얼굴이 더욱 섬뜩하게 느껴진다.
화란, 창문을 열고 시계 든 손을 창밖으로 내민다.

| 원 | 줘. 내 거야. |
| 화란 | 너 싫다고 버리고 간 여자야. 너도 버려. |

화란, 섬뜩할 정도로 사악하게 웃으며 시계를 떨어뜨린다.
시계가 1층 바닥으로 떨어진다.

📁 47. 원이 사무실/ 낮

회중시계를 보고 있던 원, 주머니에 넣는다.

📁 48. 킹더랜드. 라운지/ 낮

프라이빗 룸 쪽으로 가는 세호와 사랑.
세호는 태블릿을 들었고 사랑은 고급스러운 크리스털 물병을 들었다.

세호   메인 서빙은 내가 볼 테니까 너는 뒤에서 가만히 서 있어. 주
               제도 안 되는 게 괜히 비싼 거 팔겠다고 나서지 말고.
사랑   네.

문 앞에 선 두 사람. 기다리고 있던 비서가 문을 열어준다.

📁 49. 킹더랜드. 프라이빗 룸/ 낮

커다란 룸에 구 회장, 한 회장, 왕 회장이 앉아 있다.
세호가 구 회장에게 주문을 받는 사이 사랑은 물을 따라주고 있다.

구 회장   (메뉴판 보며) 와인 추천 좀 받고 싶은데.
세호   이번에 샤리 마고랑 제냐 빈티지 좋은 게 들어왔습니다.
구 회장   오늘 코스에 뭐가 더 좋을 거 같아?

세호	자세한 설명 들으실 수 있도록 담당 소믈리에 불러오겠습니다.
왕 회장	소믈리에 올 때까지 언제 기다려. 하나 추천해 봐.
세호	어느 것을 드셔도 오늘 코스와는 잘 어울릴 것 같습니다.
한 회장	(물 따르는 사랑 보더니) 어? 그때 그 친절사원, 맞지?
사랑	안녕하세요. 회장님.
한 회장	(맘에 든다) 여전히 시원시원하게 웃네. 오늘은 킹호텔 1등 사원이 골라주는 술 하나 마셔볼까?
사랑	그럼 제냐 빈티지로 추천해 드려도 괜찮으실까요? 칠레 프리미엄 와인으로 블랙커런트와 블랙베리 같은 검붉은 과일향이 오크 숙성에서 오는 바닐라 풍미와 조화롭게 밸런스를 이루며 섬세한 탄닌과 함께 풀바디의 풍성함과 우아함이 공존하는 와인입니다. 오늘 드실 양고기 스테이크와 매우 잘 어울릴 거 같습니다.

막힘없이 얘기하는 사랑. 한 회장은 짐짓 놀란 듯 바라보고 구 회장은 뿌듯하다.

왕 회장	와인에 대해 잘 알고 있네. 전문가 수준이야.
사랑	와인 소믈리에 자격증이 있습니다.
구 회장	역시 내가 사람 보는 눈이 있다니까.
한 회장	(맘에 든다. 사랑에게) 역시 탐나. 우리 호텔로 올 생각 아직도 없어?
구 회장	절대 안 돼. 우리 호텔 1등 사원을 뺏길 수는 없지.
한 회장	직원이 옮긴다면 옮기는 거지. (사랑에게) 연봉 두 배로 줄 테니까 와.

사랑	마음만 감사히 받겠습니다. 그럼 식사 준비할까요? (미소)

🧳 50. 킹더랜드. 데스크 뒤/ 낮

세호는 잔뜩 화가 나 있다.

세호	사랑 씨 뭐 하는 거야? 4천짜리 싱글몰트 패키지 두고 왜 딴 걸 권해? 자연스럽게 위스키로 돌렸어야지. 그래서 사랑 씨가 기본이 안 됐다고 하는 거야.
사랑	회장님이 와인을 추천해 달라고 하셔서… 선배님도 와인 추천 하시길래.
세호	(뜨끔한다) 아무튼, 무조건 업세일링! 명심해. 알았어?
사랑	네. 명심하겠습니다.

휙 돌아 나가는 세호. 사랑은 한숨이 난다.
창밖으로 보이는 하늘이 잔뜩 흐리다.

🧳 51. 원 사무실/ 낮. 비

원이 창밖을 보고 있다. 비가 내리기 시작한다.
돌아서는 원, 사무실을 나간다.

🧳 52. 인사팀/ 밤. 비

원이 두꺼운 서류 파일을 빠르게 넘겨보고 있다.
그 뒤에 서 있는 인사팀장은 괜히 안절부절이다.

팀장	본부장님, 누굴 찾으시는지 말씀해 주시면 제가 찾겠습니다.
원	직원 인사 파일이 서버에 없는 경우도 있나요?
팀장	아닙니다. 전산화 작업하면서 창립 초창기부터 다 입력했습니다.
원	그런데 왜 없죠?
팀장	없을 리가 없습니다. 급여랑 퇴직금이 회사 회계시스템이랑 연동이라 누구 직권으로 삭제도 안 됩니다.
원	(인사 파일 덮는다) 89년도 자료는 이게 전부인가요?
팀장	네. 혹시 찾으시는 분이 누구신지…

대답 없이 인사 파일만 보던 원. 나가버린다.

🧳 53. 호텔 후문/ 밤. 비

세찬 비가 내리고 있다. 우산을 든 사랑이 후문으로 나온다.
지친 표정으로 터벅터벅 걸어가는데 꽃을 든 유남이 나타난다.

유남	(활짝 웃는 얼굴로 꽃다발을 내밀며) 서프라이즈! 생일 축하해.
사랑	뭐 하는 거야?

| 유남 | 가자. 좋은 데 예약해 놨어. |

사랑은 꽃을 받지 않는다. 유남이 한숨을 쉰다.

유남	아직도 삐졌어?
사랑	우리 헤어졌잖아. 내가 다시 보지 말자고 했지?
유남	김밥 먹자고 해서 삐진 거 아니었어? 그래서 내가 오늘은 (강조하며) 최고급! 레스토랑으로 예약했어. 겨우 먹는 거 가지고 삐지긴.
사랑	(기가 차서 소리 지른다) 야! 너 내가 겨우 그런 거로 헤어지자고 한 줄 알아? 그런 거로 헤어질 거면 벌써 몇백 번 헤어졌어. 도대체 날 어떻게 봤길래 헤어지자는 말을 그렇게 들어?
유남	알았어. 앞으로 내가 진짜 잘할게. 정말 미안해.

사랑, 눌러왔던 감정들이 왈칵 쏟아져 나온다.

사랑	미안하다는 말 좀 그만해! 듣기도 싫어. 진짜 미안하면 미안할 짓 하지 말았어야지. 너라는 사람 정말 지긋지긋해. 이제 그만하자.
유남	정말 너무한 거 아냐? 너 진짜 이기적이다. 너만 끝내면 다야?
사랑	응. 내 사랑은 끝났어. 네 사랑은 네가 알아서 해. 다신 내 앞에 나타나지 마.
유남	(돌아서는 사랑이 팔을 붙잡는다) 야! 너 이렇게 독한 애였어? 너 천사랑 맞아?

사랑 　　　(매몰차게 유남이 손을 뿌리치며) 놔! 이제 우리 남남이야.

매서운 눈으로 유남을 노려보던 사랑, 돌아서 간다.

🧳 54. 광진교/ 밤. 비

다리를 건너던 사랑이 중간에 멈춘다.
우두커니 한강을 보고 서 있는 사랑. 거센 물결에 마음도 출렁인다.
비바람이 거칠다. 세찬 바람이 불어와 우산을 놓친다.
우산이 바람을 타고 한강으로 날아간다.
멀어지는 우산을 보던 사랑, 눈물이 왈칵 쏟아진다.

점점 더 세게 내리치는 비를 맞으며 한참을 울고 있는데,
갑자기 우산을 쓴 것처럼 비가 멈추고 따뜻한 기운이 확 다가온다.
놀라 돌아보는 사랑, 원이가 트렌치코트 한쪽을 들어 비를 막아주고
있다. 사랑은 눈만 깜빡이며 원이 코트 아래 서 있다.
이 사람이 왜 여기 있는지, 지금 이게 무슨 상황인지 현실감이 하나
도 없다.

원 　　　여기 내 자린데.
사랑 　　　…
원 　　　여기 원래 내 자리라고.
사랑 　　　(겨우 정신 차리고) 네!

급하게 자리를 벗어나려는 사랑. 너무 서둘러서 다리를 삐끗하며 넘어진다. 그 순간, 원이 사랑의 허리를 잡아준다.
얼결에 원이 품에 안기게 된 사랑. 더 놀라 눈만 깜빡이고 있다.

〈 END 〉

5부

킹더랜드

🛏 1. 인사팀/ 밤. 비 (4부 #52 연결)

원이 두꺼운 서류 파일을 빠르게 넘겨보고 있다.
그 뒤에 서 있는 인사팀장은 괜히 안절부절이다.

원   (인사 파일 덮는다) **89년도 자료는 이게 전부인가요?**
팀장   네. 혹시 찾으시는 분이 누구신지…

원이 대답 없이 인사 파일만 보고 있다.

〈인서트〉 4부 #45
화란   네가 왜 회사 들어왔는지 모르겠지만 여기 있으면 나랑 평생
         싸워야 돼.
화란   널 위해 하는 소리야. 너네 엄마처럼 되지 말라고.

인사 파일을 덮는 원, 밖으로 나간다.

🛏 2. 인사팀 앞. 복도/ 밤

굳은 얼굴로 걸어가는 원. 한 무리 직원들이 걸어오다 옆으로 비켜서
며 인사를 한다.
원이 기분과는 상관없이 그들은 모두 밝게 웃고 있다.

276

🛏 3. 과거 : 원의 방/ 밤

원이 회중시계를 든 채 침대에 걸터앉아 훌쩍거리고 있다.
시계는 아직 깨지지 않은, 멀쩡한 상태다. 중년의 가정부가 웃는 얼굴로 들어온다.

가정부   내려오셔서 식사하세요.
원   엄마 어디 있어? 어제도 없고 오늘도 없어.
가정부   얼른 일어나세요. 회장님 기다리세요.

얼굴은 웃고 있지만 문을 열어둔 채 재촉하고 있다.

🛏 4. 과거 : 원의 집. 방에서 주방까지/ 밤

원이 훌쩍거리며 주방으로 간다.
중간중간 마주치는 가정부, 기사, 다른 가사도우미, 그리고 호텔 드림팀 직원들은 모두 친절하게 웃으며 원에게 인사를 한다.
환하게 웃는 얼굴들이 섬뜩하다. 원은 그들의 웃음이 견디기가 힘들다.

원   웃지 마요… (목소리 조금 더 커진다) 웃지 말라고.

📖 5. 인사팀 앞 복도/ 밤. 비

원이 무표정한 얼굴로 직원들을 바라보고 있다.
여전히 웃는 얼굴로 서 있는 직원들⋯ 잠시 후 원이 돌아선다.
직원들은 그제야 웃음을 지우고 '왜 저래!' 하는 눈으로 바라본다.

📖 6. 광진교. 차 안/ 밤

원이 차가 광진교 중간에 멈춘다.
윈도 와이퍼 소리도 신경 쓰인다. 와이퍼를 멈춘다.
멍하니 있던 원이 창문을 내린다. 들이치는 비에 얼굴이 젖지만 그냥
비를 맞는다.
그러다 고개를 돌리면 낯익은 뒷모습이 보인다. 사랑이다.

원이 차에서 내린다.
사랑에게 가는 원. 왜 비를 맞고 있는지, 무슨 일이 있는지 모르겠다.
이름을 부를까 하다가 손을 뻗는다. 어깨를 톡톡 두드리려다 멈추는
원. 우는 소리가 들린다. 항상 웃는 것만 봤지 우는 모습은 처음이다.
원이 트렌치코트 한쪽을 들어 비를 막아준다.
따스한 온기에 놀라 돌아보는 사랑, 현실감 없는 눈으로 원을 바라보
고 있다.

원   여기 내 자린데.
사랑   ⋯

원	여기 내 자리라고.
사랑	네!

급하게 자리를 벗어나려는 사랑. 너무 서둘러서 다리를 삐끗하며 넘어진다. 그 순간, 원이 사랑의 허리를 잡아준다.
얼결에 원이 품에 안기게 된 사랑. 더 놀라 눈만 깜빡이고 있다.

원	울 줄도 알아?

원이 목소리에 정신이 번쩍 든 사랑, 원이 품을 벗어나려 한다.
원, 사랑을 코트 안으로 다시 밀어 넣는다.

원	잠시 허락할게. 그대로 있어.
사랑	(어이없다) 뭘 허락해요? (물러선다)
원	(옷자락을 펼치며) 비 맞아.
사랑	괜찮아요. 그냥 가세요.
원	여기 내 자린데?
사랑	예… (가려다 말고) 잠깐! 근데 먼저 온 사람이 임자 아니에요?
원	그래서 내 자리라는 거야. 원래 내 자리. 항상 오는 곳이야.
사랑	(짧은 한숨을 쉬고) 제가 갈게요. 맘껏 즐기세요.

사랑이 돌아선다.
잠시 바라보던 원, 사랑을 따라가며 코트를 벗더니 머리 위로 푹 덮어준다.

원	타. 데려다줄게.
사랑	괜찮아요. 그냥 혼자…

사랑이 거절을 하려는데 원은 이미 차로 가고 있다.
사랑이 코트를 벗어 정리하며 원을 따라간다.

사랑	혼자 갈게요. 이거 받으세요.

사랑은 코트를 내미는데 원은 조수석 문을 열어준다.

원	타.

원은 사랑이 내밀고 있는 옷을 받을 생각이 없다. 사랑 역시 차에 탈
생각이 없는 것 같다. 비는 여전하고 둘은 대치하듯 서 있다.

🛏 7. 도로. 원의 차/ 밤

원이 차가 광진교를 벗어나고 있다.
원이 사랑을 본다. 빗물은 머리를 타고 흘러내리고, 손이 시려운지
두 손을 꼭 잡은 채 앞만 보고 있다. 전체적으로 춥고 어색하고 불편
해 보인다.

원	우산은?
사랑	날아갔어요.

원	잡았어야지.
사랑	그러기 싫더라구요. 바람 타고 저 멀리 날아가는데 이상하게 마음이 편해졌어요. 더 빨리 놔줄 걸 그랬나 싶기도 하고.
원	지금 우산 얘기하는 거 맞아? 사랑 얘기 아니고?
사랑	(뜨끔하다) 지하철역 근처 아무 데나 내려주세요.

원은 대답이 없다. 알아들은 건가, 한 번 더 얘기를 해야 하나…
사랑은 원을 보다가 고개를 돌린다.
원은 앞만 보고 운전을 하고 사랑도 말없이 창밖만 바라보고 있다.

🛏 8. 도심 풍경. 원의 차 안/ 밤. 비

비 내리는 도심 풍경이 보인다. 빗길에 차가 꽉 막혀 있다.
조용한 차 안, 원이 사랑을 바라본다. 사랑은 잔뜩 웅크린 채 잠이 들어 있다. 뒷좌석에서 코트를 집어 사랑을 덮어준다.
원이 조수석 시트 열선을 켜고 히터 온도도 조금 높여준다.
그러고는 룸미러를 아래로 내린다. 고개를 돌리지 않아도 사랑이 한눈에 들어온다.
원은 운전하는 틈틈 거울에 비친 사랑을 본다.
편히 자는 모습을 보니 안심이 된다. 잔잔한 음악을 튼다.

🛏 9. (시간 경과) 한강 레스토랑 앞/ 밤

"똑똑똑" 창문 두드리는 소리에 놀라 눈을 뜨는 사랑.

사랑   네. 고객님!

습관처럼 상냥하게 웃으며 자세를 바로 하는 사랑.
그런데 풍경이 이상하다. 집도 아니고 호텔도 아니다. 차에 혼자 앉아 있다. "똑똑똑" 다시 창문 두드리는 소리가 들린다. 돌아보면 원이 조수석 밖에 서 있다. 놀라 차에서 내리는 사랑. 지하철역인 줄 알았는데 야경이 예쁜 한강이다.

사랑   여기 어디예요?
원   (대뜸 쇼핑백 주며) 받아.
사랑   이게 뭐예요?
원   안 맞을 거야. 오늘만 입고 버려. (돌아서 레스토랑 쪽으로 가는데)
사랑   본부장님!

원이 돌아본다. 사랑이는 따라올 마음이 없어 보인다.

원   밥 먹자. 생일이잖아.

원이 다시 돌아서 먼저 걸어간다.

🛏 10. 레스토랑 화장실/ 밤

세면대 앞에서 쇼핑백을 열어보는 사랑, 트레이닝복과 신발이 들어 있다. 사랑, 거울로 자기 모습을 본다. 옷도 신발도 모두 젖어 있다.

🛏 11. 레스토랑 화장실. 입구/ 밤

사랑이 옷을 갈아입고 나온다.
평범해 보이지만 옷도 신발도 명품 브랜드다.
화장실 입구에서 멈추는 사랑, 보면 원이가 똑같은 옷으로 갈아입고 화장실에서 나오는 중이다. 누가 보면 커플인 줄 알겠다. 황당한 사랑.

사랑   (자기 옷이랑 원의 옷을 번갈아 보고) **옷이 왜…** (도저히 안 되겠다)

다시 화장실로 들어가려는 사랑, 원이 옷자락을 잡는다.

🛏 12. 한강 레스토랑/ 밤

큰 창으로 아름다운 한강 야경이 보인다.
마주 앉은 원과 사랑, 사랑은 옷이 계속 신경 쓰인다.

사랑   누가 보면 커플인 줄 알겠어요.

원	아무도 그렇게 안 봐. 어딜 봐서 내가 그쪽이랑…
직원	(소리) 여기 보세요.

직원의 소리에 사랑과 원 동시에 돌아보면, "찰칵" 소리와 함께 플래시가 켜지며 폴라로이드 카메라가 찍힌다.

직원	두 분 너무 잘 어울리세요. (사진을 건네며) 한 장 더 찍어드릴까요?
사랑	저희 아무 사이 아니에요.
직원	죄송해요. 너무 잘 어울리셔서 커플인 줄 알고… 죄송합니다. (사진을 들고 머뭇거리는데) 그럼 이건…
원	거기 두고 가세요.
직원	네. (테이블에 사진을 올려두고) 그럼 즐거운 시간 보내세요.

테이블에 올려진 사진이 조금씩 또렷해진다.

사랑	거봐요. 다들 오해하잖아요.
원	(기분이 상한) 나랑 오해받는 게 그렇게 불쾌한 일인가?
사랑	그러게 왜 똑같은 옷을 사셔서…
원	대충 보이는 거 달라고 했어. 정성 들여 고를 사이는 아니잖아.
사랑	…그렇긴 하죠.
원	다른 사람 옷 산 거 처음이야. 뭐 괜한 짓 한 것 같지만, 어차피 마음에 안 들 테지만 젖은 옷보다 나을 거야.

너무했나 싶은 사랑. 살짝 삐진 원이 모습이 귀엽기도 하고, 미소가

나온다.

사랑	감사합니다. 본부장님.
원	가식적인 말 하지 말랬지?
사랑	진짜 고마워요. 그리고 신발도 딱 맞아요.
원	다행이네. 대충 집어 왔는데.

말은 그렇게 하지만 표정은 한결 좋아지는 원.

🛏 13. 몇 시간 전. 편집샵 – 차 안 교차/ 밤

〈편집샵〉

여러 디자이너 브랜드의 화려한 옷과 신발들이 진열되어 있다.
꼼꼼하게 옷을 고르는 원, 그러다 커플 옷을 입은 남녀 마네킹을 가리킨다.

〈편집샵〉

원이 앞에 여러 개 신발이 놓여 있다.

〈차 안〉

편집샵 앞에 원이 차가 서 있다.
원은 잠든 사랑이 깨지 않게 조심조심 몸을 기울인다.
팔을 최대한 뻗는 원, 손바닥을 펼쳐 사랑의 신발 사이즈를 재본다.

〈편집샵〉

　　원, 손을 벌려 사이즈를 대보고 원이 신고 있는 신발과 비교도 해가
며 신중에 신중을 기해 정성스럽게 신발을 고른다.

🛏 14. 한강 레스토랑/ 밤

뿌듯한 표정의 원, 반면 황당한 표정의 사랑.
직원들 서너 명이 서빙을 하는데, 도저히 두 사람이 먹을 수 없을 정
도로 많은 요리가 놓인다. 레스토랑에 있는 모든 메뉴를 주문한 것
같다.

사랑	이걸 다 어떻게 먹어요?
원	왜 다 먹을 생각을 해? 먹고 싶은 것만 먹어.
사랑	(못마땅한) 이거 다 낭비예요.
원	뭘 좋아하는지 몰라서.
사랑	그렇다고 다 시키면 어떡해요?
원	말해주면 되잖아.
사랑	뭘요?
원	좋아하는 게 뭔지. 좋아하는 음식, 좋아하는 날씨, 좋아하는 색깔, 말해줘. 좋아하는 모든 거.
사랑	그게 왜 궁금해요?
원	그래야 낭비를 안 하고 좋아하는 거에만 집중할 수 있으니까.

　　사랑, 빤히 쳐다보는 원의 눈빛이 부담스럽다.

사랑	(말 돌린다) 밥은 제가 살게요.
원	생일인데 밥 한 끼 정도는 얻어먹어도 되지 않나?
사랑	저는 생일 같은 거 안 챙겨요.
원	왜?
사랑	괜히 초라해지는 날이잖아요. 혹시나 기대하고 역시나 실망하고. 뭐든 바라지 않는 게 마음 편해요.
원	바라지 않는다는 거 가짜잖아? 가짜로 나를 속이고 가짜로 위안받고. 온통 가짜투성이네.
사랑	…맛있게 드세요. 제가 사는 거니까.

사랑이 포크를 든다.

사랑은 입맛이 없었지만 막상 먹기 시작하니 허기가 돈다.

잘 먹는 사랑. 원은 먹는 둥 마는 둥 계속 사랑을 본다.

하지만 사랑은 눈 한 번 마주치지 않고 먹는 데 집중한다.

그 모습을 보니 원도 웃음이 나지만, 얼른 표정을 수습하고 와인을 따라준다.

🛏 15. 한강 레스토랑/ 밤

원과 사랑이 계산대 앞에 서 있다. 사랑이 카드를 꺼내는데,

직원	총 68만 4천 원입니다.
사랑	(놀라) 왜요?
직원	네?

사랑   아니에요. (부들부들 떨리는 손으로 카드를 내민다) 여기요.

보고 있던 원이 사랑이 카드를 뺏더니 자기 카드를 낸다.

원   이거로 해주세요.
사랑   아니에요. 제가 낼게요.

직원이 계산을 하는 사이 원은 사랑에게 카드를 돌려준다.

원   이런 날 대접받는 건 특권이야. 맘 편히 누려. (멋지게 돌아서는데)
직원   사인하셔야죠.

원이 돌아와 사인을 한다.

🛏 16. 사랑 집 앞/ 밤

사랑 집 앞에 차가 선다.

사랑   감사합니다. 조심히 들어가세요. (내리는데)
원   잠시만.

차에서 내리는 원. 트렁크로 가더니 케이크를 꺼낸다.

원   초라한 날이지만 마무리라도 달콤하게 해.

288

사랑은 선뜻 받지 못한다. 원이 이렇게까지 챙겨줄지 정말 몰랐다.

원	왜? 케이크 안 좋아해?
사랑	…무지 좋아해요. (케이크 받으며) 감사히 받겠습니다.
원	우리 호텔 수석 셰프한테 특별히 부탁해 받은 케이크라 맛은 있을 거야.
사랑	수석 셰프님요? 언제요?
원	아까 레스토랑 들어가면서. 바로 만들어서 갖다 달라고.
사랑	퇴근 무렵이었을 텐데.
원	그래서 특별히 부탁했어. 아주 정중하게.
사랑	그게 바로 민폐예요. 퇴근 무렵 아주 높으신 분의 돌발 주문이라니. 본부장님에겐 부탁이지만 우리 입장에선 절대 거부할 수 없는 명령이에요. 셰프님은 무슨 죄예요? 괜히 저 때문에 퇴근도 못 하시고.
원	거기까진 미처 생각 못 했어. 앞으로 주의하도록 하지.
사랑	오늘 정말 감사했어요. 케이크도 감사히 잘 먹을게요. (웃는다)
원	들어가.
사랑	네.
유남	(소리) 역시! 내가 이럴 줄 알았어! 뭔가 냄새가 난다 했어.

갑자기 나타난 유남, 사랑이, 케이크, 원을 번갈아 본다.

유남	이러려고 헤어지자고 한 거야? 넌 다 계획이 있었구나.
사랑	네가 왜 또 여기 있는데?
유남	얘는 뭔데 여기 있는데? (원이에게) 당신 누구야?

원	그쪽은 누구신데?
유남	나? 사랑이 남자친구.
사랑	네가 왜 남자친구야? (원이 보며) 전 남자친구예요.
유남	전 남친? 누가? 내가?
사랑	우리 헤어졌잖아. 그러니까 전 남친이 맞지.
유남	…이 자식 누구냐고?
사랑	(말 자르고) 이제 너랑 상관없잖아?
유남	왜 상관없어?
원	(유남이 노려보며) 전 남친이면 이젠 아무 상관없다고 생각합니 다만.
유남	(원에게) 당신은 빠져. (사랑에게) 이 정도 했으면 됐잖아. 후회하 고 있는 거 다 알고 있어. 괜한 자존심 부리지 말고 다시 와.
사랑	(핸드폰을 꺼내 112를 누른다) 여보세요. 자꾸 스토커가 집 앞에 찾 아와서요. 네 여기 주소가…
유남	(사랑이 전화를 빼앗아 끄며) 야! 너 정말 이럴 거야?
사랑	(다시 전화기를 빼앗으며) 좋게 말하면 네가 안 듣잖아. 말로 해서 안 들으면 법의 심판을 받아야지. 좋은 말로 할 때 가라.
유남	왜 자꾸 가라고 해? 뭐 찔리는 거 있어? 너 양다리 맞지?
사랑	(버럭) 야!
유남	왜?
사랑	너 이러는 거 보니까 정말 헤어지길 잘했다. 진작 더 빨리 끝 냈어야 했는데. 너 진짜 또 나타나면 내 손에 죽는다. (버럭) 알 았어?

사랑이 포스에 눌려 움찔하는 유남. 화가 난 사랑은 원이가 있다는

사실도 잊은 채 씩씩거리며 집으로 올라간다.

유남   야! 지금 가면 진짜 끝이야! 진짜 안 봐준다! 정말 끝이라고!
        저게 진짜!

유남이 따라가려는데 원이 손목을 잡는다.

유남   뭐야.
원   가라잖아.
유남   안 놔?
원   가라고 하는 말 못 들었어? 행복해도 모자랄 오늘 혼자 울고
        있었어. 겨우 웃게 만들어 놨는데 기분 망치지 말고 돌아가.
유남   네가 뭔데.

유남이 팔을 빼려 하지만 원이 놓아주지 않는다.
안간힘을 써보지만 꿈쩍하지 않는다. 유남, 손목이 아파온다.

유남   (버럭) 놔! … 놔요… (급 공손하게) 놔주세요.

원이 손을 놓아준다. 유남, 밀려드는 아픔에 발을 동동거린다.

원   더 이상 만나기 싫다잖아. 싫다는 사람 따라다니며 괴롭히는
        것도 폭력이야. 앞으로 만나고 싶으면 정중하게 약속 잡고 와.

원이 손을 놓아주고 차에 오른다.

유남이 원의 차와 사랑이 집을 번갈아 바라본다.

원이는 유남이 갈 때까지 떠날 생각이 없는 것 같다.

돌아서는 유남. 씩씩거리며 걸어가다 쓰레기봉투를 걷어찬다. 안에 뭔가 딱딱한 게 들었나 보다. 발이 아파 깡총깡총 뛰는 유남. 괜히 원을 한 번 더 흘겨보고 간다.

유남이 돌아가는 것을 확인하고 원도 떠난다.

🛏 17. 사랑의 집. 거실/ 밤

식탁에 케이크를 올려두고 멍하니 앉아 있는 사랑.

고요함 속에 요동을 치던 마음도 잔잔해진다.

유남과 정말 끝났다 생각하니 오히려 속이 시원하다.

케이크를 꺼내 본다. 아까 유남이랑 다투느라 케이크가 찌그러졌다.

초에 불을 켤 생각도 못 하고 케이크만 바라보고 있는데 메시지가 온다.

"생일 축하해"

저장하지 않은 번호지만 누군지 알 거 같다.

🛏 18. 사랑의 집. 원의 차 교차/ 밤

근처 도로에 원이가 차를 세우고 휴대폰을 보고 있다. 너무 건조한 문자 같아서 뭐라 더 쓰고 싶지만 마땅한 말이 떠오르지 않는다.

휴대폰을 뚫어지게 보고 있는 원, 오지 않는 답장에 초조해진다.

원   난 줄 모르나?

답장을 쓰고 있는 사랑, "감사합니다" 썼다 지운다. 잠시 고민하다
다시 쓰려는 와중에 또 문자가 온다.
"나 누군지 알지?"
사랑이 품 웃는다. 전화벨이 울린다.

원   나야.
사랑   알아요.
원   근데 왜 답장을 안 해?
사랑   답장 쓸 틈은 주셔야죠.
원   혹시 아까 같은 일 또 생기면 나 불러. 괜히 공무에 바쁜 경찰
         부르지 말고.
사랑   그럴 일 없을 거예요. 걱정 말고 들어가세요.
원   직속 상사로서 직원 보호 차원으로 그러는 거니까 부담 갖지
         말고 바로 전화해.
사랑   네. 알겠어요.
원   …
사랑   여보세요?
원   …생일 축하해. 아까 그 말을 못 했어.
사랑   (미소) 감사합니다.
원   그럼 푹 쉬어.

사랑이 대답을 하려고 했는데 이미 전화가 끊겼다.
원은 전화를 끊고도 휴대폰을 만지작거리고 있다. 또 전화를 하고

싫다. 하지만 여기까지! 차를 출발시킨다.

케이크를 보고만 있던 사랑, 초를 꽂고 불을 켠다.
따뜻한 불빛이 사랑 얼굴을 포근히 감싼다.
원이도 웃으며 운전을 하고 있다. 원이 얼굴 위로 지나가는 가로등
빛도 따뜻하다.
계기판 앞, 레스토랑 직원이 찍어준 둘의 사진이 놓여 있다.
원이가 챙겼나 보다.

🛏 19. 버스 정류장/ 새벽

아직 해가 뜨지 않은 새벽, 유니폼 차림의 평화, 캐리어를 끌고 전력
질주한다.

평화　　　아저씨, 잠시만요! 아저씨!!!

리무진 버스, 평화를 보지 못하고 출발해 버린다.

평화　　　큰일 났다. 다음 거 타면 지각인데…

평화, 급히 도로를 둘러본다. 다행스럽게 택시 한 대가 오고 있다. 급
하게 손을 흔드는 평화, 차가 멈추자 뒷문을 열고 캐리어를 집어 던
지듯 밀어 넣고 올라탄다.

평화	아저씨. 저 리무진 버스 좀 잡아주세요.
로운	저 앞에 버스요?
평화	네. 저거 못 타면 지각이라서요. 부탁 좀 드릴게요.
로운	그냥 공항까지 이거 타고 가요. 편히 모실게요.
평화	안 돼요. 택시비 너무 많이 나와요. 다음 정거장까지만 빨리 부탁드릴게요.
로운	모셔다드린다니까.
평화	버스로 갈게요. 여기 세워주세요. 내릴게요.
로운	(웃으며 돌아본다) 접니다. 선배.
평화	(놀란) 뭐야? 네가 왜 여기 있어?
로운	택신 줄 알고 타신 겁니까?

차 안을 둘러보는 평화. 택시인지 아닌지 확인할 정신도 없었다.

평화	왜 택시가 아니지?
로운	요즘 세상이 얼마나 험한데 아무 차나 막 타면 어떡합니까? 그러다 진짜 큰일 납니다. 안 되겠습니다. 앞으로 저랑 같이 출근하세요.
평화	이 동네 살아?
로운	옆 동네 삽니다. 그럼 출발합니다. 가시는 동안 눈 좀 붙이세요.

둘이 탄 차가 출발한다.

화이트보드에 팀별 기내 판매액이 그려진 그래프가 붙어 있다.
그 앞에 고깔모자를 쓴 사무장이 폭죽을 든 채 케이크 앞에서 환하게
웃고 있다.

사무장	(노래) 축하합니다. 축하합니다. 우리 팀 꼴찌를 축하합니다.
	(폭죽 터뜨리며) 드디어 우리 팀이 단독 꼴찌를 차지했습니다.
	자, 박수!
팀원들	(조용히 눈치만 보고 있다)
사무장	표정들이 왜 이래? 일부러 나 엿 먹이려고 그런 거야? 나 방
	금 팀장 회의 끌려가서 개망신당하고 왔잖아. 목적 달성했으
	니 맘껏 축하해야지.
팀원들	죄송합니다.
사무장	(탁자를 치며) 죄송? 죄송한 줄 아는 사람들이 이래? 너네들 나
	모가지 날아가는 꼴 보려고 작당한 거야? 오늘 기판 담당자
	누구야?
평화	접니다.
사무장	기판은 손님이 비행기 탈 때부터 시작되는 거야. 시작부터 설
	설 기면서 더 예쁘게 웃고 짐도 올려주고 밥도 드리고 정성껏
	모시며 내가 꼭 저 아가씨한테는 껌이라도 하나 사줘야겠다는
	생각이 들게끔 하란 말이야.
평화	네.
사무장	다들 명심해. 이번 달에 무조건 1등 못 하면 다 같이 죽는 거
	야. 알았어?

팀원들	(우렁차게) 네!

🛏 21. 공항 출국장/ 낮

출국장 한쪽, 사무장이 앉아 있다. 양손에 커피를 든 평화가 다가온다.

평화	(커피를 건네며) 드세요.
사무장	(커피를 받으며) 둘만 있는데 말 편하게 해, 동기끼리.
평화	…응. (평화가 사무장 옆에 앉는다)
사무장	올해는 진급해야지?
평화	그러고는 싶은데 이제 그만 포기해야 할까 봐.
사무장	언제까지 무시당하고 살 수는 없잖아. 우리 동기들 다 사무장인데 너만 하얀 자켓이잖아. 그게 뭐라고 다들 은근슬쩍 너 무시하고. 유치하게 너 빼고 단톡방까지 만들고.
평화	나 없는 단톡방도 있어?
사무장	그러니까 이번엔 꼭 사무장 진급하자. 토익에 스피치까지 전부 일급으로 다 따놓으면 뭐 해? 위로 끌어줄 동아줄이 있어야지. 내가 끌어줄게.
평화	진짜?
사무장	대신 기판만 힘써주라. 기판 1등 하면 내가 진짜 확실하게 끌어줄게.
평화	응. 알았어. 진짜 열심히 해볼게.

🛏 22. 사랑 집. 거실/ 밤

사랑과 다을이 겁에 질린 얼굴로 팝콘을 먹으며 공포영화를 보고 있다.
아이들처럼 끌어안듯 서로를 잡고 있는 사랑과 다을.
문 열리는 소리가 들리더니 평화가 들어온다.

평화   나 왔어.

사랑은 보지도 않고 "응~" 대답만 하고, 다을 역시 고개도 안 돌리고
손만 한번 들어준다. 둘 다 TV에 정신이 팔려 있다.

평화   또 저런다 또.

익숙한 모습이다. 평화는 불평도 하지 않고 베란다로 나간다.
공포영화는 제일 무서운 상황으로 가고, 사랑과 다을은 더 긴장해 서
로를 꼭 잡는데,

평화   (소리) 꺄아악!

베란다에서 평화가 비명을 지르자 사랑과 다을은 놀라 비명을 지르
고, 들고 있던 팝콘이 공중에 날린다.

〈사랑 집〉
평화와 다을은 소파에, 사랑은 바닥에 앉아 있다. 높이 차이 때문에
둘은 판사 같고 사랑은 죄인 같다. 그들 사이에는 원이가 사준 트레

이닝복과 신발이 놓여 있다.

다을과 평화는 뭔가 건수를 잡은 느낌에 호기심 가득하다.

다을   그래서 아무 사이도 아닌데 비 좀 젖었다고 톰브라우니를 사
               줬다고?

사랑   그러게…

다을   끝까지 누군지는 안 밝히시겠다? 알았어. 누군진 몰라도 돈으
               로 널 꼬시려는 게 분명해.

사랑   그런 사이 아니라니까!

〈인서트〉 5부 #12

원   대충 보이는 거 달라고 했어. 정성 들여 고를 사이는 아니잖아.

다을   너 이게 다 얼만 줄 알아? 좋아하지도 않는데 이 비싼 걸 사
               줬다고? 남자는 안 좋아하는 여자한텐 절대 돈 안 써. 이 정
               도 사랑이면 아무 생각 말고 만나.

평화   나도 무조건 찬성! 젖은 신발 찝찝할까 봐 신발까지 사준 센
               스 봐. 사이즈는 또 어떻게 알았대? 네가 알려줬어?

사랑   아니…

〈인서트〉 5부 #12

원   다행이네. 대충 집어 왔는데.

다을   설마 이 귀한 걸 받고 모른 척할 생각은 아니지?

사랑   잘 모르겠어.

다을	(눈빛 바뀐다) 잘 생각해 보세요, 고객님. 선물도 받고 마음도 받았는데 맨입으로 넘어가면 아주 나쁜 년이에요. 사람이 양심은 있어야죠.
사랑	그렇긴 한데, 뭘 좋아하는지도 모르고 워낙 성격도 까탈스러운 분이라.
다을	아무 걱정 마세요, 고객님. 저희 알랑가에서 취향 까다롭고 성격 까탈스러운 분들을 위한 신상 카드지갑이 나왔어요.
사랑	나한테 장사하지 마라. 누군지도 모르면서.
다을	제가 DC 많이 해드릴게요.
사랑	됐어요, 가요! 안 사요!

평화가 벌떡 일어나더니 조르르 뛰어가 면세품 잡지를 들고 후다닥 돌아와 사랑 옆에 앉는다. 페이지를 팍팍팍 넘기더니,

평화	고객님 이 향수 어떠세요? 가격도 적당해서 부담스럽지 않고 요즘 젊은 남성들에게 제일 인기 있는 제품이라 받으시는 분 품격에 딱 맞는 선물이 될 거 같은데. 하나 드릴까요?
다을	야! 갑자기 향수가 왜 끼어들어? 양아치야?
평화	제가 많이 급해서요. (다을에게. 두 손 모아 인사) 양보 부탁드릴게요.
다을	뭐야 너 또 이번 달 할당량 못 채웠어?
평화	네. 또 꼴찌 했습니다. 살려주세요, 팀장님.
다을	(인심 쓴다) 향수 사줘. 이왕 팔아주는 김에 두 병 사줘.
사랑	안 산다니까요! (옷과 신발 들고 일어서려는데)
평화	(사랑 다리를 잡는다) 뭐라도 사세요. 빈손으론 절대 못 내리십

니다.

사랑   뭐야? 너 강다을이야? 우리 착한 평화 어디 갔어? 정신 차려.
       돌아와!

평화   (사랑 눈 보며) 저희 킹에어는 기내 면세품 판매 향상을 위해 승
       무원들 짐을 줄여서라도 제품을 가득가득 싣고 다닙니다. 뭐
       든 다 있으니 제발 하나만 사주세요.

사랑   …어우. 징글징글해. 알았어. 놔… 얼른!

오, 드디어 하나 사주려나 보다! …평화가 다리를 놓아준다.
말을 할 듯 한 호흡을 쉬는 사랑, 방으로 후다닥 도망친다.

평화   야!

다을과 평화가 사랑을 쫓아간다.

🛏 23. 사랑 방/ 밤

방으로 들어와 문을 잠그는 사랑. "고객님! 제발 사주세요" 친구들
목소리 들린다. 책상에 옷과 신발을 올려두는 사랑. 그러다 신발을
본다.
사랑이 신발에서 눈을 떼지 못한다.

🛏 24. 킹호텔. 회의실/ 낮

원, 심드렁한 표정으로 앉아 있다. 여전히 회사 일에는 관심 없는 표정이다. 반면 화란은 최 전무의 브리핑을 경청하고 있다.

최 전무   다음 주부터 구매팀에서 주관하는 슈퍼파머 위크 행사가 시작됩니다. 올해도 킹더랜드에서 지원 부탁드립니다.
원   슈퍼파머 위크? 그게 뭐죠?
최 전무   우리 호텔에 최고급 식자재를 공급하는 각지의 슈퍼 셀러들을 찾아가 올해도 잘 부탁드린다고 인사드리는 겁니다.
원   청탁하는 거네요.
화란   세상에 공짜가 어딨니? 귀한 걸 얻으려면 공을 들여야지.
원   그 공을 왜 담당도 아닌 킹더랜드가 들여?
화란   이럴 때 쓰려고 뽑아놓은 거야.
원   그런 데 쓰기엔 우리 직원들 능력이 너무 출중한데? 다른 데 알아봐.
화란   내 호텔이야. 하고 말고는 내가 결정해.
원   누나 호텔은 누나 맘대로 해. 내가 맡은 곳만 빼고. 그럼 회의 끝! 간다.

원은 자기 멋대로 회의를 끝내고 나간다. 화란 그런 원이 못마땅하다.

🛏 25. 원 사무실/ 낮

원이 #12에서 찍은 사진을 보고 있다. 같은 옷을 입고 있어 아무리 봐도 커플처럼 보인다. 사진을 책상에 놓고 흐뭇하게 보고 있는데 상식이 들어온다.

둘이 찍은 사진을 서류 밑으로 쓱 숨기는 원, 괜히 뜨끔해 화를 낸다.

원   아무리 내가 편해도 그렇지 노크는 하고 들어와야 될 거 아냐.

상식이 휙 돌아선다.

원   어디 가.
상식   노크하러요.

황당한 원. 상식은 밖으로 나가고 잠시 후 노크 소리 들린다.

원   들어오지 마! (상식이 들어오자) 들어오지 말라니까!

상식은 아무렇지도 않게 들어와 원이 책상에 기대듯 앉는다.

상식   드디어 한판 뜨시는 거예요?
원   뭘 떠?
상식   상무님이 젤 공들이는 행산데 보란 듯이 파투 냈잖아요.
원   그게 무슨 행사야? 꼼수 부리는 거지. 지금이 어느 시대인데 그런 발상을 해.

상식	직원들 위하는 건 좋은데 아직은 힘이 안 되니까 대충 못 이기는 척 양보해요. 그게 지는 척 이기는 거예요.
원	이기고 싶은 마음 없어. 그런 식으로 사람 쓰는 게 싫을 뿐이야.
상식	어차피 본부장님이 여기 있는 동안 평화는 없어요.

원은 더 듣기가 싫다. 하지만 상식은 어느 때보다 진지하다.

상식	미국에 있는 동안 저는 꿈을 키웠어요. 언젠가 한국으로 돌아가 기필코 본부장님을 킹그룹 회장으로 만들겠다!! 그래서 제가 이렇게 한 주도 빠짐없이 회사 동향 보고서도 올리고 있는 거 아닙니까?

상식이 책상 위에 있던 서류를 집어 든다. 서류 밑에 감춰두었던 사진이 보인다. 상식이 사진을 본다. 원도 마찬가지다.
느닷없는 상황이라 원은 미처 사진을 치울 생각을 못 한다. 원이 뒤늦게 사진을 집으려 하지만 상식이 먼저 휙 낚아챈다.
'내 그럴 줄 알았어!'라는 듯 원이를 보며 장난스럽게 웃는 상식.

원	그런 거 아냐. 내놔.
상식	뭐가 아닌데요?
원	아무것도 아니라고. 생일이래서… 직원 복지 차원에서…

상식이 더 얄밉게 웃고 있다.

📖 26. 원 사무실 앞. 복도/ 낮

문이 부서질 듯 열리며 상식이 뛰어나온다.
그 뒤를 따라 나오는 원, 그리고 죽어라 도망가는 상식.

📖 27. 킹더랜드 앞 복도/ 낮

킹더랜드로 가던 사랑. 휴대폰을 만지작거리다 문자를 한다.

📖 28. 원 사무실 앞. 복도/ 낮

씩씩거리며 사무실로 들어오는 원. 바닥에 떨어진 사진을 드는데 메시지가 온다. 휴대폰을 확인하면 사랑이다.
"오늘 끝나고 바쁘세요?"
원이 당장 답장을 한다.
"아니 전혀" 라고 쓰다가 지우는 원. 잠시 생각을 한다.

📖 29. 원 사무실. 킹더랜드 앞 복도/ 낮

기다려도 답이 오지 않는다. 사랑이 휴대폰을 집어넣으며 킹더랜드로 들어가려는데 답장이 온다.
"당연히 바쁘지."

사랑은 곧바로 답장을 하고 킹더랜드로 들어간다.

"네. 알겠습니다."

너무 빠르고 단호한 답장에 원이 당황한다.

원   뭐야. 끝이야?

"용건이 뭔데?"라고 바로 메시지를 보내는 원. 한참을 기다려도 답이 없다.

"시간 잠시 괜찮아"라고 또 메시지를 보내도 여전히 답이 없다.

"그럼 끝나고 잠깐 볼까"라고 보내본다. 답은 오지 않는다. 원이 일어난다.

🛏 30. 킹더랜드/ 낮

사랑, 차와 커피를 손님 테이블에 내려놓는다.

사랑   즐거운 시간 보내세요.

뒤돌면 바로 코앞에 원이 서 있다. 깜짝 놀란다.

원   내가 여기까지 와야 하나?

사랑   왜 오셨어요?

원   왜 답을 안 해?

사랑   무슨 답요?

원	문자 했잖아.
사랑	답장했잖아요.
원	그 답장에 답장했잖아.
사랑	근무 중이잖아요. 저흰 근무 중에 핸드폰 못 봐요.
원	(한마디 더 하려다 참고) 용건이 뭐야?
사랑	바쁘시다면서요.
원	용건이 뭔데? 뭐냐고?
사랑	시간 괜찮으시면 끝나고 잠깐 뵐 수 있을까 해서요.
원	매우 바쁘지만 귀한 시간 내보지.
사랑	아닙니다. 괜찮습니다.
원	귀한 시간 내줄게. 이따 봐.

돌아서는 원, 입꼬리가 올라간다. 사랑도 웃는다. 투덜거리는 모습이
귀여운 것 같다.
원이 나가자 직원들 인사한다. 원의 뒷모습을 바라보며.

두리	아! 역시 멋있어.
세호	뭐가요?
두리	올해는 슈퍼파머 위크 우리가 안 가도 된대.
세호	(신난다) 진짜요?
하나	원래 구매팀 일인데 우리한테 떠넘긴 거잖아. 본부장님이 우리 일 아니라고 사인 안 하셨대.
세호	와, 윗분 하나 바뀌니 천국이네요.
두리	이름도 구원이잖아. 우릴 구원하러 오신 게 분명해. 완전 영웅이야, 영웅. 이대로 회장님까지 쭉쭉 올라가셨으면 좋겠는

데.

사랑	거기 안 가는 게 그렇게 좋은 거예요?
하나	너 거기 안 가봤지?
사랑	네.
하나	안 가봤으면 말을 말아. 그나저나 본부장님이랑 무슨 얘기 했어? 뭐 잘못했어?
사랑	아니요. 그냥… 파이팅 하라고 하셨어요. 파이팅! (어색하게 웃는다)

🛏 31. 원의 차/ 밤

원, 호텔에서 멀리 떨어진 후미진 곳에 차를 세우고 사랑을 기다린다. 룸미러로 얼굴을 체크하는 원. 운전석 창문을 두드리는 소리에 돌아본다. 사랑이다.
원이 내리려는데 사랑이 몸으로 차 문을 막는다.

사랑	내리지 마요!
원	왜?
사랑	보는 눈 많아요.
원	죄지었어?
사랑	(차 문 밀어 닫으며) 창문만 살짝 내려주세요.
원	(창문 내리고) 무슨 일인데?
사랑	(선물 내밀며) 이거.
원	이게 뭐야?

사랑	별건 아니고 향수예요. 그날 고마워서.
원	나 향수 안 뿌리는데?
사랑	그럼 주세요.
원	정성을 봐서 받아줄게.
사랑	괜찮아요. (뺏으려는데)
원	(안주머니에 향수를 넣는다) 받아는 줄게.
사랑	그럼 조심히 들어가세요.
원	간다고? 벌써?
사랑	바쁘시다면서요? 어서 가세요. 귀한 시간 더 이상 안 뺏을게요.

인사를 하는 사랑. 미련 없이 돌아선다. 원은 마땅히 잡을 구실이 없다. 사이드미러에 멀어지는 사랑 보인다. 원이 차에서 내린다.

원	밥 먹자!
사랑	(돌아선다) 네?
원	배고파.
사랑	(웃음이 나온다) 가요. 이번엔 진짜 제가 살게요.

🛏 32. 철판 야끼 가게. 앞/ 밤

사랑과 원, 가게 앞 대기 의자에 앉아 순서를 기다리고 있다.

직원	159번 손님!

원, 벌떡 일어난다.

사랑	우리 아니에요.
원	몇 번인데?
사랑	기다려요.
원	(앉으며) 밥 한 끼 먹으려고 굳이 이렇게까지 해야 하나?
사랑	인기 많은 집이라 예약 안 받아요.
원	난 뭘 기다려 본 적이 없어.
사랑	그러시겠죠.
원	얼마나 대단한 맛이라고 줄까지 서며 시간 낭비하는지… 나 같은 사람에게 시간은 말이야.
사랑	(일어선다) 가요. 다음에 먹어요.
원	왜?
사랑	그 귀하고 귀한 시간 낭비하지 않게 다음에 예약하고 모실 게요.
원	(딴청) 갑자기 기다림이란 뭘까, 알고 싶어졌어. 굳이 한번 기 다려 보지.
사랑	굳이 안 그러셔도 돼요.
원	굳이 경험해 보지.
사랑	(다시 앉으며) 전 뭘 해도 기다렸어요. 버스를 타든 택시를 타든 어딜 가도 항상요. 내 차례가 언제 오나, 내 앞에서 끊기고 기 회가 없어지지는 않을까… 누가 그랬어요. 줄지어 있는 수많 은 사람들은 줄을 서지 않는 사람을 위해 일한다고. 우리 둘 을 보니 맞는 말인 거 같아요.
원	…뭐 굳이 줄 하나 가지고 사람을 나눠? 정 없게.

직원   161번 손님.

원이 일어난다.

사랑   우리 아니에요. (원이 다시 앉으려는데) 아! 우리다.

발딱 일어나는 사랑. 막 자리에 앉은 원이 사랑을 쏘아본다.

🛏 33. 철판 야끼 가게/ 밤

가게 안, 시끌벅적 요란하다. 두 사람, 큰 철판이 놓여 있는 바 자리에 앉는다.

원   (옆 테이블 보며) 설마 우리도 저렇게 요란스럽게 구워주는 건가?
사랑 네. 왜요?
원   밥은 조용히 먹어야 하는데, 상당히 번잡하고 불편한 곳이군.
사랑 저 여기 특별한 날에만 오는 곳이에요. 계속 그러실 거면 일어나요.
원   상당히 불편하지만 이 또한 참아보지.
직원 주문하시겠습니까?
사랑 스페셜 세트로 두 개 주세요.
직원 마실 건 뭐 드릴까요?
원   루이스 꽁디 주세요.

직원	뭔 띠요?
원	루이스 꽁,
사랑	(원이 말 자르며) 생맥주 두 잔요. (원이에게) 오늘은 제가 사기로 했으니까 제 마음대로!

〈철판 야끼 가게〉

시원하게 얼린 잔에 생맥주가 가득 담겨 나온다.

원	맥주잔을 시원하게 한다고 맥주가 맛있어지나? 암튼 사람들이 본질은 생각 않고 겉포장에만 신경 쓴다니까.
사랑	(원이 잔 뺏으며) 내놔요. 둘 다 내가 마시게.
원	(맥주잔 지킨다) 성의를 봐서 마셔줄게.
사랑	뭘 다 해준대? 시간 내준다, 기다려 준다, 참아준다.
원	(잔을 들며) 짠도 해주지.
사랑	(어이없지만 맞춰준다) 무지 황송하네요.

건배를 하고 맥주를 들이켜는 원, 세상에 이런 맛이 있나 눈이 번쩍 뜨인다. 원샷으로 한숨에 들이켠다.

사랑	맛있죠? 이런 맛 처음이죠?
원	(빈 잔을 들며) 여기 한 잔 더요!

〈철판 야끼 가게〉

셰프, 철판 뒤집개와 꼬챙이를 양손에 들고 빠른 손놀림으로 현란하게 쇼를 선보인다. 감탄하며 바라보는 사랑.

원은 다른 남자에게 집중하고 있는 사랑이 못마땅하다.

원   (사랑에게) 도대체 요리는 언제 해?

사랑은 대답 없이 셰프에게 집중하고, 원은 인상을 구기며 맥주잔을
드는데, 그 순간 셰프가 불 쇼를 한다. 철판 위로 큰 불이 확 오르며
원이 화들짝 놀란다.

사랑   암튼 겁은!
원   놀라는 척해주는 거야. 퍼포먼스에 대한 답례라고나 할까?
사랑   (웃음이 나온다) 네, 그러시겠죠.

〈철판 야끼 가게〉

셰프, 가니시로 싱싱한 야채부터 현란한 솜씨로 볶기 시작한다.
시큰둥하던 원, 인정하기 싫지만 셰프의 화려한 스킬에 점점 빠져
든다. 셰프, 다 구워진 고기와 야채를 각 접시에 올려준다.
원이 고기를 먹는데, 사랑이 기대하는 눈으로 원을 본다.
원이 눈이 동그래진다. 놀랄 만한 맛이다. 사랑도 기분 좋게 음식을
먹기 시작한다.

원과 사랑은 건배를 하며 맥주도 음식도 즐겁게 먹는다.
뒤집개로 날계란을 톡톡 치며 묘기를 선보이는 셰프. 그러다 계란을
깨서 철판에 하트를 그린다. 기립박수를 치는 원. 그것도 모자라 휴
대폰을 꺼내 하트 사진도 찍는다.
어느새 사랑이보다 원이가 더 즐기고 있다.

🛏 34. 거리/ 밤

원과 사랑이 걸어간다. 원이 기분이 좋으니 사랑도 좋다.

원	다음에는 뭐 먹을까?
사랑	저랑요?
원	그럼 이걸로 끝인가?
사랑	네. 끝이에요.
원	왜?
사랑	그냥… 본부장님이랑 둘이 먹는 거 불편해요.
원	나는 편해. 또 언제 볼까?
사랑	안 먹는다니까요.
원	왜 안 먹어.
사랑	불편해요.
원	나는 편해.
사랑	본인만 편하면 다예요?
원	알았어. 앞으로 나한테 편하게 해. 허락해 주지.

사랑, 기가 막혀 웃는다. 원이도 웃고 있다.
원을 보는 사랑. 그러고 보니 이렇게 편하게 웃는 얼굴을 처음 보는
것 같다.

사랑	웃을 줄도 아시네요.

원이 어색하게 웃음을 거둔다. 자기가 그렇게 웃고 있는 줄도 몰랐다.

사랑	그렇게 잘 웃으면서, 제주도 갔을 때 좀 웃어주지.
원	잘못 봤어. 나 웃는 거 싫어해.

아닌 것 같은데… 사랑이 묘하게 웃는다.

원	다음엔 고기 어때? 정말 잘하는 집 아는데.
사랑	사양할게요. 친구분들이랑 드세요.
원	나 친구 없어.
사랑	왜요?
원	굳이 필요도 없고. 그럼 뭐 먹지? 파스타 먹으러 갈까?
사랑	안 먹는다니까요.
원	알았어. 내가 알아서 정할게.
사랑	저기요. 제 말 안 들리세요? (원이 귀에 바짝 대고) 네? 여보세요?

티격태격하면서 걸어가는 두 사람, 뒷모습은 다정한 연인 같다.

🛏 35. 킹호텔. 스위트룸 앞/ 밤

화란이 빠른 걸음으로 걸어간다. 스위트룸 앞에서 멈추는 화란, 옷매무새를 한 번 더 확인하고 초인종을 누른다. 문이 열린다. 남편 윤 박사다.

화란	서프라이즈야? 연락도 없이.

화란은 웃는 얼굴로 인사를 하며 안으로 들어간다.

📟 36. 킹호텔. 스위트룸/ 밤

창밖으로 화려한 야경이 보인다. 자켓을 벗어 의자에 걸쳐놓는 화란,
빈 잔에 와인을 따른다. 윤 박사가 따라와 앉는다.

화란　　　저녁은? 뭐 시켜줄까?
윤 박사　　할 말 있어. (화란이 와인을 마시려다 바라보면) 이혼하자.

잠시 멈춰 있던 화란, 와인을 마신다.

윤 박사　　사랑하는 사람 생겼어.
화란　　　(아무 동요 없이 다시 와인을 따르며) 이번엔 몇 달짜린데? 그냥 놀
　　　　　아.
윤 박사　　진심으로 사랑해. 그 여자.
화란　　　(놀랐지만 태연한 척한다) 알았어. 진심 다해 사랑해. 사랑 못 하게
　　　　　하는 거 아니야. 대신 이혼은 지금 안 돼.
윤 박사　　돈도 필요 없어. 제발 이혼만 해줘.
화란　　　지금 원이까지 들어와서 전쟁 중이야. 아버지는 아직도 후계
　　　　　자 안 정했고. 내 걸림돌 되지 말고 참아. 킹그룹 다 물려받으
　　　　　면 그때 해줄 테니까.
윤 박사　　화란아.
화란　　　버려도 내가 버려. 내가 허락하기 전까지 절대 못 떠나.

화란이 와인을 홀짝 마시고 자켓을 들고 나간다.

문을 열려는데 벨이 울린다. 문을 열어주면 수미가 케이크와 꽃다발을 들고 서 있다.

화란   뭐야?

수미   상무님 오늘 결혼기념일이시잖아요. 제가 두 분을 위해 특별히 준비했습니다. 결혼기념일 진심으로 축하드립니다.

화란   … (옅은 미소) 고마워. 안에 둬.

화란은 나가고 수미는 케이크와 꽃다발을 들고 들어온다. 테이블에 내려놓고 윤 박사에게 인사를 하고 돌아서는 수미. 큰일을 해냈다는 생각에 스스로 뿌듯하다.

수미   됐어! 점수 확실히 땄어!

🛏 37. 구 회장 집. 마당/ 낮

구 회장 출근길이다. 마당에는 구 회장, 화란, 원이 차가 순서대로 세워져 있다. 화란과 구 회장이 나란히 가고 원이는 조금 떨어져 걷고 있다.

구 회장   윤 박사 한국에 왔다고?

화란   일 때문에 미리 연락 못 하고 급히 들어왔대요.

구 회장   여자 하나 있다던데.

화란	잠깐 즐기나 봐요.
구 회장	절대 잡음 내지 마라.
화란	네. 걱정 마세요.
구 회장	걱정하는 게 아냐. 괜히 가십거리 만들면 기사 막느라 광고비만 나가.

구 회장이 차를 타고 떠나면 화란 차가 와서 멈춘다. 비서가 뒷문을 열어주는데.

화란	슈퍼파머 위크 내일 오전 중에 사인해서 넘겨.
원	안 한다고 했잖아.
화란	그게 진짜 직원들 위하는 거라 생각해? 어차피 돈 벌러 온 애들이야. 우린 돈 주고 부리면 돼.
원	돈 준다고 그런 일까진 안 시켜.
화란	영웅 나셨네. 너 진짜 애들이 좋아하는 게 뭔지 모르지? 돈이야. 다른 거 없어. 까불지 말고 사인해서 올려.

화란이 차에 오른다.

🛏 38. 알랑가/ 낮

다을이 반갑게 손님을 맞이하고 있다.

다을	어서 오세요, 알랑가입니다.

보면 큰 선글라스를 쓴 국민 엄마 모성애가 반려견 찰스를 안고 매장 안으로 들어온다. 그 뒤로 매니저가 들어온다.

다을   죄송합니다, 고객님. 죄송하지만 반려견은 출입을 제한하고 있습니다.

모성애   지금 나 쫓아내는 거니? 하나만 사고 금방 나갈 거야.

다을   (공손하게) 아닙니다. 규정을 말씀드리고 있는 겁니다.

모성애   나도 비행기 타고 (찰스 가리키며) 얘도 비행기 타. 비행기 타면 다 똑같은 승객인데 왜 차별해?

찰스, 다을을 향해 이빨을 드러내고 으르렁거린다. 매니저가 슬쩍 앞으로 나선다.

매니저   하나만 금방 사고 나갈 테니까 좀 봐주세요. (모성애 가리키며) 누구신지 알잖아요. 국민 엄마 모성애 배우님.

모성애가 '나야 나' 하듯 선글라스를 쓱 내려 얼굴을 보여준다.

다을   (공손하게) 죄송합니다. 규정상 출입이 제한됩니다.

모성애   (얼굴을 보고도?? 더 화가 난다) 나랑 해보자는 거야? 좋아! 내가 이딴 매장 안 들어가도 그만인데, 오늘은 꼭 들어가야겠어.

모성애가 큰소리를 내자 찰스가 몸을 뒤튼다. 풀려난 찰스가 매장 안으로 빠르게 사라진다. 잡을 틈도 없었다. 매장 안쪽에서 "어머", "엄마야!" 소리가 들리고, 모성애와 다을은 찰스가 사라진 쪽으로 가

는데,

하늘   어머 어떡해! 팀장님, 애 똥 싸요!

무슨 일인지 확인을 하는 다을. 정말 똥을 쌌다.
찰스는 홀가분한 표정으로 헥헥거리며 모성애에게 뛰어온다.
모성애가 찰스를 안아 들고, 매니저는 물티슈로 찰스 항문을 닦아
준다.

모성애   우리 찰쓰 똥 쌌어요? 잘했어. 가자. (돌아서는데)
다을   (상냥하게 웃으며) 고객님 치우시고 가셔야죠.
모성애   뭘?
다을   찰스 똥이요.
모성애   난 그런 거 하는 사람 아니야. 그런 거 하라고 너네들이 있는
              거지. 그리고 우리 찰스 똥은 깨끗해서 냄새도 안 나.
다을   (더 상냥하게 웃으며) 냄새도 안 나니까 직접 치워주세요.
모성애   너네들 진짜 웃긴다. 아까는 들어가지도 못하게 하더니 이제
              는 들어가서 똥을 치우라고? 여기 책임자 나오라 그래.
다을   제가 책임자입니다.
모성애   잘됐네. 그럼 네가 책임지고 치워.
유빈   제가 치울게요, 팀장님.
다을   (유빈에게 단호하게) 하지 마. 우린 그런 일 하는 사람들 아냐. (모
              성애에게. 상냥하고 진지하게) 고객님. 죄송하지만 들어오셔서 치워
              주세요.
모성애   야! 나 모성애야, 국민 엄마! 나 몰라?

매니저, 물티슈로 얼른 똥을 치우고 봉지에 담아 주머니에 쑤셔 넣는다.

모성애   (버럭) 야! 그걸 왜 네가 치워? 낄 때 안 낄 때 구분하라고 했지?

매니저   (모성애 말리며) 보는 눈이 많습니다. 고정하세요. 누가 인터넷에 올리기라도 하면 또 욕먹어요.

모성애   암튼 요즘은 없는 것들이 더 갑질을 해댄다니까. 힘없고 선량한 내가 참아야지. 나 같은 사람 만나 다행인 줄 알아. 이딴 곳 다신 오나 봐라.

모성애, 투덜거리며 매장을 나간다. 상냥하게 인사를 하는 다을.
하지만 돌아서자마자 얼굴이 굳는다.

하늘   소금 한 바가지 사다 뿌릴까요?

다을   (씁쓸하게 웃으며) 됐어. 똥 밟은 셈 치고 얼큰한 거나 먹고 속이나 풀자.

🛏 39. 부대찌개 식당/ 낮

다을과 팀원들, 자리에 앉아 메뉴판을 보고 있다.
서빙하는 직원이 옆에 대기하고 있는데,

다을   뭐가 젤 맛있어요?

종업원   요즘 저 메뉴가 제일 반응 좋아요.

종업원 가리키는 곳 보면, '국민 엄마 모성애 강력 추천. 엄마의 손맛 고향 부대찌개' 포스터가 보인다. 다을과 직원들, 누가 먼저랄 것도 없이 발딱 일어선다.

다을   죄송해요. 다음에 올게요.

포스터 속, 모성애는 부대찌개를 들고 활짝 웃고 있다.

🛏 40. 킹더랜드. 카운터/ 낮

사랑, 눈을 동그랗게 뜨고 세호를 쳐다본다.

사랑   꼭 이렇게까지 해야 돼요?
세호   이런 거 하라고 우리가 있는 거야. 넌 시키는 대로만 하면 돼. 그게 막내가 할 일이야. (전화번호부 주며) 쉬고 올 테니까 여기 있는 번호 하나도 빠짐없이 다 전화 돌려.
사랑   …네. 다녀오세요.

〈킹더랜드. 카운터〉
사랑. 한참을 망설이다가 결국 수화기를 들고 전화번호부를 보며 번호를 누른다.
막상 통화가 시작되자 기계적인 미소와 상냥한 말투로 바뀐다.

사랑   안녕하십니까. 킹호텔 천사랑입니다. 잘 지내셨어요? 많이
         바쁘세요? …얼굴 뵌 지 오래된 거 같아서 안부 전화 드렸어
         요. …아니에요. 회장님 오실 때마다 좋은 말씀 해주셔서 제
         가 감사하죠. (미소) 네. 시간 나실 때 꼭 한번 들러주세요. 감
         사합니다.

전화를 끊고 돌아서는데, 원이 서 있다.
사랑, 원을 보자 부드러운 미소를 짓는다.
하지만 원이 표정은 좋지 않다.

사랑   오셨어요?
원   (정색하며) 뭐 하는 거야?
사랑   네?
원   방금 어디 전화한 거냐고?
사랑   VIP 고객님들께 안부 전화 돌리라고 하셔서.
원   아주 지극정성이네. 손수 전화까지 돌리고. 인센 때문에 그런
         가? 그깟 돈이 뭐라고.
사랑   매출 활성화를 위해 VIP 고객 관리하라는 지시를 따른 것뿐
         입니다.
원   그래도 품위는 좀 지키지.

어제와 다르게 비아냥거리는 원의 말투에 사랑도 기분이 상한다.

사랑   본부장님이야말로 품위 좀 지키시죠. 책임자로서 도와주지는
         못할망정 열심히 하는 사람 모욕하지는 마세요.

원	(씁쓸한) 그래. 평생 그렇게 돈 앞에 비굴하게 남들 비위나 맞추고 살아.
사랑	비위를 맞추는 게 아니라 제 일을 하고 있는 겁니다.
원	할 일? 여기 운영팀 아닌가? 운영팀이 영업까지 하고 참 열심히들 사네. (씁쓸하다)

원, 화가 난 얼굴로 나가버린다.

🛏 41. 원의 사무실/ 낮

원, 심통 난 얼굴로 들어온다.

원	직원들 원래 이런 식으로 일하나?
상식	어떤 식이요?
원	손님들한테 일일이 전화해서 하하 호호 웃으며 "꼭 한번 들르세요. 회장님" 대체 뭐 하는 짓들인지.
상식	그렇게들 열심히 일해요? 인센을 크게 거니 효과가 있네요. 역시 돈이 최고라니까.
원	그깟 돈이 뭐라고… 슈퍼파머 위크라고 했나? 직원들 다 보내.
상식	안 보내신다면서요?
원	가만 보니 난 영웅이 아니라 역적이더라고. 다들 돈, 돈 하는데 도와줘야지. 진행해.
상식	(진지한 얼굴로) 잘 생각하셨습니다. 지는 게 이기는 거라니까요.

앞으로도 제 말만 잘 들으시면⋯ (원이 무섭게 보고 있다) 진행하
겠습니다.

🛏 42. 킹더랜드 휴게실/ 낮

민서, 직원들과 모여 있다.

민서   다들 주목. 슈퍼파머 위크 우리가 가기로 최종 결정 났어.

하나   올해는 안 간다면서요?

민서   결국 결재하셨나 봐. 이왕 가기로 한 거 후딱 다녀오자. 누가
     어디로 갈지 상의해 보고 정해서 알려줘.

하나   네.

민서가 나간다.

두리   앞에선 직원들 위하는 척하더니 딱 액션만 취하셨네.

세호   어쩐지 딱 뒤통수치게 생겼더라. 역시 관상은 과학이라니까요.

〈킹더랜드 휴게실〉

   테이블 위에 접힌 종이들 몇 개가 놓여 있다.

하나   내가 먼저 뽑을게.

하나, 두리, 세호. 직원 1, 2 순서대로 종이 하나씩 집는다. 남은 종

이가 없다.

사랑	저는 없는데요?
하나	막내는 선택권이 없어. 삼 담당이야.
사랑	삼이요?
하나	제일 중요한 곳이니까 대충 가지 말고 예쁘게 차려입고 가. 선물은 꼭 직접 얼굴 뵙고 드리고.
사랑	네.
하나	선물 드리면서 "제일 좋은 건 꼭 저 주셔야 돼요"라는 말 잊지 말고.
사랑	네. 알겠습니다.

🛏 43. 킹더랜드 복도/ 밤

원이 앞서 걸어가고 상식은 태블릿을 들고 뒤따르며 보고를 하고 있다.

상식	슈퍼파머 위크 직원들 일정 조율 마쳤습니다. 귀족호두랑 흑곶감은 수요일 출발 예정이고 통영 굴, 완도 활전복, 천종삼은 오늘 출발했습니다.
원	벌써?
상식	벌써 늦었죠. 결재가 늦게 떨어져서.

원. 잠시 생각하더니 상식이 들고 있던 태블릿을 본다.

일정표 중 '품목 천종삼, 장소 지리산, 담당 천사랑' 문구 보인다.

🛏 44. 버스터미널 승차장/ 밤

구례, 장흥, 지리산 등 행선지가 표시된 푯말들이 보인다.
사람도 별로 없는 어두운 승차장을 걸어가는 사랑, 예쁘게 차려입은
모습이 승차장 분위기와 사뭇 이질적이다. 사랑이가 벤치에 앉으면,

🛏 45. 원의 사무실/ 밤

원이 의자에 팍 앉으며 짜증을 낸다.

원   이게 말이 돼? 서울에서 심야버스 타고 새벽 4시 40분 구례
        도착. 거기서 시내버스 타고 1시간 20분 또 가서 7시에 삼 아
        저씨네 도착. (읽을수록 화가 난다) 아침부터 인사드리고 집안일
        거들고 홍보용 사진도 찍고 막차 타고 서울에 새벽 1시 도착.
        다음 날 출근?
상식   예.
원   그 먼 곳을 하루 만에 갔다 오라고? 잠도 못 자고?
상식   차에서 자겠죠?
원   이게 무슨 대단한 행사라고 사람을 그렇게 혹사시켜?
상식   본부장님이 결재하셨잖아요.
원   …

상식   그래도 하루 수당 20만 원씩이니까 불만은 없을 겁니다.

원이 태블릿을 내려놓고 돌아서 창밖을 본다. 야경이 화려하다.

🛏 46. 고속도로/ 밤

사랑이 버스 차창에 기대 있다. 피곤해 하품이 나오지만 잠이 오지
않는다. 휴대폰을 꺼내 천종삼을 검색해 본다.

사랑   도라지랑 비슷하게 생겼네.

🛏 47. 도로. 원이 차 안/ 밤

답답해 한숨을 쉬는 원, 사랑이에게 보낼 문자를 입력한다.
"조심히 잘 다녀와", "힘들면 하루 쉬고", "잘 가고 있나?" 등의 문자
를 썼다 지웠다 하는데, 아까부터 룸미러로 원이를 살피던 상식이 끼
어든다.

상식   걱정되면 차라리 전화를 하세요. 문자보다는 전화가 훨씬…
원   (말 자르며) 안 해. 뭘 해. 나 문자 하는 거 아냐.
상식   그러니까 문자 말고 전화를,
원   운전이나 해!

🛏 48. 지리산 아래 농가/ 새벽

사랑, 안개가 짙게 드리운 농가 마당으로 들어선다.

사랑   계세요?

마당에서 일하고 있는 아주머니, 사랑을 바라본다.

아주머니   어디서 오셨어요? 힐튼? 하얏트?
사랑   킹호텔에서 왔습니다.
아주머니   아~ 지금 사장님 안 계신데. 주세요. 전달해 드릴게.
사랑   얼굴 뵙고 드려야 해서…
아주머니   아이고 소용없어요. 우리 사장님이 그런 거에 넘어갈 사람도
                 아니고.

아주머니가 방문을 열자, 발 디딜 틈 없이 선물이 한가득 놓여 있다.

아주머니   우리나라 호텔이란 호텔에선 다 왔다 갔는데, 그런다고 되나.
                 사장님이 퍼스트로얄 호텔이랑 의리 지키신다고 얼굴도 안 보
                 여주는데. 내가 얘기는 잘 전해줄 테니까 저쪽에서 좀 쉬다가
                 서울 올라가요.
사랑   아니에요. 사장님은 어디 계세요?
아주머니   산에 가셨어. 한번 산에 올라가시면 언제 오실지 모른다니까.
사랑   그래도 얼굴 뵙고 인사만 드릴게요.
아주머니   아가씨가 고집이 있네. 그럼 올라가 볼텨?

사랑	어디로요?
아주머니	저 길 따라 쭉 올라가면 작은 오두막 하나 있는데, 거기 아니면 그 근처 계셔.
사랑	얼마나 올라가야 해요?
아줌마	아유, 코앞이야.

🛏 49. 지리산/ 낮

안개가 점점 짙게 드리운다.
편한 옷과 운동화로 갈아 신은 사랑, 선물을 들고 산을 올라간다.

사랑	코앞이라더니… 두 시간을… 올라왔는데…

숨이 차서 헉헉거리는 사랑. 가도 가도 오두막은 보이지 않는다.
사랑이 안개 속으로 사라진다. 낮은 천둥소리 들린다.

🛏 50. 원의 사무실/ 낮

원이 휴대폰 앱으로 기상도를 보고 있다.
작은 비구름 몇 개가 한반도 쪽으로 빠르게 이동하고 있다.
고개를 든다. 창밖은 짙은 안개로 아무것도 보이지 않는다.

원	오늘 비 와?

상식	온다고는 하는데 산이랑 바다는 워낙 변화가 많아서요.
원	(휴대폰 보고) 천둥 번개에 돌풍도 분다는데 산은 너무 위험하지 않나?
상식	병 주고 약 주는 것도 아니고 본인이 보내놓고 그러는 건 좀 웃긴 거 같은데.
원	누가 걱정한다 그래?
상식	아님 말고요. 오늘 매출 동향 보고 있는데 따로 안 받으실 거죠?
원	응. 안 받아.
상식	국회 정책 세미나 있는데 참석 안 하실 거죠?
원	응. 안 가.
상식	천사랑 씨 보내놓고 걱정돼 미치겠죠?
원	당연히 걱정되지… (당황한다) 응?

그럴 줄 알았다는 듯 원을 보는 상식.

상식	지극정성 잘해줘도 쳐다볼까 말까인데. 맨날 심통만 부리면 어떡해요?
원	누가 누굴 좋아한다 그래?
상식	아님 말고요.
원	(발끈) 아님 말고? 허위사실 유포죄로 쇠고랑 한번 차볼래?
상식	재벌 후계자에 부족한 거 없이 다 가졌음 뭐 해요? 여자 마음 1도 모르는데. 그러다 진짜 독거노인 되겠어요.
원	너 요즘 왜 자꾸 내 걱정해? 혹시 나 좋아해?
상식	(질색하며) 그런 얘기 하지 마세요. 안 그래도 이상한 말 도는데.

원	무슨 말?
상식	남자 둘이 붙어 다니니까 둘이 좋아한다고 이상한 소문 나잖아요.
원	네가 날 좋아한다고?
상식	아니요. 본부장님이 저 사랑한다고요.
원	미친놈! 나가!
상식	갑니다. 가요. 그리고 오늘 비 올 확률 30%도 안 된다니까 쓸데없이 걱정 좀 하지 마세요.

창밖이 번쩍하더니 이내 쿠릉! 천둥소리가 들린다.

🛏 51. 원 사무실 - 지리산 교차/ 낮

투둑투둑 굵은 빗방울이 떨어진다. 조금씩 내리던 비가 금세 쏟아지기 시작한다.
사랑이 비를 피할 곳을 찾고 있다. 전화벨이 울린다. 원이다.

사랑	네, 본부장님.
원	책임자로서 체크하는 것뿐이니 오해는 말고, 지금 어디야?
사랑	산속이요.
원	혹시 비는 안 오지?

말이 끝나자마자 천둥이 치고 사랑이 놀라 비명을 지른다.

원	무슨 일이야?
사랑	비 와요.
원	내려가.
사랑	얼굴 직접 뵙고 선물 전해드려야 해서…
원	지금 당장 내려가. 비 오는데 거기까지 뭐 하러 올라가.
	정신이 있는 거야? 없는 거야?
사랑	본부장님이 보내셨잖아요.
원	…
사랑	일 마치고 갈게요.
원	천종삼이니 뭐니 다 필요 없으니까 지금 당장 내려가.
사랑	어? 잠시만요.
원	왜?
사랑	아니, 잠시만요.

사랑이 바위틈으로 간다. 낯설지만 낯익은 잎, 산삼 같다.

원	뭔데? 무슨 일인데?
사랑	어머!

전화를 뚝 끊고 땅을 파기 시작하는 사랑.
원이는 다시 전화를 하지만 사랑은 받지 않는다.
조심스럽게 땅을 파는 사랑. 긴 뿌리 어미 삼과 작은 뿌리 어린 산삼
이 딸려 나온다.
비 때문에 물러진 지반이 꺼지며 사랑이 낭떠러지로 굴러떨어진다.
사랑이 떨어진 자리에 휴대폰만 남아 있다. 전화벨 소리 울려 퍼진다.

🛏 52. 시간 경과. 낭떠러지 아래/ 밤

멀리 어렴풋이 핸드폰 벨이 울린다.

낭떠러지 아래로 떨어져 정신을 잃었던 사랑이 겨우 눈을 뜬다.

얼마나 시간이 흐른 걸까, 이미 밤이 되었다.

몸을 일으키는 사랑, 다리를 절룩거린다. 찢어진 바지 사이로 피가
흐른다.

사랑   저기요! (위를 보며) 거기 아무도 없어요? 여기 사람 있어요. 살
           려주세요.

비는 여전히 거세고 돌풍이 몰아치고 있다.

〈낭떠러지 아래〉

사랑, 몸을 잔뜩 웅크린 채 추위에 떨고 있다.

배에서 꼬르륵 소리가 난다.

사랑   배고파 죽든, 얼어 죽든, (둘러보며) 나 오늘 여기서 죽는 건가?
           (배에서 꼬르륵 소리가 난다) 먹고 죽은 귀신이 때깔도 좋다는데…
           (산삼을 이리저리 본다. 먹을 듯 말 듯) 넌 도라지니? 삼이니? …

결심한 듯 한 입 베어 물려는 순간 꾸엑꾸엑, 멧돼지 우는 소리가 울
려 퍼진다.

사랑   (공포에 질린 얼굴로 두리번거리며) 뭐지?

부스럭거리는 소리, 멧돼지 울음소리가 점점 가깝게 들린다. 입을 틀어막는 사랑, 숨을 죽이고 몸을 웅크린다. 주위엔 온통 어둠뿐이다. 춥고 무섭고 서럽다.

사랑   (눈물이 난다) 할머니…

머리 위로 세찬 바람이 휘몰아 닥친다. 겁에 질린 얼굴로 위를 올려다본다. 눈부신 환한 빛에 눈을 찌푸린다.
그 순간, 빛 사이로 검은 그림자 하나가 사랑을 향해 뛰어내린다.
놀라 비명을 지르는 사랑을 확 끌어안는 그림자, 원이다.

〈 END 〉

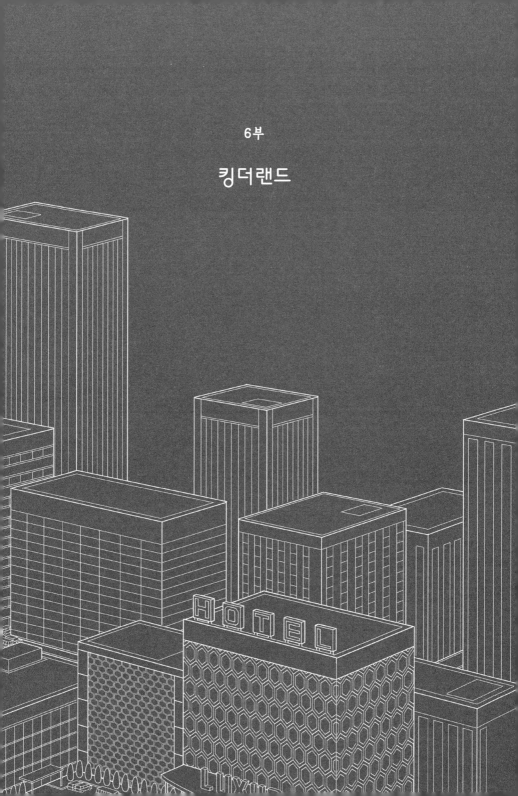

6부

킹더랜드

☕ 1. 원의 사무실/ 밤

원이 창가를 서성이고 있다.
세찬 비와 천둥소리가 원을 더욱 초조하게 만든다.
기다리다 못한 원이 사무실 밖으로 나가려는데 상식이 빠른 걸음으로 들어온다. 원, 상식이 보고도 하기 전에 물어본다.

원	어떻게 됐어?
상식	지금 악천후라 방법이 없대요. 날 밝으면 다시 수색한다고.
원	안 돼. 너무 늦어.
상식	이미 모두 철수했어요. 방법이 없어요. 일단 기다리시죠.
원	지금 바로 헬기 띄워.
상식	제가 무슨 수로 헬기를 어떻게 띄워요? 그리고 띄운다 쳐도 뭘 어쩌시게요?
원	다 철수하고 아무도 없다며. 나라도 가야지.
상식	못 간다니까요. 헬기는 상무님 결재 없이는 절대 못 띄워요.

원, 그 말을 듣고 바로 밖으로 나간다.

☕ 2. 화란 사무실/ 밤

화란, 최 전무 등 임원들과 회의를 하고 있다.

화란	리스크가 있다는 건가요?

임원I	당장은 영업이익이 오르는 것처럼 보이지만 착시현상일 겁니다. 장기적으로 볼 때 순이익 하락은,
화란	(말 자른다) 내가 틀렸다는 건가?
임원I	(아차 싶다) 아닙니다.
화란	내가 장기적인 안목이 없어요?
임원I	아닙니다.
화란	그럼 지금까지 내가 한 게 맞는 거네요?
임원I	예, 그렇습니다.
화란	내가 맞고 여러분이 틀린 거면, 다들 왜 여기 앉아 있죠?

아무도 대답이 없다. 화란이 답답하게 바라보다가,

| 화란 | 유통은 안정과 모험의 줄다리기예요. 우리가 그동안 알랑가에 투자한 이유가 단지 모험에 그치지 않았다는 것을, |

문이 벌컥 열리며 원이 들어온다. 화란은 불쾌하다. 뒤따라온 상식은 문 앞에 서서 어쩔 줄 모른다.

화란	뭐야?
원	헬기 띄워야 돼.
화란	회의 중인 거 안 보여?
원	직원 하나 실종된 거 몰라?
화란	보고 받았어.
원	아는데 이래? 대책 회의 하는 것도 아닌 거 같은데.
화란	그래서?

원   헬기 띄워줘. 누나 결재 떨어져야 한다며.

원이를 뚫어져라 보던 화란, 기가 막힌 듯 웃는다.

화란   구 본부장님, 여기 보세요.

화란이 임원들을 하나씩 소개한다.

화란   킹그룹 전무님이시고, 킹에어 부사장님, 알랑가 이사님, 이쪽
        은 킹호텔 이사님이에요. 나 포함해서 여기에 본부장님보다
        낮은 직급 있어요? 회장님 아들이라고 건방 떠는 것도 정도가
        있어야지, 결재받을 거 있으면 절차부터 지키세요.

화란을 노려보던 원, 임원진들과 화란을 향해 공손하게 인사를 한다.

원   회의 중에 죄송합니다. 직원 한 명이 산에 고립돼 있습니다.
        통화는 되지 않지만 휴대폰 위치 추적은 가능하다고 합니다.
        현재 악천후로 구조가 중단된 상황입니다. 회사 헬기가 필요
        합니다.
화란   알았어. 나중에 얘기해.
원   상무님!
화란   나가.
원   이럴 시간 없습니다.
화란   다들 시간 없어. 이 시간까지 퇴근도 못 하고 회의하는 거 안
        보여?

340

원	부탁드립니다.
화란	일개 직원 하나 구하려고 헬기 띄우는 회사가 어딨니? 헬기 한 번 띄우는 데 얼마가 드는지 알아? 정신 차려.
원	누나!
화란	네가 보냈잖아. 이렇게 안절부절 감당 못 할 거면 보내지 말았어야지.

원이는 대답을 하지 못한다. 화란은 원이를 비웃고 임원진들을 돌아본다.

화란	계속하죠. 어디까지 얘기했죠?
최 전무	알랑가 투자가 모험은 아니다, 까지 하셨습니다.
화란	알랑가를 세계적인 명품 브랜드로 만드는 게 오랜 숙원이었어요, 그러기 위해서는.
원	(말 자르고) 다 꿈이야. (화란 등 모두가 원이를 바라본다) 직원이 죽든 말든 머리 맞대고 돈 벌 궁리나 하는 회사가 세계적인 명품 브랜드가 된다고? 다 헛된 꿈이라고.
화란	꿈도 없는 애가 할 말은 아닌 것 같은데?
원	헬기, 내가 띄울게. 건방 한번 떨어보지 뭐. (임원들에게) 돈 많이들 버세요.

싸늘한 얼굴로 원이 돌아선다.

☕ 3. 사무실 앞 복도/ 밤

원이 전화를 걸며 앞서 걸어간다. 인상을 쓰며 뒤따라가는 상식, 갑자기 굳은 의지와 함께 투지가 생긴다.

원   나 구원인데 당장 헬기 띄우세요. 구화란 상무 결재 안 난 거 압니다. 나 구원이에요. 내가 책임집니다.

원이 전화를 끊는다. 상식이 원 앞에 선다.

상식   어차피 한번 부딪칠 거 잘하셨어요. 이렇게 한번 세게 부딪치면 앞으로 상무님도 함부로 못 할 겁니다. 첫 번째 파워 게임에 이 정도면 선방하셨어요.
원   사람 구하는 문제야. 힘겨루기가 아니라고. (다시 걸어가는데)
상식   사람도 힘이 있어야 구하죠. 이제 퇴근하시고 푹 쉬세요. 구조 상황은 제가 연락드릴게요.
원   퇴근 안 해.
상식   여기 있어봤자 할 것도 없다니까요. 들어가서 쉬세요.
원   갈 거야.
상식   예?

☕ 4. 킹호텔 옥상/ 밤

헬기가 기다리고 있다. 원, 프로펠러 바람에 눈을 뜨기가 힘들다.

원은 빠른 걸음으로 헬기로 가려는데 상식이 뒤에서 잡는다.

상식   미쳤어요? 이 날씨에? 아무리 사랑에 눈이 멀어도 이건 아니죠.

원   놔.

상식   그러다 본부장님 잘못되면 전 어떡하라고요? 회사에 본부장님 말고는 줄도 없는데!

원   줄 잘못 잡았다고 얘기했잖아. 그 줄 놔. (잡힌 팔 보며) 이것도 놓고.

상식   죽어도 못 보내요. 정 가시려면 절 밟고 가세요.

원   엎드려.

상식   네? 진짜요?

원   빨리 엎드려. 시간 없어.

상식   (두 손을 헬기 쪽으로 뻗으며) 이쪽입니다. 즐거운 비행 되세요.

빠른 걸음으로 헬기로 올라타는 원.

원   (조종사에게) 출발하시죠.

원을 태운 헬기가 상공으로 날아오른다.

☕ 5. 지리산. 낭떠러지/ 밤. 비

불빛 하나 없는 깜깜한 산기슭, 멧돼지 소리가 울려 퍼진다.

두려움이 밀려오는 사랑, 주위를 경계하며 정신을 바짝 차리려 애쓴다. 그 순간 굉음과 함께 머리 위로 세찬 바람이 휘몰아친다.

위를 보는 사랑. 눈부시게 환한 빛 사이로 검은 그림자 하나가 사랑을 향해 뛰어내린다. 원이다.

놀라 비명을 지르며 뒷걸음질 치는 사랑을 잡아 품에 안는 원.

사랑	(벗어나려 발버둥 치며) 저리 가!
원	나야! 나라고!
사랑	(원이를 본다) …본부장님?!
원	응. 나야.
사랑	진짜 본부장님 맞아요?
원	나야. 괜찮아?

울먹거리며 원 얼굴을 만지는 사랑, 그러다 볼을 확 꼬집는다.

원	(아프다) 아!
사랑	귀신 아니죠? 사람 맞죠?
원	나 맞다니까!
사랑	으앙!

반가움, 안도감. 사랑이 울음을 터뜨리며 원을 와락 끌어안는다.

사랑	진짜 죽는 줄 알았는데… 정말 무서웠는데…
원	괜찮아 이제. 내가 왔잖아.

원은 사랑 등을 토닥이며 안심을 시켜준다.

무전   (VO) 구조 확인, 상태 양호해 보입니다. 강풍으로 선회합니다.

헬기 무전 소리 들린다. 헬기가 돌아서며 바람이 잦아든다.
불빛도 사라진 조용한 산속, 원은 계속 사랑을 안고 있다.

☕ 6. 지리산. 낭떠러지/ 밤. 비

원이 자켓을 벗어 우산처럼 사랑이를 씌워주고 있다.

사랑   여긴 어떻게 왔어요?
원   헬기 타고.
사랑   헬기까지 빌린 거예요?
원   집에 있던 거야.
사랑   (말도 안 된다) 아니 집에 무슨 헬기가… (말이 될 것 같다) 충분히
              있을 수 있겠네요.

사랑이 낭떠러지 위를 올려다본다.
어두워 잘 보이지는 않지만 올라갈 방법이 없다.

사랑   이제 우리 어떻게 올라가요?
원   …올라가야지. (위를 본다)
사랑   혼자 온 건 아니죠? 누가 저 위에서 밧줄이라도 내려주는 거

맞죠?

원	…

사랑   설마 아무 대책도 없이 혼자 온 거예요?

원   (사랑 본다) 혼자 있는 것보단 낫잖아.

사랑   그건 그렇지만. 그래도…

원   정신 차리고 보니 헬기 안이었어. 다른 건 생각할 틈도 없이 어떻게든 구하러 가야 한다는 생각뿐이었어.

사랑   …왜요?

원   그러게. (사랑을 빤히 바라본다) 왜 그랬을까?

원이 눈빛이 부담스러운 사랑. 시선을 돌린다.

사랑   이제 우리 어떡해요?

원   걱정 마. 내가 있잖아.

평소와 다른 원의 듬직한 모습에 사랑은 든든함과 고마움을 느낀다.
아무 걱정 말라는 듯 휴대폰을 드는 원. 멋진 목소리로 통화한다.

원   저 구원입니다… 살려주세요.

☕ 7. 지리산. 낭떠러지/ 밤. 비

원과 사랑이 함께 자켓을 쓰고 꼭 붙어 앉아 있다.
비는 잦아들었지만 여전히 춥다. 하지만 사랑은 이 상황이 재밌다.

웃음이 난다.

원   왜 웃어?

사랑   그냥요… (원 목소리 흉내) 살려주세요…

원   아침에 구조대 보낸다니까 조금만 참아. 내가 지켜줄게.

그 순간 멧돼지 울음소리가 들린다. 원이 소스라치게 놀라며 사랑이
뒤로 숨는다.

원   (머리만 빼꼼 내밀며) 뭐지? 무슨 소리지? 뭐가 있나 본데?

사랑   (눈을 흘기며 원이를 밀어낸다) 지켜준다더니… 역시나네요.

원   (불안하게 주위를 둘러보며. 하지만 자신감을 가지고) 항상 말하지만 숨
           은 게 아니라 뒤를 지키려는 거야. 언제나 적들은 뒤를 노린
           다니까!

또 한 번 멧돼지 울음소리가 울려 퍼진다.

놀란 원이 다시 사랑이 뒤로 숨고, 사랑은 웃음이 터진다.

사랑은 이제 멧돼지 울음소리가 들려도 무섭지 않다. 함께 있어 그런
것 같다.

그때 둘 위로 랜턴 불빛이 떨어진다. 동시에 위를 보는 두 사람.

낭떠러지 위에서 심마니가 두 사람을 내려다보고 있다.

불빛에 비친 심마니 얼굴에 놀란 원이 소스라치게 비명을 지른다.

☕ 8. 농가. 툇마루/ 밤

사랑과 원이 몸뻬바지와 작업복으로 갈아입었다.
가파도 때와 비슷한 복장이 되었다.
아주머니가 간단한 저녁을 내오고, 심마니도 툇마루에 걸터앉아 있다.

심마니　　(비웃으며) 무슨 남자 간땡이가 그리 작아? 귀신이건 멧돼지건
　　　　　한 손으로 때려눕혀야 사내지. 비명소리가 아주!
원　　　　비명이 아니라 위협한 겁니다. 일종의 사자후라고나 할까.

　　　　　풉, 웃음이 나는 사랑.

심마니　　킹호텔에서 왔다고 했나?
사랑　　　네. 폐 끼쳐 죄송합니다.
심마니　　나 찾으러 간 아가씨가 여지껏 안 내려온다고 해서 올라와 봤
　　　　　어. 이런 날씨에 겁도 없이. 용감한 건지 무식한 건지.
원　　　　생각이 없는 거죠.

　　　　　사랑이 원을 째려본다. 원이는 눈길도 주지 않는다.

심마니　　아무리 회사에서 시켜도 그렇지. 나 죽으면 회사고 나발이고
　　　　　무슨 소용이야? 회사에 목숨 걸지 마. 그것만큼 미련한 짓도
　　　　　없는 거야.
사랑　　　저도 그러고 싶은데 높으신 분이 시켜서요.
심마니　　높으신 놈 어떤 놈?

사랑　　　(두 손으로 공손히 원을 가리키며) 이분이요.

원이 사랑을 째려본다. 사랑은 그 눈길을 외면한다.

☕ 9. 농가. 툇마루/ 밤

비가 그쳤다. 처마 밑으로 비가 떨어진다.
나란히 앉은 원과 사랑, 비를 바라보고 있다.

원　　　날 밝는 대로 근처 병원 가서 검사부터 하지.
사랑　　그럴 시간 없어요. 내일 나이트 근무라 바로 출근해야 돼요.
원　　　지금 일이 대수야? 높은 놈이 시키는 대로 해.(사랑이 피식 웃는
　　　　데) 그리고 다신 회사 같은 거에 목숨 걸지 말고.
사랑　　그러고 싶은데 자꾸 목숨 걸게 만드네요.
원　　　안 하면 되잖아.
사랑　　저 같은 일개 사원에게 하고 안 하고는 선택사항이 아니에요.

비를 보는 사랑, 높으신 분이 자기 같은 사람들 마음을 알아줄 리 없
다고 생각한다.

원　　　약속할게. (사랑이 원을 본다) 다신 이런 일 없을 거야.

원이 일어선다. 혼자 남은 사랑, 얼굴이 한결 부드러워진다.
마루 위에 걸어둔 둘의 옷이 살랑살랑 흔들리고 있다.

☕ 10. 농가. 마당/ 낮

비가 그치고 하늘이 맑다.
방에서 나온 사랑, 마루에 걸터앉아 풍경을 바라본다.
이슬 머금은 풀 내음 가득한 아침 향기에 마음도 산뜻해진다.
기지개를 켜고 일어난 사랑, 마당 한쪽에 있는 빗자루를 들고 마당을
쓸기 시작한다.
원이 부스스한 머리로 하품을 하며 밖으로 나온다.

원   꼭두새벽부터 뭐 하는 거야?
사랑   사장님 일어나시기 전에 마당 좀 쓸어놓으려고요.
원   이런 거 하면 누가 알아주나?
사랑   일손 도와드리러 왔으니 일해야죠.
원   (빗자루 뺏으며) 나와. 앉아 있어.
사랑   주세요. 제가 할게요.

원이 사랑의 어깨를 잡아 평상에 앉힌다.

원   꼼짝 말고 앉아 있어. 다리도 다쳤는데.

빗자루를 처음 본 원, 양손으로 잡고 골프 스윙하듯 툭툭 휘둘러 본다.
사랑, 빗자루질을 저렇게 하는 사람을 처음 봤다.

사랑   마당 안 쓸어봤어요?
원   해봤을 리 없잖아.

사랑	나와요. 제가 할게요.
원	가만있어. 잘해볼게.

원이 툭툭 빗자루질을 하다가 사랑을 본다. 사랑이 그건 아니라고 고개를 갸웃한다.

이번에는 조금 더 천천히 살살 쓸어본다. 어떻게 하는 게 제일 좋은 빗자루질인지는 모르지만 이렇게 저렇게 쓸어보며 사랑의 눈치를 살핀다. 그 모습을 보고 귀엽다고 생각하는 사랑, 피식 웃음이 나온다.

☕ 11. 농가. 툇마루/ 낮

어제 옷으로 갈아입은 원이와 사랑이 심마니, 아주머니와 마주 앉아 있다. 사랑, 심마니에게 선물 꾸러미를 내민다.

사랑	저희 호텔 케이크랑 쿠키 세트예요. 사장님이 좋아하신다고 하셔서 특별 주문했어요.
심마니	고마워. 잘 먹을게.
사랑	앞으로도 잘 부탁드릴게요. 좋은 거 있음 꼭 저희 주세요.
심마니	알다시피 난 퍼스트로얄 호텔이랑만 거래하니까 괜한 수고 말고 올라가.
사랑	시키실 일 있음 다 말씀하세요. 도와드리고 갈게요.
아주머니	괜찮다고 해도 또 그러네.
심마니	일없어. 가서 몸이나 챙겨.
사랑	(팔 걷어붙이며) 뭐든 말씀만 하세요. 청소나 빨래도 잘해요.

심마니	높은 놈이 그런 것까지 하라고 시켜?
원	(억울하다) 그건 제가 안 시켰는데요?
심마니	(원이 노려보며) 너네! 너여! (사랑에게) 됐으니까 그만 올라가. 아침 댓바람부터 남의 집 마당이나 쓸고.
원	제가 쓸었는데요?
심마니	(못 들은 체한다) 회사 다니다 드러우면 때려치우고 나한테 오구. 산 타는 거 보니까 삼 캐도 되겠어.
사랑	아 참, 삼! 잠시만요.

사랑이 후다닥 방으로 들어갔다가 삼을 가지고 나온다.

사랑	제가 어제 캔 건데요, 이거 혹시 산삼이에요?

조심스럽게 삼을 받아 드는 심마니. 눈빛이 이상하다.
아주머니를 슬쩍 보는 심마니.
아주머니는 무슨 뜻인지 금방 알아듣고 마루에 한지를 펼친다.
한지 위에 산삼을 놓고 감정을 하는 심마니. 시간이 길어진다.

사랑	삼은 아니겠죠?
심마니	…
사랑	도라지겠죠?
원	뭘 자꾸 물어? 딱 봐도 도라지지.
심마니	산삼이야.
원	네?
사랑	진짜요?

심마니	이거 천종삼이야. 이 귀한 걸… 이건 아무나 캐는 게 아니야. 3대가 덕을 쌓아야 얻을 수 있는 귀한 기야. 나도 여태껏 딱 한 번밖에 못 본, 이 귀한 걸 캐다니. 아가씨 참 잘 살았나 봐. (사랑 손을 덥석 잡으며) 자네, 나랑 같이 일할 생각 없나? 지리산이 자넬 허락했어.

너무 진지하다. 사랑은 이게 무슨 상황인가 싶어 아무 말도 못 하는데 원이 심마니 손을 쓰윽 빼고 자기가 잡는다.

원	죄송합니다. 제가 허락 못 합니다. 우리 회사에 꼭 필요한 인재라.
사랑	갑자기요? (손을 빼려는데 원이 더 힘껏 잡는다)
원	우리 호텔 최고 친절사원입니다. 그것도 2년 연속.
사랑	(원이를 흘겨보고 손을 빼고, 심마니에게) 구해주셔서 감사해요.
원	(억울한 데다 서운하다) 내가 구했는데?
사랑	이거 드릴게요. 사장님이 안 구해주셨으면 어제 정말 산에서 죽었을지도 몰라요.
원	구한 건 나라고! 보답을 해도 나한테 해야지.
심마니	이건 못 받아. 너무 귀한 거야.
사랑	아니에요. 드릴게요.
심마니	하늘이 내린 걸 내가 빼앗을 순 없지. 아버지 드려.
사랑	아버지 안 계세요.
심마니	그럼 엄마 드려.
사랑	엄마도 없어요.

정적이 흐른다. 원이도 사랑이 환경을 지금 처음 알았다.

심마니	그럼…
사랑	할머니 드릴게요. 좋아하시겠다.
심마니	(안심이다) 그래 할머니! 잠시만 기다려. 내가 포장해 줄게.

〈농가, 툇마루〉

심마니가 고급스러운 나무 상자에 천종삼을 포장하고 있다.

심마니	귀한 건 정성을 담아 모셔야지.
사랑	감사합니다. 앞으로도 잘 부탁드릴게요.
심마니	아가씨 덕에 나도 좋은 기운 받았으니 제일 좋은 거 보면 킹 호텔 줄게. 그러니까 걱정 말고 올라가.
사랑	진짜요? 정말이죠? 약속하신 거예요. 마음 변하시면 안 돼요.
심마니	알았어. 그리고 언제든 마음 변하면 내려와. 자넨 태생이 심 마니야.
사랑	(웃는다) 맞아요. 저 심 봤어요. (귀엽게) 심 봤다~
심마니	(웃으며 사랑을 보다. 원이에게) 높은 놈은 나 좀 잠깐 봐.

☕ 12. 지리산 농가. 마당 한쪽/ 낮

사랑은 대문 쪽에서 기다리고 원과 심마니는 마당 한쪽에 서 있다.

심마니	앞으로 삼 캐면 알아서 줄 테니까 다신 직원들 보내지 마. 사

람 그렇게 쓰는 거 아니야. 여태까진 서울서 내려오면 나도 못 이기는 척 부려 먹곤 했는데 저 아가씨 보니까 정신이 번쩍 들더라고. 까딱했음 저 아가씨 큰일 날 뻔했어.

원   (억울하다) 제가 보낸 게 아니라… 보냈죠… (예의 갖춰 고개 숙여 인사한다) 도와주셔서 감사합니다.

심마니가 돌아선다. 원이 사랑을 본다.

☕ 13. 심마니 집 앞. 길/ 낮

원이 앞서 걸어가고 그 뒤를 사랑이 따라간다.
사랑은 캐리어에 천종삼 상자까지 들고 가느라 걸음이 더디다.
잠시 말없이 걸어가는 두 사람, 뒤돌아선 원이 상자를 들어준다.

사랑   괜찮아요.

원이는 대답도 안 하고 사랑이 캐리어까지 대신 들고 앞서 걸어간다.

사랑   진짜 괜찮은데…
원   이럴 땐 그냥 고맙다고 하는 거야.
사랑   (공손하게 인사한다) 고맙습니다.
원   (질색하며) 아니 그런 거 말고.
사랑   (이게 아닌가. 90도로 숙여 인사한다) 정말 감사합니다, 본부장님.
원   우리 사이에 굳이 꼭 그렇게 예의 갖춰 인사해야 돼?

사랑	우리 사이에 예의가 빠지면 하극상인데요?
원	됐어! 말해 뭐 해?

원, 다시 빠른 걸음으로 앞서 걷는다. 경적 소리가 들린다.
돌아보면 차가 멈추고 상식이 내린다. 상식, 밤샘 운전으로 짜증과
피곤이 몰려온다.

상식	다시 헬기를 타고 올라와야지 여기 있으면 어떡해요. 새벽부터 5시간 운전하게 만들고. (사랑에게) 사랑 씨 괜찮아?
원	누가 오라 했어?
상식	직원 하나 구하겠다고 그 난리를 치고, 회사 다 뒤집어 놓고, 회장님 호출이에요. (사랑에게) 다친 데 없어?

사랑은 원이 걱정이다. 무리를 해서 내려온 것을 그제야 안다.

사랑	회사가 왜요? 무슨 일 있었는데요?
상식	본부장님이 헬기 띄우느라고,
원	됐어. 짐 실어.

원이 캐리어와 삼 상자를 두고 차로 간다.

☕ 14. 원의 차/ 낮

뒷자리에 탄 원. 사랑이 탈 수 있도록 자리도 비워두고 문도 열어두

있다. 당연히 사랑이 자기 옆자리에 탈 줄 알았는데 조수석에 탄다.

원   어? 여기…

옆에 타라는 말이 차마 안 나와 말을 흐리는데 사랑이 돌아본다.
원이 옆자리는 비어 있고 뒷문은 열려 있다.

사랑   네? … (무슨 뜻인지 알았다) 아, 네!

조수석에서 내리는 사랑. 뒷문을 잡는다.
원이는 먼지도 없는 자리를 괜히 한번 털어보는데…

사랑   문 닫겠습니다.

쾅! 뒷문이 닫힌다. 황당한 원. 다시 조수석으로 가는 사랑을 바라볼
뿐이다. 운전석에 오른 상식, 여전히 투덜댄다.

상식   차 문은 좀 알아서 닫으셔도 되는데… 정말 손 많이 가는 스
             타일이라니까. 사랑 씨가 이해해.

원은 욱! 치밀어 오르지만 말을 아낀다.

〈원의 차〉
     상식과 사랑은 편하게 수다를 떨고 있다.
     뒤에 앉은 원이는 사이좋아 보이는 두 사람이 너무 꼴 보기 싫다.

상식	괜찮아?
사랑	완전 죽을 뻔했다니까요.
상식	그러니까. 나도 걱정돼서 잠 한숨 못 자고 달려왔잖아.
사랑	고마워요. 안 그래도 다리 아팠는데 버스 타고 어떻게 가나 했거든요.
상식	고마우면 밥 사.
사랑	살게요.
상식	진짜? 뭐 먹지? 뭐 좋아해?
사랑	과장님이 정하세요. 제가 사는 건데.
상식	과장은 무슨, 오빠라고 하라니까. 저번엔 오빠라고 잘 부르더니.
사랑	자꾸 그러면 진짜 그렇게 불러요!
상식	나야 좋지.
원	(큰 소리로) 나라고!

깜짝 놀란 사랑은 돌아보고 상식도 룸미러로 원이를 본다.

상식	네? 뭐가요?
원	구한 건 나라고! 내가 구했는데 왜 둘이 밥을 먹어? 논리도 없고 예의도 없고 지금 뭣들 하는 거야?
상식	…휴게소 들르겠습니다. (사랑에게, 작은 소리로) 밥은 나중에 먹자.
원	먹지 마! 밥!! 먹지 말라고!

358

☕ 15. 휴게소/ 낮

원이 혼자 차에 기대서 있다.
사랑과 상식이 음료수와 간식거리 등을 들고 걸어오고 있다. 그것도
보기 싫다.

원   (손 내밀며) 키 줘.
상식   예?
원   내가 운전할게. 네가 뒤에 타.
상식   진짜요? 저야 땡큐죠.

상식, 원이에게 차 키를 준다.

☕ 16. 차 안/ 낮

원이 잔뜩 인상을 쓰고 운전을 하고 있다. 킥킥거리는 웃음소리⋯
사랑과 상식이 뒷자리에 앉아 음식을 나눠 먹으며 수다를 떨고 있다.

상식   (사랑에게) 봤지? 사회생활은 나처럼 하는 거야. 잘 배워둬. 나
         없으면 회사가 안 돌아가니까 이렇게 대우받잖아.
사랑   좋으시겠어요.
원   좀 조용히 가지.
상식   다 하는 만큼 받는 거야. 사랑 씨도 나처럼만 해.
사랑   네. (원에게) 진짜 안 드세요?

원	됐어!
사랑	(호두과지 봉지 건네며) 그래도 하나 드셔보세요. 진짜 맛있어요.

원, 못 이기는 척 손을 뒤로 뻗어보려는데 상식이 봉지째 가로채 입에 넣는다.

상식	냅둬. 안 드신다잖아. 억지로 먹음 체해. (입안 가득 넣고 씹는다) 역시 휴게소 호두과자는 꼭 먹어줘야 한다니까.

상식, 수다 떠느라 먹느라 입이 쉴 새 없다. 원, 룸미러로 상식을 노려본다.

☕ 17. 휴게소/ 낮

차가 급정거를 하듯 선다.
뒷문을 열고 내리는 상식, 배를 움켜쥐고 화장실로 뛰어간다.

☕ 18. 차 안/ 낮

사랑, 뛰어가는 상식을 걱정스러운 눈으로 바라본다.

사랑	노 과장님 배탈 심하게 났나 봐요.
원	쉬지 않고 먹어대더니. (쌤통이다)

사랑	괜찮으시려나?
원	설마 걱정하는 거야?
사랑	당연히 걱정되죠.
원	나는?
사랑	네?
원	왜 내 걱정은 안 해? (갑자기 서럽다) 구한 건 난데 삼도, 밥도, 걱정도 왜? 왜 매번 딴 사람 생각만 해?
사랑	(왜 저러나 싶다) 걱정해 드려요? 뭐로 해드릴까요?
원	됐어!

원, 심통이 난 얼굴로 차를 출발시킨다.

| 사랑 | 어? 노 과장님 아직 안 타셨어요. |

원이는 대답 없이 휴대폰을 든다.

☕ 19. 차 안 - 화장실 교차/ 낮

상식이 변기에 앉아 통화를 하고 있다.

원	괜찮아? 배 많이 아파?
상식	(괴롭다) 안 괜찮아요. 배탈 났어요.
원	병가 처리해 줄 테니까 일주일간 휴가 써. 휴가 중에 먹고 자고 노는 거 다 법카 쓰고.

상식	진짜요? 감사합니다.
원	안 고마워해도 돼. 버리고 가는 중이니까.
상식	이런 조건이면 백 번이고 천 번이고 얼마든지 버리셔도 돼요.
	운전 조심하시고 (콧소리로) 데이트~ 잘하세요.

상식, 원이 말도 다 듣지 않고 전화 먼저 뚝 끊는다.

☕ 20. 차 안/ 낮

원이 전화를 끊는다. 차가 휴게소를 빠져나가고 있다.

원	어디야?
사랑	네?
원	할머니 댁 말이야. 삼 드리러 가야지.
사랑	회장님 호출이라면서요.
원	됐어. 주소 알려줘.
사랑	진짜 괜찮아요. 제가 나중에 따로 갈게요.
원	불러.

원은 단호하게 말한다. 사랑은 더 이상 거절하기가 힘들다.

☕ 21. 비행기 안/ 낮

승객들 중 절반 이상은 '좋아스' 로고가 박힌 모자를 쓰고 있다. 평화
는 어떻게든 팔아보겠다는 일념으로 승객들과 일일이 눈을 마주치며
카트를 밀고 가는데,

손님1(女)	아가씨,
평화	네. 필요한 거 있으십니까?
손님1	(면세품 책자 보여주며) 이거 하나 팔면 아가씨한테 얼마 떨어져?
평화	네?
손님1	인센티브 떨어지는 거 있을 거 아냐.
평화	저희는 그런 거 없습니다.
손님1	회사가 아주 악덕이네. 우리 좋아스는 하나를 팔아도 인센티
	브가 엄청나. 내가 다이아몬드인데 한 달에 4천씩 번다니까.
	이것도 인연인데 내가 특별히 내 밑으로 넣어줄게. 어때?
손님2	(소리) 여기, 아가씨!

뒷자리에서 남자 손님이 부른다. 평화는 구세주를 만난 것 같다.

평화	(손님1에게 양해 구하고) 잠시만요. (손님2에게 간다) 네, 필요하신 거
	있으십니까?
손님2	내가 다 들었는데, (회원가입 신청서 준다) 이거 하나 써. 좋아스
	네트워크 회원가입 신청서야.
평화	죄송합니다. 저희는 이런 거,
손님2	(들을 생각도 없다) 팔아봐야 회사에서 10원 한 푼 안 준다며. 내

밑으로 들어오면 한 달에 5, 6천은 금방이야.

평화 죄송합니다. 규정상 저희는 이런 거 못 하게 돼 있습니다.

손님2 누가 하래? 그냥 쓰라는 거지. 이름이랑 전화번호만 써. 주민번호랑.

평화 죄송합니다.

손님2 대한민국에 안 되는 게 어딨어?

손님1 (소리) 매너 없이 이게 뭐 하는 짓이야?

돌아보면 손님1이 평화 뒤에 서 있다.

손님1 이 아가씨 내 라인 하기로 했는데 어디서 다 된 밥에 재를 뿌려?

평화 제가요?

손님2 신청서 먼저 내민 놈이 임자야. (신청서 내밀며) 아가씨 이거 얼른 써!

손님1 이게 어디서 개수작이야? 저번에도 내 라인 쏙 빼가더니! (손님2 신청서 빼앗아 찢어버린다)

손님2 (일어선다) 이 아줌마가 뭐 하는 짓이야?

손님1 아줌마? 아줌마아?

손님1이 손님2 머리채를 휘어잡는다. 손님2 가발이 확 벗겨지며 대머리가 드러난다.

손님2 야! 이게 미쳤나! 한번 해보자는 거야?

평화 기내에서 이러시면 안 됩니다. 안전을 위해 모두 자리에 앉아

주시겠습니까?

평화를 가운데 두고 싸움을 시작하는 손님 1, 2. 서로 밀치며 난리를 치는데, 가운데 낀 평화가 아무리 말려도 소용이 없다.
주변 사람들까지 편을 나누어 서로 삿대질을 하며 다투기 시작한다.
난장판이 된 비행기, 난기류 표시등이 켜지며 비행기가 요동친다.

☕ 22. 비행기 갤리/ 낮

진 빠진 얼굴로 카트를 끌고 들어오는 평화, 겨우 숨을 고른다.
면세품들을 대충 주워 담아서 카트가 엉망이다.

미나   죽는 줄 알았네… (평화 발을 보며) 선배, 신발은요?

평화, 발을 보면 한쪽 신발이 없다. 한숨이 나온다.

평화   얼른 카트부터 정리하고 다시 나가자.
미나   저길 또 나가시게요? 신발도 없이?
평화   랜딩까지 시간 남았는데 하나라도 더 팔아야지. 정리부터
         하자.

평화가 카트를 정리하려는데 로운이 들어온다. 방긋 웃는 로운, 신발
을 들고 있다.

로운   꼬맹이처럼 신발 잃어버리고 다니면 어떡합니까? 이러니 제
        가 한시도 눈을 뗄 수가 없습니다.

로운, 평화 앞에 신발을 놓아준다. 민망한 평화, 얼어붙어서 아무것
도 할 수 없다.

로운   신겨드릴까요?
평화   아니야. 내가 신을게. (신발을 신는다) 고마워. 다음부턴 잘 챙
        길게.
로운   맘껏 잃어버리셔도 됩니다. 제가 또 찾아드리겠습니다.

로운이 웃고 나간다. 뒤에서 그 모습을 지켜보고 있는 미나. 욕이 나
온다.

☕ 23. 국밥집 앞/ 낮

국밥집 앞에 원이 차가 서 있다.
나란히 간판을 보는 원과 사랑. '30년 전통 원조 가마솥 소머리국밥' 간
판은 세월만큼 낡았다. 출입문 옆으로는 빈 술 상자가 쌓여 있고, '소머
리국밥 할머니'란 메모가 적힌 커다란 양파망 두 개가 놓여 있다.

사랑   여기예요.
원   소머리국밥… 소 머리를 통째로 넣고 끓인다는 건가?
사랑   머리가 아니라 머리 고기요. 드셔볼래요?

366

원	(그런 음식을 먹을 수는 없다) 아니 괜찮아. 어서 들어가.
사랑	태워다 주셔서 감사합니다. 조심히 들어가세요.
원	기다릴게.
사랑	오래 걸려요. 먼저 가세요.

인사를 하고 들어가는 사랑.

☕ 24. 국밥집/ 낮

사랑이 주방으로 들어간다. 할머니는 토렴을 하느라 정신이 없다.
가마솥 주변에는 토렴을 마친 국밥들이 늘어서 있다.

사랑	할머니, 나 왔어.
할머니	응? 어쩐 일이야. 회사는?
사랑	(산삼 상자 보이며) 이거 봐라! 산삼이다. 할머니 주려고 가져왔어.
할머니	(보지도 않고) 응, 얼른 앞치마 입어!
사랑	(포장 풀며) 이거 진짜 산삼이라니까? 내가 캔 거야.
할머니	알았으니까 퍼뜩 날라.

이럴 줄 알았다. 사랑이 주방에 걸려 있는 앞치마를 입더니 머리를 묶는다. 전투 준비 완료다.

☕ 25. 국밥집 앞/ 낮

원이 차에 기대서 있다. 들어간 지 한참 된 것 같은데 나오지 않는다. 코팅이 벗겨진 유리창 위쪽으로 가게 안을 살펴본다. 사랑은 보이지 않는다. 고개를 돌리려는데 앞치마를 두르고 열심히 서빙 중인 사랑이가 눈에 들어온다.

무슨 말을 하는지는 모르지만 손님들과 허물없이 말을 주고받으며 열심이다. 사랑이 저렇게 즐겁게 일하는 모습은 처음 본 것 같다. 일을 한다는 것이 저렇게 즐거울 수도 있구나, 싶다.

할머니가 주방 뒷문으로 나와 앞으로 가더니 양파망을 집어 든다. 그러다 원이를 본다.

뭐가 좋다고 가게 안을 보며 히죽히죽 웃는지… 할머니도 원이 옆에 선다. 원이와 가게 안을 번갈아 보는 할머니. 시선을 따라가 보니 사랑이를 보고 있다.

| 할머니 | 어이! |
| 원 | 아, 깜짝이야! |

원이 화들짝 놀라 창가에서 떨어진다.

할머니	워디서 오신 놈이신가?
원	예?
할머니	뭐 하는 놈이길래 쯤시럽게 째진 창으로 여자를 훔쳐보는가 그 말이지.

원	훔쳐보다니요? 그냥 본 겁니다.
할머니	긍게 우리 사랑이를 어쩌자고 그렇게 음흉하게 보고 있었냐고 묻잖아.
원	음흉하다니요? 하도 안 나오길래 뭐 하나 하고… 우리 사랑이면 혹시 천사랑 씨 할머니세요?
할머니	사랑이 직장 동료신가?
원	예.
할머니	진즉 얘길 허지! (양파망 넘겨주고) 따라와!

☕ 26. 주방/ 낮

커다란 고무 함지박 앞에 서 있는 원. 영문 모를 얼굴이다.
할머니는 원이에게 앞치마 툭 던져주며,

할머니	앙거.
원	네?
할머니	앙그라고.

원이 함지박 앞 목욕탕 의자에 앉는데 할머니가 칼을 들고 돌아선다.
놀라 벌떡 일어서는 원,

할머니	앙거! (원이 주춤주춤 앉자 칼을 주며) 양파 까봤제?
원	아니요.
할머니	(등짝 한 대 후려치며) 어디서 그짓말을 해?

원	(등짝을 비비며) 진짜 안 까봤어요.
할머니	그래서 못 한다고?
원	네.
할머니	(등짝을 더 세게 후려치며) 엄살 부리지 말고 까라면 까!
사랑	(O.L) 할머니~ 주문 밀렸어. 왜 안 나와!
할머니	(홀 쪽을 향해) 기다리기 싫으면 가라고 해. 딴 데 가서 먹으라고.

함지박 앞에 앉는 할머니, 두 번 말하지 않겠다는 얼굴로 원이를 본다.

할머니	잘 봐. (양파 하나 들고) 요것을 (껍질 까진 양파 보여주며) 요것으로 맨드는 게 너으 임무여.
원	제가요? 왜요?
할머니	까라면 까! 복 받을 것이여.
사랑	(O.L) 할머니~!
할머니	(일어서며 버럭) 간다고! 에이 써글 것들!

가마솥으로 가는 할머니, 토렴을 시작한다.
황당한 원, 칼을 양파 통에 던져두고 일어나는데 사랑이 주방 안쪽으로 고개를 쏙 들이민다. 할머니에게 막혀 원이는 보이지 않는다.

사랑	할머니 주문 밀렸다고!
할머니	하잖어! 늙은 할미도 혼자 거뜬한디 젊은 게 엄살은.
사랑	그럼 나 간다!
할머니	가. 어여 가!
손님	(O.L) 며늘아~

사랑　　　　네~ 며느리 가요~

홀에서 분주한 목소리 들린다. 할머니는 빠르게 토렴을 하고 있다.
원이 자기 손에 들린 앞치마를 본다. 에라 모르겠다! 앞치마를 걸치
고 앉는다. 껍질을 까기 전, 후의 양파를 양손에 들어본다.

원　　　　　요것을 요것으로…

한 번도 안 해봤지만 못할 것도 없어 보인다. 원이 양파를 까기 시작
한다.

☕ 27. 주방 : 시간 경과

할머니는 토렴을 하고 사랑이는 서빙을 하고 원이는 양파를 까고
있다. 많던 손님들이 다 빠져나가고 식당은 점차 한가해진다.

☕ 28. 주방/ 낮

원이가 할머니를 올려다보고 있다.
양파 때문에 눈물은 가득하지만 잘하고 있다는 뿌듯함에 웃고 있다.
할머니가 양파를 들어본다. 너무 많이 벗겨내서 주먹만 한 양파가 밤
톨만큼 작아졌다.
황당한 할머니…, 등짝을 후려친다.

할머니   아까운 줄 모르고 써글 놈! 다 배려부렀네.

타박하던 할머니, 양파로 젖은 바짓단과 구두를 본다.

할머니   (돌아서며) 일을 발로 했나…

주방 밖으로 나간 할머니, 잠시 후에 돌아오더니 옷과 슬리퍼를 준다.

할머니   갈아입어!

☕ 29. 국밥집 앞/ 낮

가게 밖으로 나온 사랑, 허리며 어깨며 안 아픈 곳이 없다. 길게 기지개를 켜는데, 주방 후문을 통해 나온 원도 어깨와 허리를 두드리며 가게 앞으로 온다.

사랑   (놀란) 뭐 해요?

원의 옷차림을 보고 처음엔 놀라고 다음엔 귀엽다.

사랑   그 옷은 뭐고요?
원   할머니가 주셨어.
사랑   할머니 만났어요? 우리 할머니한테 잘못 걸리면 안 되는데.
원   이미 걸렸어. 그것도 아주 잘못 걸린 거 같아.

가게 문이 확 열리며 할머니 나온다. 원은 지레 찔린다.

할머니   들어와!

☕ 30. 국밥집/ 낮

손님이 다 빠지고 한산하다. 할머니가 커피잔에 검은 액체를 담아 원이에게 준다.

할머니   고생했어. 쭉 마셔.
원   뭔데요?
할머니   몸에 좋은 것잉게 쭉 마셔.

일도 많았고 목도 마르던 참이라 원이는 단숨에 마신다.
하지만 뒷맛이 영 이상한 게 노린내가 확 올라온다.

원   (구토 참으며) 으…, 이거 뭐예요?
할머니   남자한테 최고로 좋은 거여. 미꾸라지 엑기스에 굼벵이즙 섞은 건데.

할머니 말이 끝나기도 전에 원, 헛구역질하며 가게 밖으로 뛰어나간다. 할머니는 못마땅한 표정으로 원을 본다.

할머니   사내놈이 저렇게 비위가 약해서 얻다 써먹어.

사랑　　　　회사에서 되게 높은 분이야. 양파 까라고 시키면 어떡해.

할머니　　　지가 높아 봐야 거기서 거기지 회장 아들이겠어 뭐겠어. 가서
　　　　　　두부나 한 모 사 와.

☕ 31. 시장 골목/ 낮

원, 사랑이랑 같이 시장을 걸어간다.

사랑　　　　속은 좀 어때요?

원　　　　　사람이 어떻게 미꾸라지랑 굼벵이를… (다시 헛구역질 난다)

사랑　　　　그러게 먼저 올라가시라니까.

원　　　　　의리가 있지.

사랑　　　　우리가요? 우리가 그런 게 어딨어요?

원　　　　　왜 없어? 같이 죽을 고비를 넘겼는데. 물론 내가 구해줬지만.

사랑　　　　(웃는다) 달달한 거 하나 드실래요?

원　　　　　됐어. 단건 딱 질색이야.

☕ 32. 시장. 호떡 가게/ 낮

원, 한 손엔 어묵 국물, 한 손에 호떡을 들고 맛있게 먹는다.

원　　　　　(국물 마시며) 와! (종이컵에 국물을 푼다)

사랑　　　　또 마셔요?

원은 대답도 없이 어묵 국물을 후후 불며 마신다.

원   여기 얼마예요?

아주머니   오뎅 6개, 호떡 4개… 다 해서 5천 원.

원   국물도 4잔 마셨어요. 같이 계산해 주세요.

아주머니   국물은 공짜야.

원   (감동이다) 이 맛있는 걸… 복 받으시겠어요. (뒷주머니를 만진다) 아, 내 지갑.

사랑   (지갑을 꺼내 돈을 내민다) 여기요.

원   이따 가서 줄게.

사랑   됐어요. 우리 동네 왔는데 제가 살게요.

원   그럼 나 하나 더 먹어도 돼?

사랑   마음껏 드세요.

원   (방긋 웃으며) 고마워.

싱글벙글 기분 좋은 원, 호떡을 베어 물며 사랑 뒤를 따른다.

사랑   어? 저게 아직도 있네? 어릴 때 많이 했는데.

원   (호떡을 물며) 뭔데?

보면 '대왕 잉어 뽑기'라고 현수막이 걸린 리어카가 보인다.

☕ 33. 시장. 대왕 잉어 뽑기/ 낮

1부터 100까지 쓰인 큰 번호판 위에 대왕 잉어, 총, 남대문, 거북선 등 엿 이름이 쓰인 긴 막대 4개를 매우 신중하게 배치하는 원.
번호가 적힌 막대기가 들어 있는 뽑기 통을 신중하게 흔든다. 마치 올림픽에 출전하는 선수처럼 진지한 표정으로 막대기 하나를 뽑아 드는 원. 떨리는 마음으로 번호를 확인하면, 또 '꽝'이다. 번호를 확인한 주인이 작은 엿 하나를 던져준다.

아저씨	뭐여? 또 한 개도 안 걸렸어? 꽝만 내리 열 번을 뽑다니 것도 실력이고만.
원	한 판 더요. (사랑에게) 나 천 원만.
사랑	안 돼요. 그만해요.
원	딱 한 판만 더 할게.
사랑	한 판만, 한 판만 한 게 벌써 몇 판쨘 줄 알아요?
원	그러니까 마지막으로 딱 한 번만.
사랑	안 돼요. 이 정도면 도박이에요.
원	이게 무슨 도박이야? 승부지.
사랑	그게 도박이라니까요. 절대 안 돼요. 그리고 이제 돈도 없어요.
원	(애교 부리듯) 딱 한 판만. 응? 천 원만 주라. 응?

사랑, 평소와 다른 말투로 애교를 부리는 원에게 마음이 살짝 흔들린다.

사랑   어디서 되도 않는 아양을… 안 돼요!

말은 그렇게 하지만 원이 표정을 보니 안 되겠다. 사랑이 천 원짜리 한 장을 내민다.

사랑   딱 여기까지예요.
원   돈 없다며?
사랑   싫음 말아요.

사랑이 돈을 집어넣으려 하자 원이 얼른 받는다.
마지막, 딱 한 번뿐인 기회다. 번호판에 막대기를 다시 배치하고 뽑기 통을 흔드는 원. 영혼을 담아 흔드는 것 같다. 그러고는 뽑기 막대를 하나 집으려 한다.
이게 맞을까? …사랑을 본다. 사랑이 갸웃한다.
다른 막대를 잡아본다. 이번에도 사랑은 아니라는 신호를 보낸다.
다시 신중하게 막대를 고르는 원. 잠시 고민하던 사랑이 고개를 끄덕인다. 결심하고 막대를 뽑는 원. 도박사가 히든카드를 보듯 번호를 확인하는데.

원   (흥분) 잉어다!! 잉어! 그것도 대왕 잉어!!!
사랑   진짜요? (같이 확인하고는) 와! 진짜 잉어다! 심 봤다!

감격한 두 사람, 서로를 부둥켜안고 방방 뛰다 정신을 차리고 얼른 포옹을 푼다.

☕ 34. 시장 골목/ 낮

대왕 잉어를 어깨에 메고 세상을 다 가진 듯 의기양양하게 걸어가는 원. 사랑은 그 모습이 창피하기도 귀엽기도 하다.

사랑   그렇게 좋아요?

원   응. 살면서 뭔가를 이토록 바래본 적이 있나 싶어.

사랑   소소한 행복이네요.

원   소소하다니? 무려 대왕 잉어를 뽑았는데.

사랑   무려 2만 원이나 날리셨죠.

원   세상에 공짜가 어딨어? 귀한 걸 얻으려면 투자를 해야지.

사랑   사실 저 대왕 잉어 뽑는 사람 처음 봐요. 좀 멋있긴 했어요.

원   (다시 생각해도 뿌듯하다) 이게 절대! 아무나 할 수 있는 게 아니라니까. 나니까! 나라서! 오직 나만이! 할 수 있는 거라고!

사랑   (장단 맞춰준다) 네네, 그러시겠죠.

그때 뒤에서 "뻥"소리가 들린다. 놀란 원이 보디가드처럼 사랑을 멋지게 감싸 안는다.
하얀 연기가 둘을 감싸며 지나간다.

원   괜찮아? 다친 데 없어?

사랑   뭐 해요?

원   지켜준다 했잖아.

사랑   고작 뻥튀기 소리에 창피하게.

원   뻥… 튀기?

사랑   (창피하다) 얼른 놔요. 다 쳐다보잖아요.

보면, 뻥튀기 아저씨는 물론 시장 사람들 대부분이 둘을 보고 있다.
머쓱한 표정으로 일어서는 원. 그런데 들고 있던 대왕 잉어가 없다.
보면 바닥에 떨어져 산산조각이 나 있다.

원   (절규) 안~ 돼!!

☕ 35. 국밥집/ 낮

사랑과 원이 들어온다.

할머니   두부 한 모 사 오랬더니 두부 맨들어 와?
사랑   아, 맞다. 두부! 얼른 사 올게.
할머니   정신머리 하고는. 됐어. 거길 또 언제 갔다 와.
사랑   미안. 시장 구경 좀 시켜드리느라.
할머니   만날 보는 시장, 볼 게 모 있다고.
원   (꽃다발을 내민다) 이거 받으세요.
할머니   뭐여?
원   갑자기 오느라 빈손으로 와서요. 이거라도… (건넨다)
할머니   돈이 썩어나? 먹지도 몬허는 걸 뭐 한다고! (그래도 뭐라 싫지는
           않다) 이라고 돈 지랄 해싸믄 집은 은제 사?
사랑   그런 걱정은 안 해도 돼.
할머니   왜? 아부지가 부자여? (원이에게) 뭐 하시는디?

원	조그만 장사 여러 개 하십니다.
할머니	(등짝을 후려치며) 나이가 몇 갠디 아부지한테 빌붙을 생각을 해?
	허우대 멀쩡한 놈이. 쯧쯧. 청약은 넣었어?
원	아직 없습니다.
할머니	(꽃다발 흔들며) 이런 데 헛돈 쓰지 말고 그거나 부어. 아무리 집
	이 잘살아도 지 밥벌인 지가 해야제. 앉아. 밥 먹구 가.

〈국밥집〉

　주방 입구에 원이가 사 온 꽃다발이 놓여 있다.

　마땅한 화병이 없어서 막걸리 통을 잘라 꽃을 꽂아두었다.

　할머니, 국밥 두 그릇을 말아 원과 사랑 앞에 내온다.

할머니	식기 전에 먹어.
원	네. 감사합니다.

　수저는 들었지만 차마 먹지 못하는 원.

할머니	왜 못 먹겄어?
원	안 먹어본 거라.
할머니	(김치를 손으로 찢어 밥 위에 올려준다) 이라고 먹음 먹을 만할 겨.
	먹다 정 못 먹겄음 딴 거 해주고.
사랑	먹어봐요. 우리 할머니 국밥 정말 맛있어요.
원	잘 먹겠습니다.

　울며 겨자 먹기로 국밥을 한술 뜨는 원, 의외로 정말 맛있다.

이게 왜, 맛있을 수가 있지? 원은 이상해서 다시 한 숟가락 떠먹는
데. 여전히 맛있다.

할머니   어때? 맛나지?
원   네. 정말 맛있어요.
할머니   나가 이 장사만 30년째여. 많이 먹어. (김치를 또 올려준다)
원   감사합니다.

원은 정말 맛있게 국밥을 먹는다. 할머니 흐뭇한 미소로 계속 김치를
올려준다.
원이 잘 먹는 모습을 보니 사랑이도 기분이 좋다.

☕ 36. 국밥집 앞/ 밤

할머니, 국밥이랑 겉절이가 담긴 봉지를 원에게 건넨다.

할머니   국밥이랑 겉절이 쪼까 쌌응게 가서 먹어.
원   잘 먹겠습니다.

바지 주머니에서 봉투를 꺼내 원에게 준다.

할머니   그라고 요거슨 오늘 일당.
원   괜찮습니다.
할머니   최저 시급 계산해서 넣었어. 양파 까느라 수고했어. 받어.

원	고맙습니다.
할머니	너도 받고.
사랑	난 됐어.
할머니	(사랑의 손에 쥐여준다) 삼 값이야. 울 손녀 덕에 귀한 삼도 먹고 나가 호강하고만.
사랑	먹고 효과 있으면 내가 또 캐다 줄게.
할머니	또 가기만 해. 산 타는 게 을매나 위험한디! 어떤 써글 놈이 귀한 내 새낄 산까정 타게 맹글고, 잡히기만 하믄 모가지를 확! 비틀어 불랑게.

찔리는 원, 자기 목을 한번 만져본다.

사랑	다신 안 갈게. 걱정하지 마.
할머니	어여 가. (원이에게) 운전 살살 하구.
원	네. 안녕히 계세요. 또 올게요.
할머니	네가 왜 와!
원	…
할머니	담에 와서 또 양파 까!
원	네!

사랑과 원이 차에 탄다. 차가 시야에서 사라질 때까지 지켜보는 할머니.

☕ 37. 국밥집/ 밤

할머니가 꽃을 본다. 좋다.

할머니   썩을 놈… 싸가지는 있구만.

☕ 38. 사랑 집 앞/ 밤

차가 멈춰 선다. 사랑이 내리고 원도 따라 내린다.

사랑   고마워요. 구하러 와준 것도 할머니네 데려다준 것도 전부 다
             고마워요.
원   이제야 뭘 좀 아는군. 고마우면 밥 사.
사랑   살게요. 시간 되는 날 알려줘요.
원   (사랑을 보다 인심 쓰듯이) 그래 허락할게.
사랑   뭘요?
원   데이트.
사랑   데이트요?
원   밥 먹자며? 데이트하자. (미소)

갑작스러운 원의 데이트 신청에 마음이 일렁이는 사랑.
뭐라 말하기도 어려운 듯, 꾸벅 인사를 하고 도망치듯 집으로 올라
간다. 그런 사랑을 보는 원이 얼굴에 미소가 번진다.

☕ 39. 구 회장 집. 거실/ 밤

원, 검은 봉투를 들고 들어온다. 구 회장과 마주친다.

구 회장   그게 뭐냐?

원   국밥이요⋯ 드실래요?

☕ 40. 구 회장 집. 주방/ 밤

구 회장이 국밥을 먹는다. 첫술을 뜨고 반응이 나올 때까지 괜히 긴장이 되는 원.

구 회장   맛이 좋구나. 잘하는 집 찾기 힘든 음식인데.

원   30년 전통이래요.

구 회장   술 생각나는구나. (주방 밖을 향해) 술 한잔할까?

주방 밖에 대기하고 있던 가정부가 안으로 들어온다.

가정부   위스키랑 꼬냑, 와인 중에 뭘로 준비할까요?

구 회장   음⋯ 그냥 소주 한잔하고 싶은데.

가정부   바로 사 오겠습니다.

〈구 회장 집. 주방〉

원, 구 회장에게 소주를 따라준다.

구 회장	네 멋대로 헬기 띄웠다고?
원	죄송합니다.
구 회장	아무리 회장 아들이라도 절차 다 무시하고 날뛰는 거 보기 안 좋다.
원	네.
구 회장	그렇게까지 한 이유가 뭐야?
원	우리 직원이니까요.
구 회장	겨우 한 명 구하겠다고?
원	아버지는 한 명이라도 구해본 적 있어요?

구 회장이 한참을 노려본다. 원이는 그 눈을 피하지 않는다.
구 회장은 술과 국밥을 먹으며 차분하게 말을 이어간다.

구 회장	세상에서 제일 힘든 게 딱 한 명을 구하는 일이야. 그럴 만한 가치가 있는가 따지게 되거든. 사람 목숨 하나보다 비싼 게 많아지는 세상이니까. 어려운 거 했다. 잘했어. 비록 비용 손실은 있었지만. (일어선다) 덕분에 잘 먹었다. 다음에 또 사 와. 같이 먹자.

구 회장은 대답도 듣지 않고 나간다. 싫다는 대답이 나올까 도망가는 것처럼… 혼자 남은 원, 구 회장이 마시던 술잔을 가져와 한잔 마신다.

385

☕ 41. 사랑이 집. 방/ 밤

사랑이가 짐을 정리하고 있다. 가방에서 작은 엿이 나온다. #33에서 주인아저씨가 던져준 것이다. 엿을 보며 기분 좋게 웃는 사랑.

〈인서트〉 시장 데이트

어묵을 먹는 원, 뻥튀기에 놀라 사랑을 끌어안고, 대왕 잉어를 뽑고 환호하는 모습.
사랑이 작은 엿을 책꽂이 한쪽에 잘 놓아둔다. 소중한 추억을 쌓는 것처럼.

☕ 42. 커피숍/ 낮

다을과 팀원들, 라희가 카페로 들어온다. 라희만 주문을 하지 않고 테이블로 가며.

라희   나는 안 마셔. 자기들 것만 주문해.

〈커피숍〉

다을은 아이스아메리카노, 하늘은 휘핑크림이 잔뜩 들어간 모카치노를 마시고 있다.

라희   전년 대비 매출 동향 보고해야 되니까 다을 팀장이 정리 좀 해줘.

다을	매출 보고는 과장님이 하시는 거잖아요.
라희	내가 보고하는데 보고서까지 만들어야겠어? 내일 아침 이사님 보고니까 오늘 저녁까지 보내봐.
다을	죄송한데 오늘은 제가 애기 때문에 바로 퇴근해야 돼서요.
라희	다을 팀장, 원래 이렇게 공과 사 구분 못 하는 사람이었어? 일하러 왔음 일을 해야지. 이래서 애 엄마들은 안 된다니까. (하늘에게) 나 한 입만.

하늘 모카치노를 쓱 가져가는 라희. 꿀꺽꿀꺽 마시고는 인상을 쓴다.

라희	아우 달아. 휘핑크림 이거 살 엄청 찌는데 넌 그 뱃살에 이게 넘어가니? (다을에게) 팀장이면 팀장답게 모범을 보여야지. 안 그래? 보고서 오늘 저녁까지 보내고 퇴근해. 아우 달아! 그거 한 입만.

다을이 마시던 아이스아메리카노를 가져가는 라희. 빨대를 입에 물고 힘차게 빨아들인다. 커피가 순식간에 바닥나고 얼음만 남는다.

라희	(짜증) 아우! 왜 이렇게 차갑니?
다을	(황당) 아이스커피가 당연히 차갑죠.
라희	차가운 것도 정도껏 해야지.
다을	다음부터는 따로 하나 시켜드릴게요. 사발로 드려도 원샷 하실 거 같은데.
라희	나 원래 커피 안 마신다니까. 외근 갈 테니까 다들 수고해.

라희가 일어선다. 팀원들 모두 황당하다.

하늘   (커피컵 보며) 다 마셨어 씨…

이슬   어쩜 저렇게 맨날 똑같아요? 출근하자마자 밥 먹고 남의 커피
            홀랑 다 뺏어 마시고. 맨날 외근 나가고.

하늘   외근 아니야. 그냥 퇴근하는 거지.

이슬   저래도 돼요?

다을   관리직이잖아. 우리는 파견 용역직이고… 말해 뭐 해? 가자.

다을이 일어선다.

☕ 43. 알랑가 창고/ 낮

의자도, 책상도 없는 창고. 다을이 제품 박스 위에 노트북을 올리고
매출 보고서를 작성 중이다. 시계를 보는 다을, 깊은 한숨이 나온다.
휴대폰을 든다.

다을   자기야. 나 갑자기 일이 생겨서, 오늘 자기가 초롱이 데려오
            면 안 돼?

☕ 44. 알랑가 창고. 비상계단 교차/ 낮

충재가 비상계단에서 전화를 받고 있다.

충재	안 돼. 오늘 당신이 데리러 가는 날이잖아.
다을	갑자기 보고서 쓸 게 생겨서 그래.
충재	나도 거래처랑 회의 중이라 못 가. 엄마한테 전화해.
다을	알았어.
충재	(건성으로) 미안해. 사랑해.

전화를 끊는 충재. 다을은 더 큰 한숨이 나온다.
비상계단에서 나온 충재, 스크린 골프장이다. 신나서 어느 방으로 들어간다.

☕ 45. 킹더랜드. 연회장/ 밤

화사한 꽃장식과 층층이 쌓아 올린 글라스 잔과 샴페인, 화려한 케이크까지 킹더랜드 직원들이 파티 준비로 분주하게 움직이고 있다.
하나, 테이블 세팅을 하고 있는 사랑에게 다가온다.

하나	오늘 일반 손님 안 받는 거 알지? 명단 잘 체크하고.
사랑	네. 근데 무슨 행사길래 이렇게까지 해요?
하나	퍼스트로얄 호텔 막내딸 생일 파티.
사랑	퍼스트로얄 호텔 놔두고 왜 굳이 여기서 해요?
하나	그러게 말이다. 암튼 절대 실수하지 마.

손님들이 들어오고 사랑은 트레이에 웰컴 샴페인을 들고 나른다.
잠시 후, 주인공답게 화려한 드레스를 입은 유리가 사람들의 축하를
받으며 등장한다.

손님I(男)	생일 축하해.
유리	고마워.
손님I(男)	어쩜 넌 점점 더 예뻐지냐? 우리 유리 이제 나한테 시집와도 되겠다.
유리	미안. 내가 눈이 좀 높아서. 뭐 잠깐 놀아는 줄게. (사랑을 보며) 저기!
사랑	네.
유리	(사랑이 트레이 들고 오면 잔 하나를 집으며) 이거 뭐예요?
사랑	(트레이를 내밀며) 바리뇽 p2입니다. 크리미해서 드시기 좋을 거예요.

환하게 웃으며 상냥하게 설명을 해주는 사랑.

☕ 47. 킹더랜드. 연회장/ 밤

멋지게 차려입은 원이 연회장 안으로 들어온다. 그 뒤로 커다란 명품
상자를 든 상식이 보인다.

상식   뭐가 이리 요란해요? 촌스럽게.
원   꼬맹이잖아. 티 내고 싶은가 보지.

사랑이 원과 눈이 마주친다.
웃으며 인사하는 사랑, 눈인사로 받아주는 원.
상식, 전화벨이 울리지만 받을 손이 없다. 주위를 둘러보다 사랑과
눈이 마주친다.

상식   사랑 씨 잠깐만.
사랑   네.

상식, 사랑에게 상자를 건네고 전화를 받으며 밖으로 나간다.
상자를 건네받은 사랑, 어쩌라는 건지. 상식이 원을 따라가라 눈짓
한다. 사랑이 상자를 들고 원을 따라간다.
원은 뒤에서 그런 일이 벌어지는 줄도 모르고 유리 쪽으로 간다.
원이를 발견한 유리, 활짝 웃으며 달려와 원을 안는다.
사랑이 놀라 우뚝 멈춰 선다. 원은 기분 나쁘지 않게 유리를 밀어낸다.

유리   나 안 보고 싶었어?
원   잘 지냈지?
유리   오빠도 없는데 어떻게 잘 지내?
원   매일 밤 술에 파티에 아주 즐겁게 노시던데.
유리   암튼 요즘 파파라치들이 문제라니까.
원   생일 축하해.
유리   말로만?

원   잠깐만.

뒤돌아보는 원. 사랑이 상자를 들고 서 있다. 원은 사랑을 보고 놀란다.
사랑은 곧 정신을 차리고 헤르메스 미소를 짓는다.

원   왜 노 비서는?
사랑   전화 통화 중입니다. (상자 건네며) 여기요.

상자를 건네받은 원. 사랑이 표정이 신경 쓰인다.

원   (사랑이 얼굴을 들여다보며) 무슨 일 있어?
사랑   아닙니다.
원   아닌 게 아닌 거 같은데?
유리   오빠! 뭐 해?

원이 선물 상자를 주고 돌아서면 사랑은 벌써 카운터 쪽으로 가고
있다.

유리   이게 뭐야? 지금 뜯어봐도 돼?

유리, 테이블에 상자를 올려놓고 뜯기 시작한다.
서빙용 트레이를 잡는 사랑, 유리 환호성과 박수 소리에 돌아본다.
원이 준 선물, 명품 브랜드에서 만든 말안장을 들고 있는 유리. 세상
에서 제일 행복한 얼굴이다.

유리	어떻게 알았어? 진짜 갖고 싶던 건데.
원	갖고 싶다고 사달라며.
유리	파티고 뭐고 다 귀찮다. 둘이 따로 나가서 놀까?
원	됐어. 친구들이랑 놀아.

원은 건성으로 대답하며 사랑을 본다.
사랑은 밝은 얼굴로 테이블을 다니며 서빙을 하고 있다.
사랑은 평소와 똑같이 웃고 있지만 원은 계속 사랑이 신경 쓰인다.

유리	자꾸 어딜 봐. 나한테 집중해.

원이 유리를 본다. 그 사이 유리는 사랑을 부른다.

유리	여기요.
사랑	네.
유리	(사랑 오면 선물 가리킨다) 이거 보관 좀 부탁해요.
사랑	네. 카운터에 보관해 드리겠습니다.
원	무거워. 이따 내가 치울게.
사랑	아닙니다. 제가 하겠습니다. 제 일인데요.

사랑이 상냥하게 웃으며 말안장을 든다.

창가에 서 있는 원과 유리.

유리	회장님은 잘 계시지?
원	응.
유리	화란 언니는?
원	잘 지내.
유리	오빠는? 본격적으로 경영수업 받는 거야?
원	그냥 다니고 있어.
유리	그냥 다니는 게 어딨어. 그룹 물려받아야지. 나는 오빠 셋에 언니 둘이라 틀려먹었어. 오빠가 킹그룹 받아서 나 줘.
원	무슨 소리야?
유리	어차피 우리 결혼할 거잖아. 아빠들끼리 얘기도 끝났고.
원	그럼 아버지들끼리 결혼하시라 그래.
유리	(농담처럼 듣는다) 진짜 이러기야?
원	나 말고 너 좋아하는 남자 만나.
유리	남자 생기면 얘기할게. 오빠도 누구랑 놀더라도 나한테 얘기하고 놀아. 딴 사람한테 듣게 하지 말고.

서빙 중간중간 원을 보는 사랑.
유리는 즐거운 얼굴로 얘기하는 중이고 원은 뒷모습만 보인다.

민서	사랑 씨.
사랑	네.

민서	그만 퇴근해. 밥도 못 먹고 너무 늦었지?
사랑	아니에요.
민서	도와줘서 고마워. 오버타임 비 두둑이 챙겨줄게.
사랑	네. 감사합니다.

사랑, 파티를 즐기는 사람들을 뒤로하고 씁쓸한 얼굴로 돌아선다.
킹더랜드를 나가려는데 상식이 다가온다.

상식	퇴근? 그럼 오늘 우리 데이트나 할까?
사랑	제가 왜 과장님이랑 데이트를 해요?
상식	밥 사준다며.
사랑	남자들은 왜 그래요? 데이트라는 말은 좋아하는 사람한테만 하세요. 밥은 그냥 밥이에요.

사랑, 차갑게 말하고 간다. 상식은 왜 그러는지 영문을 몰라 한다.

☕ 49. 사랑의 집. 거실/ 밤

사랑과 평화, 거실에 앉아 TV를 보고 있다. 둘 다 우울한 얼굴…
문 열리는 소리가 들리더니 다을이 양손 가득 맥주를 들고 들어온다.

사랑	뭐야? 월급날이야?
다을	초롱이 엄마네 갔어! 오늘 내가 쏜다! 먹고 싶은 거 다 시켜!

"오, 예!" 환호하는 사랑이와 평화.

〈사랑의 집, 거실〉

거실 바닥에 상이 펼쳐져 있다. 맥주는 잔뜩인데 안주는 과자 하나다. 그러는 사이, 사랑은 조용히 맥주 캔을 따더니 마시기 시작한다. 한 번 입을 대고 캔이 바닥나도록 마시는 사랑. 다을과 평화가 말을 멈추고 놀라 사랑을 바라본다.

평화	무슨 일 있어?
사랑	갈증 나서 그래.
다을	말해. 무슨 일인지.
사랑	데이트하자는 말, 원래 남자들은 아무한테나 막 해?
다을	또 손님이 찝쩍댔구먼.
평화	한번 놀자는 거지 뭐. 비행하면 그런 놈들 수두룩해. 근데 또 그런 놈들 대부분이 꼭 여자 있다. 여자친구 화장실 간 사이에 쪽지 주더라니까.
사랑	맞아, 여자가 있는 거 같아.
다을	하여간 있는 것들이 더 해요.
평화	더 서글픈 건 그런 놈들 만나도 웃으면서 무시하는 거밖에 할 수 있는 게 없다는 거야. 뭐라 했다간 도리어 컴플레인 걸린다니까.
사랑	우리가 어쩌지 못할 거 아니까 더 함부로 하는 거지. 활짝 웃으면 기분 안 좋은데 왜 웃냐고 난리, 그래서 안 웃으며 뭐가 못마땅하냐고 난리. 만만한 게 우리지 뭐.
다을	에잇, 술맛 떨어진다. 그만 얘기하자.

셋 다 말이 없다. 조용하니 더 우울하다.

사랑   조용하니까 기분 더 꿀꿀하다.

휴대폰으로 음악을 검색하는 사랑.
블루투스 스피커에서 〈Chichiquita〉 흘러나온다.
음악이 나오자마자 분위기가 확 달라진다.

평화   이거 뭐야? 좋은데?
사랑   (어깨를 흔들며) 그치? 은근 중독성 있어.

평화는 맥주를 따고 다을은 볼륨을 올린다. 어깨를 흔들며 건배를 하는 삼총사.

다을   아우, 차차차가 나를 부른다.

자리에서 일어나는 다을, 차차차 스텝을 밟으며 엉덩이를 흔들기 시작한다.

평화   그게 아니지! 이거지. (일어나 몸을 흔든다)
사랑   아냐 아냐, 그거 아냐! (몸을 흔들며) 이 리듬엔 이거지.

사랑도 일어나 몸을 흔든다. 각자 다른 춤을 추던 삼총사, 점점 음악에 빠져들며 군무를 선보인다. 초인종 소리가 들린다.

다을   오! 왔다!

〈몽타주〉

신나는 음악이 계속된다.

현관까지 엉덩이를 흔들며 가는 다을, 문을 열면 피자 배달부가 서 있다. 다을, 피자를 들고 춤을 추며 들어온다.

춤추던 평화, 딩동 소리에 현관문을 열면 족발 배달부가 서 있다. 평화, 족발을 들고 춤을 추며 들어온다.

점점 흥이 오르는 삼총사. 어느새 거실이 화려한 미러볼 조명이 비추는 무도회장으로 변했다. 블루투스 마이크를 든 사랑이 샤크라의 〈한〉을 부르고 그 뒤로 다을과 평화가 격렬하게 춤을 춘다. 점점 더 후끈 달아오른 분위기에 사랑은 바지를 무릎까지 걷어 올린다. 초인종 소리 울린다.

사랑   아! 치킨 왔다. (마이크에 대고) 문 앞에 놓고 가세요.

후렴 부분이다. 격렬하게 몸을 흔들며 문을 여는 사랑, 바닥을 본다. 치킨이 없다. 치킨 대신 누가 서 있다. 반짝이는 구두… 날 선 바지… 고개를 드는 사랑 앞에 원이 서 있다.

원을 보고 있는 사랑. 이게 뭐지… 내가 뭘 잘못 보고 있는 건가…

머리는 부지런히 돌아가지만 관성이 붙은 몸은 여전히 리듬을 따라 춤을 추고 있다.

〈 END 〉

7부

킹더랜드

☕ 1. 사랑 집. 현관/ 밤

배달원이 벨을 누르더니 치킨을 놓고 돌아선다.
바쁜 듯 서둘러 뛰어가는 배달원을 지나쳐 원이 현관 쪽으로 오고
있다. 문 앞에 치킨이 놓여 있다.
이런 것도 시켜 먹는구나, 방긋 웃음이 나는 원.
초인종을 누르려는데 문이 벌컥 열린다.

사랑   나를 찾지 마아으아~

사랑이 노래를 부르며 나온다.
치킨을 집으려다가 멈칫하는 사랑. 원을 올려다본다.
머리는 땀으로 범벅되어 산발이 됐고, 후줄근한 추리닝 바지는 무릎
까지 걷어 올렸다. 마이크를 꼭 쥔 채 원을 바라보는 얼굴은 얼마나
놀랐는지 발갛게 상기되어 있다.
이런 모습을 처음 보는 원, 입가에 웃음이 번진다.
원, 새어 나오는 웃음을 꾹 참으며 사랑이와 눈높이를 맞춰 쪼그려
앉는다.

원   잠깐 얘기 좀 하고 싶은데.

눈만 껌뻑이던 사랑, 슬금슬금 뒷걸음질을 치더니 문을 닫는다.

📷 2. 사랑 집. 현관 내외부/ 밤

여전히 현실감이 없는 사랑. 잘못 본 건가? 싶기도 하다.
음악이 끝나고 방이 조용해진다.
사랑이 다시 문을 열어본다. 다 열지는 못하고 조금만 열어서 얼굴만
내미는데 원이 치킨을 들고 서 있다.

사랑	본부장님?
원	(치킨 들어 보이며) 혼자 다 못 먹지 않나?
사랑	여긴 어떻게 오셨어요?
원	같이 먹으면서 얘기 좀 하지.

문을 열더니 안으로 불쑥 들어오는 원.

사랑	잠시만요!

사랑이 막으려 하지만 원은 벌써 거실 쪽으로 가고 있다. 다급한 사
랑, 따라가며 원을 잡는다.

사랑	안 돼요, 어딜 들어가요.

성큼성큼 안으로 들어오던 원이 흠칫 놀라 멈춘다.
사랑이보다 더한 복장, 더 땀에 절은 평화와 다을이 족발과 피자를
차리고 있다.
으악~ 소리를 지르는 다을과 평화.

평화   도둑이야!

평화는 비명을 지르며 물러나고, 다을은 비명을 지르며 족발 뼈를 들고 달려든다. 족발 뼈로 원이 머리를 내려치는 다을.

3. 사랑 집/ 밤

사랑, 다을, 평화 그리고 원이 상을 가운데 두고 동그랗게 앉아 있다. 다을과 평화는 미안한 얼굴이고 원은 가까스로 화를 참고 있다. 사랑은 중간에 끼어 죽을 맛이다.

평화   사랑이 직장 동료라고 말씀을 하시지.
원   (욱한다) 말할 시간을 줬는지 스스로 생각을 좀 해보시면.
다을   (특유의 넉살로) 에이~ 같은 식구끼리 마음 풀어요. 우리도 다
             킹그룹이에요. 저는 킹패션 알랑가.
평화   저는 킹에어.
다을   우리 모두 한 식구! (미소)
사랑   (원에게) 병원 가서 진단서 끊고 애들 고소하셔도 돼요.
다을   가족끼리 그러는 거 아니야. (원에게) 사랑이랑 같은 부서예요?
사랑   아냐. 이분은,
원   맞아요. 같은 부서.

사랑, 이 사람이 왜 이러나 싶어 바라보는데.

다을	진짜 고생 많으시겠어요. 거기 싹수 노란 망나니 하나 있다던데.
사랑	(뜨끔해 말리려 한다) 야! 아니야! 무슨 소릴 하는 거야.
평화	아! 그 망나니 본부장?
다을	맞아, 본부장! 그놈 이름이 뭐였더라?
평화	구원! 회장님 아들. 낙하산. (사랑에게) 맞지?
사랑	(울상) 아니라니까…
평화	아니 얘를 얼마나 잡으면 이름만 들어도 울먹거려.
다을	(원에게) 회사도 완전 놀러 다닌다면서요? 취미로 다닐 거면 곱게 놀다 갈 것이지. 암튼 어딜 가든 꼭 그런 것들이 있다니까?
사랑	(죽을 맛이다) 처음에만 살짝, 정말 아주 약간 그랬다는 거지 지금은 아니야.
다을	아니긴 뭐가 아냐? 인간성도 완전 발바닥이라며.
사랑	내가?
평화	응! 개차반이라고 했어.
사랑	언제?
다을	어제!
평화	엊그제도 그랬지.
다을	저번 주도 그랬고.
평화	저번 달도 그랬을걸?

뭐라 할 말이 없는 사랑, 목이 타는지 맥주를 벌컥벌컥 마시고 원은 굳은 얼굴로 앞만 보고 있다.

다을	(원이 보며) 그러고 보니 우리 통성명도 안 했네요. 성함이…

망설이는 원. 사랑은 드디어 올 게 왔다 싶어 한숨을 푹 쉰다.
사랑은 자기 입으로 얘기하고 자기가 사과해야겠다 싶어 입을 연다.

사랑	이분은,
원	노 과장이라고 부르시면 됩니다.
다을	어머, 과장님이셨구나, 난 팀장인데. 알랑가 강다을이에요. 혹시 해외 나갈 일 있으면 꼭 들르세요. 할인 많이 해줄게요.
평화	저는 오평화예요.
다을	킹에어 거의 사무장.
평화	비행기 탈 때 연락하세요. 비상구 옆에 조금 넓은 자리로 빼드릴게요.
원	감사합니다.
사랑	애들이랑 엮일 생각도 하지 마세요. 그냥 싹 다 고소하세요.
평화	(말 돌리며) 그런데 노 과장님 여기는 왜 오셨어요?
다을	(능글맞은 표정으로 원을 보며) 여기까지 왜 왔겠어? 보고 있어도 보고 싶은~ 그런 거지.
평화	어머! (둘을 가리키며) 둘이 벌써 그런 사이야?

사랑이 평화와 다을 입에 닭 다리를 하나씩 쑤셔 넣으며 협박하듯 말한다.

사랑	그만 먹고 가라!
다을	왜? 한창 재미있는데. (씨익 웃으며) 우리 보내고 둘이 뭐 하게?
사랑	쫓겨나고 싶냐?
평화	여기 반은 내 집이거든? 보증금 반, 월세 반! 내 손님한테 함

부로 하지 마! (다을에게) 눈치 보지 말고 천천히 놀다 가.

다을은 '우쭈쭈 고마워' 하는 듯 평화 엉덩이 두드려 주고는 원이 가
져온 쇼핑백 본다.

다을   근데 그건 뭐예요? 선물인가?
원   (잊고 있었다) 아, 이거! (사랑에게, 쇼핑백을 건네며) 받아. 약이야. 어
          디가 아픈지 몰라 다 달라고 했어.
사랑   저요? 제가 왜 약을 먹어요?
원   아픈 거 아니었어? 아까 얼굴이 안 좋던데.

사랑이 옆에 앉은 다을과 평화, 쇼핑백 안을 들여다본다. 온갖 약들
이 가득 들어 있다. 다을과 평화, 동시에 원을 본다.

다을   올~ 노 과장님 합격!
평화   저도 허락할게요.
사랑   허락하긴 뭘 허락해? 니네 진짜 이럴 거야?
다을   우리가 뭐? 어때서?
평화   쑥스러워서 그런가 봐. 모르는 척해주자.
사랑   그런 거 아니라니까!

쉬지 않고 이어지는 삼총사 수다에 점점 정신이 혼미해지는 원, 발딱
일어난다.

원   (사랑에게) 저기! 잠시. 단둘이! 조용히! 얘기 좀 하고 싶은데.

다을과 평화, "오올~" 알았다는 사인을 보낸다.

4. 베란다/ 밤

작은 테이블을 사이에 두고 캠핑 의자에 앉은 원과 사랑.
커튼이 쳐 있어 거실은 보이지 않는다.

사랑	(커피를 건네며) 죄송해요. 정신없죠?
원	아니. 평소에 나를 어떻게 생각하는지 알게 된 아주 소중한 시간이었다고나 할까? 망나니. 개차반. 발바닥. 또 뭐라 했더라.
사랑	(당황한 사랑. 멋쩍게 웃으며) 웃자고 한 얘길 진짜로 받아들이시면 어떡해요? 애들이 장난이 심해요.
원	많이 친한가 봐.
사랑	가족이나 마찬가지예요.
원	가족 같은 친구, 가족 같은 회사, 가족은 다 좋을 거라는 말도 안 되는 생각에서 나온 말들 딱 질색이야. 가족이 남보다 못한 경우가 얼마나 많은데.
사랑	남이 가족보다 나은 경우도 있죠. 가족처럼 소중한 친구들이에요.

사랑이 말을 듣고 보니 그럴 수도 있겠다는 생각이 드는 원.

사랑	진짜 왜 온 거예요?
원	얼굴이 너무 안 좋아서 무슨 일 있는지, 아픈 건 아닌지 걱정

	돼서.
사랑	그렇다고 여자친구 혼자 두고 오면 어떡해요? 그것도 생일날.
원	여자친구 아닌데?
사랑	아니라구요?
원	응. 아니야.
사랑	(발끈하며) 그럼 왜 안아요?
원	뭘?
사랑	여자친구도 아닌데 왜 품에 안기냐구요? 본부장님 가슴은 막 아무나 안기라고 오픈돼 있나 봐요. 만인의 쉼터 그런 건가?
원	(좋다) 설마 질투하는 거야?
사랑	제가요? 왜요? (강조) 절대 아니거든요?
원	아니긴. 눈에서 질투가 활활 타오르는데.
사랑	타긴 뭐가 타요? 본부장님이 누굴 만나든 저는 정말! 관심 없거든요?
원	알았어. 이렇게 애원하는데 앞으로는 절대! 아무도 안기지 못하게 할게.
사랑	누가 애원을 했다 그래요?
원	알았어. 앞으로 절대 헷갈리는 일 없도록 내가 잘할게. 괜히 이런 일로 마음 졸이지 마.
사랑	진짜 그런 거 아니라니까요!
원	진짜 그런 거 아니야?
사랑	예? …예.

사랑은 부정하지만 스스로도 그게 진심인지는 모르겠다.

원이 빤히 바라보고만 있자 동요되는 사랑. 눈을 어디에 둬야 할지 모르겠다.

어쩔 줄 몰라 하는 사랑을 보는 원. 그 모습이 귀여워 빙긋 웃음이 나온다. 원이 손을 쓱 뻗더니 사랑 머리를 쓰다듬는다.

원   알았어. 그렇다고 해줄게.

사랑은 심장이 내려앉는 것 같다. 눈을 동그랗게 뜬 채 몸이 얼어붙는다. 원이 손을 거둔다. 폭풍 같았던 시간이 지났다.
사랑이 원을 본다. 원은 웃고 있다.

평화   (소리) 뭐야 오늘부터 1일이야?
다을   (소리) 딱 보면 모르냐? 좋을 때다!

수군거리는 소리에 뒤를 돌아보는 사랑, 커튼을 조금 열고 몰래 훔쳐보고 있는 다을과 평화와 눈이 마주친다. 커튼을 닫고 뒷걸음질 치는 다을과 평화.

🏮 5. 집 앞 골목길/ 밤

어둠이 사뿐히 내려앉은 골목길을 걷는 원과 사랑. 어깨가 닿을락 말락, 약간의 서먹함과 풋풋한 설렘이 둘 사이를 맴돌고 있다.

원   우리 데이트할까?
사랑   지금요? 너무 늦었어요.

원	그럼 내일 일찍은 어때?
사랑	출근해야죠.
원	그럼 언제가 좋아? 밥 먹기 좋은 시간? 아니면 차 마시기 좋은 시간? 그것도 아니면 술 한잔하는 것도 좋고. 아무 때나 편한 시간으로 골라봐.
사랑	생각해 볼게요.
원	(뾰로통한) 왜 생각을 해? 그냥 마음 가는 대로 하면 안 되나?
사랑	스케줄 확인해 봐야 해서 그래요.

사랑이 쪽으로 차가 온다.
사랑이 어깨를 살포시 붙잡아 안쪽으로 자리를 바꾸는 원.
원의 배려에 가슴이 콩닥거리는 사랑. 어느새 집 앞이다.

사랑	이제 들어가요.
원	벌써? (가기 싫다) 조금만 더 걷자. 귀한 시간 내줄게.
사랑	그 귀하디귀한 시간 사양할게요. 가요. 늦었어요.
원	가라는 말 금지! 적당한 때 내가 알아서 갈게.
사랑	지금이 그 적당한 때예요.
원	알았어, 갈게. (사랑이 손을 잡으며) 딱 한 바퀴만 더 돌고.

사랑이 놀라 손을 본다. 손을 빼려고 하지만 원은 더 꼭 잡는다.

사랑	뭐 해요?
원	보호하려는 것뿐이야. 뭔가 다른 건 기대하지 말고.
사랑	아무 생각 안 했거든요?

원	(딴청 피우며) 이 동네 차들 너무 위험하네. 혼자 다니다 큰일 나겠어.
사랑	(손을 빼내려는데) 놔요. 차는 제가 알아서 잘 피할게요.
원	(다정하게 바라보며) 쉿! 다들 잘 시간이야. 조용히 가지.

어렵게 잡은 손을 놓기 싫은 원, 사랑이 손을 더 꼬옥 잡고 걷는다. 사랑도 싫지만은 않은 듯 얼굴에 미소가 번진다. 바람이 기분 좋게 불어온다.

6. 비행기. 갤리 안/ 낮

평화, 카트에 기내식을 싣고 있다. 기장 병구가 갤리로 들어온다.

병구	헬로우.
평화	뭐 필요하세요?
병구	요즘 어린놈이랑 같이 출근하던데? 둘이 사귀어?

평화는 병구를 무시하고 선반을 연다. 병구가 평화 손을 잡는다.

병구	묻잖아. 둘이 사귀냐고?
평화	놔라. 좋은 말로 할 때. (손을 뿌리치면)
병구	그 자식도 알아? 우리 사이? 어린놈이랑 노니까 좋냐?
평화	좋든 말든 네가 무슨 상관인데?
병구	네가 죽도록 감추고 싶은 비밀, 싹 다 불어버릴까? (평화 표정

	살피며) 왜 쫄려? 그니까 적당히 까불어. 네가 자꾸 까부니까 내 입이 근질근질하잖아.
평화	(노려보며) 한마디만 해. 그땐 내가 정말 너 가만 안 둬.
병구	오, 톡 쏘는 그 눈빛 너무 좋아. 내가 이 맛에 널 못 잊는다니까.
평화	너 이러고 다니는 거 네 마누라는 아니?
병구	우리 얘기에 왜 내 마누라가 나와?
평화	제발 내 인생에서 꺼져. 너라면 징글징글하니까.
병구	싫은데? 이따 비행 끝나고 분위기 좋은 데서 술이나 한잔하자.
평화	내가 미쳤니?

갤리로 들어오는 로운, 병구한테 인사한다.

로운	안녕하십니까, 기장님.
병구	(빤히 쳐다보다) 과거 있는 여자 어떻게 생각해? 자기 정체를 숨기고 사는 음흉한 사람 말이야.
로운	네? 그걸 왜 물어보세요?
병구	하긴 그걸 뭐 하러 물어봐? 좋을 리가 없지. 흠 있는 사람을 누가 좋아하겠어? 다들 수고!

병구, 쏘아보는 평화의 일그러진 표정을 즐기듯이 웃으며 돌아선다.
어리둥절한 로운, 평화 눈치를 살핀다.

로운	무슨 일 있어요?
평화	별일 아니야. 일해.

로운   …별일 아닌 얘기더라도 무슨 일 있거나 도움 필요하시면 저
한테는 다 얘기하셔도 돼요.

다정한 로운의 말에 울컥하고 감정이 올라오는 평화, 애써 괜찮은 척
웃는다.

7. 킹더랜드 로커룸/ 낮

로커를 여는 사랑, 유니폼을 갈아입으려는데 수미가 심기 불편한 얼
굴로 들어온다.

사랑   안녕하세요.

수미   (버럭) 안녕 못 하다 왜?
(사랑이 놀라 어리둥절 보고만 있으면) 가뜩이나 열받아 죽겠는데 누
구 약 올리니? (커다란 쇼핑백 집어 던지듯 건네며) 옷이나 갈아입어.

사랑   이게 뭐예요?

수미   예쁘게 꾸며 데려오시란다. 너 하나 구하려고 헬기까지 띄웠
다며? 참 대단하다.

사랑   죄송합니다.

수미   그게 진심으로 미안하다는 태도야? 네 옷 심부름이나 하니까
내가 우습게 보이지? 네가 뭐라도 된 것 같지?

사랑   아닙니다.

민서가 들어온다.

민서	지금 뭐 하는 거예요?
수미	기본예절 좀 가르치던 중입니다. 기본도 안 되어 있는 애가 운 좋게 위로 가니까 예의를 상실한 거 같아서요.
민서	김수미 지배인은 운이 좋아서 여기까지 올라왔어요?
수미	네? 저야 맹세코 오로지 실력 하나로 올라왔죠.
민서	당연하죠. 우리 킹호텔이 운으로 올라갈 수 있는 데가 아니잖아요. 특히나 킹더랜드는 정말 실력이 뛰어난 직원들만 올라오고요. 맞죠?
수미	네. 그렇긴 한데.
민서	사랑 씨는 2년 연속 베스트 탤런트로 뽑혔어요. 그래서 직원 대표로 홍보에 참여했고, 그 공 인정받아서 올라온 거예요. 운이 좋아서가 아니라고요. 알겠어요?
수미	네.
민서	한 번만 더 우리 애들한테 함부로 굴면 나도 지배인님한테 예절 교육 할 거예요. 여긴 왜 왔어요?
수미	상무님이 기자회견 준비시키라고 하셔서요. 의상이랑 헤어, 메이크업 모두 엘레강스하게 꾸며 오라고.
민서	(말 자른다) 내가 할 테니까 가보세요.
수미	네. (못마땅한 얼굴로)

수미가 못마땅한 얼굴로 인사하고 돌아선다.
수미가 나가자 민서가 찡긋 웃으며 쇼핑백에서 의상을 꺼낸다.

| 민서 | 보자. 엘레강스한지. (옷을 꺼내 사랑이에게 대본다) |

8. 킹더랜드 복도/ 낮

의상에 맞춰 헤어와 메이크업까지 마친 사랑. 민서와 함께 걸어간다.

민서   왜 그런 소릴 듣고만 있어? 화도 안 나?

사랑   화나죠. 저도 사람인데.

민서   근데 왜 가만히 있어?

사랑   제가 무슨 말을 해도 결국 사람들은 보고 싶은 대로 보고 믿고 싶은 대로 믿으니까요. 그냥 나만 아니면 됐지, 하는 게 편해요.

사랑은 웃으며 말하지만 표정이 씁쓸하다. 민서는 그런 사랑이 애잔하다.

민서   나는 안 그럴게. 앞으로 무슨 일이 있어도 사랑 씨 하는 말 천천히 다 듣고 판단할게. 그러니까 나한테는 참지 말고 다 얘기해 줘.

사랑   (활짝 웃는다) 네! 알겠습니다. 다 말씀드리겠습니다.

활짝 웃는 사랑을 보자 민서도 편안하게 웃는다.

민서   난 사랑 씨 웃는 거 보기 좋더라. 보는 사람까지 마음 편해져. 내 속은 썩어가는데도 그렇게 웃는 거 정말 힘든 일인데 얼굴 한번 찡그리는 거 본 적이 없어. 정말 대단하다 생각해.

사랑   아닙니다.

민서   그래서 안쓰러워. 혼자 애쓰는 것 같아서. 나한테는 가끔 진
            짜 얼굴 보여줘도 돼. 찡그려도 되고. 그냥 친언니처럼 생각
            하고 편하게 기대.

사랑이 걸음을 멈추고 민서를 본다. 진심 담긴 따뜻한 말이 사랑을
포근히 감싼다.

사랑   감사합니다. 편히 기댈게요.
민서   가자. 상무님 기다리실 텐데.

9. 화란 사무실/ 낮

화란과 사랑이 마주 앉아 있다. 사랑은 인터뷰 질문, 답변지를 보고
있다.

화란   (질문지를 건네며) 여기 써 있는 대로만 읽어. 어차피 질문은 다
            나한테 할 거니까 걱정은 말고.
사랑   네. 알겠습니다. (질문지를 보다가) 저… 여기 조금 걸리는 부분
            이 있는데요.

화란이 무슨 말이냐는 듯 바라본다. 사랑은 인터뷰 질문지를 보여
주며,

사랑   여기 보면 생사의 갈림길에 놓여 있다고 돼 있는데, 그 정도

로 긴박한 상황은 아니었습니다.

화란   (말 자른다) 상황은 중요하지 않아. 사람들이 원하는 건 팩트가
       아니라 드라마니까. 그래서 스토리텔링이 필요한 거고.

사랑   속이는 거잖아요.

화란   자기 하나 구하는 데 얼마가 들었는지 알아? 그거 다 회사 비
       용이야. 회사한테 미안하지도 않아?

사랑   …죄송합니다.

화란   대단히 송구스럽지? 그래서 내가 본인 마음 편해지라고 자리
       마련한 거야. 홍보팀에서 알아서 이야기까지 만들어 주고 얼
       마나 편해? 다들 이렇게 배려하는데 본인도 열심히 해야겠지?

사랑   네.

화란   그럼 읽어봐.

사랑   지금이요?

화란   응. 지금.

질문지를 보는 사랑. 또박또박 읽어 내려간다.

사랑   악천후에 홀로 고립되어 생사의 갈림길에 선 저를 구해준 킹
       호텔과…

사랑, '킹호텔과 구화란 상무님께 진심으로 감사드립니다'라는 문구
에 말을 멈춘다.

화란   왜? 무슨 문제 있어?

사랑   저를 구하러 와주신 건 구원 본부장님이셨는데요.

화란   내가 결재했어 헬기. 걘 그런 거 띄울 주제도 안 돼. 그러니까
     감사는 나한테만 하면 돼. 다시 읽어봐.

사랑이 다시 질문지를 본다.

🏆 10. 원이 사무실/ 낮

인터넷으로 '서울 데이트 명소'를 검색하는 원. 수많은 자료들이 검색
된다. 그중 '서울의 커플 데이트 명소 베스트 10'을 클릭하는 원. 집
중해서 읽어보는데,

상식   (소리) 데이트하시게요?

원이 으헉! 놀라 돌아보면 상식이 원이 옆에서 같이 모니터를 보고
있다.

원   뭐 하는 거야!
상식   (혼날까 봐) 노크를 몇 번이나 했는데요. 누구랑 데이트하시려구
     요?
원   아니! 데이트 아닌데?

상식이 다시 모니터를 본다. '연인과 더욱 가까워질 수 있는 서울 데
이트 명소'라는 문구가 보인다. 원이 모니터를 꺼버린다.

원	데이트 명소 리스트에 우리 호텔이 있는지 없는지 보던 것뿐이야.

상식이 씩 웃고 있다. 아무리 봐도 비웃는 것 같다. 원은 괜히 찔린다.

원	뭐지? 그 웃음은?
상식	데이트가 뭔지나 아시고 명소를 논하시는 건가요?
원	모를 리가 없잖아.
상식	알 리가 없을 텐데? 1분 만에 여자의 마음을 훔치는 필살기 좀 전수해 드려요?
원	굳이? 내가 왜?
상식	데이트는 여자의 마음을 훔치는 전쟁과 같거든요. 여자의 마음을 사로잡으려면 일단 제일 중요한 게…
원	(귀를 쫑긋 세운다) 중요한 게?
상식	맞다! 굳이 필요 없다 하셨지?
원	성의를 봐서 들어는 줄게. 얘기해 봐.
상식	본부장님은 모르시겠지만, 일단 계속 눈도장을 찍어야 돼요. 항상 보이는 곳에, 우연히 마주치는 것처럼. 스치듯 안녕, 뭐 그런 느낌?
원	스토커야?
상식	대놓고 쫓아다니면 안 되죠. 보일 듯 말 듯! 닿을 듯 말 듯! 그런 느낌으로. "왜 자꾸 내 앞에 나타나지? 뭐가 있나?" 신경이 쓰일 때쯤 딱 사라지는 거예요. 그럼 그때부터 보고 싶고, 생각나고, 게임 끝이라니까요.
원	그게 통한다고?

| 상식 | 그럼요! |

상식을 뚫어지게 보는 원. 상식은 자신만만한 얼굴이다. 원이 발딱 일어난다.

상식	어디 가시게요? 보고드릴 거 있다니까요?
원	나랑 상관있는 일이야?
상식	상관은 없지만 회사 전반적인 상황은 파악하고 계셔야.
원	앞으로 나랑 상관없는 얘기는 꺼내지도 마.

원, 사무실을 나간다.

11. 킹더랜드/ 낮

라운지 한쪽에 자리를 잡고 있는 원. 태블릿을 보는 척 주변을 둘러본다. 사랑이 보이지 않는다. 커피를 마시는 척 다른 곳을 보는 원. 하나가 다가온다.

하나	혹시 더 필요한 거 있으세요. 본부장님?
원	아뇨. 지나가다가 우연히 들른 거니까 신경 안 써도 돼요.
	(라운지 한 번 더 둘러보는데)
하나	누구 찾으시는 분 있으세요?
원	…직원들 다 출근했어요?
하나	네.

원	그런데 천사랑 씨가 없네요?
하나	기자회견 갔어요.
원	기자회견이요?

12. 소연회실 (기자 간담회) / 낮

밝은 조명 아래 화란과 사랑이 나란히 앉아 있다.

화란은 환한 얼굴로 빛나고 있고 사랑은 자리가 불편한지 고개를 약
간 숙이고 있다.

기자들 발밑에는 무슨 선물이 들어 있는지 모르는 '킹호텔' 로고가 박힌
쇼핑백이 하나씩 놓여 있다. 기자들 질문은 화란에게 집중되고 있다.

질문과 답변이 오가는 중 뒷문으로 원이 들어온다.

기자1	119에 구조 요청하고 기다릴 수도 있었는데, 야간에 임원들을 모두 소집해 구출 대책 회의를 했다는 게 사실인가요?
화란	네. 우리 직원 일이니까요.
기자2	직접 구조 헬기를 파견한 이유가 있습니까?
화란	악천후로 수색이 지연되고 있다는 소식을 받았어요. 산속에 혼자 고립되어 있는데 당연히 그래야죠.
기자2	직원 단 한 명을 구하기 위해 헬기를 띄운다는 건 회사로서는 정말 쉽지 않은 결정이셨을 텐데요.
화란	아니요. 쉬워요. 다시 말씀드리지만 우리 직원이잖아요.
기자3	솔직히 비용 문제를 생각하지 않을 수가 없었을 텐데요. 요즘 기업들은, 특히 대기업일수록 직원보다 회사 이익이 먼저 아

닌가요?

화란   맞습니다. 기업은 이익이 가장 중요합니다. 그런데 이익을 만
들어 내는 사람은 우리 직원들이에요. 그래서 회사의 주인은
직원이라고 말하죠.

사랑이 화란을 힐끔 본다. 마치 '내가 주인이라고?' 물어보고 싶은 얼
굴이다. 원이도 그런 화란이 모습이 너무 뻔뻔해 헛웃음이 나온다.

기자3   직원들이 정말 믿고 일할 수 있는 회사 같은데요?
화란   그걸 만드는 게 제 일이죠.
기자   직원분께 질문 하나 할게요.

사랑이 눈을 든다. 그러다 뒤늦게 원을 발견한다. 둘의 눈이 마주친다.

기자   마지막으로 회사에 하고 싶은 말이 있나요?

여전히 원을 보고 있는 사랑. 자기를 구하러 달려와 준 유일한 사람
이고, 지금 화란이 대신 앉아 있어야 마땅한 사람이다.
그 생각에 대답이 늦어지는 사랑. 화란이 빨리 대답하라 눈치를 주
는데,

사랑   악천후에 홀로 고립되어 생사의 갈림길에 선 저를 구해준 킹
호텔과 구화란 상무님께 진심으로 감사드립니다.

사랑이 앵무새처럼 막힘없이 말한다.

기자   상무님도 이 자리를 빌려 직원분들께 전하고 싶은 말이 있으신가요?

화란이 대답을 하려는데,

사랑   저… (모두 사랑을 본다) 마지막으로 한마디만 더 해도 될까요?
화란   (알았다는 듯. 고개를 끄덕인다)
사랑   (원을 똑바로 바라보며) 직접 헬기를 타고 먼 길 폭풍 속을 날아와 주신 구원 본부장님께 감사드립니다. 정말 감사합니다.

원은 사랑이 마음을 알겠다는 듯 눈으로 대답하고 돌아선다.
화란, 언짢은 눈으로 원과 사랑을 번갈아 본다.
"상무님 이쪽도 한번 봐주세요." 사진기자 목소리 들린다.
고개를 돌리는 화란, 어느새 웃는 얼굴이다. 셔터 소리 들리고.

🏆 13. 소연회실 앞 복도/ 낮

걸어가는 원. 행복한 얼굴이다.

🏆 14. 원 사무실/ 밤

원이 자켓을 걸치고 있다.
그 옆에서 태블릿 PC를 보는 상식, 화란 사진과 함께 〈3세 경영, 사

람을 말하다〉라는 헤드라인이 떠 있다. 상식이 투덜거리며 기사를
읽어준다.

상식   재계에 3세 경영 시대가 시작되고 있다. (투덜) 시작된 지가 언
제인데 헤드라인을 이렇게 뽑아. (기사) 3세 경영진 중 킹그룹 구
화란 상무가 직원 중심의 회사를 내세우며 화제의 주인공이
되고 있다. 구화란 상무는 출장을 간 직원이 악천후로 고립되
자 비상 임원회의를 열고 회사 헬기를 직접 보내서, (짜증 난다)
자기가 보냈다잖아요! 보낸 사람은 여기 있는데.

원은 아무 대답도 없이 방을 나선다. 상식이 따라 나간다.

🎙 15. 회의실 가는 복도/ 밤

상식이 원을 따라가며 쉴 새 없이 말을 건다.

상식   이런 걸 배워야 된다구요. 이렇게 이미지 메이킹 하니까 언론
에서 후계 구도에 방점이 찍혔다 그런 기사가 나오잖아요.
본부장님? …들리세요? …지금 회사 주인이 말씀드리잖아요.

원이 멈춰 돌아본다. 상식이 움찔하며 바라보며 태블릿 보여준다.

상식   회사 주인은 직원이라고 해서.
원   기자회견 하는 거 왜 보고 안 했어?

상식	본부장님이랑 상관없는 건 보고하지 말라면서요.
원	이게 왜 상관이 없어? 킹더랜드 직원이 끌려가서 허수아비처럼 이용당하는데 보고를 해야 할 거 아냐.
상식	딱 얘기하세요. 어디서 어디까지 알고 싶은 건지. 그럼 속속들이 다 보고드릴게요.
원	나랑 상관있는 일만.
상식	어느 부분까지 상관하실 건데요?
원	…
상식	예를 들면 상무님이 후계자 자리를 굳히기 위해 무슨 일을 하시는지,
원	알 필요도 없고 알고 싶지도 않아.
상식	그럼 이건 어떠세요? 며칠 후에 사미르라고 아랍 왕자가 한국에 오거든요? 세계 부자 랭킹 13위에 하루만 묵어도 한 달 매출이 나와요. 대한민국 모든 호텔이 모시려고 전쟁을 하는데 거기에 상무님도 참전했거든요. 그런데 실패했대요. 이걸 물고 늘어지면 본부장님이 유리한 고지를,
원	나랑 상관없는 일이야. 직원들 일만 보고해.
상식	직원 누구요? 뒷조사해 드려요?
원	아니! 누가 힘든 일 겪는지, 누가 부당한 대우 받는지 그런 거.
상식	직원들이야 다 힘들고 부당대우 받죠. 그러니까 직원이죠.

원이 노려본다. 상식은 그 눈을 피할 생각이 없다.

| 상식 | 진짜 일하실 거면 하나부터 열까지 다 보고 받으세요. 솔직히 상무님 저러시는 거 못마땅하잖아요. 본부장님이 힘을 길러 |

야 직원을 지키죠.

(원이 무섭게 바라본다. 그 눈을 똑바로 보며) 아니, 눈에 힘을 주지 말고 직급에 맞는 힘을 가지시라니까?

원이 돌아선다. 상식은 한숨만 나온다.

🧺 16. 회의실 가는 복도. 다른 곳/ 밤

화란과 최 전무가 걸어가고 있다.

최 전무   오늘 기자회견 아주 잘하셨어요. 후계 구도는 내부에서만 결정하는 게 아닙니다. 외부 눈도 중요해요. 외부에서 누굴 통해 우리 그룹을 보느냐의 문제기도 하고요.

화란   지금 저 가르치세요?

최 전무   죄송합니다.

화란   사미르 왕자 건은 방법이 없어요?

최 전무   이미 퍼스트로얄이랑 투숙 조건 논의 중이랍니다. 모든 방법을 다 동원했는데도 못 바꿨습니다.

화란   (차갑다) 내가 겨우 그 말 듣자고 6개월을 공들인 줄 알아요?

최 전무   죄송합니다. 하지만 더 이상은 방법이 없습니다.

화란   …그럼 손 떼요. 지금부터 우리 일 아니에요.

화란과 최 전무가 들어온다. 텅 빈 회의실에 원이 혼자 앉아 있다.
화란은 원이 맞은편 자리로 가며 말을 던진다.

화란   네가 시켰니? 네 이름 좀 불러달라고? (원이 무슨 말이냐는 듯 바
　　　　라보면) 아니면 천사랑 걔가 지 마음대로 한 거야?

원, 괜히 사랑이에게 불똥이 튈까 걱정된다.

원   내가 시켰어. 구한 건 나니까.

화란   내가 차린 밥상에 숟가락 올리는 거 너무 구차하지 않니?

원   사기꾼보단 나은 것 같은데. 그래도 쇼는 잘 봤어. '회사의 주
　　　　인은 직원입니다', 진짜 그렇게 생각해?

화란   그럼. 당연히 회사 주인은 직원이지. 그 직원들의 주인은 나고.

원   너무 뻔뻔하지 않아?

화란   돈 주잖아. 어느 세상이나 돈 주는 사람이 주인이야.

원   정말 그렇게 생각한다면 누나는 오너 될 자격이 없어.

화란   (웃는다) 너는 자격 있고? 네가 회사에 끼친 손해가 얼만 줄
　　　　알아? 네가 펑크 낸 거 내가 복구한 거야. 오늘 나간 기사가
　　　　어느 정도 경제 효과가 있는지 넌 계산도 못 하잖아.

원   사람 목숨, 돈 따위로 계산하지 마.

화란   그래서 넌 안 된다는 거야. 쇼를 해서라도 회사 이익을 극대
　　　　화하는 게 오너야. 내가 있어야 회사가 있고, 회사가 있어야
　　　　직원도 있지.

원과 화란, 팽팽하게 눈빛을 주고받는데 구 회장과 임원진 들어온다. 원과 화란, 최 전무가 일어나 인사를 한다. 구 회장은 활짝 웃으며 화란을 토닥여 준다.

구 회장 잘했어! 우리 구 상무. 기업 이미지 제고가 뭔지 확실히 보여 줬어.

임원1 (화란에게) 오늘 경제 쪽 기사가 전부 상무님 얘기뿐입니다.

임원2 (화란에게) 소셜 네트워크에도 미담으로 계속 퍼지고 있습니다. 기자들은 또 그걸 받아쓰고요.

화란 그래요? 거기까지는 생각 못 했는데 회사 홍보가 돼서 다행이네요.

순진한 척 웃고 있는 화란.
그 모습을 보고 있는 원. 덤덤한 눈길이지만 가슴에서 열기가 올라오는 것 같다.

구 회장 (자리에 앉으며, 화란에게) 아랍 왕자 건은 어떻게 됐어?

화란 (아무렇지도 않게) 퍼스트로얄 호텔로 갈 것 같습니다.

구 회장 아직 가계약 상태라며. 무슨 수를 써서라도 우리 호텔로 돌려.

화란 그래야 되는데, VIP 유치 및 관리는 킹더랜드 업무라서요. 구원 본부장이 해야 될 일이구요.

모두 구원을 본다. 원은 아무 준비도 안 된 채 모두의 눈길을 받고 있다.

| 구 회장 | (원에게) 무슨 수를 써서라도 우리 호텔로 데려와. 걔네들한테 뺏기면 단순히 매출 문제가 아니야. 업계 1, 2위가 완전히 뒤집어지는 거야. 호텔 판도가 달라진다고. 알았어? |

화란을 보는 구원. 화란의 표정에서 이 일을 맡으면 안 된다는 직감이 든다. 구원은 대답을 하지 못한다. 신중해진다.

구 회장	왜 대답을 안 해? 아무 준비도 안 하고 있었어?
원	…
구 회장	못 하면 못 하겠다고 빨리 얘기해. 그래야 네 누나라도 나설 거 아냐.
원	…하겠습니다.
구 회장	자신 있어?
원	아랍 왕자 데려올게요. 무슨 쇼를 해서라도요.

원은 매서운 눈으로 화란을 보고, 화란은 한번 해보라는 듯 얄미운 미소를 짓는다.

18. 킹더랜드/ 밤

사랑과 하나, 두리, 세호 등 킹더랜드 모든 직원들이 모여 있다.

| 두리 | 오늘 연회 있었던 거 알지? 얼마나 바빴는 줄 알아? |
| 세호 | 넌 참 좋겠다. 종일 놀고 먹고. 세상 참 불공평하다니까. |

사랑	놀다 온 게 아니고 상무님 지시로 공식 일정 소화하고 왔습니다.
두리	그건 네 사정이고, 제일 바쁜 시간에 서빙은 우리가 다 했으니까 뒷정리 혼자 할 수 있지?
사랑	저 혼자요?
하나	다들 바빠서 쉬지도 못했어. 휴게실 가 있을 테니까 정리 끝나면 불러. 가자. 얘들아.

하나, 직원들을 끌고 휴게실로 간다.

홀로 남아 라운지를 둘러보는 사랑, 도저히 혼자 치울 엄두가 나지 않을 정도로 거의 모든 테이블이 어질러져 있다. 트레이를 드는 사랑, 심호흡을 크게 하고 가까운 쪽 테이블부터 숙련된 솜씨로 빠르게 치워나간다.

〈킹더랜드〉

사랑이 테이블에 새로운 테이블보를 깔기 시작한다.

빨래를 털듯 테이블보를 '팡' 펼치면 '좌락' 하고 낙하산처럼 사뿐하게 내려앉는다.

테이블보는 킹더랜드의 자존심처럼 구김 하나 없이 빳빳하게 다림질 되어 있다.

사랑은 기계적으로 테이블을 세팅해 나간다.

다시 테이블보를 '팡' 펼치는 사랑. 테이블보가 천천히 내려오며 원이 모습이 보인다. 마치 바람에 날리는 커튼 뒤에서 나타나는 것 같다.

사랑이 놀라 바라보는데, 원은 아무렇지도 않은 표정이다.

사랑	언제 오셨어요? 뭐 드릴까요?
원	아냐. (강조하며) 우연히 지나가던 길이었어.
사랑	그럼 가던 길 가세요.

꾸벅 인사를 하고 돌아서는 사랑, 다시 테이블보를 정리한다.

원	우연히 마주친 기념으로 커피나 한잔하지.
사랑	저 지금 무지 바빠요. 휴식 시간 끝나기 전까지 다 해야 돼요.
원	그럼 내가 도와주지.

원이 테이블보를 하나 들더니 테이블 위에 대충 던져 씌운다. 그리고
는 바로 다음 테이블로 가려는데,

| 사랑 | 그렇게 하면 안 돼요. |
| 원 | 그냥 씌우면 되는 거 아닌가? |
| 사랑 | 호텔에서 그냥이란 건 없어요. 테이블보 모서리 떨어지는 위
치랑 각도까지 다 맞춰야 돼요. |
| 원 | 어차피 한 번 쓰고 치울 건데 굳이 그럴 필요까지 있나? |
| 사랑 | 한 번 사용한 테이블보는 모두 걷어서 리넨실로 가요. 거기서
세탁하고 말린 후 다림질하고 마지막으로 얼룩이 남아 있는지
검수까지 마쳐야 다시 여기로 올라와요. 이 자리에 앉으실 손
님을 위해 많은 사람들이 정성을 담았고, 그 정성을 제가 펼
치는 거예요. 그래서 적당히 대충 하면 안 돼요. |
| 원 | 깔끔하기만 하면 됐지 그런 의미까지 담아야 하나? |
| 사랑 | 그런 의미도 없으면 제가 하는 일은 누가 해도 상관없는 허드 |

렛일이에요. 하지만 의미를 부여하면 저만이 할 수 있는 특별한 일이 돼요. 그게 호텔리어로서 제가 존재하는 이유이기도 하고요.

원은 뭔가 한 대 세게 맞은 느낌이다.

원	그 정성이란 거 같이 펼쳐보지. 알려줘. 제대로 배워볼게.
사랑	(웃는다) 좋아요. 그럼, (테이블보 끝을 잡고 펼치며) 양쪽 끝 잡으세요.
원	(테이블보 맞잡으며) 이렇게?
사랑	너무 세게 잡으면 안 돼요.
원	(손에 힘 풀고) 됐어?
사랑	아니요. 그렇게 살살 당기면 팽팽하지 않아서 안 돼요.
원	세게 잡아도 안 되고 살살 잡아도 안 되면 대충 잡으라는 거잖아.
사랑	그냥 가세요. 저 혼자 할게요.
원	정성스럽게 잡아볼게. (다시 제대로 잡으며) 이렇게 하면 되나?
사랑	조금 더 팽팽하게 뒤로 가요. 좋아요. 그대로 살포시 내릴게요.

테이블보를 팽팽하게 마주 잡은 원과 사랑, 살포시 내려놓는다.

사랑	잘했어요.
원	(뿌듯하다) 역시 난 대단해. 못하는 게 없어.
사랑	좋으시겠어요.
원	다시 한번 말하지만 정말 우연히 지나는 길이었어.
사랑	네. 알아요.

원	혹시 일부러 들른 건 아닌지 괜한 기대 할까 봐.
사랑	안 해요, 그런 생각.
원	(서운하다) 왜 항상 내 생각은 안 해?
사랑	그런 생각 안 한다는 거지 본부장님 생각 안 한다고는 안 했는데.
원	(기분이 좋다) 그렇지. 당연히 내 생각을 하겠지.

방긋 웃는 원. 당황한 사랑은 이 상황을 피하기 위해 다시 테이블보를 든다.

사랑	빨리 잡으세요. 할 일이 태산이에요.

원이 테이블보를 맞잡는다. 서로를 바라보며 차례차례 새하얀 테이블보를 펼쳐나가는 두 사람.

〈킹더랜드〉
깨끗하게 정리된 홀을 바라보는 원과 사랑.

사랑	그럼 테이블 세팅 가실까요?
원	이것도 대충 하면 안 되겠지?
사랑	당연하죠. 냅킨부터 식기류까지 어느 위치에 어떤 방향으로 놓아야 하는지 다 정해져 있어요.
원	그것도 사랑 씨한테 의미가 있는 일인가?
사랑	그럼요. 제 일인데요. 가요. 냅킨부터 친절히 알려드릴게요.

사랑이 냅킨 뭉치를 들고 빙긋 웃으며 돌아선다. 원이 그 모습을 바라보고 있다.

🛒 19. 원 사무실/ 밤

깊은 고민을 하는 듯 휴대폰을 만지작거리는 원. 그러다 전화를 건다. 전화벨 소리가 계속되지만 상대는 누구인지 전화를 받지 않고 있다.

🛒 20. 알랑가/ 밤

다을과 직원들이 매장 정리를 하는데 라희가 들어온다. 모두 인사를 한다.

라희   나 없다고 농땡이 부리고 놀고 있던 건 아니지?

다을   그렇게 불안하시면 같이 근무하세요.

라희   내가 미쳤니? (CCTV 가리키며) 명심해. 항상 지켜보고 있어.

다을   네.

라희   이번 주에 회식 한번 할까 하는데. 언제가 좋은지 상의해 보고 알려줘. 참고로 나는 월화수랑 금토일 빼곤 다 좋아.

다을   …그럼 목요일로 해요.

라희   그날이 좋으면 그러지 뭐. 뭐 먹을래?

다을   애들 먹고 싶은 데로 가요. 얘들아 뭐 먹을래?

하늘   전 회요! 오랜만에 우리 회 먹으러 가요!

라희	나 어제 초밥 뷔페 가서 질리도록 먹었어. 생각만 해도 벌써 질린다.
하늘	그럼 곱창은 어때요?
라희	별걸 다 먹는다. 정말.
이슬	그럼 무난하게 패밀리 레스토랑은 어때요?
라희	초딩이니? 다 같이 생일 파티하게?
유빈	앗! 그럼 족발로 해요! 요 앞에 잘하는 집 있어요.
라희	어디 밥상에 족을 올리니? 꼬랑내 나게.
다을	그냥 과장님 드시고 싶은 데로 가요.
라희	알아서 좀 정해. 그런 것까지 내가 일일이 정해줘야 하니?
다을	그럼 상의해 보고 말씀드릴게요.
라희	…저번에 갔던 그 집, 갈비 잘하드라. 뭐 그렇다고! 그럼 수고.
다을	네. 수고하셨습니다.

라희, 매장 밖으로 나간다.

| 하늘 | 결국 또 갈비 먹자는 얘길 왜 저렇게 돌려 말해요? |
| 다을 | 아름답게 포장하는 거지 뭐. 예약되는지 알아볼게. (전화기를 든다) |

 21. 갈빗집/ 밤

다을이 손을 번쩍 들고 주문을 한다.

다을	여기 생갈비 다섯이요~
라희	이 집은 양념이야. (카운터 향해) 양념갈비로 주세요.
다을	애들은 생갈비 좋아하는데,
라희	(무시하고) 오늘까지 매출 얼마나 했어?
다을	대략 15% 정도 달성했어요. 이대로만 하면 이번 달은 목표 20%는 달성 가능할 것 같아요.
라희	그래서 하는 말인데, 하는 김에 10%만 더 하자.
다을	안 돼요. 안 그래도 다들 제대로 쉬지도 못하고 무리하고 있는데.
라희	그래서 인센트립 (인센티브 트립) 보내주잖아.
다을	원래 20%만 달성해도 가는 건데요?
라희	제주도 2박 3일 말고 동남아 가자. 5박 6일로 어때? 발리, 푸켓, 세부, 코타키나발루 어디든 니들 원하는 데 고르기만 해.
하늘	진짜요?
라희	그럼. 매출만 올리면 어디든 가는 거지. (다을에게) 할 수 있지?
다을	아무리 그래도 30%는 무리예요.
라희	못 하겠다 하면 못 하는 거고 할 수 있다 하면 뭐든 다 할 수 있는 거야. 모두 다 다을 팀장 마음먹기에 달렸어.

다을이 팀원을 본다. 팀원들은 이미 여행에 영혼을 판 얼굴이다.

하늘	언니 우리 무조건 해서 가요!
다을	여기서 10% 더 하려면 정말 쉬는 시간도 없이 일해야 돼. 괜찮겠어?
이슬	네. 할 수 있어요. 안 쉬면 되죠!

라희	그래. 다을 팀장 있는데 뭐가 문제야. (잔을 들며) 자! 우리 여행을 위하여!!
팀원들	(잔을 부딪치며) 위하여!!!!

팀원들 신이 난 얼굴로 맥주를 마신다. 다을, 얼굴이 굳어진다.

22. 킹더랜드. 룸 안/ 낮

창밖으로 서울 시내와 한강이 내려다보인다. 햇살이 화창하다.
구 회장과 한 회장, 왕 회장이 식사를 하고 있다.

한 회장	들었어? 아랍 왕자가 우리 호텔로 온다네. 역시 왕족답게 안목이 있어. 우리나라 최고 호텔이 어딘지 확실히 아는 거지. 이름부터 퍼스트로얄이잖아.
구 회장	아직 가계약이라던데.
한 회장	이 사람이 호텔 하루 이틀 하나. 일주일 식단 예약 다 하고 방 커튼 색깔에 변기까지 다 바꿨는데 그게 가계약이야?
구 회장	확정되기 전까지는 확정이 아니지.
왕 회장	하여튼 만나기만 하면 싸워. 둘 다 언제 철들지…
한 회장	부러우면 부럽다고 해. 다른 건 몰라도 이미 호텔 판은 뒤집어졌어. (자기 가리키며) 1위 퍼스트로얄 호텔! (구 회장 손가락질하며) 2위 킹호텔. (테이블 톡톡 두드리며) 여기 킹더랜드도 2위.

사랑이 서빙을 하러 온다. 반갑게 인사하는 사랑.

한 회장	어이 우리 친절사원!
구 회장	왜 너희 친절사원이야? 우리 친절사원이지.
한 회장	(구 회장 무시하고 사랑에게) 언제까지 여기 있을 거야?
사랑	네?
한 회장	1등 호텔리어는 당연히 1등 호텔에 있어야지. 우리 호텔로 출근해.
구 회장	(심기 불편하다) 1등 직원이 있는 자리가 1등 호텔이야. 이 친구가 괜히 우리 호텔에 있겠어?
한 회장	(구 회장 놀리듯, 사랑에게) 아랍 왕자가 우리 호텔로 오기로 했거든? 가서 우리 직원 대표로 환영 인사해.
구 회장	거참 일 잘하고 있는 친구한테 쓸데없는 소리 하고 있어. 내가 호텔은 줘도 이 친구는 안 줘.
한 회장	내기할까?
왕 회장	그래, 차라리 둘이 내기해. 사나이답게 호텔 걸고!

사랑, 둘 사이에 끼어서 어쩔 수 없이 웃고만 있는데 구 회장 휴대폰 울린다.

구 회장	나다… (목소리 커진다) 그래? …진짜? …알았어! 잘했어!

전화를 끊고 호탕하게 웃는 구 회장. 한 회장은 왜 그러는지 짐작도 못 한다.

구 회장	아랍 왕자가 우리 호텔로 온다네?
한 회장	뭐?

구 회장	우리 아들 원이가 해냈어. 역시 1등은 역사와 명성이 만드는 거지. (사랑에게) 아랍 왕자 오면 자네가 직원 대표로 환영 인사 해. (지갑에서 백만 원짜리 수표 한 장을 꺼내 주면서) 가서 1등 호텔리어 품격에 어울리는 옷 한 벌 사 입고.
사랑	아닙니다.
구 회장	받아!
사랑	… 네… 감사합니다.

사랑은 공손히 수표를 받고, 한 회장은 급히 밖으로 나가며 전화를 건다.

| 한 회장 | (소리) 나야. 어떻게 된 거야? …아랍 왕자 어떻게 된 거냐고! |

구 회장은 더 크게 웃는다. 그간 구긴 자존심이 다림질하듯 쫙 펴지는 기분이다.

23. 구 회장 집. 거실/ 밤

기분 좋은 얼굴로 위스키를 마시는 구 회장, 하지만 화란은 표정을 숨기느라 힘들다.

구 회장	애썼다. 역시 내 아들이야. 한 방이 있어.
화란	계약금까지 다 넣었다던데, 우리 쪽으로 오는 거 맞아? 확실해?

원	맞아. 통화했어.
화란	왕자가 네 전화 한 통에 호텔을 바꿨다고? 그게 말이 돼?
원	그러게. 그게 되네.

🪣 24. 이제 : 윈이 사무실 (#19 연결). 파티장 교차/ 밤

원과 사미르가 통화를 하고 있다. 파티를 하고 있는 사미르.

〈이하 영어〉

원	사미르 왕자님인가요?
왕자	모르고 전화했어? 당연히 나지. 무슨 일이야? 네가 전화를 다 하고.
원	한국 온다며?
왕자	내 뒷조사하고 다녀?
원	(말 한마디 한마디가 재수 없지만) …우리 호텔로 와.
왕자	아, 너희 아버지 호텔 한다고 했지? 요즘 많이 힘들어? 내가 가서 돈 좀 써줄까?
원	(진짜 꼴 보기 싫지만) 돈 안 써도 되니까 와.
왕자	그런데 너 학교 다닐 때부터 나 싫어했잖아. 돈밖에 모른다고.
원	응. 지금도 여전히 싫어.
왕자	솔직한 건 여전하네. 난 이미 퍼스트로얄 호텔로 정했어. 그런데 니네 호텔로 바꿀 이유가 있을까?
원	(전화를 확 끊으려다가 참고) …잘해줄게.
왕자	잘? 구체적으로 어떻게?

원	원하는 거 말해. 다 들어줄게.
왕자	뭐든 다 들어준다고?
원	…뭐든.
왕자	오케이. 계약서 보낼 테니까 사인해.

🏆 25. 원이 사무실/ 낮

원은 책상에 앉아 계약서를 보고 있고, 상식은 그 앞에서 열변을 토하고 있다.

상식	실무진도 이런 계약서는 처음이랍니다. 둘이 친구 맞아요?
원	친구는 아니고 그냥 아는 사이야.
상식	차라리 모르는 사람이 낫지, 계약서 보세요. 너는 내 말에 언제나 예스로만 대답한다, 너는 언제나 웃는 얼굴로 정성껏 나를 모신다! 이거 완전 노예계약이에요. 본부장님 이거 절대 못 합니다.
원	못 할 것도 없지. (사인하려는데)
상식	진짜 못 한다니까요. 이거 완전히 작정하고 부려 먹겠다는 심보예요. 그냥 깨끗이 포기해요. 사람을 어떻게 보고 이런 걸 시켜? 자기밖에 모르는 왕싸가지에 다른 사람 말을 듣기를 하나, 누구한테 다정하게 웃어주기를 하나. 100프로 계약 위반될 건데 그 뒷감당을 누가 해요? 난 못 해요.
원	(쏘아보며) 왜 인간성도 발바닥에 완전 개차반이지 않아?
상식	와! 누가 또 감히 그런 팩트를… 그 용기 아름답네요. 물론 저

는 절대 그렇게 생각하지 않지만요.

말 끝나기를 기다렸다가 보란 듯 사인을 하는 원.

상식	하지 마시라니까!! 누구 비위 맞추고 시중 들어본 적도 없잖아요.
원	대충 하면 돼.
상식	대충도 못 해요. 왕자가 한마디 하는 순간 끝날걸요? 보실래요?
원	뭘?
상식	제가 사미르 왕자라고 생각해 보세요.

거만한 자세로 소파에 눕듯이 앉는 상식. 다리를 테이블에 척 올리고 원을 본다.

상식   벗겨! (발을 까딱거리며) 이거 벗기고 슬리퍼 가져와.
          (원이 어이없게 바라보면) 쓰읍! 정성껏 웃는 얼굴로 예쓰 해야지.
          안 그럼 계약 파기하고 돈 한 푼도 안 낸다.

어서 벗기라는 듯 발을 까딱거리는 상식.
천천히 일어서는 원. 화를 꾹 눌러 참고 웃는 얼굴로 상식에게 와서
구두를 벗긴다.

상식   비싼 거야. 잘 모셔.

말이 끝나기도 전에 상식에게 구두를 집어 던지려는 원.

🎙️ 26. 원이 사무실 문 앞/ 낮

상식이 정신없이 도망 나오고 그 뒤로 구두가 날아온다.

🎙️ 27. 공항/ 낮

비행기가 착륙한다.

🎙️ 28. 킹더랜드 로커룸/ 낮

사랑이가 로커에 기대 휴대폰으로 뉴스를 보고 있다.

뉴스   전 세계 부자 순위 13위인 사미르 왕자가 한국에 입국했습니
            다. 단순 여행으로 발표했지만 차세대 전투기 수입 협상이 목
            적인 것으로 예상됩니다. 체류기간 동안 방위사업청 사업단
            장과…

영상 속, 활짝 웃으며 VIP 입국 통로로 들어오는 사미르와 수행원들
모습 보인다.
사랑이 긴장을 풀려는 듯 길게 심호흡을 한다.

🏨 29. 킹호텔 로비/ 낮

호텔 정문 출입문 앞에 화란과 최 전무 등 임원진, 사랑과 상식, 민서, 하나, 수미 등 직원들 10여 명이 도열해 있다. 화란은 왕자와 드레스코드를 맞춰 하얀 드레스를 입고 있다. 화란 옆에 꽃다발을 들고서 있는 사랑을 힐끔거리는 수미. 꼴 보기 싫어서 옆에 있던 직원과 속닥거리며 뒷말을 한다.

수미   쟨 또 왜 저기 껴서 그래? 실력도 없는 게 재주만 좋아서.
직원1   저러다 아랍 왕자까지 홀라당 넘어가는 거 아니에요?
수미   왕자가 미쳤니? 나라면 또 모를까. 미모로 보나 지성으로 보나 내가 백배 천배 낫지.

수미 앞으로 손거울이 불쑥 들어온다. 깜짝 놀라 돌아보면 상식이 거울을 들고 있다.

수미   뭐예요?
상식   거울 좀 봐요. 그런 말이 나오나. (수미 손에 거울 쥐여주며) 요즘 사람들 너무 주관적이라니까. 부디 깨달음을 얻으세요.
수미   이봐요, 노 비서님!
상식   아! 온다!

수미가 얼른 자세를 바로잡고 미소를 짓는다.

⛲ 30. 킹호텔 정문/ 낮

왕자가 탄 고급 리무진 뒤를 따라 수행원들이 탄 버스 서너 대가 따라온다.
리무진이 멈추고 운전석 문이 열리더니 떨떠름한 표정의 원이 내린다.
뒷좌석으로 가는 원. 하지만 차 문은 열리지 않는다.
원도 기다리고 호텔 임직원들도 사미르가 내리길 기다리고 있다.
기다리다 못한 원이 창문을 톡톡 두드리자 차창이 스르륵 내려간다.

〈이하 영어〉

원   뭐 해? 내려.

왕자   문 열어.

짧은 명령. 그러고는 창문이 다시 올라간다.
욱하고 짜증이 밀려오는 원. 당장 때려치우고 싶은 마음을 가까스로
추스르며 문을 열어준다. 아랍 전통 옷을 입은 사미르 왕자가 거만한
표정으로 거들먹거리며 내린다.

왕자   운전 실력이 딱 너 닮았어. 형편없어.

원   그러니까 나 말고 네 잘난 수행원 시켜.

왕자   네가 해야 재밌지. (서류 가방을 원에게 안기며) 들어.
            (원이 인상을 쓰며 바라보자) 스마일!

원, 입꼬리만 쓱 올려 억지 미소를 보여준다.

🪣 31. 킹호텔 정문/ 낮

로비로 들어오는 왕자. 도열해 있던 직원들이 인사를 한다.
가볍게 손을 흔들며 지나가는 사미르. 화란이 다가와 웃으며 환영 인
사를 한다.

화란   (영어) 사미르 왕자님 킹호텔에 오신 걸 환영합니다. 나는 킹호
               텔 최고 책임자 구화란입니다. 최선을 다해 준비했고 정성을
               다해 모시겠습니다. 최고의 호텔리어들로 전담 수행팀을 꾸
               렸으며,

왕자, 건성으로 웃으며 듣고 있다가 사랑에게 눈길이 간다.
꽃보다 환한 얼굴, 단정한 미소, 무엇보다 진실해 보이는 눈동자!
화란 목소리도 들리지 않는다. 다른 사람도 보이지 않는다. 오직 사
랑이만 보인다.
사미르는 화란 말을 다 듣지도 않고 지나쳐 사랑 앞에 멈춰 선다.
돌발 행동에도 사랑은 당황하지 않고 인사를 한다.

사랑   (아랍어) 인사말만 배웠습니다. 아랍어가 서툴러도 이해해 주세
               요. 저희 킹호텔에 오신 것을 환영합니다.
왕자   (한국어) 이 꽃 내 꼬야?
사랑   (유창한 한국어에 놀란다) 우리말 잘하시네요. (꽃을 건넨다) 호텔 직
               원을 대신해 환영 인사드립니다.
왕자   (꽃과 사랑 번갈아 보며) 아름답다.
사랑   감사합니다. (작은 선물 상자 준다) 그리고 이건 작지만 마음을 담

아 준비했습니다.

| 왕자 | 이것도 호텔에서 주는 거야? |
| 사랑 | 이건 제가 준비했습니다. |

선물 상자를 다시 보는 왕자. 사랑과 말을 한 마디라도 더 하고 싶다.

왕자	지금 봐도 돼?
사랑	지금요? (왕자가 끄덕이면) 정말 작은 선물이라 실망하실 텐데요.
왕자	그대 마음이 담겼는데 절대 실망할 수가 없어.

왕자, 리본을 풀고 상자를 열면 녹색을 베이스로 한 한국 전통 매듭 팔찌가 들어 있다. 왕자는 처음 보는 물건이다.

왕자	이게 모야?
사랑	한국 전통 매듭 팔찌입니다. 아랍에서는 녹색이 풍요와 성스러움, 그리고 낙원을 상징하는 색이라고 해서 행운을 빌며 준비했어요.
왕자	내가 정말 잘 봤어. 난 정말 대단해.
사랑	네? 뭐가요?
왕자	처음 본 순간 얼굴만 예쁜 게 아니라 마음도 예쁘다는 걸 알았어. (이름표 보더니 팔찌를 주며) 싸랑, 채워줄래?
사랑	네?

그래도 되나 싶어서 순간 화란을 보는 사랑. 화란은 빨리 하라고 고개를 끄덕인다. 반면 원은 하지 말라고 고개를 흔든다.

왕자를 보는 사랑. 왕자는 소년처럼 밝게 웃으며 매듭을 내밀고 있다.

사랑   네… 그럼… 도와드리겠습니다.

왕자의 팔목에 팔찌를 채우는 사랑. 왕자 몸에 손이 닿으면 실례일까
봐 조심조심 매듭을 묶는다. 왕자는 그 모습을 사랑스러운 눈으로 바
라본다.
매듭을 묶다 왕자와 눈이 마주치는 사랑은 헤르메스 미소를 보여주
고 왕자는 더 환하게 웃는다. 보다 못한 원이 불쑥 끼어든다.

원   내가 묶어주지. (척척척 후다닥 빠르게 묶는다) 됐어. 체크인은 했
으니까 바로 방으로 가면 돼. 따라와!

원이 화난 사람처럼 엘리베이터 쪽으로 간다.
왕자는 좋은 꿈에서 깬 사람처럼 원을 보다가 다시 사랑에게 시선을
돌린다.

왕자   이렇게 귀한 선물을 받고 그냥 있을 순 없지. 밥 잡쉈어?
사랑   네?

32. 킹더랜드/ 낮

왕자와 사랑이 앉은 테이블에 둘이 먹고도 넘칠 정도로 많은 요리가
차려져 있다.

싱글벙글 웃으며 맛있게 먹는 왕자와 달리 사랑은 불편한 표정이다.

왕자   왜 안 먹어? 다른 거 시켜줄까?

사랑   아니에요. 여기 있는 것도 다 못 먹을 거 같아요.

왕자   왜 다 먹을 생각을 해? 맛있는 것만 먹어.

사랑   네. 그런데 한국말을 너무 잘하셔서 놀랐어요.

왕자   내 첫사랑이 한국 사람이었어.

사랑   정말요?

왕자   고백하려고 한국말 열심히 배웠는데 차였어. 나쁜 여자야. 너를 만나려고 그랬나 봐. 운명처럼.

왕자, 그윽한 눈빛으로 사랑을 바라본다.

사랑은 그 시선이 부담스럽다. 원이는 사랑을 보며 웃는 왕자도 싫고, 그렇다고 웃어주는 사랑도 싫다.

하나, 두리, 세호 등은 저 자리에 앉아 있는 사랑이 엄청나게 밉고 싶다.

왕자   근데 어디 불편해? 표정이 안 좋아.

사랑   여기 제가 일하는 곳이에요. 다들 일하고 있는데 혼자 앉아 있으니 좀 불편해서요.

왕자   다 나가라고 할까?

사랑   아니에요. 괜찮습니다.

왕자   여기 앉아 밥 먹어본 적 없어?

사랑   네. 처음이에요. 제가 세팅한 테이블에 앉아 있으니 이상해요.

왕자   사람들은 항상 의무만 생각하지 권리를 누릴 생각은 못 하는 거 같아. 오늘 여기 싸랑을 위해 통째로 빌렸어. 오늘은 싸랑이 주인공이야. 맘 편히 누려.

사랑   (왕자의 진심 어린 말에 감동한다) 감사합니다.

원이 불쑥 나타나 사랑이 옆자리에 앉는다.

왕자   어딜 앉아?

원   나도 내 권리 좀 누리려고. 운전도 해주고 문도 열어주고 짐도 들어줬으면 밥 먹을 자격 충분하다 생각하는데.

왕자   밥 줄게. 저기 가서 혼자 먹어.

원   나 없다고 생각해.

왕자   꼴 보기 싫은 놈.

원   나 역시 마찬가지야. 나 골탕 먹이는 거 이쯤 하면 되지 않았어? 충분히 재미 봤잖아. 이제 그만하지.

왕자   안 그래도 그럴 거야. 넌 이제 필요 없어. 가봐.

원   잘 생각했어. 우리 호텔에서 제일 훌륭한 직원으로 전담 수행 붙여줄게.

왕자   난 이미 정했어. (사랑 보며) 싸랑으로!

원   (당황한다) 안 돼.

왕자   왜 안 돼?

원   그냥 안 돼. 여기, 천사랑 씨는 내 전담 비서야.

사랑   (원을 보며) 제가요? 언제부터요?

왕자   (원에게) 계약 잊었어? 내가 하는 말에 무조건 예스 해야지.

원   …그럼 같이 할게. 여기 이 직원이랑.

왕자   넌 없어도 돼. 퇴근해.

원	계약 잊었어? 나는 너랑 계속 쭉 언제나 함께 있어야 되는 거.

왕자와 원, 날이 선 눈빛을 주고받는다.

33. 스위트룸 앞 - 엘리베이터 앞/ 낮

복도에 왕자의 경호원들이 서 있다. 문 앞에 둘. 복도 중간에 둘, 비
상구 앞에 둘, 그리고 엘리베이터 앞에 둘… 대통령 경호보다 더 삼
엄해 보인다.

엘리베이터 홀 한쪽에 작은 소파와 테이블이 있다.
원과 사랑은 그곳에 앉아 왕자 일정이 끝나기를 기다리는 중이다.
따분한 듯 회중시계를 계속 들여다보는 원.

사랑	회의가 길어지네요.
원	적당히 해도 돼.
사랑	뭘요?
원	마음이 담긴 선물까지 바쳐가며 지극정성 모시지 않아도 된 다고.
사랑	우리 호텔에 오신 귀한 손님이잖아요. 최선을 다해 모셔야죠.
원	너무 과해.
사랑	킹호텔은 모든 고객에게 최상의 서비스를 제공하고 있어요. 그게 우리 호텔 자부심이기도 하고요. 적당히 베푸는 친절은 킹호텔 직원으로서 용납할 수 없어요.

원	…그래도 너무 예쁘게 웃지는 마.
사랑	(피식 웃음이 난다) 저 웃는 거 예뻐요? 옛날엔 그리 질색하시더니.
원	꼭 그렇다는 얘긴 아니고.
사랑	어떻게 웃어야 안 예뻐요? 이렇게 하면 되나? (표정을 바꿔 웃어 본다) 아님 이렇게? (또 다른 표정으로)

표정을 바꿔가며 원을 향해 웃는 사랑. 원이 눈엔 뭘 해도 사랑스럽기만 하다. 푹 빠져 있던 원이 정신을 차린다.

원	됐어! 그냥 하던 대로 해. 어차피 내 얘기 들을 생각도 없잖아.
사랑	진짜 몰라서 그래요. 처음 킹호텔 들어온 날부터 매일 웃는 연습을 했어요. 정말 입꼬리가 찢어질 정도로 웃고 또 웃고 심지어 자면서도 웃었어요. 킹호텔 직원이라면 다들 미소 하나 국가대표예요.
원	그게 뭐라고 자면서까지 연습을 해.
사랑	잘하고 싶어서요. 웃는 거라도 잘하고 싶었어요.
원	작은 거 하나하나 참 진심이네.
사랑	본부장님도 이왕 하는 김에 열심히 해봐요.
원	내가 왜?
사랑	오늘은 우리가 호텔 대표고 한 팀이잖아요. 사미르 왕자님이 킹호텔 오길 잘했다는 생각이 들게 우리 둘이 멋지게 잘해봐요.

활짝 웃는 사랑. 사랑을 가만 보던 원, 결심한 듯 말한다.

원	가르쳐 줘. 호텔 대표로서 멋진 모습이 어떤 건지.

사랑   제일 먼저 환한 미소로 손님을 맞이해야죠. 활짝 웃어봐요.

그까짓 미소쯤이야! 자신 있게 웃어 보이는 원.

사랑   어디 아파요?

원   (정색하며) 됐어. 안 해!

사랑   마음이 먼저, 그리고 표현이 나중이에요. 누구를 위해 웃어주는 게 아니에요. 진심이 담겨 있어야 돼요. 저 사람이 어떤 마음으로 나를 대하는지 고객들은 다 알거든요. 그러니까 마음 속으로 '우리 호텔에 오신 것을 환영합니다'라고 생각하면서 살짝 미소만 지어봐요.

잠깐 생각하던 원. 살며시 미소를 지어본다. 얼굴이 한결 부드러워졌다.

사랑   오, 좋아요. 마음이 만드는 얼굴이 진짜예요. 진심은 통하니까요.

원이 진지한 눈빛으로 사랑이 눈을 똑바로 응시한다.

원   어때?

사랑   네?

원   내 진심은 통하고 있어? 내 마음이 느껴져?

진심을 다해 사랑을 보는 원. 내 마음이 느껴지길 바라는데,

왕자	(소리) 싸랑~

왕자가 환한 웃음으로 손까지 흔들며 걸어오고 있다. 원이 인상을 구긴다.

왕자	오늘 일정 끝! 가자.
원	미팅 더 안 해?
왕자	응. 니네 나라 전투기 사주기로 하고 빨리 끝냈어. 너 전투기 타봤어?
원	그걸 왜 타?
왕자	취미로 진짜 최고야. 요즘은 가격 많이 내려서 천억이면 하나 살 수 있어. 한 대 사서 타고 다녀. (사랑에게) 싸랑! 내가 나중에 꼭 태워줄게.
사랑	감사합니다.
왕자	놀러 가자! (원에게) 넌 퇴근해.
원	안 해! 어디로 모셔!

34. 리무진/ 낮

사랑을 보며 쉴 새 없이 이야기하는 왕자, 싱글벙글 얼굴에 웃음이 떠나질 않는다.
두 사람의 웃음소리가 원의 신경을 박박 긁는다.

왕자	(창밖을 보며) 싸랑, 저건 뭐야?

사랑	경복궁이라고 조선시대 왕들이 살던 궁궐이에요.
왕자	궁궐? 나 쩌기 가보고 싶어.
사랑	네. 가요.

35. 경복궁 곳곳 - 경회루/ 낮

사랑의 안내에 따라 이곳저곳을 둘러보는 왕자. 경복궁의 아름다운 풍경과 함께 환하게 웃는 사랑이 모습을 눈에 담는다.

사랑	여기는 경회루라고 해요. 임금이랑 신하가 같이 파티를 하거나 외국 사신이 왔을 때 접대를 하던 곳이에요. 많은 사람들이 경복궁에서 가장 아름다운 장소로 손꼽는 곳이에요.

꿈같이 황홀한 눈으로 사랑을 보고 있는 사미르. 눈앞으로 불쑥 원이 끼어든다.
순간을 즐기는 왕자, 원이 꼴 보기 싫다.

원	다 봤지? 가자.
왕자	(화가 난다) 너나 좀 가!
원	네가 가야 나도 가지.
왕자	너 정말… 가서 커피나 사 와.
원	나 그런 거 하는 사람 아냐.
왕자	너 그런 거 하는 사람이야. 계약 잊었어?
사랑	제가 사 올게요. 뭐 드실래요?

왕자   안 돼! 싸랑은 내 특별한 손님이야. (원이에게) 빨리 갔다 와.

왕자를 노려보다 돌아서는 원. 괜히 발밑에 돌을 걷어차며 돌아선다.

36. 건청궁 앞/ 낮

건청궁 연못 앞 벤치에 나란히 앉은 왕자와 사랑. 같은 곳을 바라본다.

왕자   한국 너무 아름다운 곳이야. 그중에서도 네가 제일 아름다워.
사랑   감사합니다.
왕자   싸랑, 혹시 남자친구 있어?
사랑   … (잠시 생각하다) 아직은요.
왕자   (기쁘다) 정말? 이건 축복이야. 너를 만나게 해준 하늘에 감사해.
원   (소리) 감사는 나한테 해.

원, 왕자와 사랑 사이에 엉덩이를 비집고 앉는다.

원   내가 손수 사 온 커피니까 공손히 감사한 마음으로 마셔.
왕자   (짜증이 난다) 우리 지금 중요한 얘기 중인 거 안 보여? 저리 가.
원   가고 싶어도 못 가. 계약된 몸이라. (커피를 마신다) 이 집 커피 잘하네.

부글부글 속이 끓어오르는 왕자. 벌떡 일어나 원과 사랑 사이에 끼어 앉는다.

원	야!
왕자	(원 무시하고 사랑에게) 싸랑, 저게 뭐야?

왕자가 가리키는 곳. 전통 혼례복을 입은 남녀가 전통 혼례 체험을 하고 있다.

사랑	우리나라 전통 혼례 체험하는 곳이에요.
왕자	혼례?
사랑	웨딩이요.
왕자	나 저거 해보고 싶어. 싸랑이랑.
사랑	저랑요? (왕자 끄덕인다) 저걸요?
왕자	응. 왜 문제 있어?

아무리 VIP 손님이라도 이건 아니다 싶다. 사랑이 차분하게 설명을 한다.

사랑	아무리 체험이라지만 저건 보통 연인들끼리 하는 이벤트예요.
왕자	큰 의미는 두지 마. 그냥 문화 체험이잖아.
사랑	나중에 여자친구분이랑 함께 오셔서 하시는 게 좋을 거 같아요.
왕자	나는 그냥 한국 전통문화를 경험하고 싶을 뿐이야. 순수하게. 정말 안 되겠어?
사랑	그건… 좀… (곤란하다)
원	고민할 필요 없어. 하지 마.
왕자	우리 계약한 거 잊었어? 무조건 복종한다.

원	아니. 안 잊었어. 계약을 안 지키겠다는 게 아니야. 파기하겠다는 거지.
왕자	뭐?
원	다른 호텔 잡아줄 테니까 내 호텔에서 나가.
왕자	내가 치른 돈이 얼만데 너 같은 가난뱅이가 감당할 수 있어?

원이 계약서를 꺼낸다.

원	기꺼이 감당하지. 이 계약 무효야. (계약서를 찢으려는데)
사랑	(계약서 확 뺏고 왕자에게) 할게요!
원	하긴 뭘 해?
사랑	전통문화 체험이요. 경복궁 이벤트.
원	됐어. 하지 마.
사랑	그냥 일이잖아요. 진짜 결혼식도 아니고. 그냥 아무 의미 없는 행사일 뿐이에요. 겨우 이런 일로 중요한 일 망치지 마세요. (왕자에게) 그럼 준비하겠습니다. (일어선다)
원	안 해도 돼. 이 계약 파기할 거야. 가지 마!

사랑은 뒤도 안 돌아보고 빠른 걸음으로 걸어간다. 원이 따라가려는데 왕자가 잡는다.

원	놔!
왕자	직원이 사장보다 낫네. (돌아선다) 같이 가, 싸랑!
원	저게 진짜! 야! 이리 안 와!

쫓아가던 원, 문득 생각이 든 듯 걸음을 멈춘다.

37. 전통 혼례 체험장/ 낮

태평소 소리가 울려 퍼진다.
전통 혼례 복장을 입은 사랑이 꽃가마를 타고 혼례장으로 들어온다.
화려한 한복에 머리를 올리고 족두리에 연지 곤지까지, 선녀라고 해
도 그보다 아름답지는 않을 것이다. 다만 하고 싶지 않은 이벤트라
표정은 밝지 않다.
다소곳하게 꽃가마에서 내리는 사랑.
혼례상 앞에 선다. 사랑은 손을 눈높이까지 올리고 있어 시야가 좁
다. 혼례상에 올라가는 기러기도 겨우 보일 정도다.

주례   기러기는 100년을 넘게 살면서 한 번 결혼한 짝을 절대로 바
         꾸지 않습니다. 영원한 사랑의 약속을 지키는 상징이죠.

사랑이 눈만 살짝 올려 앞을 바라보면 신랑이 걸어오고 있다.
발걸음은 늠름하지만 빠르지 않아 기품이 있고, 옷자락은 바람결에
하늘거려 아름답다. 금박 실은 빛을 받아 반짝거리고 얼굴은 경직된
듯하나 미소가 보이는… 어? 왕자가 아니다. 원이다.
사랑이 놀라 고개를 든다. 원이 시크하게 웃으며 사랑 앞에 선다.

〈 END 〉

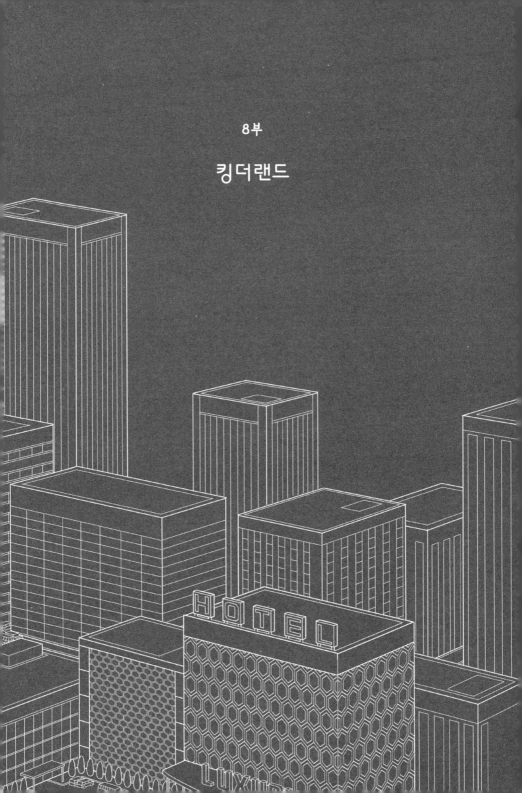

8부

킹더랜드

🏮 1. 전통 혼례 체험장/ 낮

놀라는 사랑, 혼례장으로 들어와 상 앞에 서는 원.
원이 멋진 모습에 빠져 멍하니 보고만 있는 사랑.

주례   행 교배례~ 신랑 신부 맞절하겠습니다.

주례 목소리에 정신을 차리는 사랑. 원이와 맞절을 한다.
엎드린 채 살짝 눈을 들어 사랑을 보는 원. 사랑도 원을 본다.
혼례상 아래서 눈이 마주치는 두 사람. 사랑은 기가 막힌 듯 웃고 원
도 밝게 웃어준다.

🏮 2. 조금 전. 탈의실/ 낮

신랑 옷으로 갈아입고 신난 왕자. 거울을 보며 싱글벙글 웃고 있는데
원이 들어온다.

왕자   어때? 너무 멋있지?
원   멋지네. 물론 주인공보다 못하지만.
왕자   부러우면 부럽다고 솔직히 말하지!
원   내가 왜? 오늘 혼례식 주인공은 난데. (직원에게) 저기 저 옷으
           로 주세요.

하얀 옷이 걸려 있다. 딱 봐도 머슴 옷이다. 점원이 의아한 듯 다시

물어본다.

직원 이 옷 말씀입니까?

원 네. 주세요.

점원이 옷을 꺼내는데, 화려한 신랑복에 비하면 너무나 초라해 보인다.

왕자 딱 봐도 초라해 보이는 게 딱 너랑 어울린다.

원 우리나라는 옛날부터 백의민족이라고 불렸어. 그래서 가장 큰 잔칫날에는 제일 중요한 사람이 이렇게 새하얀 옷을 입고 제일 중요한 일을 해왔어. 오늘은 물론 내가 할 거고.

왕자 여기서 제일 높고 귀한 사람은 나야.

원 너는 네 옷 입고 네 일 해. 난 내 옷 입고 내 일 할게.

그런가… 진짠가… 잠시 고민하던 왕자. 원이 옷을 갈아입으려고 하자 소리를 지른다.

왕자 스톱! 옷 내놔.

원 너한테 이런 중요한 일을 맡길 순 없지. 네가 하기엔 무리야.

왕자 그 옷도 내 거고 그 일도 내가 할 거야. 다 내놔. 명령이야!

지기 싫다는 듯 노려보는 원. 왕자가 눈짓을 하자 경호원들이 다가온다. 별수 없이 경호원들에게 옷을 주는 원, 씨익 웃는다.

🫖 3. 전통 혼례 체험장/ 낮

원은 동쪽 대야에서 손을 씻고 사랑은 서쪽 대야에서 손을 씻는다.
시중을 드는 수모와 대모가 흰 천으로 둘의 손을 닦아준다.

주례   상향입~ 신랑 신부 마주 보세요.

마주 보는 사랑과 원. 둘은 혼례 행사가 재미있는 것 같다.

주례   합환주라는 말 많이 들어보셨죠? 신랑과 신부는 서로 잔을 바꿔 마시며 부부로서 화합하고 행복하게 살라는 뜻입니다. 조선시대 러브샷이라 보시면 됩니다. 서배우례~

시중을 드는 사람들이 둘의 잔을 바꾼다.
잔을 드는 원과 사랑. 눈짓을 교환하더니 원샷! 시원하게 마신다.
구경하던 사람들이 웃으며 박수를 친다.
그때 쓱싹쓱싹! 빗자루질 소리가 들린다.
돌아보면 왕자가 머슴 옷을 입고 빗자루질을 하며 혼례청 쪽으로 오고 있다. 황당한 사랑, 원을 본다.

신나게 콧노래를 부르며 열심히 빗자루질을 하던 왕자가 멈춘다.
혼례상에 사랑과 원이 서 있다. 뭔가 느낌이 이상하다.

왕자   네가 왜? 거기에 있어?
원   네가 바꾸자고 했잖아. 명령이라고.

왕자	(당했다) 제일 중요한 일이라더니, 감히 날 속여?
원	속이다니? 잔칫날 손님들을 위해 집 안을 깨끗이 쓰는 게 얼마나 중요한 일인데. 안 그래?
왕자	(화가 나 소리를 지른다) 야~~~!
원	(더 크게) 왜~~~!
왕자	너 이리 와!
원	네가 와!

왕자가 빗자루를 들고 원이에게 달려간다.
신나게 도망가는 원. 죽어라 쫓아가는 왕자.
재미있다는 듯 웃으며 보고 있는 사랑…

4. 건청궁/ 낮

햇살에 반짝이는 연못과 바람에 흔들리는 버드나무가 건청궁 운치를
더하고 있다. 옷을 갈아입고 벤치에 앉아 있는 원이와 사랑.

원	하기 싫은 거 왜 한다고 했어?
사랑	호텔 대표로 온 건데 아무 의미 없는 문화 체험 하나 때문에 호텔에 막대한 피해를 줄 순 없잖아요. 정말 힘들게 따낸 계약인데.
원	그래도 싫어.
사랑	뭐가요?
원	그냥… 그놈이랑 그러는 거 싫다고.

사랑	질투하시는 거예요?
원	내가? 왜? 그런 건 자신감 없는 찌질한 사람들이나 하는 거지. 나랑은 상당히 거리가 멀어.
사랑	그럼 뭔데요?
원	그냥 다른 남자랑 그러는 거 보기 싫어.
사랑	그게 바로 질투예요.
원	질투 아니라니까! 그놈이 어떤 놈인지 알아? 다른 남자도 안 되지만 그놈은 특히 더 안 돼. 절대.
사랑	네. 질투는 아니고 질투 비슷한 것쯤으로 해둘게요.
원	아니래도! 난 그런 쪼잔한 놈 아니야.

발끈하는 원이 모습이 귀여운 사랑. 웃음이 나온다.

사랑	알았어요. 아니라고 해드릴게요. 그래도 오늘 슬기롭게 잘하셨어요. 아깐 정말 조마조마했는데.
원	호텔 대표로 온 자리잖아. 아무리 제멋대로 구는 망나니라도 공과 사는 구별해야지.
사랑	언제부터 그러셨다고.
원	이제부터 그래보려고.
사랑	왜요?
원	지키고 싶은 게 생겼거든. 무슨 일이 있어도 꼭 지킬 거야. 그러기 위해서라도 힘도 기를 거고.
사랑	…헬스 하시게요?
원	아니. 이미 이렇게 훌륭한데 굳이 땀까지 흘릴 필요 있나?
사랑	그런 자신감은 어디서 나오는 거예요?

원   사실을 말했을 뿐이야.

사랑   (웃는다) 네네. 몰라뵈어 송구하옵니다.

진지한 눈으로 사랑을 보는 원.

예쁜 풍경보다 더 예쁜 사랑, 이 순간을 액자 속에 영원히 담아두고
싶다.

사랑   뭘 그렇게 뚫어지게 봐요?

원   좋아서.

사랑   네?

원   좋다고.

눈이 동그래지는 사랑, 얼굴도 발그레 달아오르는데,

원   다 좋아. 날씨도 좋고. 바람도 좋고.

사랑   아… 예, 좋네요! 날씨, 아우 날씨 좋~다!

당황한 표정이 역력한 사랑. 그런 사랑이 귀여운 원.

왕자   (소리) 야!

돌아보면 왕자가 씩씩거리며 걸어오고 있다.

뒤를 따라오는 경호원 무리 때문에 위압적으로 보인다.

왕자   감히 내 신성한 결혼식을 망치다니. 내 순정을 가지고 놀아?

원	순정 좋아하시네. 지금까지 만난 여자가 몇인데!
왕자	인기 많은 게 죄는 아니잖아. 물론 너같이 인기 없는 애는 죽었다 깨도 모르겠지만.
원	나 인기 많아. 내가 안 만나준 것뿐이야. 너같이 여자 뒤만 졸졸 따라다니는 놈은 상상도 못 할 정도로.
왕자	돈도 쥐뿔도 없는 가난뱅이 주제에! 자존심만 세서.
원	넌 내세울 게 돈밖에 없냐?
사랑	저기… (둘 다 사랑을 바라보면) 계속 싸우실 거면 먼저 퇴근할게요.
왕자	우리 싸우는 거 아니야!
원	싸우는 게 아니라 경고하는 거야. (사미르에게) 너, 지금 이 순간부터 우리 천사랑 직원 반경 100미터 이내 접근 금지야. 알았어?
왕자	계약 잊었어? 명령은 내가 해!
	(수행원에게. 원이 가리키며 아랍어로) 쟤 치워.

수행원들이 나서더니 원이 양팔을 붙잡는다.

| 원 | 뭐야? 저리 안 가? 놔! |

수행원들이 원이를 불끈 들어 어디론가 끌고 간다.
만족스러운 미소를 짓는 왕자, 사랑을 바라본다.

| 왕자 | 드디어 우리 둘만 남았군. 잠시 걸을까? |

🏯 5. 건청궁 연못 주변/ 낮

연못을 따라 걷고 있는 사랑과 사미르.

왕자   손님들 시중들며 사는 거 힘들지 않아?

사랑   당연히 힘들죠. 항상 웃는 얼굴로 손님 상대하는 거 쉬운 일은 아니에요.

왕자   내가 호텔 하나 줄게.

사랑   네에?

왕자   나 호텔 많아. 아무거나 마음에 드는 거 하나 골라. 그럼 이렇게 힘들게 안 살아도 되잖아.

사랑   아니에요. 힘들어도 저는 제 일이 좋아요.

왕자   호텔 하나 있으면 더 좋잖아.

사랑   제가 하고 싶은 일은 경영이 아니라 호텔에 머무는 손님들께 행복한 하루를 선물하는 거예요. 누군가에게 행복을 선물한다는 건 정말 특별한 일이잖아요. 아무나 할 수 있는 일도 아니고요.

왕자는 그 순간 알았다. 사랑이야말로 그토록 내가 바라던 여자라는 것을. 감동인가 운명인가… 뭔가 사미르의 가슴을 몰아치며 눈물이 나려고 한다.

왕자   너는 정말 멋진 여자야! 역시 난 보는 눈이 있어. 파티를 열어야겠어!

🛎 6. 왕자 방 앞/ 밤

문 앞에서 인사를 하고 문을 닫는 사랑.
겨우 끝났다, 후우~ 안도의 한숨을 쉰다.
피곤하다. 복도를 걷다가 벽에 기대서 한쪽 구두를 벗어 열기를 식히
는데,

원　　　　이제 다 끝난 건가?
사랑　　　(재빠르게 신발을 신으며) 네. 본부장님도 수고 많으셨어요.
원　　　　이거라도 신어.

원이 뒤에서 호텔 슬리퍼를 꺼내 사랑이 앞에 놓는다.

사랑　　　아니에요.
원　　　　종일 쉬지 않고 끌고 다녔잖아. 발한테 미안하지도 않아? 양
　　　　　심 있으면 좀 쉬게 해줘.

자기 발을 내려다보는 사랑.

🛎 7. 복도 - 스위트룸 앞/ 밤

슬리퍼를 신은 사랑, 주위를 살피며 빠른 걸음으로 걷는다.

원　　　　죄라도 지었어?

사랑	누가 보기라도 하면.
원	그럴 일 없으니까 안심해.

원, 복도 끝에 보이는 스위트룸에 키를 대고 문을 활짝 연다.

사랑	(사랑이 놀란다) 뭐예요?
원	고생했어. 오늘은 여기서 자.
사랑	아니에요. 정말 괜찮아요.
원	호텔 대표로 초과근무까지 하면서 골치 아픈 녀석 모셨잖아. 그놈이 VIP 고객이면 천사랑 씨는 VIP 직원이야. 오늘 여기 묵을 자격 충분해. 더 거절하지 마.
사랑	…감사합니다.
원	배고플 텐데 룸서비스 시켜. 먹고 싶은 거 다 먹고 편히 쉬어. 직원 복지야.

고마운 마음을 말로 다 못 하는 사랑. 그런 사랑을 룸으로 살짝 밀어
주는 원.
사랑이 들어가자. 문을 닫고 돌아서는 원, 기분 좋은 웃음이 나온다.

🛎 8. 스위트룸/ 밤

사랑이 룸 안으로 들어온다.
세상의 모든 고급스러움이 다 담긴 방, 창밖으로 보이는 야경이 화려
하다.

호텔리어 생활을 오래 했지만 이런 방에서 자는 건 처음이다.
슬리퍼를 보는 사랑. 그것이 스위트룸 슬리퍼인 것을 이제야 알게
된다.

🛎 9. 엘리베이터 앞/ 밤

엘리베이터를 기다리는 원.

사랑   (소리) 본부장님!

사랑이 소리에 뒤를 돌아보는 원.

🛎 10. 한강. 편의점/ 밤

사랑, 라면 코너에서 라면을 고르고 있다.

원   룸서비스 시켜 먹으라니까 겨우 라면이야?
사랑   야식은 역시 라면이죠. 이 맛 모르시죠?
원   사람을 뭘로 보고. 당연히 알지.
사랑   (진짜 알아? 라는 듯) 오, 진짜요? (봉지라면 고른다) 저는 이걸로.

뭘 모른다는 표정으로 사랑을 보는 원.

원   이런 데까지 와서 굳이 생라면을 먹다니. 정말 뭘 모르는군.

컵라면을 집어 드는 원. 사랑은 역시나! 하는 눈으로 코웃음을 친다.

11. 한강. 편의점 밖/ 밤

라면 끓이는 기계에 라면이 보글보글 끓고 있다.
세상에 이런 일이! 원, 신세계를 발견한 듯 반짝이는 눈으로 라면을
바라본다.

12. 한강. 편의점 테라스/ 밤

정신없이 라면을 먹는 원. 정말 맛있게 먹는다.

사랑   그렇게 맛있어요?
원   저 기계 내 방에 하나 놓아야겠어.
사랑   그럼 이 맛이 안 나죠. 살랑살랑 부는 강바람이랑 반짝반짝
             예쁜 야경이 전부 들어가야 이 맛이 나거든요. 가끔 일 끝나
             고 여기 와서 라면에 맥주 하나 마시면 진짜 꿀맛이에요.
원   이 좋은 걸 여태 혼자 알고 있었다니. 생각보다 이기적이군.
사랑   겨우 라면 하나에 이렇게까지 비난받을 일이에요?
원   겨우라니! 지금껏 먹어본 라면 중에 최고야.
사랑   그럼 딱 이 타이밍에 만두 하나요.

만두 위에 단무지를 포개 한입에 넣는 사랑.
원이도 사랑이랑 똑같이 만두를 먹는다. 맛을 음미해 보는 원… 맛
있다.

원   이 집 만두 잘하네.

곧바로 만두에 단무지를 덮어 또 먹는 원. 정말 맛있게 먹는 모습을
보고 웃는 사랑.

원   지금껏 이런 맛도 모르고 살았다니, 헛살았어.
          맥주 마시는 타이밍도 따로 있나?
사랑   당연히 있죠.
원   언제?
사랑   바로 지금이요, 이 순간!

맥주 캔을 드는 사랑. 원도 맥주를 들어 건배를 하고 마신다.
바람도 시원하고 불빛도 예쁘다.

🛍 13. 다을 집. 거실/ 밤

다을, 초롱이와 함께 들어온다. 충재, 소파에 누워 핸드폰 게임을 하
고 있다.

충재   왔어?

초롱	아빠다! (가서 안긴다) 웬일이야? 나랑 놀려고 일찍 왔어?
충재	아빤 피곤해서 못 놀아. 엄마랑 놀아.
초롱	(뽀로통한) 글치, 아빠가 놀아줄 리가 없지.
다을	초롱아. 오늘 율동 배운 거 아빠한테 보여줘.
초롱	그럴까? 내가 우리 반에서 제일 잘한다.
충재	나중에, 아빠 피곤해. (다을에게) 밥 줘. 배고파.
다을	오랜만에 셋이 외식이나 할까? 아님 뭐 시킬까?
초롱	나는 갈비!! 아니면 치킨!
충재	밖에 음식 질려. 대충 먹자.

잠시 기대했던 다을, 괜한 기대를 한 것 같다.

〈다을 집〉

　　다을, 설거지를 하고 있다.

다을	자기야. 현관에 쓰레기 좀 버려줘… 자기야?

충재는 대답이 없다. 돌아보면 소파에 누워 자고 있다.
한숨 깊은 다을, 설거지를 마치고 현관에 있는 쓰레기를 들고 밖으로
나간다. 다을이 나가자마자 자는 척하던 충재가 눈을 번쩍 뜨고 휴대
폰 게임을 시작한다.
장난감을 갖고 놀던 초롱, 한심한 얼굴로 충재를 바라본다.

초롱	아빠. 사람이 염치가 있어야지. 엄마가 맛있는 밥 차려주면 쓰레기 정도는 아빠가 버려야 하는 거 아냐?

충재	아니지. 맛있게 먹어주는 게 최고지. 그게 얼마나 힘든데.
초롱	나는 커서 절대 아빠 같은 베짱이랑 결혼 안 할 거야.
충재	이 세상에서 아빠가 제일 멋있다며?
초롱	그건 내가 어려서 뭘 잘 모를 때 얘기고. (한숨 쉬며 방으로 간다)

📦 14. 엘리베이터 안/ 밤

무릎이 하얗게 닳은 추리닝 바지에 낡은 슬리퍼를 신은 다을, 쓰레기 봉투를 들고 서 있다. 아래층에서 예쁜 하이힐에 예쁜 원피스를 차려 입은 젊은 여자가 탄다.
젊은 여자를 보고 자기 옷을 내려다보는 다을, 씁쓸하다.

📦 15. 스위트룸/ 낮

폭신폭신 새하얀 침대에 아기 새처럼 자고 있는 사랑.
"딩동" 초인종 소리에 눈을 뜬다.
꿈인가… 아닌가… 여긴 어디지… 정신을 차리기도 전에 다시 초인종 소리 들린다.
놀란 사랑이 벌떡 일어난다.

사랑	네!

🚢 16. 스위트룸 - 복도 교차/ 낮

급하게 옷을 걸치고 더 급하게 머리를 매만지고 문을 여는 사랑. 원이 서 있다.

원	잘 잤어?
사랑	네. 덕분에 잘 쉬었어요.
원	아침 어떻게 할지 궁금해서.
사랑	지금 몇 시예요?
원	8시.
사랑	저 오늘 3시 출근이에요. 그냥 조금 더 잘게요.
원	미안해. 일찍 출근하는 줄 알았어. 얼른 더 자.
사랑	네. 감사합니다.

문을 닫고 침대로 돌아오는 사랑. 눕자마자 초인종 소리가 들린다.

사랑	네에~

얼른 가서 문을 열어주는 사랑. 원이 서 있다.

원	체크아웃 3시로 미뤄놨어.
사랑	감사합니다.
원	잘 자고 이따 봐.

원이 돌아서려는 순간, 사랑이 원을 끌어당기더니 문을 닫는다. 박력

있다.

원   (놀란) 뭐, 뭐 하는 거야?

사랑, 서둘러 원이 입을 막고 조용히 하라는 손짓을 한다.
숨소리도 느껴질 만큼 가까이 사랑과 얼굴을 마주한 원. 가슴이 콩닥
거린다.

🔔 17. 복도/ 낮

스위트룸 문 앞에 서는 수미. 손거울을 꺼내 얼굴을 체크하고 예쁜
미소를 지어본다. 그 미소 그대로 초인종을 누르는 수미.

〈인서트〉 스위트룸
초인종 소리에 '미치겠네' 인상이 구겨지는 사랑.

아무리 기다려도 아무 기척이 없다. 갸우뚱하는 수미, 다시 벨을 누
르려는데 문이 열린다. 문을 반쯤 열고 서 있는 원. 자켓은 벗고 넥타
이를 풀어 편안한 차림이다.

원   무슨 일이죠?
수미   어제 투숙하셨다는 말씀 듣고 불편한 점은 없으셨는지 뵈러
          왔습니다.
원   이렇게 불쑥 찾아오는 게 불편해요.

수미	죄송합니다. 특별히 더 신경 써드리고 싶어서요.
원	3시 체크아웃이고 그때까지 푹 쉬고 싶으니까 아무도 방해하지 말라고 했는데 전달 못 받았어요?
수미	죄송합니다. 그래도 혹시 중간에라도 불편하시거나 필요하신 거 있으시면 불러주세요.
원	필요한 거 없어요. 수고하세요.

원이 문을 닫고 들어간다.

| 수미 | 어우 멋있어. 역시 쌀쌀맞은 게 매력이라니까. |

돌아서는 수미. 발걸음도 경쾌하다. 엘리베이터 쪽으로 가는데 무전이 온다.

| 수미 | 네, 지배인 김수미입니다. (놀라 멈춘다) 왕자님이 날 찾으신다고? …알았어! (기대에 차서 빠른 걸음으로 걸어간다) 어머 어머 이게 무슨 일이야? |

🚢 18. 스위트룸/ 낮

방을 둘러보는 원. 사랑이 없다.

| 원 | 이제 나와도 돼. |

침실 문을 조금 열고 빼꼼 고개를 내미는 사랑.

사랑	갔어요?
원	죄지은 것도 아니고. 뭘 그리 겁내?
사랑	(나오며) 괜한 오해 받기 싫어요.
원	이러는 게 오히려 오해받을 행동이란 거 모르나? 직원 복지일 뿐이야.
사랑	그만 가야겠어요.
원	안 가도 돼. 아무도 방해하지 말라고 다시 한번 얘기해 뒀어.
사랑	아니에요. 본부장님 덕분에 정말 푹 잘 쉬었어요. (휴대폰 등 짐을 챙기는데)
원	깜박했네. 고분고분 말 들을 사람이 아닌데.

성큼성큼 사랑에게 다가가는 원. 사랑을 번쩍 안아 든다.
놀라 소리를 지르려다 자기 입을 막는 사랑.
원은 침대로 가더니 사랑을 내려놓는다.
사랑은 너무 놀라 입을 막은 채 눈이 동그래져 원을 보고만 있다.

원	아무도 안 올 거니까 꼼짝 말고 더 자. 알았어?

아무 말도 못 하고 고개만 끄덕이는 사랑.
원이 돌아선다. 원이 나가자 심장에 손을 대보는 사랑, 심장이 요동치고 있다.

🍮 19. 스위트룸 앞. 복도/ 낮

스위트룸을 나오는 원. 크게 심호흡을 하고는 자기 심장에 손을 대 본다. 아무렇지 않은 척했지만 떨리기는 원도 마찬가지다.

🍮 20. 로커룸/ 낮

킹더랜드 유니폼으로 갈아입는 사랑. 수미가 큰 상자를 들고 들어 온다.

사랑	(일어나 인사한다) 안녕하세요.
수미	안녕 못 하다! 왜? 한두 번도 아니고 진짜 누구 약 올리니? 전 생에 나랑 원수졌어? (커다란 상자를 집어 던지듯 건네며) 내가 왜 이런 심부름까지 해야 돼?
사랑	이게 뭐예요?
수미	오늘 파티 드레스코드래. 꼭 입고 참석하시란다.
사랑	누가요?
수미	(빽 소리 지른다) 왕자! 왕자! 왕자님!

🍮 21. 원 사무실/ 낮

상식이 신나서 박스를 들고 들어온다. 사랑이 받은 박스와 크기가 비 슷하다.

479

상식	본부장님! 왕자님이 보냈어요. 오늘 파티 드레스코드라고 꼭 입고 오시래요.
원	가지가지 한다.
상식	그래도 친구라고 이렇게 선물도 보내고, 얼마나 좋아요.
원	친구 아니라니까!
상식	괜히 좋으면서 그래. 개봉합니다~

기대에 차서 상자를 여는 상식.
원이도 전혀 기대하지 않는 척 기대를 하며 상자를 보는데…

🔔 22. 킹더랜드/ 밤

킹더랜드는 텅 비어 있고 홀 중앙 테이블 하나만 예쁘고 화려하게 세팅되어 있다.
일하는 직원들도 없고 사미르 왕자만 멋진 슈트를 입고 앉아 있다.
잔잔하게 흐르던 음악이 클래식으로 바뀐다. 왕자가 고개를 돌린다.
처음에는 놀랐다가 다음에는 환하게 웃는 왕자, 자기가 선물한 드레스를 입고 들어오는 사랑의 모습이 우아하고 기품 있는 여신 같다.
사랑은 이 드레스도, 파티의 주인공이 된 이 상황도 어색하다.
매너 있는 신사처럼 사랑을 맞이하는 사미르,

왕자	역시 난 보는 눈이 있어. 잘 어울릴 줄 알았어.
사랑	너무 어색해요. 이런 옷은 처음이라…
왕자	보여주고 싶었어. 너라는 여자한테 가장 어울리는 옷이 뭘지.

역시 너는 이런 기품 있는 옷이 어울려.

의자를 빼주는 사미르. 사랑이 어색하게 앉는다.

왕자   파티 시작할까?

왕자가 카운터 쪽을 향해 손가락을 튕긴다.
사랑이 카운터 쪽을 본다. 누가 서빙을 하더라도 선배 직원이라 불편할 것 같다. 그런데 이상하다. 어디서 많이 본 얼굴인데 킹더랜드 직원은 아니다. 유심히 보면 원이다.
클래식한 집사 복장을 입은 원이 와인 트레이를 밀고 오는 중이다.
놀란 사랑이 벌떡 일어선다. 그 바람에 드레스를 입은 모습이 한눈에 보인다.
너무 아름다운 모습… 원이도 놀라 멈춘다. 서로를 바라보는 두 사람.
사미르가 다시 손가락을 튕긴다.
원은 다시 걸어오고 사랑은 왕자와 원을 번갈아 보다가,

사랑   (원에게) 여기서 뭐 하세요? 그 옷은 또 뭐구요?
원   봉사 중이야.
왕자   (사랑에게) 원래 내 집사들은 다 저렇게 입어. 편하게 앉아 싸랑.
사랑   편하지 않은데 어떻게 편하게 있어요.
원   괜찮습니다. 앉으시죠.

어쩔 줄 몰라 하는 사랑, 앉으라 손짓하는 원. 사랑이 자리에 앉자,

원	서빙 시작하겠습니다. (사랑이부터 음료를 따르는데)
왕자	설명 안 해줘?
원	왕자님 품격에 어울리도록 터무니없이 비싼 메뉴들로 준비했습니다. 많이 드시고 매출이나 팍팍 올려주세요.
왕자	이 호텔은 그런 표정으로 서빙하나?

원이 웃는데, 입꼬리만 올려서 억지로 웃느라 표정이 이상하다.
그러는 사이 왕자 잔이 가득 차서 넘칠 정도다.

왕자	뭐야. 마시고 죽으라는 거야?
원	알아서 생각하세요. 그럼 식사 준비하겠습니다.

원이 돌아선다. 사랑은 이 상황이 불편해 죽을 것만 같다.

사랑	어떻게 된 거예요. 왜 본부장님이 서빙을 해요?
왕자	내가 시켰어. 우리를 위해.
사랑	왜요?
왕자	싸랑은 최고의 서비스를 받아야 될 여자야. 호텔 본부장 정도는 돼야 서빙할 자격이 있을 것 같아서 특별히 준비했어.
사랑	아무리 그래도 저는 여기 직원이에요.
왕자	지금 너를 봐. 너한테 어울리는 건 유니폼이 아니라 드레스야. 호텔이 아니라 우리 왕실이고. 나랑 결혼하자.
사랑	네에??
왕자	정식으로 프러포즈하는 거야. 나랑 결혼해 줄래?

너무 놀란 사랑, 대답을 못 하는데, 왕자가 무릎을 꿇고 다이아몬드 반지를 건넨다.

다이아몬드가 너무 커서 무거워 낄 수나 있나, 싶은 반지다.

사랑은 이게 무슨 상황인가 싶은데…

식사 서비스를 하려고 트레이를 밀고 오던 원이도 놀라 멈춘다. 저놈이 지금 뭐 하는 짓이지 싶다.

머뭇거리던 사랑, 결심한 듯 반지를 받으려 한다.

반지를 손에 쥐려는 순간, 원이 손이 쑥 들어와 반지를 낚아챈다.

원	안 돼! 절대 안 돼!
왕자	뭐야!
원	무조건 안 돼! 난 이 프러포즈 반대야.
왕자	네가 뭔데 반대를 해?
원	나는 충분히 그럴 만한 자격 있어. 나는 그러니까, 천사랑 씨는 우리 직원이고, 나는 상사로서 보호해야 할 의무가 있고, (머릿속이 새하얗다) 아무튼 절대 안 돼! (보타이 풀어 던지고) 유치한 장난 받아주는 것도 여기까지야. (사랑에게) 가자! 일어나!
사랑	왜요?
원	응?

사랑이 반응이 너무나도 당황스러운 원, 반면 너무나 차분한 사랑.

사랑	반지 주세요.
원	설마 허락하려는 건 아니지?
사랑	주세요. 제 선물이잖아요.

사랑은 차분하다 못해 단호하다.

원은 사랑이 무슨 생각인지 모르겠다. 다만 확실히 거절하지 않는 모습에 화가 난다.

불쑥, 반지를 내미는 원. 사랑이 받는다.

당연히 그럴 줄 알았다는 듯 웃는 사미르, 시선 처리도 못 한 채 얼굴이 굳어 있는 원.

사랑   이렇게 예쁜 반지는 처음 봐요. 저를 좋게 생각해 주셔서 감사해요. 오래오래 마음속에 잘 담아둘게요.

차분히 대답하고 반지 케이스를 닫아 왕자에게 돌려주는 사랑.

왕자는 당황스럽다. 거절인 건가? …

왕자   설마 거절하는 거야?

사랑   마음만 감사히 받을게요. 그리고 왕자님 같은 신사적인 분을 손님으로 모시게 되어 영광이었어요. 앞으로도 오랫동안 가장 멋있는 손님으로 기억할 거예요. 킹호텔 최고의 손님으로 또 들러주세요. 언제나 기쁜 마음으로 정성껏 모시겠습니다.

사랑은 미소를 유지하며 차분하게 말한다.

사랑이 웃는 얼굴을 보니 모든 것이 진심인 것 같다. 청혼은 거절당했지만 멋진 사람으로 기억될 거라는 말도 진심 같다. 사미르도 아쉽지만 웃는다.

원은 사랑이 말을 한 마디도 놓치지 않고 듣고 있다.

왕자	거절당했는데 상처받지 않은 건 처음이야. 내가 잘못 생각했어. 넌 내가 생각한 것보다 훨씬 특별하고 훌륭한 사람이야.
사랑	왕자님이야말로 정말 특별하고 멋진 분이세요.
왕자	좋아. 이번에는 여기까지만 할게. 다음에 올 때는 이거보다 훨씬 비싸고 예쁜 반지 가지고 올게. 그때는 거절하지 마.
사랑	배고파요. 식사해요. (원이에게) 본부장님도 앉으세요. 같이 먹어요.
왕자	안 돼. 얘는 서빙해야 돼.
원	나도 됐어. 이런 애랑 마주 앉아 식사할 기분 아니야.
사랑	그래도 마지막 날이잖아요. 다 같이 즐겁게 먹어요.
왕자	… (졌다. 원에게) 그래 뭐 싸랑이 원한다면. 앉아.
원	됐어! 안 먹는다니까!
사랑	본부장님.

사랑을 보는 원. 어서 앉으라는 압박 같기도 하고 부탁 같기도 하다.

원	…그렇게 원한다면 허락하지. (자리에 앉는데)
왕자	서빙은 하고 앉아.

왕자를 노려보는 원. 왕자는 '약 오르지?' 하는 표정으로 보고 있다.
일어서는 원. 접시를 탁탁 놓고 자리에 앉는다.

〈킹더랜드〉

셋이 식사를 하고 있다.
왕자는 수다스럽게 떠들고 사랑은 웃으며 대응하고, 원은 그런 사랑을 보고 있다.
원이 표정도 점점 편안해진다.

🛎 23. 호텔 정문 – 로비/ 낮

왕자가 리무진 앞에 서 있다.
유니폼 차림의 사랑, 원과 함께 왕자를 배웅한다.

사랑   이건 제가 준비한 선물이에요.

사랑이 액자를 내민다. 원이와 왕자, 사랑이 경복궁에서 찍은 사진이
들어 있다.

왕자   이왕이면 둘이 찍은 거로 해주지…
             금방 또 올게. 그 사이에 절대 다른 남자 만나면 안 돼.
사랑   언제든 또 오세요.

왕자가 사랑이와 가벼운 허그를 한다.
원이 왕자 뒷덜미를 잡아끌며 차 문을 열어준다.

원   얼른 가. 비행기 늦어.
왕자   덕분에 즐거웠어. 이건 팁! (100달러 한 장을 건넨다)
원   왕자가 이게 뭐냐? 쪼잔하게. 백지수표 정도는 줘야지.
왕자   네가 한 거에 비하면 이것도 아까워. 다음에는 가이드 확실히

잘해.

원   다신 오지 마. 호텔 사업 접을 거야.

왕자   그 전에 올게. 보고 싶어도 참아.

왕자가 원을 껴안는다. 원은 오만상을 쓰며 밀쳐내려는데,

왕자   또 보자. 친구.

친구 소리에 멈추는 원. 하지만 그것도 잠깐, 왕자를 밀친다.

원   내가 왜 네 친구야? 난 친구 같은 거 필요 없어.

왕자   나도 마찬가지야. 그래서 너랑 나랑 똑같아. 또 올게.

웃으며 원을 툭 치는 왕자, 차에 오른다.

사랑   친구 맞는 거 같은데요? 마지막까지 즐거워 보여요.

원   잘못 봤어. 쟤 같은 애 정말 딱 질색이야.

사랑   한 가지 여쭤봐도 돼요?
         (원이 바라보면) 왜 그러셨어요? 본부장님 성격에 서빙 같은 거
         하실 분이 아닌데. 집사 복장까지 하시고.

원   약속했잖아. 호텔 대표로 끝까지 잘하는 모습 보여주기로.

사랑이와 약속을 기억하고 지키려고 애쓴 원이 고마운 사랑.

원   괜찮았어? 열심히 가르친 보람은 있어야 할 텐데.

사랑	네. 아주 멋지게 잘 해내셨어요. (활짝 웃는다)
원	왜 대답 망설였어?
사랑	…진심을 담아 고백하는데 쉽게 거절하는 건 예의가 아니잖아요.
원	저런 녀석한테는 여지를 주면 안 돼. 예의 차릴 필요도 없고. 설마 조금이라도 그럴 마음이 있었던 건 아니지?
사랑	비밀이에요.
원	우리 사이에 비밀이 어딨어?
사랑	우리 사이니까 당연히 비밀이죠.
원	나 서운하려고 해. 정말 이러기야? 말해봐. 진짜 마음이 뭔데?
사랑	비밀이라니까요. 먼저 들어갈게요.
원	(사랑이 돌아서자 따라간다) 어디 가. 얘기 아직 안 끝났어.
사랑	곧 피크타임이에요. 빨리 가봐야 해요. (초대장을 들고 두리번거리는 손님에게 간다) 안녕하세요. 혹시 도와드릴 것 있나요?
손님	그랜드볼룸이 어느 쪽에 있어요?
사랑	제가 안내해 드리겠습니다.

손님을 모시고 가는 사랑. 원은 개운치 않은 마음으로 사랑을 보고 있다.

🛎 24. 하늘/ 낮

짙은 먹구름이 가득하다. 먹구름을 뚫고 비행기가 내려오고 있다.

🛎 25. 비행기. 갤리/ 낮

평화, 쇼핑백에 주문받은 물건들을 서둘러 담고 있다.
옆에서 기내식 카트 정리를 마친 로운이 걱정되는 얼굴로 평화를
본다.

로운   아직 안 끝났어요?
평화   거의 다 했어.
로운   곧 착륙이에요. 위험한데 제가 마무리하겠습니다.
평화   괜찮아.

평화, 쇼핑백을 가득 들고 서둘러 나간다.

🛎 26. 비행기. 통로/ 낮

인천공항에 착륙을 알리는 기내 방송(한국어, 중국어, 영어)이 나온다.
양손 가득 면세품이 담긴 쇼핑백을 든 평화, 좁은 통로 사이를 뛰어
다니며 좌석 번호와 영수증 확인하며 손님들에게 물건을 나눠준다.

🛎 27. 비행기. 갤리/ 낮

면세품 카트를 정리하던 평화, 서둘러 정리를 끝내보려 하지만 착륙
이 시작된다.

미처 자리에 앉지도 못한 채 카트를 부여잡고 착륙을 하는 평화.

🛳 28. 사랑 집. 거실/ 밤

소파에 앉아 있는 사랑. 문 열리는 소리가 들린다.
보면 로운이 평화를 부축해 들어오고 있다.
처음 보는 남자, 부축 당하고 있는 평화 모습에 사랑이는 두 배로 놀란다.

사랑   평화야! 무슨 일이야, 왜 그래?
로운   초면에 죄송하지만 잠시 들어가겠습니다.
사랑   네, 들어오세요.

로운은 평화를 소파에 눕히고 사랑을 본다.

로운   허리를 삐끗하신 거 같은데 찜질 좀 부탁드려도 되겠습니까?
            냉찜질 15분 정도 해주신 다음에 파스 붙여주시면 될 것 같습니다.
사랑   네. 걱정 마세요. 제가 잘 해볼게요.
로운   (사랑에게) 그럼 인사는 다음에 정식으로 드리겠습니다. (평화에게) 내일 올게요. 오늘은 아무것도 하지 말고 무조건 자요. 알았죠?
평화   고마워.

490

로운은 인사하고 돌아선다. 로운이 나갈 때까지 바라보던 사랑, 문이
닫히자,

사랑   오오~ 카리스마! (평화에게) 누구야? 그때 그 남자지? 맞지?
평화   허리 허리!

〈사랑 집. 거실 / 밤〉
    사랑이 평화 허리에 파스를 붙여주고 있다.

사랑   (화가 난다) 이 미련 곰팅이! 크게 다쳤음 어쩔 뻔했어? 승진이
                뭐라고 그렇게 목을 매?
평화   승진하고픈 욕망이 아니라 살아남기 위한 처절한 몸부림이
                란다.
사랑   몸부림 몇 번 더 하다간 월급보다 파스값이 더 나오겠다. 사
                무장이 그렇게 하고 싶어?
평화   하고 싶어서가 아니라 이제 진짜 해야 돼. 근데 이번 생엔 글
                른 거 같아.
사랑   이번 생이 끝이면 어쩌려고 뭘 다 포기해? 허리까지 바쳐가며
                이렇게 열심인데 끝까지 해봐야지.
평화   내가 아무리 발버둥 쳐봤자 다른 사람들 발끝도 못 따라가더
                라고.
사랑   다들 뭘 어떻게 하는데? 너만큼 열심히 하는 사람이 또 어딨
                다고… 근데 아까 그 남자 누구야?
평화   그냥 후배라니까.

평화는 한숨이 깊다.

🛳 29. 몇 시간 전 : 공항 출국장/ 낮

평화는 허리가 아파 걷기도 힘들다. 사무장이 평화 옆으로 온다.

사무장	L1 자리 앉고 싶다더니 그다지 간절하지 않나 봐?
평화	더 열심히 해볼게.
사무장	넌 그게 문제야. 누군 열심히 안 하니? 뭐든 정석대로만 하려니까 안 되지. 다른 팀들은 책자 들고 다니면서 직접 팔고 배달까지 하더라.
평화	그러다 걸리면 어떻게 책임지려고? 회사가 알면 큰일 날 텐데.
사무장	회사가 모를 거 같아?
평화	…
사무장	세상에 공짜가 어딨니? 그렇게 위험을 감수하면서까지 열정적이니까 승진하는 거지. 쫄지 마. 예를 들어서 얘기한 것뿐이야. 치열한 싸움에서 이기려면 최소한 남들 하는 만큼 열정은 보여야 한다는 얘기고.

미소를 짓는 사무장, 무언의 압박처럼 느껴진다.

🏮 30. 사랑 집. 거실/ 밤

평화가 사랑을 향해 돌아눕는다. 허리가 아파 얼굴이 잠깐 일그러지지만 진지하게,

평화　　사랑아. 혹시 내일 저녁때 시간 돼?

🏮 31. 찜질방 전경 - 내부/ 밤

찜질방 전경 보인다.
양머리 수건을 한 사랑과 평화, 하이에나 같은 눈빛으로 주변을 탐색한다. 시끌벅적, 수다 삼매경인 아주머니 무리를 발견한 둘, 그 옆에 가서 앉는다.
평화가 얼른 말하라 눈짓을 한다.
심호흡을 하는 사랑, 준비된 대사를 시작하는데, 연기가 너무 어색하다.

사랑　　어머, 여행 가지 않아도 집에서 면세품을 받을 수 있다고요?
평화　　네. 고르시기만 하면 제가 직접 가져다드려요.
사랑　　찾아가는 서비스라니 정말 훌륭하네요.

어색한 사랑이 연기에 다을이 쑥 끼어든다. 다을이는 판매만큼 연기도 잘한다.

다을	이거 혹시 바르는 순간 얼굴에 주름이란 주름은 싹 다 펴준다는 그 기적의 크림 맞아요?
평화	네! (아이크림 뚜껑을 열어 내밀며) 발라보셔도 돼요.
다을	(얼굴에 크림을 바르고 손거울을 보며) 어머, 여기 눈가에 주름 쫙쫙 펴지는 것 좀 봐. 갑자기 10년은 젊어진 것 같아.
사랑	어머 진짜 눈 깜짝할 사이 주름이 다 사라졌어요. (평화에게) 이게 정말 59,900원 맞아요? 너무 싼 거 아니에요?

다을이 등장과 함께 관심을 보이던 아주머니들이 삼총사 쪽으로 돌아앉는다.

아줌마	뭔데? 나도 한번 발라줘 봐.
아줌마2	나도! 나도 줘봐.
평화	잠시만요. 제가 발라드릴게요. (크림을 발라주며) 이게 기내 면세점 한정판인데 이번 달부터 특별 프로모션을 시작했거든요.
다을	내가 사실 이거 백화점에서 몇 번 봤는데 용량도 작고 가격도 비싸서 못 사고 있었거든요. 지금이 기회네. (평화에게) 이거 몇 개까지 살 수 있어요? 내가 다 살게요.
아줌마	혼자 다 사 가는 게 어딨어? 젊은 사람이 그럼 못써.

그러는 사이 아주머니들이 점점 더 모여든다.

🎩 32. 킹더랜드 앞 복도/ 밤

원과 상식이 걸어가고 있다.

상식   본부장님 인사팀 갔다 오셨어요?

원   왜?

상식   본부장님이 옛날 직원 기록 뒤졌는데 못 찾으셨다면서요. 그
        뒤로 서류 누락인지 아닌지 전산이랑 서류랑 다 맞춰봤는데도
        없다고 우는 얼굴로 저 찾아왔어요. 이름이라도 알려달라는
        데요?

원   됐어.

상식   누군데요. 누구 찾으신 건데요.

원   됐다니까.

상식   서버에 검색하면 나오지 않나요? 전산화 다 됐다던데.

원   없어. 서버에 없어서 서류 찾아본 거야.

상식   아~ 그럼 별로 안 중요한 사람이네요.

원   뭐?

상식   근무한 적은 있는데 서버에도 없고 서류에도 없으면 전혀 중
        요한 사람이 아니죠. 한마디로 아무것도 아닌 사람.

원   무슨 소리야?

상식   중요하거나 힘 있는 사람은 기록에 남잖아요. 심지어 역사에
        도 남고. 나머지야 세상에서 사라져도 별 상관없으니까 지워
        졌겠죠.

원이 표정이 굳어진다.

원이 엄마 한미소의 인사카드를 뚫어지게 보고 있다.

원　　　　　세상에 중요하지 않은 사람은 없어.

차갑게 말하는 원. 킹더랜드로 들어간다.

🔔 33. 킹더랜드. 룸/ 밤

원이와 구 회장, 화란, 최 전무가 식사를 하고 있다.

구 회장　　　왕자라고 까탈스러울 줄 알았더니. 아버님 아버님 하면서 성
　　　　　　격 좋더라. 앞으로 왕자 쪽에서 오는 손님은 모두 우리 호텔
　　　　　　에서 머물겠다고 하고, 난 네가 해낼 줄 알았어.
원　　　　　예.
구 회장　　　(화란에게) 우리 100주년 기념행사 파티에도 사미르 왕자 초청해.
화란　　　　네 아버지.
원　　　　　(구 회장에게) 100주년 행사, 제가 맡을게요.

모두 놀란 얼굴로 원을 바라본다. 화란은 화를 참으려 하지만 말에
가시가 들어 있다.

화란　　　　그게 얼마나 큰 행사인지 몰라? VIP 중에서도 최고 VIP들만 뽑
　　　　　　아서 초청하는 행사야. 아직 너한테 무리야. 뭘 알고 얘기해.

원	킹호텔 제일 큰 행사인데 당연히 킹더랜드에서 해야지. 지금까지 누나 혼자 다 하느라 힘들었을 텐데 이제 나한테 맡겨.
구 회장	(원에게) 드디어 정신 차렸구나. 그래 어디 한번 해봐.
화란	아버지. 아직 원이한테는 무리예요.
구 회장	이번에 왕자 건 처리하는 거 보니까 믿고 맡겨도 되겠어. 화란이 너도 원이 한번 믿고 맡겨봐.

화란이 매서운 눈으로 원을 쏘아본다.

🚢 34. 시간 경과 : 킹더랜드 룸

식사가 끝났고 원과 화란 둘만 남아 있다.

화란	진짜 나랑 해보겠다는 거야?
원	여기 있으면 평생 싸워야 한다며? 피할 수 없으니 잘 싸워보려고.
화란	겨우 너 따위가 날 상대할 수 있을 거 같아?
원	내가 말했지. 누나 같은 사람이 오너가 되면 안 된다고.
화란	언제부터 네가 회사 생각했다고 그래?
원	그러게 적당히 했어야지. 그깟 삼 구하러 위험한 곳에 사람을 보냈으면 최소한 구해는 주던가, 아니면 매출 올리겠다고 다들 기를 쓰는데 노력한 만큼 인센티브를 주던가. 뭐 하자는 심보인데?
화란	직원이면 월급 받는 만큼 성과 내는 게 당연한 거야. 걔들이

	당연한 일을 하는데 회사가 왜 인센티브를 줘야 돼?
원	누나답다.
화란	빈정거리지 마. 넌 이 싸움에 뭘 걸었는데? 난 다 걸었어. 모든 걸 다 걸고 싸우는 중이야.
원	난 싸우고 싶지 않았어. 근데 누나가 자꾸 싸우게 만드네. 직원들 억울하게 당하는 거 자꾸 보이는데 가만있으면 공범이잖아. 누나가 아무것도 아니라고 생각하는 사람들 내가 지켜보려고.
화란	네가 그럴 주제나 된다고 생각해?
원	최소한 난 양심은 있으니까 누나보다는 낫겠지? 앞으로 잘해보자.

원은 진심으로 싸우고 싶어진다.
화란, 달라진 원이 모습에 경계심을 느끼지만 가소롭다는 듯 웃어준다.

화란	그거 알아? 남을 위해 싸우는 사람은 나를 위해 싸우는 사람 절대 못 이겨. 앞으로 잘해봐.

화란이 일어선다.

🛎 35. 동 장소/ 밤

텅 빈 킹더랜드, 원이 혼자 야경을 보며 앉아 있다.
와인잔을 들고 있지만 마실 생각은 없어 보인다.

잔잔하게 흐르던 음악이 조금씩 발랄하게 바뀐다.
창문으로 무엇인가가 비치는 듯 밝은 빛이 언뜻 지나간다.
돌아보는 원, 놀라 일어선다.
사랑이 눈처럼 하얀 드레스를 입고 서 있다.
원을 보고 따뜻하게 웃는 사랑. 그의 모든 아픔을 어루만지는 느낌
이다. 굳었던 원이 얼굴이 풀어지며 편안해진다.

원이 이리 오라는 듯 손을 내민다.
사랑이 다가온다.
한 걸음 한 걸음 가까워질수록 웃음이 짙어지는 원.
사랑도 손을 내민다.
원이 그 손을 잡으려는 순간, 사랑은 원을 휙 지나쳐 간다.
어디로 가는 거지? 사랑을 따라 시선을 돌리는 원.
킹더랜드 한쪽에 사미르가 서 있고, 사랑은 그에게 가는 중이다.

원   안 돼!

사랑에게 가려는 원. 그런데 의자에 옷이 걸려 움직이지 않는다.
아무리 힘을 줘도 옷은 빠지지 않는다. 마치 의자가 옷을 잡고 있는
것 같다. 옷을 빼는 한편 사랑을 바라보는 원.
사랑이 사미르 품에 안기려는 순간, 모든 힘을 다해 옷을 잡아당긴다.
원이 의자와 함께 넘어지며,

📼 36. 킹호텔 사우나. 휴게실/ 밤

소파에서 미끄러져 떨어졌다가 벌떡 일어서는 원.
놀라 주위를 돌아본다. 꿈이었다.

📼 37. 킹호텔 사우나 앞

사우나 밖으로 나오는 원.
마지막 직원이 남아 있다. 졸다가 깬 직원을 보는 원. 사랑이 했던 말
이 기억난다.

〈인서트〉

사랑   이거 다 민폐예요.

원   죄송합니다. 혹시 저 때문에 퇴근 못 했어요?

직원   아닙니다! 꼭 본부장님이 아니라, 단 한 명의 손님이 계시더
              라도 정성껏 모시는 게 당연하죠. 언제든 부담 없이 오세요.

원   다음부턴 시간 맞춰 갈게요. 죄송합니다.

공손히 인사를 하고 나가는 원.

🛶 38. 원. 사랑 교차

차를 타는 원. 전화기를 든다.
찜질방에서 한창 물건을 팔던 사랑. 전화를 받는다.

사랑 네.
원 잠깐 얼굴 좀 볼까?
사랑 지금요? 제가 지금 바빠서요. 다음에 봬요.
원 내가 거기로 갈게.
사랑 여기로 오신다고요?
원 할 말도 있고.
사랑 중요한 얘기예요?
원 응.
사랑 여기 지금 그런 말 할 분위기 아니에요. 다음에 해요.
원 안 돼. 난 지금 꼭 봐야겠어. 어디야?

🛶 39. 찜질방 앞/ 밤

원이 찜질방 앞에 서서 건물을 올려다보고 있다.

🛶 40. 찜질방/ 밤

찜질방 옷으로 갈아입고 로커 키를 든 채 황당한 얼굴로 주위를 둘러

보는 원. 누워 잠을 자는 사람, 만화책을 보는 사람, 식혜와 계란을
먹으며 수다를 떠는 사람들… 왜 집을 나와서 여기서 이러고들 있는
지 알 수가 없다.

사랑이 원을 발견하고 온다.

사랑	잘 찾아오셨네요? (원을 훑어보며) 찜질복까지 차려입으시고.
원	여기 왜 다들 저러고 있어?
사랑	찜질방이잖아요. 팔 좀 주세요.
원	그건 아는데 왜 다들 저렇게 누워 있어? 멀쩡한 집 놔두고.
사랑	(원이 들고 있는 로커 키를 팔목에 걸어주며) 이래야 안 잃어버려요.
	하실 말씀이 뭐예요?
원	지금 여기서 얘기하라고?
사랑	거봐요. 그래서 다음에 보자니까.
원	일단 나가지.
사랑	안 돼요. 친구들 있어요.
다을	(소리) 어머 노 과장님!

돌아보는 사랑. 다을과 평화가 빨리 오라고 손짓을 하고 있다.

사랑	(원이 등 떠밀며) 얼른 가세요. 빨리. 애들한테 잡히면 골치 아파요.

🏠 41. 찜질방 편의점/ 밤

사랑, 평화, 다을 그리고 원이 둘러앉아 식혜에 구운 계란을 먹으며 작전 회의를 한다. 원이 무슨 말인지 몰라 듣기만 하는데,

평화	(사랑에게) 바람 좀 잡으랬더니 연기가 그게 모냐?
사랑	잘하고 있잖아. 아까 완판시키는 거 못 봤어?
다을	완판은 내가 시켰지. 네가 자연스럽게 해야 손님이 몰린다니까? (원에게 구운 계란 하나 까서 주며) 노 과장님 이것 좀 드세요.
원	괜찮…

사양하려고 보면 평화, 다을, 사랑까지도 계란을 입에 물고 있다.

원	…감사합니다.

마지못해 계란을 먹는 원. 맛없는 무언가를 억지로 씹는 얼굴인데, 조금 지나니 맛있다. 이게 뭔데 이렇게 맛있나 싶어 먹던 계란을 다시 보는 원.
삼총사는 다시 회의에 집중한다.

사랑	나 그래도 잘하지 않았어?
평화	너 완전 별루었어. 국어책 읽는 줄.
다을	바람을 잘 잡아야 손님이 몰린다니까? 좀 자연스럽게 해봐.
평화	네 역할이 중요하다고 했잖아.
사랑	이런 식으로 하면 안 도와준다. (원에게) 가요, 우리.

원을 돌아보는 사랑. 평화랑 다을도 원을 보고는 놀란다.

원은 입안 가득 계란을 먹는 동시에 또 계란을 까고 있다. 이미 껍질도 수북하다.

평화	저녁 안 먹었어요? (원이 도리도리 고개를 흔들면)
다을	그거 처음 먹어봐요? (원이 끄덕이면, 안쓰럽다. 식혜 준다) 어떻게 살았길래 이런 거 한번 못 먹어보고…
원	(식혜를 마시고) 이게 뭐예요? 그냥 삶은 계란은 아닌 것 같은데.
사랑	가자니까요.
다을	(계란 하나 더 준다) 맛있죠? 맥반석에 구운 거예요. 더 드세요. 이거 다 드셔도 돼요.
원	감사합니다.
사랑	(입을 삐죽 내민다) 계란 먹으러 오신 거예요? 저 보러 오신 거예요?
원	주신 성의가 있는데 다 먹고 가야지.

일어날 생각이 없는 원, 계란을 한 입 베어 물고 식혜를 마신다. 정말 맛있다. 다을이 원을 훑어본다.

다을	(평화에게, 원이 보라고 턱짓하며) 잠깐, 사랑이 대신 노 과장님 어때?
원	저요?
평화	음… 어쨌든 한 명이라도 더 있는 게 낫겠지. 콜!
원	제 의사는 안 물어보나요?
다을	한 식구끼리 좀 도와주세요. 옆에서 바람만 좀 잡으면 돼요.
원	무슨 바람이요?

평화   별거 없어요. 대사 몇 개만 외우면 돼요. (웃는다)

🏠 42. 황토방/ 밤

아주머니들 예닐곱이 모여 앉아 무료하게 TV를 보고 있다.
옆에서 들리는 소리에 일제히 관심을 보이는 아줌마들. 슬쩍 돌아보
면 양머리를 한 원과 사랑은 커플 역할을, 평화와 다을은 판매 역할
을 하고 있다.
원은 계란을 까먹으며 아주 능숙하게 바람잡이 역할을 하고 있다.

원   아니, 해외여행을 안 가도 집에서 면세품을 받을 수 있다고요?
다을   네. 면세가에서 10프로도 할인 더 해드리고 있어요.
원   면세가에서 10프로나 더 할인해 준다고요?
평화   네! 게다가 오늘만 특별히 홍삼 엑기스 하나 사시면 하나 더
          드려요.
원   그럼 저 홍삼 엑기스 4개랑 종합 비타민 3개 주세요. (사랑을 보
          며) 아! 자기 바를 아이크림도 사야겠다!

능청스럽게 연기하는 원을 보는 사랑, 헛웃음이 나온다.

다을   세일할 때 많이 쟁여두세요. 이런 기회 또 없어요.

고개만 빼고 보던 아줌마들이 앉은 채로 그들 사이로 끼어든다.

아줌마	홍삼이 반값이라고? 무슨 홍삼인데? 나도 한번 봐봐.
평화	네. (책자 펼치며) 이 제품인데 지금 1+1 행사하고 있어요.
아줌마2	면세품이네? 또 뭐 할인하는 거 없어?
다을	(책자 하나 더 꺼내며) 다 있죠. 화장품, 주류, 건강식품, 액세서리까지 다 있어요. 천천히 보시고 마음에 드시는 거 다 말씀하세요.
아줌마3	이게 진짜 면세가보다 싸?
사랑	그럼요. (책자 한 곳 짚으며) 저도 저번에 이분한테 이거 샀는데, 백화점가의 거의 반값이에요. 매번 해외여행 가는 것도 아니고, 정말 좋은 기회인 것 같아요.

열심히 판매를 하는 사랑. 원은 그런 사랑이 예뻐 보여 웃고 만다.

🛁 43. 찜질방 휴게실/ 밤

얼굴이 발갛게 달아오른 원이와 삼총사, 기분 좋게 맥주를 짠 하고 부딪친다.

다을	이렇게 몇 번만 돌면 1등은 문제없겠어.
평화	고마워. 이 은혜는 잊지 않을게. 노 과장님도 고마워요.
원	저야 워낙 뭐, 못하는 게 없으니까.
다을	진짜 너무 잘하셨어요. 어딜 가서 무슨 일을 하든 먹고사시겠어요.
원	근데 꼭 이렇게까지 해야 해요? 이거 불법이잖아요.

사랑   저희 불법 아니에요. (평화 보며) 그치? 우리 불법 아니지?

평화   …

다을   …

사랑   (불안하다) …우리 불법 아니잖아.

다을   (작은 목소리로) 불법 맞아.

사랑 표정이 차갑게 변한다.

사랑   진짜 불법이야? (아무도 대답 없으면. 평화에게) 나만 몰랐던 거야?

평화   미안해. 너도 아는 줄 알았어.

사랑   아무리 그래도 이건 아니잖아. 왜 이렇게까지 해.

다을   평화 너무 뭐라 하지 마. 오죽 압박이 심하면 그랬겠어. 할인 더 해주는 것도 사실 평화가 지 돈으로 메꾸는 거야.

사랑   (울고 싶다) 손해까지 보면서 왜 이러는데. 그러다 걸리면 어쩌려고?

한숨을 쉬는 평화. 미안함과 서운함이 뒤섞여 있다.

평화   이렇게라도 해야 되니까…

다을   솔직히 말해 나야 물건만 잘 팔면 되고 사랑이 너도 서비스만 잘하면 되잖아. 근데 얘는 승객들 비위 하나씩 다 맞춰야지, 안전도 책임져야지, 물건까지 팔아야지, 아주 사람 하나 가지고 뽕을 뽑아요 뽕을…

사랑   그래도 이거 불법이면 잘못될 수도 있잖아. 이러다 비행까지 못 하게 되면 어떡해. (평화에게) 너 정말 그래도 괜찮아?

평화가 고개를 숙이고 조용히 말한다. 정작 울고 싶은 건 평화다.

평화	다들 열심히 도와주는데 미안하긴 하더라. 이렇게까지 해야 하나 서럽기도 하고, 걸리면 어떻게 하나 무섭기도 하고…
사랑	그럼 이제라도 그만하자. 나쁜 짓도 아무나 못 해. 우리 같은 사람은 죄짓고는 맘 편히 발 뻗고 자지도 못해.
다을	이 빌어먹을 양심! 누가 알아주지도 않는데 왜 이렇게 정직한 거니?
사랑	누가 안 알아주면 어때? 우리끼리만 알아주면 되지. 우리 다 알잖아. 평화가 얼마나 열심히 잘하는지.
다을	그럼! 우리 곰팅이가 최고지!
평화	(고맙기도 하고 쑥스럽기도 하다) 뭐야. 너희들만 알면 뭐 해?
원	저도 알아드릴게요.
다을	노 과장님이 알아주는 게 무슨 소용 있어요?
원	그래도 알아드릴게요. 특히 이렇게까지 하게 만든 건 회사가 잘못한 거라는 거, 꼭 알고 있을게요.
평화	말이라도 고마워요. 사실 노 과장님이 아니라 윗분들이 아셔야 할 텐데.
사랑	우리 비록 쭈구리들이지만 나쁜 짓까지 하지는 말자. 안 그래도 여기저기 눈치 보며 사느라 피곤한데 나한테까지 떳떳하지 못하면 어떡해?
평화	…그래. 신세는 쭈구리지만 양심까지 쪼그라들지는 말아야지.
다을	(평화와 사랑이 어깨를 감싸 안으며) 그래. 찌그러져 살더라도 괜한 꼼수 부리지 말고 살던 대로 살자.
원	좋은 날 올 거예요, 반드시. (맥주를 들며) 그날을 위해 짠! 할

까요?

평화와 다을은 환호를 하는데 사랑은 원이 들고 있던 맥주잔을 내
린다.

사랑   아뇨. 이제 그만 가세요. 바쁘신 분이 언제까지 여기 있으실
        거예요?
다을   가긴 어딜 가. 오늘 1등 공신인데. 끝까지 함께해야지.
평화   그럼! 고마워요. 노 과장님! (잔을 들며) 우리 짠 해요! 짠!

사랑이를 빼고 셋이 건배를 한다.
왕따가 된 사랑, 입을 삐죽하는데 원이 툭, 건배를 해준다.

원   그래도 제일 열심히 노력하는 모습 멋있었어. 오늘의 1등 공
        신이야!

그 모습을 본 다을과 평화, 의미심장한 눈빛을 교환하고는,

다을   노 과장님, 한판 하실래요?

🚢 44. 찜질방 휴게실/ 밤

사랑이는 안마의자를 하고 다을과 평화, 원은 전자오락 게임을 하고
있다.

원을 가운데 두고 양쪽에서 협공을 하는 다을과 평화.

평화	노 과장님 사랑이 좋아하죠?
다을	야, 뭘 당연한 얘길 물어봐. 딱 보면 딱이지.
원	아닙니다.
다을	진짜? 그럼 우리 노 과장님 제끼고 아랍 왕자로 밀어붙입니다!
원	여기서 왜 그놈 얘기가 나와요? 바람둥이에 성격도 완전 별론데.
평화	어제 사랑이한테 전화 왔어요. 여름에 전세기 보낼 테니까 다 같이 두바이로 놀러 오라고.
다을	역시 왕자는 스케일이 달라. 우리도 사랑이 덕에 호강하게 생겼어.
원	잠시만요! 저번에 분명히 저보고 사랑 씨 남자친구로 합격이라면서, 제 편 하기로 하지 않았어요?
다을	제가요?
원	네! 정확히 평화 씨까지 두 분 다 그러셨죠.
평화	저도요?
원	네! 분명히 찬성한다고 하셨어요. 무슨 배신이 특기도 아니고.
다을	배신이 아니라 실속 챙기는 거죠. 두바이가 우리를 부르는데.
	(일어서는데)
원	(잡는다) 한 식구끼리 그러는 거 아니죠.
다을	근데 사랑이 안 좋아하신다면서요? 그럼 더 할 얘기 없는 거 같은데.
원	딱 한 판만 더 해요. 얘기 좀 하면서.

원, 주머니에서 500원짜리 동전을 한 움큼 꺼내 다을과 평화 오락기에 올려놓는다.

다을	(자리에 앉으며) 고백하세요.
원	뭘요?
평화	마음을요.
다을	좋아한다, 사귀자, 그 한마디가 뭐 어렵다고.
원	꼭 말을 해야 아나요? 마음이 중요한 거지.
평화	말 안 하면 몰라요. 괜히 뜸 들이다 사랑이 놓치지 말고 고백하세요.

원이 사랑을 본다. 사랑이는 안마의자에 앉아 느긋하게 쉬고 있다.
이미 오락기 조종간에서 손을 놓고 있는 원. 상대편 캐릭터에 연타를 허용하고 쓰러진다. KO패 메시지가 뜬다.

🛏 45. 찜질방/ 밤

다을이와 평화는 바닥에 배를 깔고 누워 만화책을 보고 있고 사랑이와 원이는 쭈쭈바 하나씩을 물고 있다.

사랑	뜨끈하게 지지면서 시원한 거 먹으니까 꿀맛이죠?
원	응. 왜 다들 여기 오는지 알겠어.
사랑	오늘 고마웠어요.
원	한 식구끼리 뭐. 서로 도우며 사는 거지.

사랑	(웃으며) 참 많이 변했어요. 뾰족뾰족했었는데 제법 넉살도 늘고.
원	다음 주 주말에 시간 돼?
사랑	시간은 왜요?
원	우리 얘기 하고 싶어서.
사랑	우리 얘기요?
원	응. 우리. 우리 둘 얘기 하자.

사랑을 보며 웃는 원. 웃음 짓는 원이 얼굴이 이제 자연스럽다.

🛎 46. 레스토랑 앞/ 밤

유럽의 골목에서 마주할 법한 이국적인 분위기의 레스토랑 앞에 멈
춰 서는 사랑. 여기가 맞나 싶어 레스토랑 이름을 확인한다.

🛎 47. 레스토랑/ 밤

문을 열고 들어오는 사랑. 아늑한 느낌의 원 테이블 레스토랑이다.
주방은 오픈되어 있고, 1인용으로 세팅된 테이블 위는 예쁜 꽃과 초
로 장식되어 있다. 마치 가정집에 초대받은 듯 따스하고 포근한 분위
기에 절로 미소가 나오는 사랑.

원	(소리) 어서 오세요.

뒤를 돌면 앞치마를 두른 원이 서 있다.

사랑   이게 뭐예요?

원   천사랑 고객님 맞으십니까?

사랑   (웃는다) 네.

원   (의자를 빼내 주며) 이쪽으로 앉으세요.

사랑   감사합니다.

원   우리 레스토랑은 셰프 마음대로 메뉴가 제공되고 있는데 괜찮을까요?

사랑   알아서 맛있게 만들어 주세요. 그런데 셰프가 누구예요?

원   오늘의 셰프, 구원입니다.

사랑   요리도 할 줄 알아요?

원   못 하는 게 뭐냐고 물어보는 게 빠를 듯합니다만.

사랑   분명 양파 하나도 제대로 못 깠던 거로 기억하는데.

원   옛날 옛적 얘기는 잊으세요. 오늘을 위해 최고의 셰프로부터 특훈 받았습니다. 안심하세요.

사랑   참 열정적이시네요.

원   요리부터 서빙까지 저 혼자 운영하고 있으니 요리가 지연되더라도 너그러운 마음으로 기다려 주세요.

사랑   네. 천천히 서두르지 마시고 맛있게 만들어 주세요.

원이 주방 쪽 냉장고에서 예쁜 유리 보틀에 담긴 샹그리아를 들고 나온다.

원   오늘 같은 밤엔 역시 술이 빠질 수 없죠. 제가 만든 샹그리아입니다.

사랑   이걸 직접 만드셨다고요?

원   (잔에 따라주며) 네. 드셔보세요.

한 모금 마시는 사랑. 눈이 번쩍 뜨인다.

사랑   와! 이거 너무 맛있어요! (한 모금 더 마신다)

사랑이 반응을 보고 환하게 웃는 원.

〈레스토랑〉

식탁에 식전 빵과 스마일이 그려진 당근 수프가 놓인다.

사랑   아~ 귀여워! 이 귀여운 걸 어떻게 먹어요?

원   그럼 보기만 하세요.

사랑   그럴 순 없죠.

수프를 푹 떠먹는 사랑. 놀란 얼굴로 원을 본다.

사랑   너무 맛있어요 셰프님.

원   당연한 소릴.

사랑   정말 요리를 하시긴 하네요.

원   나야 못 하는 게 없어 문제지. 기대해.

주방으로 들어가는 원. 셔츠 소매를 걷고 본격적으로 파스타를 만들기 시작한다. 그 모습을 지켜보는 사랑.

〈레스토랑〉

사랑이 앞에 예쁘게 플레이팅 된 파스타가 놓여 있다.
맞은편에 앉아 기대에 찬 얼굴로 바라보는 원.
사랑은 스푼에 돌돌 말아 먹어보는데.

사랑   와! 말도 안 돼. 이것도 진짜 맛있어요.

파스타를 포크에 말아서 스푼에 얹어 건너편에 앉은 원이에게 내민다.

사랑   본부장님도 드셔보세요. 정말 맛있어요.
원   (한 입 먹어보면) 오! 괜찮네.
사랑   괜찮은 정도가 아니라 정말 훌륭해요! 셰프님 짱! 최고십니다.
원   알아주시니 감사합니다. 열심히 만든 보람이 있네요.

마주 보며 환하게 웃는 두 사람.

사랑   그런데 오늘 무슨 날이에요?
원   아주 중요한 날이지.
사랑   무슨 날인데요?
원   VIP 천사랑 씨 모시는 날.
           (사랑이 말도 안 된다는 듯 웃는데) 사미르 왔을 때 알았어. 별별 꼴
           값님들 비위 맞추며 모시는 기분이 뭔지. 친절사원이 되기까
           지 얼마나 힘들었을까 생각하니 정성껏 대접하고 싶었어.

사랑	어쩐지, 가게 들어오는 순간 따뜻하게 맞이해 주는 느낌이었어요.
원	그렇게 느꼈다니 다행이야. 역시 진심은 통하나 봐.
사랑	고맙습니다. 셰프님. 이렇게 훌륭한 음식을 맛볼 수 있어 영광입니다.
원	그리고 진지하게 할 말도 있고.
사랑	무슨 말요?
원	그건 이따가 식사 마치고. (일어나 주방 쪽으로 간다) 아직 하이라이트가 남았으니 기대하세요.
사랑	(빈 잔을 들며) 이거 한 잔 더 마셔도 돼요?
원	전부 다 마셔도 됩니다. 잠시만 기다려. 이것만 하고 가져다줄게.
사랑	제가 꺼내 마실게요.

잔을 들고 주방 쪽으로 오는 사랑.
달궈진 팬에 고기를 올리는 원. 고기 굽는 소리가 빗소리처럼 요란스럽다. 괜히 한 손을 높이 들고 소금을 멋지게 뿌리는 원. 사랑이 소리 내어 웃는다.

사랑	다시 봤어요. 정말 못 하는 게 없으시네요. 오늘 정말 멋있어요.
원	(기분 좋다) 나야 늘 그렇지.

요리용 술병을 꺼내 멋지게 돌리는 원.

　　　철판 야끼 가게에서 멋지게 불 쇼를 선보이는 셰프. 환호하는 사랑.

원　　　　　이게 오늘의 하이라이트야.

원, 스테이크를 굽던 프라이팬에 술을 촥 촥 촥 뿌린다.
멋지게 불 쇼를 선보이려는데, 불 쇼가 아니라 화재가 난 것처럼 엄청
큰 불길이 확 오른다. 불길은 천장까지 치솟고 스프링클러가 터진다.
깜짝 놀란 사랑, 들고 있던 와인잔을 바닥에 떨어뜨린다.

원　　　　　조심해. 움직이지 마!

원, 사랑을 번쩍 들어 싱크대 위에 올려놓는다.

원　　　　　다친 데 없어? 괜찮아?
사랑　　　　네. 괜찮아요. 근데…

입을 씰룩거리는 사랑, 웃기 시작한다.

사랑　　　　이거 다 어떡해요?
원　　　　　안 다쳤으면 됐어. 정말 다행이야.

물에 흠뻑 젖어서도 웃고 있는 사랑을 보니 역시 사랑답다라는 생각
이 든다. 스프링클러는 비처럼 내리고, 사랑이 웃음처럼 물방울도 반
짝이고 있다.

사랑을 따라 웃던 원이 표정이 점차 진지해진다. 사랑도 마찬가지다. 싱크대에 앉은 사랑과 눈높이를 맞추고 서 있는 원. 둘은 서로의 열기를 느낄 만큼 가깝게 붙어 있다. 점점 사랑에게 다가가는 원. 사랑도 피하지 않는다.

원   허락해 줘. 널…

살포시 입술을 맞대는 두 사람.
이 세상 가장 아름다운 사랑이라는 빛깔로 서로를 물들인다.

〈 END 〉